U0666561

剑来

19

剑修如云处

◎烽火戏诸侯 著

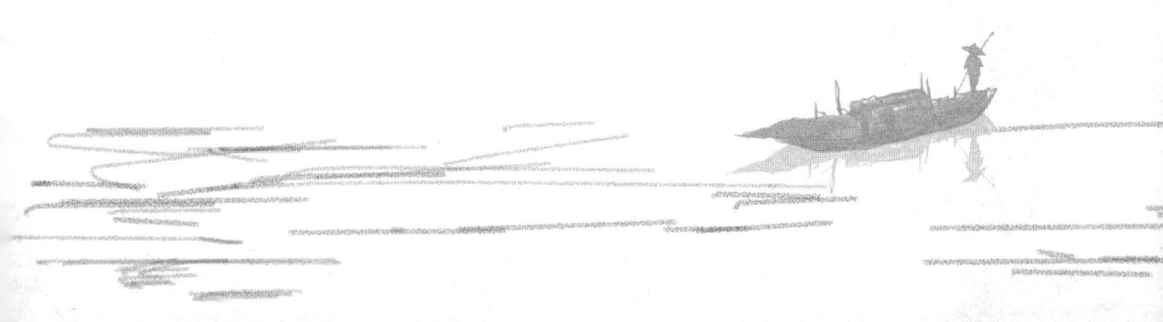

第一章 欲言已忘言

一艘去往旧朱荧王朝中岳地界的渡船，中途停靠在一座名为瘴云的渡口。两男一女悄然下船。

魏檗站在渡船顶楼观景台，目送三人离去。

临近朱荧王朝，等于离开了自家山头，进入别人地盘，魏檗对于披云山的感知便衰减了许多，等到了那座大骊新中岳，只会更受天然厌胜。这就是世间所有山水神祇不得不遵守的无形规矩，山神涉水，水神登山，便要束手束脚，而一尊大岳山君离开自己辖境，拜访山君同僚，一样难逃此理。

不过即便如此，依旧问题不大。没办法，他魏檗如今是宝瓶洲历史上第一位上五境山君，那位不太讲礼数的中岳山君，哪怕修为等同于玉璞境，毕竟还不是真正的上五境神祇。

此次离开北岳地界，于公于私，魏檗都有过得去的说法，所以大骊朝廷即使谈不上乐见其成，也愿意睁一只眼闭一只眼。

魏檗在大骊庙堂台面上的引荐人，是墨家游侠许弱，当年魏檗就是与许弱一起离开棋墩山，去披云山的。

身形佝偻的朱敛，赤手空拳。

身材修长的卢白象，悬佩狭刀停雪。

渡口那边，刘重润下船后，忍不住与走在身边的朱敛说道：“朱先生，寻见水殿、龙舟不难。那座水殿还好说，是一件远古仙人炼化完全之物，我掌握着这件仙家重宝的开山之法,收拢起来,不过马车大小,可以搬运到渡船上。可那艘龙舟,一直只有小炼程度,想要带回龙泉郡,就只能消耗些神仙钱,将那龙舟当作渡船,招摇过市。”

朱敛笑道:“不打紧,大骊铁骑那边,会有专门的人为咱们护驾寻宝,之后咱们乘坐龙舟返回落魄山,只会畅通无阻。”

刘重润苦笑道:“朱先生真不是开玩笑?”

朱敛一本正经道:“刘岛主是门派之主,又是腾云驾雾的金丹境地仙,我一个糟老头,哪敢造次?”

刘重润觉得只能走一步看一步了。

水殿、龙舟两物,一直是刘重润的心头病。送给谁,都是一门大学问。万一不小心送错了,珠钗岛此后百年别想安宁,能不能保住祖师堂都两说。

在与落魄山做买卖之前,为了能够继续在书简湖立足,不被真境宗吞并为藩属岛屿,刘重润权衡利弊过后,便将水殿一事透露给了真境宗。珠钗岛寄人篱下,不得不低头,刘重润就当是破财消灾。真境宗不愧是桐叶洲执牛耳者玉圭宗的下宗大门,果然没有心生歹意,没有做出杀人灭口、独占至宝的下作事,珠钗岛不但得以保留祖师堂,还凭此换来了一块大骊刑部颁发给山上修士的太平无事牌。这便是刘重润第一次没有亲自造访落魄山,只是派遣了几名与陈平安还算熟悉的珠钗岛嫡传弟子前往落魄山的原因。

只是随后的事态发展超乎想象,莫名其妙地,真境宗竟然放弃了对那座水殿的攫取,不但如此,也没有从珠钗岛收走太平无事牌。为此,刘重润战战兢兢跑了一趟宫柳岛,当然见不到那位神龙见首不见尾的姜宗主,只见到了真境宗首席供奉刘老成。刘老成三言两语就打发了刘重润,说这是宗主的意思,让刘重润放心便是,那块太平无事牌不会烫手。

放心?刘重润半点不放心。但是又无可奈何,总不能一定要真境宗收下水殿。

所以刘重润这才最终决意搬往龙泉郡,于是亲自去往落魄山做客,选址鳌鱼背。与落魄山提及秘事,刘重润没有故意隐瞒真境宗得知水殿、龙舟的消息,还说了真境宗的那个决定。大管事朱敛当时笑得有些古怪,让刘重润只管放心,并且保证哪怕落魄山不挖宝,至少也绝不会将这个消息泄露给任何人,不至于让珠钗岛修士身怀重宝,惹祸上身。

刘重润依旧不敢放心。

这会儿,真正走上了故国家乡的寻宝之路,刘重润百感交集,如果不是为了水殿、龙舟的重见天日,她这辈子应该都不会再踏足这块伤心地。

关于水殿和龙舟的取舍,刘重润没有什么犹豫。

水殿是一座门派的立身之本,可以说是一处天然的神仙洞府,集祖师堂、地仙修道之地、山水阵法三者于一身，足够支撑起一名元婴境修士据地修行，搁在亲水的书简湖，任你是地仙修士都要垂涎三尺，所以当初真境宗二话不说，便交予刘重润一块价值连城的太平无事牌，以示诚意。

那艘巨大龙舟虽然不能跨洲，但是可以运载大量货物往来于一洲之地，对于小门小户的珠钗岛而言，是鸡肋，对于野心勃勃的落魄山来说，却是解了燃眉之急。

在刘重润神游万里的时候，卢白象正在和朱敛以聚音成线的武夫手段秘密言语。

卢白象笑问道："就算顺利取回龙舟，你还要各地跑，不会耽误你的修行？成了落魄山的牌面人物，更无法再当那行事无忌的武疯子，岂不是每天都要不舒心？"

朱敛笑着答道："每天忙忙碌碌，我舒心得很。"

卢白象说道："你若是有所图谋，哪怕陈平安念旧放过你，我也会亲手杀你。"

朱敛说道："你没有这种机会的。"

卢白象问道："是说我注定杀不了你，还是你在落魄山当真安分守己？"

朱敛反问道："莲藕福地历史上的卢白象，历来杀伐果决，怎变得如此叽叽歪歪了？"

卢白象不再说话。在那座天下，卢白象是先人，朱敛是后世人。

朱敛笑道："果然只有我家少爷最懂我，崔东山都只能算半个。至于你们三个同乡，更不行了。"

卢白象一笑置之，手心轻轻摩挲着狭刀刀柄。

朱敛瞥了眼卢白象的小动作，问道："信不信你如今连拔刀出鞘都做不到？"

卢白象笑道："不太信。"

朱敛说道："找个机会，陪你练练手？"

卢白象摇头道："先记着，过几年再说。"

朱敛笑道："我这不是怕卢教主一个人，天高皇帝远，在穷乡僻壤待惯了，小日子过得太舒坦，容易不知天高地厚嘛。"

卢白象转头看着朱敛。

朱敛与之对视，挑衅道："卢白象，从没有什么修道之人的莲藕福地，来到鬼怪神仙满山跑的浩然天下，尤其是最近这些年，你是不是一直刀不离身？怎的？法刀在手，就天下我有啦？你怎么不干脆点，去学那隋右边，直接修行求仙，不是更好？"

卢白象皱眉道："你躲在落魄山上，哪里需要时刻准备厮杀，你怎么跟我比？"

朱敛嗤笑道："练拳是自家事，你别问我。若问我，好听的，难听的，你想要听什么答案，我都可以随便讲。至于真相如何，你得问自己。"

卢白象叹了口气道："是有些麻烦。"

朱敛笑道："在一个小地方，只要资质好，福缘不错，即使有些不纯粹，也显现不出，可是到了一方大天地，便不成了。咱们画卷四人，我也就看你稍微顺眼点，讨喜的话，就要少说几句。”

卢白象点点头，算是听进去了。

虽然刘重润不清楚两人在交流什么，但是方才卢白象一刹那的杀机显露，竟是让她这名金丹境地仙都有些心悸。

这卢白象是谁？不过是落魄山祖师堂谱牒上的一个名字而已。

刘重润有些心情黯然，什么时候珠钗岛才能成为一个真正安稳的仙家门派？既不用看人脸色，也不用租赁山头？

带着所有嫡传修士一起离开书简湖，只留一个祖师堂空架子，落户龙泉郡，在鳌鱼背上开辟府邸，真是一个明智的选择吗？

刘重润如今尚不知道答案。

当下刘重润只知道不远处的朱敛与卢白象，都是一等一的武学宗师，搁在宝瓶洲历史上任何一个王朝，都是帝王将相的座上宾。拳头硬是一个缘由，更关键的还是炼神三境的武夫，已经涉及一国武运，比那巩固一地气数的山水神祇，半点不差，甚至作用犹有过之。

只不过朱敛、卢白象两人到底是武道几境，刘重润吃不准，至于双方谁更厉害，刘重润更是无从知晓，毕竟暂时还没机会看到他们真正出手。

对于朱敛的印象，更多的是落魄山的大管家，逢人笑迎。几次打交道，除了待人接物滴水不漏、会做生意之外，刘重润对他其实了解不多，见面次数多了，似乎反而让她更加雾里看花。倒是卢白象，一看就是不好招惹的主，气势不俗，不是瞎子都看得见。

刘重润发现落魄山好像藏着许多不为人知的秘密，只要有机会与之接触，便会一个接一个冒出来，让人目不暇接。

大骊北岳山君魏檗，是落魄山的常客，那个眼神不正的驼背汉子，在魏檗那边，竟然没有半点恭敬。

骑龙巷压岁铺子那个姓石的掌柜，皮囊古怪，似有一丝阴物气息，让刘重润完全瞧不出对方修为的深浅。

陈如初、陈灵均、周米粒，三头精怪，尤其是那个青衣小童，似乎快要到龙门境瓶颈了，一旦给它跻身金丹境，一头蛟龙之属的金丹妖物，可非寻常金丹境修士能够媲美，完全可以当半个元婴看待。但是看样子，陈灵均却是落魄山上最不受待见的一个，而他自己好像受了冷落，也没觉得有什么不对。这要搁在书简湖，早就造反了吧？

刘重润偶尔会想，那个年轻山主，是想要一步登天，将原本寂寂无闻的龙泉郡落魄山，直接打造成一座“宗”字头门派？与圣人阮邛的龙泉剑宗，争个高下？

会不会有些异想天开了？

毕竟落魄山上，武夫多，修士少，也看不出谁是那有望跻身上五境的强势地仙。反观与落魄山毗邻的龙泉剑宗，不谈圣人阮邛，董谷已是金丹境，仅是关于阮邛独女阮秀，刘重润便听说了一些很玄乎的小道消息，说阮秀曾与一名根脚不明的白衣少年，合力追杀一名朱荧王朝的老元婴境剑修，简直就是骇人听闻。

再者，一座名山难容两金丹，远是盟友，近是寇仇，这是山上不成文的规矩。龙泉郡的地盘，哪怕不算小，灵气也充沛，一样支撑不起两座蒸蒸日上的“宗”字头仙家。

明明从未来过仙家渡口的朱敛，偏偏十分熟门熟路，领着刘重润和卢白象，离开了瘴云渡口。这时刘重润看到了一队精骑，人数不多，二十余骑而已，却让她瞬间悚然。

为首三骑，居中是一名风尘仆仆的年轻人，神色沉稳，并未披挂甲胄，腰间却悬挂着一把大骊制式战刀。旁边一骑，是一名黑袍俊俏公子哥，悬挂长短双剑，蹲在马背上，打着哈欠。另外一侧，是个身材敦实的汉子。

刘重润觉得除了那个居中主将，其余两人，都很危险。

至于其他那些大骊精骑，刘重润是亡国长公主出身，垂帘听政多年，操持家务便是打理江山，所以自然是行家里手，一眼就看出他们的彪悍善战。

大骊铁骑能征善战，不只是在沙场慷慨赴死，而且透着一股井然有序的规矩气息。皆是那国师崔瀺细心打磨出来的痕迹。

朱敛仰头望向那肌肤黝黑的汉子，招手笑道：“这不是咱们武宣郎魏大人嘛！”

被朱敛称呼为武宣郎的汉子，无动于衷。

居中的年轻人转头笑问汉子道：“魏大哥，这位老前辈是？”

汉子一板一眼答道：“姓朱名敛，故乡旧识，一个武疯子，如今是远游境，在龙泉郡给人当管事。”

年轻人有些讶异。八境宗师？为何从未听说过？

大骊本土有哪些远游境武夫，他一清二楚，因为一般都投身沙场，几乎没有人留在江湖。至于什么八境的练气士，他倒是没少听说。

他是大骊头等将种门户出身，自幼生活于京城那条将种如云的篪儿街，对修道之人素来没什么好感，唯独对武夫，无论是在沙场，还是在江湖，都有一种天生的亲近。

他的祖辈，都是一拳一刀，为大骊朝廷和自己姓氏打出了江山和家业。

到他自己，一样如此，他刘洵美与好朋友关翳然一般无二，最瞧不起的便是意迟巷那拨躺在祖辈功劳簿上享福的蛀虫。他刘洵美的名字，还是关老爷子亲自给取的。

许多意迟巷和篪儿街的纨绔子弟，实在是扶不起，在父辈的安排下，在衙门里捞油水，帮着地方豪阀牵线搭桥，或是引荐山上仙师担任交好世家的供奉，一年到头有应酬不完的酒局宴会，在京城大小官场、酒席上个个是大爷。虽然身边婢女都是仙家女修，扈从也都是那山上神仙，可是在篪儿街那边，哪个不是缩着脖子小声说话的？

刘洵美翻身下马，向朱敛抱拳而笑，道：“刘洵美，见过朱前辈！”

朱敛赶紧抱拳还礼，笑呵呵道："刘将军年轻有为，在祠堂为祖宗上香，底气十足。"

刘洵美乐了，半点没觉得对方拿祖宗香火说事有什么失礼。

主将下马，魏羡就跟着下马，其余精骑纷纷下马。唯独那生了一双丹凤眼的年轻黑袍剑客，继续蹲在马背上，点头啧啧道："很厉害的御风境了。魏羡，你们家乡出人才啊，这一点，随我们泥瓶巷。"

剑修曹峻。

曹峻是南婆娑洲土生土长的修士，不过家族老祖曹曦，却是出身于骊珠洞天的那条泥瓶巷。

一直走在朱敛和刘重润身后的卢白象，此时走上前与朱敛并肩而立。魏羡朝卢白象点了点头，卢白象笑着点头还礼。

魏羡离开崔东山后，投身大骊行伍，成了一名大骊铁骑的随军修士，靠着一场场实打实的凶险厮杀，如今暂时担任伍长，只等兵部文书下达，得了武宣郎的魏羡，就会立即升迁为什长。当然，魏羡如果愿意亲自领兵打仗的话，可以按律就地升迁为正六品武将，领一老字营，统率千余兵马。

大骊的这类伍长，应该是浩然天下最金贵的伍长了，在见到从三品实权将军以下所有武将时，无须行礼，有那心情，抱拳即可，不乐意的话，视而不见都没关系。

魏羡如今得了大骊铁骑十二等武散官中的第六等——"武"字打头的武宣郎，前面五个武散官，一般只会授予沙场上战功彪炳的功勋武将。以武立国的大骊朝廷，历来武散官比文散官高一等，只不过无比尊崇的上柱国头衔，不一定只颁给武人。

曹峻一直是魏羡的顶头上司，靠着军功，管着一支大骊万人铁骑的所有随军修士。魏羡虽然只是伍长，却有些类似曹峻的辅官。按照曹峻这个惫懒汉的说法，能不动脑子就不动脑子，所以调兵遣将之类的麻烦事，他都喜欢丢给不知根脚的魏羡。魏羡虽说是兵家修士，但更像是纯粹武夫，一开始军队里还有些非议，总觉得这家伙是兵部衙门某位大佬的门客，瞧着大战落幕后，便死皮赖脸蹭军功来了，只是几场搏杀过后，便没了风言风语，道理很简单，与魏羡并肩作战的随军修士，本该战死的，都活了下来。

当刘重润得知这个年轻骑将刘洵美不到三十岁，竟是大骊正四品武将官身之后，就更加震惊。一方面惊讶此人在仕途上的平步青云。大骊武将进阶，必有军功打底，这是铁律，祖荫傍身的将种门户，兴许起步高些，却也有数。另外一方面便是惊讶于落魄山的官场香火情。露面的是武将刘洵美，那么点头允诺此事的，必然是一位位高权重的实权大将，即便不是已经被敕封为巡狩使的曹枰、苏高山，也该是仅在两人之下的大骊显赫武将。

其实不光是刘重润想不明白，就连刘洵美自己都摸不着头脑，此次他率队出行，是大将军曹枰的某个心腹亲自传达下来的命令，骑队当中，还夹杂有两名绿波亭大谍子，一路监军，看迹象，不是盯着对方三人行事守不守规矩，而是盯着他刘洵美会不会节外生枝。

这就很有嚼头了，难道是新任巡狩使曹枰手眼通天，想要与绿波亭某个大头目一起中饱私囊，然后曹大将军选择自己躲在幕后，派遣心腹亲手处置此事？若真是如此胆大包天，难道不应该将他刘洵美换成其他忠心耿耿的麾下武将？刘洵美觉得如果此事有违大骊军律，他肯定要上报朝廷。篪儿街刘家，可不是他曹枰可以随便收拾的门户，关键是此举坏了规矩，大骊文武百年以来，不管各自家风、手腕、秉性如何，终究是习惯了大事守规矩。

可要说有人如此神通广大，能够让曹枰听令行事，使得这个等同于庙堂上柱国的巡狩使亲自谋划，总不会是国师大人吧？

为了一处有人领路的山水秘宝，至于如此鬼鬼祟祟吗？

大骊铁骑一路南下，收拢起来的山上物件，堆积成山。禁绝、捣烂山水祠庙数千座，都是按照大骊的既定规矩运作。

就差这一桩？

刘洵美充满了好奇，并且希望自己能够活着知道那个答案。

大骊精骑这边备好了马匹，众人一起骑马去往宝物藏匿之地，相距瘴云渡口不算太远，两百多里路程。水殿和龙舟埋藏在一条大江之底，秘道极其隐蔽，唯有依靠刘重润掌握诸多山水禁制的破解之法方可入内，打烂水运山根强行进入则会触发机关，水殿和龙舟就要随之崩毁。

刘洵美与刘重润并驾齐驱，商议路线一事。魏羡与卢白象紧随其后，闲聊往事。

卢白象算是画卷四人当中，表面上最好相处的一个，与谁都聊得来。其余三人，相互间几乎说不上话。

朱敛不知怎么竟然就跟曹峻一起落在骑队尾巴上，相谈甚欢，称兄道弟，什么都聊。当然，两个大老爷们，不聊女子不像话。

你曹峻无论说什么，我朱敛回答的言语，要是说不到你曹峻心窝里去，就算我这个老厨子厨艺不精，不会看人下碟。

果然，曹峻眼睛发亮，都想要离开行伍，去落魄山当供奉了。

李希圣带着书童崔赐，离开北地清凉宗后，返回青蒿国一座州城。青蒿国是北俱芦洲的一个偏僻小国，不过不是什么大国藩属。

州城里边，李希圣在一个名为洞仙街的地方，买下了一栋小宅子。对面住着一户姓陈的人家，殷实门户，不算大富大贵的高门，其中有个李希圣的同龄人，名字当中恰巧有个“宝”字，名为宝舟，是个没有功名在身的闲散文人，琴棋书画都不俗，李希圣经常与此人出门游历，不过都走得不远。

李希圣之前从宝瓶洲来到北俱芦洲，一路北游，然后在此停步，还通过一些关系，在一州学政衙署谋了个浊流差事。在去往清凉宗之前，李希圣每天都要从衙署门头那座“开天文运”牌坊旁边走过，衙署十二进，不算小了。

学政大人对李希圣青眼有加，觉得这个年轻外乡人学问不浅。当然，学政大人是出了名两袖清风的清流文官，能够突然从一处清水衙门高升庙堂中枢，担任礼部侍郎，这里面肯定是有些额外“学问”的。有一次他与李希圣推杯换盏，借酒浇愁，李希圣便给了那些“学问”，是偷偷留下的，学政大人偷偷收起的。

第二天，李希圣便成了学政衙署的一名胥吏。

崔赐一开始还觉得五雷轰顶，为何光风霁月的自家先生，会做这种事情，读书人岂可如此市侩作为？

李希圣没有与崔赐解释什么。

这次返回州城，学政衙署那边已经没了李希圣的位置，是随便给了个由头，就剔除了李希圣的胥吏身份。

李希圣也没有在意。

崔赐来的路上，询问先生这次要在青蒿国待多久，李希圣回答说要很久，至少三四十年。

崔赐一开始还有些心慌，怕是要几百年来着，结果听说是短短的三四十年后，就如释重负了。毕竟他与先生，不是那山下的凡夫俗子了。

可是每当崔赐一想到自己的根脚来历时，便总有挥之不去的忧愁。

这天李希圣又摊开一幅字画，看那镜花水月。

崔赐知道自家先生的习惯，便在一旁早早焚香。其实李希圣没有这份雅致，但是崔赐喜欢做这些，他也不拦着。

画卷之上，是一位老夫子在坐而论道。老夫子是鱼凫书院的贤人，讲得十分像老婆娘的裹脚布，翻来覆去只说一个道理，弯来绕去，就是讲这个大道理的种种小道理。崔赐刚开始还听得认真，后来便觉得十分没劲。这些个道理，稍稍读过几天书的人，谁会不懂？需要老夫子讲得如此细碎吗？

后来先生带着他一起游历鱼凫书院，得知了这位老先生被笑话为寻章摘句老雕虫，还被视为书院最没有真才实学的贤人。在书院求学的儒家门生们实在受不了，书院就给老先生安排了这桩差事，负责镜花水月，为那些山上修士讲学。估计连老先生自己都心知肚明，不会有人喜欢听他废话的，不过依旧讲了三十年。老先生乐得清闲，有时候，还会带上几本属于自己心头好的书籍、笔札、字帖，挑选其中一句言语，由着自己的心情，随便讲开去。

崔赐在鱼凫书院那边满是书肆的大街上，听说了老先生一大箩筐的陈年旧事。据说老先生当初之所以获得贤人头衔，是撞了大运，与学问大小没啥关系。一开始也有各路聪明人，与当时还不算老的先生，成了诗词唱和的同道朋友，各国士林，各大地方书院，都盛情邀请此人去讲学传道，可是到最后，连官场上的那种烧冷灶，都没了兴致。此人的一幅字帖墨宝，或者扇面题字和楹联等，最早的时候，可以随便卖出千两银子，可是到如今，别说十两银子都没人买，送人都未必有人愿意收。

可是崔赐却发现，自家先生听这位老先生的讲学，次次不落，哪怕是在清凉宗为那位贺宗主的九名记名弟子讲学期间，一样会观看鱼凫书院的镜花水月。

画卷上，那位老夫子，在那三十年不变的位置上，正襟危坐，润了润嗓子，拿起一本刚刚入手的书籍，是一本山水游记。快速报过书名后，老夫子开宗明义，说今天要讲一讲书中的那句“村野小灶初开火，寺中桃李正落花”到底妙在何处，“村野”“寺中”两词又为何是那美中不足的累赘。老先生微微脸红，神色不太自然，双手持书，将那本游记高高举起，好像是要让人将书名看得更清楚些。

崔赐一脸无奈，问道：“先生，这位老夫子是要饿死了吗？怎的还帮书肆做起了买卖？”

李希圣微笑道：“是第一次，以前不曾有过。估计是老友请求，不好拒绝。”

崔赐趴在桌边，叹了口气道：“贤人当到这个份上，确实也该老脸一红了。”

崔赐笑了笑，道：“不过今儿老夫子总算不讲那些空泛道理了，挺好的，不然我保管一炷香后，就要犯困。”

李希圣听着画卷中那位老先生讲述诗词之道，自言自语道：“谁说学问一定要有用才是好学问？”

崔赐误以为自己听错了，问道：“先生？”

李希圣始终望向画卷，听着老先生的言语，与崔赐笑道：“崔赐，我问你一个小问题，一两一斤，两种分量，到底有多少重？”

崔赐越发迷惑，这也算问题？

李希圣继续说道：“两个分量，是谁定的规矩？最早的时候，秤与砣又是在谁手里？万年之前，万年之后，会不会有丝毫的偏差？若是有一丝一毫的差别，天下万物运转，又有哪些影响？”

崔赐稍稍深思，便有些头疼欲裂。

李希圣缓缓道：“世间一些极为纯粹的学问，看上去距离人间极远，但不能就说它们没有用。总有些看似没用的学问，得有人来做。我与你说些事情，能帮你挣一枚铜钱，还是精进丝毫的修为？”

崔赐摇摇头，道：“不太能。”

李希圣望向画卷中那位迟暮老态的书院读书人，有些感伤，收起视线，转过头，望向这个只是由一堆碎瓷拼凑而成的“非人”少年，说道：“淬炼灵气，化为己用，步步登天，长生不朽，便是修行问道。我们儒家将道德文章、纸上学问，反哺俗世人间，便是儒家教化，随风潜入夜，润物细无声，便是学问至境。”

李希圣沉默片刻，望向那只香炉上方的袅袅香火，说道：“一收，是那天人合一，证道长生。一放，自古圣贤皆寂寞，唯留文章千百年。真正的儒家子弟，从来不会只求长生啊。”

老先生到底是老了，说着说着自己便乏了，以往一个时辰的书院课业，他能多唠叨半个时辰，今儿竟是半个时辰过后，便没了再讲下去的心气和精神。

老先生神色哀伤，直直望向远方，自言自语道：“我其实知道，没人听的，没有人在听我说这些。”

老先生轻声道：“二十年前，听山长讲，隔三岔五，还偶尔会增加些雪花钱的灵气，十年前，便很少了，每次听说有人愿意为老夫的那点可怜学问砸钱，老夫便要找人喝酒去……”

说到这里，老先生挤出一个笑脸，抓起那本游记，道：“便是版刻这本书卖钱的老家伙，眨眼工夫，酒没喝几顿，便都老了。最近几年，更是没能靠着这点学问，帮着书院挣来一枚雪花钱，良心上过意不去啊。”

老先生神色萧索，放下那本书，突然气笑道：“姓钱的老混账，我晓得你在看着，怕我不帮你卖书不是？他娘的把你的二郎腿给老子放下去！不放也行，记得别把酒菜吃完，好歹留下点，等我出了书院吃几口就成。”

老先生站起身，作了一揖，黯然道：“此次讲学，是我在书院最后一次自取其辱了，没人听更好，免得花了冤枉钱，山上修道大不易。我这些讲了三十年的学问，真没啥用，看看我，如此这般模样，像是读书人、学问人吗？我自己都觉得不像。”

老先生准备去收起镜花水月。他空有一个书院贤人头衔，却不是修行之人，无法挥手起风雨。就在此时，青蒿国李希圣轻轻丢下一枚谷雨钱，站起身，作揖行礼道，“读书人李希圣，受益颇多，在此拜谢先生。”

那老先生愣在当场，呆了许久，竟是有些热泪盈眶，摆手道：“受之有愧，受之有愧。”

然后老先生有些难为情，误以为有人砸了一枚小暑钱，小声道：“那本山水游记，千万莫要去买，不划算，价格死贵，半点不划算！再有神仙钱，也不该如此挥霍了。天底下的修身齐家两事，说来大，实则应当从小处着手……”

本打算再唠叨些大道理，老先生突然闭上了嘴巴，神色落寞，自嘲道：“不说了不说了。”

突然又有一人砸了一枚谷雨钱，朗声道：“刘景龙，已经聆听先生教诲三十年矣，在此拜谢。此次出关，总算没有错过先生最后一次讲学！”

不光是老先生跟遭了雷劈似的，就连崔赐都忍不住开口询问道：“先生，是那太徽剑宗的年轻剑仙刘景龙吗？”

李希圣笑着点头。

老先生那叫一个老泪纵横，最后正了正衣襟，挺直腰杆，笑道：“以后有机会一定要来找我喝酒！不在书院了，但也离得不远，好找的，只须说找那裹脚先生，便一定找得到我。到时候再埋怨你小子为何不早些表明身份，好让老夫在书院脸面有光。”

突然有第三人的声音回荡：“这次讲学最差劲，帮人卖书的本事倒是不小，怎么不自己去开座书肆，我周密倒是愿意买几本。”

老夫子压低嗓音，试探性问道：“周山长？”

那人笑呵呵道：“不然？在北俱芦洲，谁能将‘我周密’三个字，说得如此理直气壮？”

那位老先生赶紧跑开，去合上一本摊开之圣贤书，不让三人见到自己的窘态。

上了岁数的老书生，还是要讲一讲脸面的。

正值山君魏檗离开披云山之际，一支车队浩浩荡荡，举家搬迁，离开了龙泉郡槐黄镇。

不是没钱去牛角山乘坐仙家渡船，是有人没点头答应，这让一个管着钱财大权的妇人很是遗憾，她这辈子还没坐过仙家渡船呢。

没办法，是儿子不点头，她这个当娘亲的也没辙，只能顺着。

杏花巷马家，在马婆婆死后，马婆婆的孙子马苦玄也很快离开小镇，祖宅就一直空着了，而马婆婆的一双儿子儿媳，早就搬出了杏花巷祖宅。马家有钱，却不显山不露水，就跟林守一在窑务督造署当差的父亲一样，有权却不彰显，给人印象就只是个不入流的胥吏，两户人家，是差不多的光景。

马家夫妇，当年搬出了杏花巷，却没有在福禄街和桃叶巷购置产业，如今已经悄悄将祖上传下来的龙窑，转手卖给出了个天价的清风城许氏，然后在马苦玄的安排下，举家搬往兵家祖庭之一真武山的地界，以后世世代代就要在那边扎根落脚。

妇人其实不太愿意，她男人也兴致不高，夫妇二人，更希望去大骊京城那边安家落户，可是儿子既然那样说了，他们当爹娘的，就只能照做，毕竟儿子再不是当年那个杏花巷的傻小子了，而是宝瓶洲如今最出类拔萃的修道天才，连朱荧王朝那出了名擅长厮杀的金丹境剑修，都被他们儿子宰杀了两个。

妇人掀起车帘子，看到了外面一骑，是一名漂亮得不像话的年轻女子，如今是自己儿子的婢女，儿子帮她取了个叫“数典”的名字。

妇人觉得有些好玩，只有这件事，让她觉得儿子还是当年那个傻儿子——在与人怄气呢。

早年泥瓶巷那个传言是督造官大人私生子的宋集薪，身边就有个婢女叫稚圭。听婆婆在世时的说法，儿子其实一直喜欢那个稚圭。

马车旁策马缓行的女子察觉到了妇人的视线，一开始打算装作没看到。此时马队最前面一骑当先的年轻男子，转头望来，眼神冷漠。

她吓得噤若寒蝉，立即转头望向车帘子那边，柔声问道："夫人，可是需要停车休憩？"

妇人笑着摇头，缓缓放下帘子。

被取名为"数典"的年轻女子，瞥了眼前方那一骑年轻男子的背影，她心中悲苦，却不敢流露出丝毫。

当年她与清风城许氏母子、正阳山搬山猿一起进入骊珠洞天，众人都是为机缘而来，到头来，她竟是最凄惨的一个，一桩福缘没捞到手，还惹下天大的祸事——货真价实的灭门之祸。她爷爷，海潮铁骑的主人，在被势不可当的大骊兵马灭国之后，虽说丢了兵权，但是在朝廷那边保住了一份官身，得以告老还乡，原本已经顺势而为，然而这个年轻人，出现了。荣归故里的途中，朝廷的随行护卫，加上爷爷的亲军扈从，百余人，都死了，遍地尸体。

她与爷爷一起跪倒在地。马苦玄站在他们两人之间，伸手按在两颗脑袋之上，说两颗脑袋，还不了债，就算整支海潮铁骑都死绝了，也还不上。

马苦玄就问老人，应该怎么办。老人开始磕头，祈求马苦玄放过他孙女，只管取他性命。一生戎马生涯，战功无数，哪里想到会落得这么个下场，她在一旁木然跪着。马苦玄便一掌按下，地上留下一具惨不忍睹的瘫软尸体。

最后马苦玄没有杀她，将她留在了身边，赏赐了她一个"数典"的名字，没有姓氏。

失魂落魄的数典，最后跟随马苦玄去往龙泉郡。

一路上多次随性杀人的年轻男子，重返家乡后，第一个去处，不是杏花巷，更不是他爹娘住处，而是龙须河之畔。在那龙须河与铁符江接壤处的瀑布口子上，数典看到了一位捧剑神祇，是大骊第一等水神，名为杨花。

马苦玄当时蹲在江河分界处，轻轻往水中丢掷石子，对那位神位极高的大骊神灵笑道："我知道你是太后娘娘身边的侍女，我呢，只是你麾下河神的孙子，照理说，应该礼敬你几分，但是我听说你对我奶奶不太客气，那么你就要小心了。人生在世，无论是修道之人，还是神祇鬼怪，欠了债都是要还的，等到我下次返回这边探望奶奶时，若是听说你还敢对这条龙须河颐指气使，我就要将你的金身拘押到真武山上，日日锤炼，碎了多少香火精华，我便喂你多少香火。我要你还上一千年，哪怕我马苦玄死了，只要真武山还在，你就要受一千年的苦头，少一天，都算我马苦玄输。"

水神杨花嗤之以鼻。

马苦玄又说了一句："你既然能够成为大江正神，吃苦自然不太怕，没关系，你到底是女子出身，人性不在，有些秉性难以祛除干净。我会每隔几年就抓些淫祠神祇，或是山泽精怪，然后传授他们一桩早已失去传承的神道秘术，让他们因祸得福，让你知道什么叫钱债身偿。”

马苦玄最后说道：“我与你说这些，是希望你别学某些人，蠢到以为很多小事，就只是小事。不然我马苦玄破境太快，你们还债也会很快的。”

那位铁符江水神没有言语，只是面带讥笑。

马苦玄歪着脑袋，问道：“不信，对不对？”

马苦玄微笑道：“那就等着。我现在也改变主意了，很快就会有一天，我让太后娘娘亲自下懿旨，交到你手上，让你去往真武山辖境，担任大江水神。到时候我再登门做客，希望水神娘娘可以盛情款待，我再礼尚往来，邀请你去山上做客。”

杨花神色凝重。

马苦玄摇摇头：“不好意思，晚了。”

杨花眯起眼。

一名真武山护道人，在马苦玄身后现出身形，微微一笑，道：“水神娘娘，擅自杀人，不合规矩。”

杨花冷笑道：“马苦玄已经是你们真武山的山主了？”

那名兵家修士摇摇头，笑道：“自然不是。只不过马苦玄说话，似乎比我们山主更管用一些。我也心生不满已久，无可奈何罢了。”

杨花发现那名修士悄悄朝自己使了个眼色。杨花叹了口气，对马苦玄说道：“马兰花很快就可以拥有自己的河神祠庙。”

龙须河河神马兰花，当年从河婆晋升河神后，却一直无法建造祠庙。

若是铁符江水神金口一开，建造香火祠庙，合情合理，无论是龙泉州当地官府，还是大骊朝廷礼部那边，都不会为难。

马苦玄站起身，拍拍手，道：“好的，那么我马苦玄也反悔一回，以后水神娘娘便是我马苦玄的贵客。”

之后，身材修长的马苦玄，黑衣白玉带，就像一位豪阀门第走出家门游山玩水的翩翩公子，走在龙须河畔。当他不再隐藏气机后，走出去没多远，河中便有水草浮现摇曳，似乎在窥探岸上动静。

好似不敢与马苦玄相认，那个姿容不再、老朽衰败的马婆婆，从河面探出脑袋，望着那个岸上的年轻男子。江河水神不会流泪，妇人却下意识擦拭脸庞。

那是数典第一次见到年轻魔头马苦玄灿烂而笑，原来这种铁石心肠的坏种，也会流泪。

那天马苦玄在河畔，与奶奶并肩而坐。奶奶轻轻抓着马苦玄的手，一直在喃喃而语。马苦玄只是坐着，很久都没有说话。眼里是一张有些陌生的面容，耳边却是他这辈子再熟悉不过的唠叨。

奶奶又说了好多的家长里短，骂了好多人，最后却要他什么都不用管。

她让孙子等一会儿，然后去了趟寒酸的水中府邸，搬来了所有积攒下来的家当，整整齐齐放在马苦玄身边，一件件说着来历。最后她要马苦玄把这些东西全部带走，说都是她为孙子攒下来的媳妇本，就是不晓得这些年有没有中意的姑娘，反正那个稚圭，就是个天生的狐媚子，真不是可以娶进家门的女子，除了她，任何女子当她的孙媳妇，她都认。

马苦玄说就是稚圭了。奶奶便习惯性伸出手指头，轻轻戳了戳孙子的额头，骂他是鬼迷心窍，半点不知道好，是个爹不管娘不教的痴子，活该吃苦。奶奶说着说着，便哭了起来，说当年为了成为这河婆，可遭了罪吃了疼，若不是念着还有他这么个孙子，她真要熬不住了。

马苦玄深呼吸一口气，伸手抹了一把脸。

奶奶告诉马苦玄，她心底有一件放不下的事。马苦玄说不用怕这个，真要循着蛛丝马迹查到杏花巷马家头上，那个陈平安敢杀一个人，他就杀陈平安两个最在意之人，只会多不会少。奶奶只是摇头，带着哭腔说，他们可是你爹娘，哪有这么算账的。

马苦玄沉默不言语。奶奶使出了杀手锏，一定要马苦玄答应她，若是他不答应，以后她就当没孙子了。

马苦玄只好先答应下来，其实内心深处，自有计较，所以分别之后，马苦玄没有去找爹娘，而是去了趟杨家铺子。在他得知自己奶奶必须留在龙须河，此事没得商量之后，这才不得不改变主意，让爹娘高价卖出祖传龙窑，举家离开龙泉郡。最终便有了这趟慢悠悠的离乡远游。

这一路行来，数典发现了一件怪事。

不知为何，好像马苦玄与父母关系很一般，并非仙人有别的那种疏离，就好像从小就没什么感情，去了山上修道之后，双方越发疏远。而那对夫妇，好像一直沉浸在巨大的欣喜情绪当中，对于光宗耀祖的儿子那几乎连一个笑脸都没有的沉默寡言，根本不觉得有什么不妥，好像儿子如此高高在上，是天经地义的事情。

夫妇二人，那个寻常豪绅装束的男子，有着豪绅巨贾的精干，妇人生了一双桃花眸子，姿色算不得出彩，看人的眼神，哪怕脸上带着笑，依旧透着丝丝冷意。

一路上，有些不长眼又运气不好的人与精怪，都死了。

马苦玄有意拣选了那些有路可走却穷山恶岭的山水路程，好像要拿那些流寇、精怪大开杀戒，以此排解心中烦闷。

在这期间，数典的师门修士，第二次前来救她。

第一次是祖师带人亲临，向马苦玄兴师问罪，马苦玄当着她的面亲手打杀十数人，就像碾死蝼蚁一般。

马苦玄出手之前，要她选择，是自己活，还是救她的人活。若是答错了，她就要死。

数典答对了，所以那些人死了。

这一次，是一名有望与她成为山上道侣的同门师兄，与他的山上朋友赶来，要救她于水深火热之中。

马苦玄又让她选择，是做那亡命鸳鸯，还是独自苟活。

数典还是要活，于是那名她一直以为自己深爱着的师兄与他的几个朋友，又都死了，毫无悬念。

当时大雨泥泞，数典整个人已经崩溃，坐在地上，大声询问为何第一次自己求死，他马苦玄偏不答应，之后两次，又遂了她的心愿。

马苦玄当时一身长衫不沾丝毫雨水，对她笑道："本就是要你生不如死，有什么想不明白的？你不理解，所以今天要坐在烂泥里可怜哀号，当你理解了以后，就可以活得轻松惬意，往日种种，根本不值一提。"马苦玄一把抓住她的头发，将她摔到马背上，"当奴婢的，以后再有不敬，便割舌头，下不为例。"

车队在雨幕中继续赶路。

春末时节，阳光和煦。

马苦玄在马队最前头，坐在马背上，晃晃悠悠，心中默默计算着宝瓶洲有哪些蹲着茅坑不拉屎的上五境修士。

大骊国师、绣虎崔瀺，不算，这位老先生，的的确确是做大事的。

躲在大骊京城多年，那位墨家分支的巨子，硬生生熬死了阴阳家陆氏修士，也算本事。

那十二艘名副其实的山岳渡船，马苦玄亲眼见识过，抬头望去，遮天蔽日，渡船之下方圆百里的人间版图，如陷深夜，这便是大骊铁骑能够快速南下的根本原因。每一艘巨大渡船的打造，都等于是在大骊朝廷和宋氏皇帝身上割下一大块肉。不仅如此，大骊宋氏还欠下了墨家中土主脉、商家等中土神洲大佬的一大笔外债，大骊铁骑在南下途中的刮地三尺，便是秘密还债，至于什么时候能够还清债务，不好说。

那个名叫许弱的墨家游侠，不容小觑。

北俱芦洲的天君谢实，已经动身返回北俱芦洲，继续留在宝瓶洲，毫无意义。而且听说这位天君有后院起火的顾虑，再不返回北俱芦洲，会闹笑话。

其余的，好像都是些可有可无的存在，死了，灵气重归天地；活着，就是些会仙法的山上窃贼，吃进便不吐出的守财奴。

神诰宗的天君祁真，连贺小凉这种福缘深厚的宗门弟子都留不住。将她打断手脚留在神诰宗，当一只聚宝盆不好吗？

从玉圭宗搬迁过来的下宗真境宗，一鼓作气吞并了书简湖后，风头正盛，不过那姜尚真很会做人，堂堂宗主，竟然愿意夹着尾巴做人，宗门弟子与外界起了任何冲突，根本不问缘由，全是自家错，在祖师堂那边家法伺候，好几次都是主动给结仇门派送去人头，这才免去了许多麻烦和隐患。

宫柳岛野修刘老成，是玉璞境，截江真君刘志茂也破境了，成为第二个上五境野修，当然，如今都算是真境宗的谱牒仙师了。

风雪庙那位貌若稚童的老祖师，已经数百年不曾下山，倒是在正阳山与风雷园的厮杀当中，露过一次面。

真武山那边的某位女子修士，比同为宝瓶洲兵家祖庭的风雪庙老祖，还要沉寂，不过众多弟子倒是在大骊边军当中，一直很活跃。

一直躲在重重幕后的云林姜氏的家主。

宝瓶洲历史上第一位上五境神祇——披云山魏檗。

朱荧王朝那位至今都没有现身的上五境剑修，不知道是闭关死了，还是选择继续隐忍。

至于大隋王朝那个说书先生，如今待在披云山当那阶下囚，护着一位高氏皇子。不是马苦玄看不起这个老家伙，他除了一个玉璞境的境界，还剩下点什么？

最后马苦玄想起了泥瓶巷那个泥腿子。离开了小镇，好像遇到的所有同龄人，皆是废物，反而是家乡的这个家伙，才算一个能够让他提起兴致的真正对手。

马苦玄在马背上睁开眼睛，十指交错，轻轻下压，觉得有些好玩。

不知道下一次交手，自己需不需要倾力出手？

估计依旧不用。

这就有些无趣了。

马苦玄又闭上眼睛，开始去想那中土神洲的天之骄子。

至于身后那个婢女，总有一天，她会悲哀地发现，不知不觉，报仇之心全无，反而会由衷地觉得，马苦玄身边，是天底下唯一的安稳之处。

到了那个时刻，也就是她该死的时候了。

马苦玄会留下她的一部分魂魄和记忆，凭借某些连真武山老祖都无法掌握的失传秘法，循着那点蛛丝马迹，找到她的投胎转世，时机到来，就还给她记忆，让她生生世世不得解脱，一次次转世为人，一次次生不如死。

那个陈平安，只要敢报仇，会比她更惨。但是在陈平安寻仇之前，他马苦玄不会多做什么，毕竟当年是他们马家有错在先。

他马苦玄再心狠手辣，还不至于滥杀无辜，只不过世上多有求死之人，不凑巧惹到了他马苦玄，他便帮着送一程而已。

落魄山上，一大清早，裴钱就准备好了大大小小的家当，她马上就要出一趟远门！因为昨天那老头告诉她道："背好小竹箱，带好行山杖，去你家乡，一起游学去。别担心，就当是陪着老夫散散心，练拳这种事，以后再说。"

裴钱当时刚嚷着"崔老头今儿吃没吃饱饭"，然后就推开二楼竹门，铁了心要再吃一顿打。

反正撂不撂下一两句英雄豪气的言语，都要被打，还不如占点小便宜，就当是自己白挣了几枚铜钱。

结果一袭青衫也没光脚的老头子，就来了这么一句。

裴钱还有些不自在来着，道："老厨子走了，可是山上还有暖树丫头管咱们饭啊。再说了，饭桌上我也没抢你那一碗吧？"

最近这些天，崔诚经常露面，也会上桌吃饭。

崔诚听了这话，差点没忍住再给这丫头来一次结结实实的喂拳。他只说了一句话："下楼一边凉快去。"

裴钱却眼珠子急转，硬是磨磨蹭蹭了半天，这才大摇大摆走出竹楼，站在廊道中，双手叉腰，喊道："周米粒！"

坐在一楼楼梯那边的黑衣小姑娘，立即跑到空地上，问道："今儿怎么没有听到嗷嗷叫了？"

裴钱一挑眉头，双臂抱胸，冷笑道："你觉得呢？进了二楼，不分出胜负，你觉得我能走出来？"

周米粒皱着脸，使劲想着这个问题，最后问道："你们在那碗饭里下泻药啦？咋个我事先不知道？这种事情，不该交给暖树啊，我是落魄山右护法，我来做才对——"

裴钱跳下二楼，飘落在周米粒身边，闪电出手，按住这个不开窍的小笨蛋的脑袋，手腕一拧，周米粒就开始原地打转。

到后来是周米粒自己觉得有趣，原地转起来。

裴钱并拢双指伸出，一声轻喝道："定！"

周米粒立即站定，还没忘记瞪大眼睛，一动不动。

裴钱双指竖在身前，另外那只手做了个气沉丹田的姿势，点头道："我这一手仙家定身术，果然了得，连哑巴湖的大水怪都躲不过。"

周米粒还是不敢动，只能眼睛发亮。

裴钱比较满意，双指朝她一指，叫声"动"！

周米粒赶紧拍掌，兴高采烈道："厉害厉害，我方才真动弹不得了。"

这天裴钱带着周米粒又去找陈如初玩去，三个丫头凑一堆，叽叽喳喳，就像那山间桃花开无数，花上有黄鹂叫得欢。

一天的光阴，就那么一晃而过。

今天清晨，不光是陈如初和周米粒到了，就连郑大风也来了，还有陈灵均。

郑大风面无表情。怪不得他郑大风，是真拦不住崔诚这老家伙了。

陈灵均看了眼崔诚，便走去崖畔那边独自发呆。

崔诚对郑大风说道："告诉朱敛，不要那一半武运，很不错。"

郑大风手持一把桐叶伞，嬉皮笑脸道："老厨子不要，给我也成嘛。"

崔诚一脚踹去，不快，郑大风脚步踉跄着也能轻松躲开。

裴钱在一旁显摆着自己腰间久违的刀剑错，竹刀、竹剑都在，手里还拿着行山杖，背着小竹箱。

今天崔诚也身穿儒衫。

裴钱不是没见过老人这副装束，只是觉得今儿特别陌生。

崔诚笑道："不知道了吧？老夫也是读书人出身，早年学问还不小，是咱们宝瓶洲数得着的硕儒文豪。"

裴钱说道："是你自个儿数的?"

崔诚笑道："哦?"

裴钱立即大声道："应该不是！绝对是宝瓶洲山上山下都公认的事实。"

郑大风心中叹息，道："地点选好了，按照前辈的意思，从南苑国最西边的一处荒野深山开始。"

崔诚点点头，转头望向裴钱，问道："准备妥当了?"

裴钱使劲点头，死死攥紧手中行山杖，颤声道："有些妥当了!"

最终一老一小，好似腾云驾雾，落在了一座人迹罕至的山巅。

裴钱脸色微白。崔诚轻声笑道："等到走完这趟路，就不会那么怕了，相信老夫。"

裴钱将手中行山杖重重戳地，嗤笑道："怕个屁!"

崔诚眺望远方，说道："那就麻烦你收起袖子里的符箓。"

裴钱一只袖子轻抖，假装什么都没有听到。

两人一起徒步下山。

一开始裴钱还有些惴惴不安，走惯了山路的她，走着走着，便觉得真没什么好怕的，至少暂时是如此。

离着南苑国京城，还远得很，如今脚下，只是当年莲藕福地的蛮夷之地，都不算真正的南苑国版图。

这天黄昏里，裴钱已经熟门熟路地煮起了一小锅鱼汤和米饭。

山脚那边有条河，裴钱自己削了竹竿，绑上了鱼线和鱼钩，然后抛竿入水，安安静静蹲在河边，等鱼儿彻底咬钩，猛然拽起，就上岸了。

崔诚当时看着那根粗鱼竿就头疼，这能叫钓鱼？叫拔鱼吧？

不过端着大碗喝着鱼汤的时候，盘腿而坐的老人就不计较这些了。虽然有点咸，可当黑炭丫头问他滋味如何时，崔诚便昧着良心说还行。

裴钱给自己舀了鱼汤泡饭吃，香喷喷，真下饭！裴钱蹲在地上，吃得肩头一摇一摆，欢天喜地。

老人也懒得说坐有坐相、吃有吃相了，他又不是那陈平安。

以后若是陈平安敢念叨这些鸡毛蒜皮，崔诚觉得自己说不定就要忍不住训斥他几句。当个师父有什么了不起的，管东管西，裴丫头的心性，其实才多大……

只是一想到这些，崔诚便有些自嘲，对裴钱轻声道："慢些吃，没人跟你抢。"

裴钱"哦"了一声，开始细嚼慢咽。

收拾过了碗筷和煮汤的陶罐，裴钱拿出水壶，洗了洗手，然后从各色物件分门别类整齐摆放的小竹箱里边，取出书笔纸墨，将小竹箱当作书案，开始认真抄书。

崔诚坐在一旁，笑道："跟着我，可以不用抄书，以后师父怪罪，你就说是我说的。"

裴钱一丝不苟抄好完整的一句话后，这才转头瞪眼道："瞎说什么呢！"

崔诚摆摆手。

裴钱抄完书后，天色已昏暗，她又小心翼翼收起所有物件。其实夜间视物，对如今的裴钱而言，就像喝水吃饭，太简单不过了。

看那崔老头似乎要打盹，裴钱便手持行山杖，蹑手蹑脚去了山巅远处，练习那疯魔剑法。

崔诚在她身后笑问道："既然是剑法，为何不用你腰间的那把竹剑？"

裴钱停下身子，大声回答道："学师父呗，师父也不会轻易出剑，你不懂。当然，我也不太懂，反正照做就行了。"

崔诚问道："那如果你师父错了呢？"

裴钱继续练习这套疯魔剑法，呼啸成风，以至于她的言语，落在寻常武夫耳中，都显得有些断断续续，崔诚当然听得真切。

"师父怎么可能教错我？不会错的，这辈子都不会。即使错了，我也觉得没错。你们谁都管不着。"

崔诚笑了笑，不再言语，开始闭目养神。

子时左右，崔诚便喊醒了裴钱。裴钱揉了揉眼睛，也没埋怨什么。

昼夜兼程,跋山涉水,有什么好稀奇的。

下山的时候,裴钱身上多背着一根不太像话的鱼竿。

崔诚问道:“不累?”

裴钱好像就在等这句话,可怜兮兮道:“累啊。”

崔诚便说道:“别想着我帮你背鱼竿,老夫丢不起这脸。”

裴钱哀叹一声,让崔诚稍等片刻,摘了鱼线,与鱼钩一起收起,放回竹箱中的一只小包裹里,然后重新背好竹箱,抓住那根鱼竿,轻喝一声:“走你!”

鱼竿直直钉入了远处一棵大树。

之后由于沿着那条大河行走,所以一天的早晚两餐,还是煮鱼汤就米饭。

崔诚小口喝着鱼汤,问道:“这要是沿河走下去,咱俩每天都吃这个?”

裴钱白眼道:“有的吃就知足了,还要闹哪样嘛。”裴钱哼哼道:“你是不知道,当年我跟师父行走江湖的时候——就我和师父两个人哦,没老厨子他们啥事——那会儿,才叫辛苦。有一次我实在是饿慌了,师父又没喊我吃饭,你猜我想出了个什么办法?”

崔诚笑道:“求那陈平安赏你一口饭吃?”

裴钱嗤笑道:“屁咧,我是去了一条水流浑浊的河边,一个猛子就扎了下去,然后伸出手臂,在石头缝隙里那么一搅和,就抓到了一条跟我胳膊差不多长的大鲇鱼,可凶了。我就赶紧浮出水面,跑上岸,抡起胳膊,使劲甩了好几下,才将那条大鲇鱼砸在地上!”

裴钱说到这里,有些得意,道:“师父都看傻眼了,对我竖起了大拇指,赞不绝口!”

崔诚笑道:“鬼话连篇。”

裴钱立即松垮了肩头,颓然道:“好吧,师父确实没竖起大拇指,也没说我好话,就是瞥了我一眼。”

事实上,那一次黑炭丫头很硬气地将那条被鲇鱼咬伤的胳膊藏在了身后,用眼神狠狠瞪着陈平安。

这会儿,裴钱又信誓旦旦地对老人说道:“那条大鲇鱼,是真的被我逮住了……”

说到这里,担心崔诚不相信,裴钱麻溜儿地卷起袖子,结果十分懊恼,叹了口气,道:“我忘了早就没那印痕了。”但很快她就满脸笑意,“幸亏当年师父随手抓了一把草药,捣烂了敷在我的胳膊上,就半点不疼了,你说怪不怪?灵不灵?你就不懂了吧?”

崔诚笑着点头。

在那之后,裴钱还是会每天抄书,时不时练习那套疯魔剑法。

崔诚就只是带着裴钱缓缓赶路。

这天看着裴钱用石子打水漂,崔诚随口问道:“裴丫头,你这辈子听过最伤心的话是什么?”

裴钱故意没听见。

老人便又问了一遍。

裴钱蹲在水边,缓缓道:“就两次吧,一次是在桐叶洲大泉王朝的边境客栈,师父其实没说话,只是看着我,我便伤心了。”

“后来有一句话,是那只大白鹅说的,他问我:‘难道只有等师父死了,才肯练拳吗?’听着也伤心,让人睡不着觉。”

崔诚便没有再说什么。

好像很快就自个儿无忧无虑起来的裴钱,已经摘了河畔两株无名小草,自顾自玩起那乡野稚童最喜欢的斗草来。

山水迢迢,渐渐走到了有人烟处。

崔诚依旧带着裴钱走那山水形胜之地。

在一处悬崖峭壁,崔诚双手负后,微笑道:“好一个铁花绣岩壁,杀气噤蛙黾。”

裴钱“嗯”了一声,轻轻点头,像是完全听懂了。

崔诚转头笑道:“这么久都是两脚落地的跋山涉水,接下来咱俩来个实打实的翻山越岭,敢不敢?”

裴钱往额头上一贴符箓,豪气干云道:“江湖人士,只有不能,没有不敢!”

崔诚并未御风远游,而是缘壁而上,身后跟着依样画葫芦的裴钱。

到了山巅,与远处青山相隔至少有十数里之遥。

崔诚笑道:“抓牢了行山杖和竹箱。”

不等裴钱询问什么,崔诚一把抓住她的肩头,笑着大喝一声:“走你!”好似山上神仙驾驭云雾的裴钱,一开始被吓得手脚冰凉,很快适应过来,“哇哦”一声,玩起了狗刨,低头望去,山川河流,在脚下蜿蜒。

没什么好怕的嘛。

即将撞入对面那座青山之时,裴钱轻轻调整呼吸,在空中舒展身躯,变换姿势,微微改变轨迹,以双脚踩在一棵参天大树上,双膝瞬间弯曲,身体蜷缩起来,整个大树被她一踩而断。当断树砸地时,裴钱脚尖轻轻一点,飘然落地。崔诚已经站在她身边,说道:“来,比比谁更早登顶。”

裴钱撒腿狂奔,如一缕青烟,崔诚刚好在前始终保持与裴钱拉开五六丈距离,看得见,但不追上。

一老一小,在随后的山路当中,便是一条直线而去。当前方无路可走之时,崔诚便像之前那样丢出裴钱。

到最后,裴钱甚至都可以在云雾中耍一耍那套疯魔剑法。

一天月明星稀时分,两人落在了南苑国一座西岳名山的山脚。

裴钱眨着眼睛,跃跃欲试道:“把我丢上去?”

崔诚笑道："该走路了，读书人，应当礼敬山岳。"

裴钱点点头，道："也对。"

南苑国的山岳之地，在历史上，没有那真正的神人异事，但稗官野史上的传说事迹，可是不少。

不过如今就不好说了。

崔诚带着裴钱登山。裴钱颠着小竹箱，以行山杖轻轻敲击台阶，笑道："与咱们落魄山的台阶，有些像嘛。"

崔诚说道："天下风景，不仔细看，都会相似。"

裴钱点了点头，决定将这句话默默记下，将来可以拿出来显摆显摆，好糊弄周米粒那个小笨蛋去。

崔诚缓缓登山，环顾四周，念了一句诗词："千山耸鳞甲，万壑松涛满，异事惊倒百岁翁。"

裴钱点头道："好诗句！"

崔诚笑问："你懂？"

裴钱咧嘴一笑，道："我替师父说的。"

崔诚爽朗大笑。

到了山巅，有一座大门紧闭的道观，崔诚没有敲门，只是带着裴钱逛了一圈，看了些碑文崖刻。崔诚眺望远方，感慨道："先贤曾言，人之命在元气，国之命在人心。诚哉斯言，诚哉斯言……"

裴钱转头看着老人，终于记起老人说过自己是个读书人。

两人难得徒步下山，再往下行去，便有了乡野炊烟，有了市井城镇，有了驿路官道。

一路上见到了很多人，三教九流，多是擦肩而过，也无风波。

这天两人在一座路边茶摊，裴钱付了钱要了两大碗凉茶。

裴钱给自己编了一顶竹斗笠。腰间刀剑错，背着小竹箱，头戴竹斗笠，桌边斜放行山杖，显得很滑稽。

隔壁桌来了一伙翻身下马的江湖豪客，裴钱便有些慌张，原本坐在老人桌对面的她，便悄悄坐在了老人一侧的长凳上。

飞快看了眼那拨真正的江湖人，裴钱压低嗓音，问老人道："知道行走江湖必须要有哪几样东西吗？"

崔诚笑道："说说看。"

裴钱轻声说道："一大兜的金叶子，一匹高头大马，一把削铁如泥的宝刀，再就是一个响当当的江湖绰号。师父说有了这些，再去行走江湖，走哪儿都吃香哩。"

裴钱突然有些开心，道："我以后不要什么高头大马，师父答应过我，等我走江湖的时候，一定会给我买头小毛驴。”

崔诚笑着点头。

那拨腰佩刀剑的江湖人就坐在隔壁，其中一人没立即落座，伸手按住裴钱的斗笠，哈哈大笑道：“哪里跑出来的小黑炭？哟，还是位小女侠，佩刀挂剑的，好威风啊。”

那人伸手重重按住裴钱的脑袋，戏谑道：“说说看，跟谁学的？”

崔诚只是喝着茶水。

裴钱脸色惨白，一言不发，缓缓抬起头，怯生生道：“跟我师父学的。”

那江湖人笑着后退一步，抬脚踹了一下裴钱的绿竹箱，不屑道：“行走江湖，咋还背着破烂书箱？”

裴钱想要向崔诚开口求助，不承想老人笑道：“自己解决。”

见那人还要加重力道，踹自己身后的竹箱一脚，裴钱抹了一把脸上的汗水，站起身，挪步躲开，伸手一抓，就将那根行山杖握在手中。

那人一脚踏空，刚觉得失了面子，有些恼羞成怒，见到那小黑炭凌空取物的一幕，便开始额头冒汗，将有些不善的面容，尽量绷成一个和善神色，然后低头哈腰，搓手干笑道：“认错人了，认错人了。”

裴钱想了想，坐回原位。

崔诚笑问道：“是不敢出手？”

裴钱摇摇头，闷闷不乐道：“一开始是有些怕他打坏了竹箱，方才见他递出那一脚后，我便更怕一个不小心，一拳打穿他胸膛了。”

崔诚又问道：“你怕这个做什么？难道不应该对方害怕你吗？”

裴钱还是摇头，道：“师父说过，行走江湖，不只有快意恩仇，打打杀杀，遇到小事，能够收得住拳，才是习武之人的本事到门。”

崔诚笑了，不知是笑话小丫头的这番大话，还是笑话那个“到门”的小镇俗语？

崔诚喝完了碗中茶水，说道：“你只有几文钱的家当，丢了枚铜钱，当然要揪心揪肺，满地找。等你有了一大堆神仙钱，再丢个几文钱——”

裴钱斩钉截铁：“还是要满地找！”

开玩笑，哪有丢了钱不找回来的道理。师父说过每一枚属于自己钱袋里的铜钱，丢了，便是一个无家可归的小可怜虫。

裴钱见老人不说话，语气缓和道：“换个道理讲，我会听的。”

崔诚哈哈笑道：“老先生也有老话说完、老理讲没的时候。”

裴钱有些失望：“再想想？”

崔诚摇头道：“不想了。”

隔壁桌那些人茶水也不喝，骑上马扬长而去，看来是真有急事。

崔诚带着裴钱继续动身赶路，望着远方那拨人马，笑道："追上去，与他们说一句心里话，随便是什么都可以。"

裴钱有些犹豫，崔诚挥了挥手。

裴钱深呼吸一口气，扶了扶斗笠，开始撒腿飞奔，然后仔细思量着自己应该说什么话，才显得有理有据，有礼有节。片刻之后，奔走快过骏马的裴钱，已经追上了那伙人。

她渐渐放缓脚步，仰头与那个刚才挑衅她的汉子说道："行走江湖，要讲道义！"

见那人一脸痴呆，裴钱加重语气，大声问道："记住了吗？"

那人颤声道："记住了！"

不但是他，其余几人也都忍不住回答了一遍。

裴钱得了答复，便骤然而停，等待身后的老人跟上自己。

在那之后，裴钱与崔诚一起走过州城的高高城头。

他们在各地道观寺庙烧过香，在集市上买过各色好吃的，逛过故乡的书铺，裴钱还给宝瓶姐姐、李槐买了书，当然也给落魄山上的朋友们买了礼物。可惜在这个家乡南苑国，神仙钱不管用，看着一枚枚铜钱和一粒粒银子去了别家门户，裴钱还是有些小忧愁来着。

崔诚带着裴钱一起走出书肆的时候，问道："处处学你师父为人处世，会不会觉得很没劲？"

裴钱大摇大摆走在熙熙攘攘的街道上，答道："当然不会，人活着有啥有劲没劲的，每天能吃饱喝足，还要咋样嘛。以前我在南苑国京城当乞丐，身上破破烂烂，连寺庙门都进不去呢，多可怜，就只能贴着墙根，尽量靠近一些去求神拜菩萨，可菩萨们不也听不着？该饿肚子还是饿得咕咕叫，该被人揍不也还是疼得肠子打转？"

崔诚笑道："不能这么想，最后菩萨们不是听到了嘛，让陈平安站在了你跟前，还当了你的师父。"

裴钱猛然停步，瞬间红了眼睛，之后便独自跑去了城中寺庙，请了香，上了香，还摘下小竹箱，跪在菩萨脚下的蒲团上，磕了好多的响头。

两人出城后，崔诚说要往南苑国京城赶路了。

裴钱点点头，没有说什么。

在距离京城不远的一条河畔，崔诚坐在河边，裴钱蹲在一旁掬水洗脸。

老人问道："还怕那个曹晴朗吗？如果怕，我们可以晚些入城。"

裴钱默不作声，怔怔望向河对岸。

老人随手拈起一颗石子，轻轻丢入河中，微笑道："怕一个人、一件事，其实都没关系。但是不用害怕到不敢去面对。读书人治学，好些说破了天的圣贤道理，寻常的后辈，追得上？追不上，难道就不做学问了？一些前人写的好诗词章句，后人比不上，难道就不写文章了？既然走在了一条道路上，这辈子都注定很难绕开，那就迎上去，走过去。如果因为怕就躲起来，那么你就会怕一辈子。”

老人笑道：“可不是老夫一个外人，在说风凉话。老夫当年求学，与随后的书斋治学，心比天高，与人争执，从来不输。后来练拳，孑然一身，只凭双拳，游历千万里，更是如此。求学与习武一样，就是书上那个‘虽千万人吾往矣’。”

老人唏嘘道：“时无英雄，竖子成名。这句话，最悲哀的不在竖子成名，而在时无英雄。所以我们别害怕别人有多好，别人很好，自己能够更好，那才是真正的长大。”

老人转头看着裴钱道：“陈平安当然愿意一直照顾你，他就是这种人，江山易改本性难移，把身边亲近的人，当作自己一辈子都要挑起来的担当，不怕吃苦，乐在其中。但是，总有一天，你裴钱不光是他陈平安的开山大弟子，你裴钱就是裴钱。”

老人不再言语。

裴钱抬起头，断然道：“走，去京城，我带路！”

一老一小，去了那南苑国京城。

老规矩，没有通关文牒，那就悄无声息地翻墙而过，反正是崔老头带着她做的，师父就算知道了，应该也不会太生气吧？

进了那座依旧十分熟悉的南苑国京城，裴钱便慢了脚步。

老人没有任何催促。

走过了那条状元巷，路过那间依旧开张的武馆，再到了那座心相寺，裴钱的脚步已经快了几分。

可是就在裴钱没有那么害怕的时候，老人却在小寺庙门口停下脚步。

裴钱想要跟着进去，崔诚却摇头说道：“最后一段路程，你应该自己走。”

裴钱使劲点头，转头就走，沿着一条大街，独自去往那条小巷。

老人看着那个瘦小背影，笑了笑，走入寺庙，也没有烧香，最后寻了一处寂静无人的廊道，坐下了。

小巷里的一个院门前，裴钱发现院门紧锁，于是坐在门外台阶上。一直坐到暮色里，才有一名青衫少年郎走入巷子。

裴钱站起身，望向他。

曹晴朗快步向前，面带笑意。

裴钱缓缓说道：“好久不见，曹晴朗。”

曹晴朗笑道：“你好，裴钱。”

然后曹晴朗一边开门，一边转头问道：“上次你走得急，没来得及问你陈先生如何——”

裴钱便有些恼火，脱口而出道："你怎么这么欠揍呢？"

曹晴朗哑然失笑，他还真有点怕她。

裴钱看着他。

曹晴朗疑惑道："怎么了？"

裴钱大步走入院子，挑了那只很熟悉的小板凳，坐下道："曹晴朗，与你说点事情！"

曹晴朗笑着落座。

两张小板凳，两个年纪都不大的故人。

在心相寺廊道上，崔诚闭上眼睛，沉默许久，一直等待着小巷的那场重逢的结果。只是裴钱离开后，崔诚神色越发疲惫，再也无法掩饰那份老态。

其间有僧人走近，崔诚只是笑着摇摇头，僧人便笑着双手合十，低头转身离去。

崔诚一直盘腿坐在原地，良久终于放下了心事，双手轻轻叠放，眼神恍惚，沉默许久，轻轻合眼，喃喃道："此中有真意，欲辨已忘言。"

第二章 晨钟暮鼓无炊烟

落魄山上，因为年轻山主远游，二楼老人也远游，竹楼便没人住了。

陈灵均最近不再在外瞎晃荡，时不时就来崖畔石桌这边坐着。他知道自己是落魄山上最不讨喜的那个存在，不如那条曹氏芝兰楼出身的文运小火蟒陈如初勤勉伶俐，甚至不如周米粒这个小家伙憨傻得可爱。岑鸳机是朱敛带上山的，资质不错，练拳也算吃得了苦，每天的生活，忙碌且充实。石柔在小镇管着一间铺子的生意，挣钱不多，可到底是在帮着落魄山挣钱，又与裴钱关系不错，裴钱只要得闲，都会去那边看看石柔，说是担心石柔中饱私囊，其实不过是害怕石柔觉得受了落魄山的冷落。

唯独他陈灵均，死要面子活受罪，做什么，说什么，都不讨喜。

那个御江水神兄弟，三场神灵夜游宴之后，对他越发客气了，一些讨好言语，殷勤得让陈灵均都不适应。其实这种客气，反而让他很失落。

他更喜欢当年在水府那边，大碗喝酒大块吃肉，言语粗鄙，相互骂娘。

不过陈灵均又不是个傻子，许多事情，都看得懂，比如崔老前辈这一走，去了那座莲藕福地，肯定就不会再回来了。

可是他陈灵均，却连句道别的话，都说不出口。青衫老先生带着裴钱离开的时候，他就只能坐在这边发呆，假装自己什么都不知道。

一大清早，本该是裴钱登楼吃拳头的时辰，如今竹楼却寂然。

陈灵均趴在桌上，眼前有一堆从陈如初那边抢来的瓜子。今儿暖洋洋的大太阳，晒得他浑身没气力，连瓜子都嗑不动。

他想着是不是应该去山门那边，与大风兄弟唠唠嗑。大风兄弟还是很有江湖气的，就是有些荤话太绕人，得事后琢磨半天才能想出个意味来。

山上层层桃李花，云间烟火是人家。

陈灵均转头望向一栋栋宅邸那边，老厨子不在山上，裴钱也不在，周米粒是个不用吃饭的小水怪，岑鸳机是个不会做饭的，也是个嫌麻烦的，就让陈如初那丫头帮着准备了一大堆糕点吃食，所以山上便没了炊烟。

陈灵均觉得落魄山现在人少了，而且各忙各的，人味儿便淡了许多。

陈灵均又转移视线，望向竹楼二楼，有些伤感。

崔老头在的时候吧，陈灵均觉得自己这辈子都没资格挨上老人两拳，浑身不得劲儿；不在了吧，心里又空落落的。

陈灵均重重叹了口气，伸手拈住一颗瓜子，打算不剥壳，就放嘴里嚼一嚼，解个闷。

突然，陈灵均动作僵硬起来，轻轻放回瓜子，屁股轻轻挪动，悄悄转过脑袋，战战兢兢地望向崖外。

那位凭空出现的青衫老儒士，站在崖边朝他笑了笑。

陈灵均赶紧咽了口唾沫，站起身，作揖而拜，道："陈灵均拜见国师大人。"

大骊绣虎，崔瀺，是用一根手指头就能碾死他的厉害货色。

陈平安不在落魄山，崔老头不在竹楼，朱敛、魏檗又去了中岳地界，他陈灵均暂时没靠山啊！

崔瀺微笑道："忙你的去。"

陈灵均瞥了眼竹楼去往宅邸的那条青石板小路，便告辞一声，竟是攀缘石崖而下。这么走，离着那位国师远一些，就比较稳当了。

崔瀺想起这条青衣小蛇望向竹楼的神色，笑了笑，心里便有了一番小计较，随手为之，不会兴师动众。

龙泉郡西边大山中，有一座暂时有人占据的山头，好像适宜蛟龙之属居住。

崔瀺站在二楼廊道上，安静等待某人的赶来。

一道白虹声势如春雷炸响，从天际，迅猛掠来。什么阮邛订立的规矩，都不管了。

崔瀺摇摇头，心中叹息，亏得自己与阮邛打了声招呼。

眉心有痣的白衣少年，手持一根寻常材质的绿竹杖，风尘仆仆，满脸疲惫。

崔东山落在一楼空地上，眼眶满是血丝，怒道："你这个老王八蛋，每天光顾着吃屎吗？就不会拦着爷爷去那福地？"

崔瀺反问道："拦住了，又如何？"

崔东山脸色铁青，气急败坏道："拦住一天是一天，等我赶来不行吗？然后你有多远就给老子滚多远去！"

崔瀺神色淡漠。

崔东山骤然平静下来，深呼吸一口气，哀叹道："爷爷读书治学，习武练拳，为人处世，都一往无前。唯一一次退让，是为我们两个脑子都有坑的混账孙子！这一退，就全完蛋了，十一境武道境界，没了！没了十一境，人，也要死的！"

崔瀺说道："还有为了你的先生，与这座落魄山。"

崔东山步步后退，一屁股坐在石桌旁，双手拄竹杖，低下头去，咬牙切齿。

兴许是坐不住，崔东山又站起身，原地快步打转。

崔瀺看着这个火急火燎团团转的家伙，缓缓道："你连我都不如，连爷爷到底在意什么，为何如此取舍，都想不明白，来了又能如何？有意思吗？让你去莲藕福地，找到了爷爷，又有什么用？有用兴许还真有点用，那就是让爷爷走得不安心。"

崔东山停下脚步，眼神凌厉道："崔瀺！你说话给我小心点！"

崔瀺说道："崔东山，你该长点心，懂点事了。不是重新跻身了上五境，你崔东山就有资格在我这边蹦跶的。"

崔东山轻轻落座，怀抱绿竹杖，不再看那二楼，自言自语道："那场三四之争，为何爷爷一定要入局？爷爷又为何会失心疯？不是我们害的吗？爷爷是读书人，一直希望我们当那真正的读书人。爷爷毕生所学，学问根底，是那亚圣一脉啊。为何在中土神洲，却要为我们文圣一脉愤然出拳？我们又为何偏偏欺师灭祖，让爷爷更加失望？"

崔瀺一巴掌拍在栏杆上，终于勃然大怒："问我？问天地！问良知！"

崔东山眼神痴呆，双手攥紧行山杖，颓然道："有些累，问不动了。"

崔东山记起年幼时，被那个严苛古板的老人带着一起去访山登高，路途遥远，自己苦不堪言。

一次老人拾阶而上，根本不管身后的他满身汗水，自顾自登高走去。

老人似乎是故意气自己的孙子，已经走远了不说，还要大声背诵一位中土神洲文豪的诗词，说："丈夫壮节似君少，嗟我欲说安得巨笔如长杠！"

崔东山便将那篇诗歌记得死死的，后来不承想，自己长大后，负气离家出走，又拜师于老秀才门下，老秀才莫名其妙成了文圣，自己便莫名其妙成了圣人首徒，终于有机会见到了那位享誉中土神洲的儒家圣贤。只是到了那个时候，比任何同龄人都要意气风发的崔东山，其实心中只有一个念头，便是将来有机会返回家乡，一定要与爷爷说，你仰慕之人，论文章，输给了你孙儿，下棋，更是输得捻断胡须。

只是这辈子肚子里攒了好多话，能说之时，不愿多说，想说之时，又已说不得。

远处龙泉郡城，有晨钟响起，遥遥传来。

钟声一响，按例就要城门开禁，万民劳作，直至暮鼓敲过，举家团圆，其乐融融。

大骊新中岳掣紫山山脚附近的馀春郡，是个不大不小的郡，在旧朱荧王朝不算什么富饶之地，文运武运都很一般，风水平平，并没能沾到那座大岳的光。新任郡守吴鸢，是个外乡人，据说在大骊本土就是当一地郡守，算是平调，只不过官场上的聪明人，都知道吴太守这是贬谪无疑了—— 一旦远离朝廷视野，就等于失去了快速跻身大骊庙堂中枢的可能性。外派到藩属国的官员，却又没有官升一级，明摆着是个坐了冷板凳的失意人，估计是得罪了谁的缘故。

只不过吴郡守的仕途再黯淡，终归是大骊本土出身，而且年纪轻，故而管辖馀春郡的梁州刺史，私底下让人交代过馀春郡的一干官吏，务必礼待吴鸢，若是有那新官上任三把火的举措，哪怕不合乡俗，也得忍让几分。所幸吴鸢上任后，几乎没有动静，按时点卯而已，大小事务，都交予衙门旧人去处理，许多按例抛头露面的机会，也都送给了几个衙署老资历辅官，上上下下，气氛倒也融洽。只不过如此软绵的性情，难免让下属轻视。

这天年轻郡守像以往那般在衙门枯坐，书案上堆满了各地县志与堪舆地图，慢慢翻阅，偶尔提笔写点东西。突然，吴鸢心有感应，抬起头，看到一个熟悉的身影斜靠厅门。吴鸢心情大好，笑了起来，站起身，作揖道：“山君驾到，有失远迎。”

正是撤去了障眼法的魏檗。

魏檗跨过门槛，笑道：“吴大人有些不讲义气了啊，先前这场夜游宴，就只是寄去一封贺帖。”

吴鸢坦然笑道：“俸禄微薄，养活自己去了十之一二，买书去了十之五六，每月余下些银钱，辛苦积攒，还相中了隔壁云兴郡的一方古砚台，委实是打肿脸也不是胖子。本想着路途遥遥，山君大人总不好赶来兴师问罪，下官哪里想到，魏山君如此执着，真就来了。”

魏檗手腕拧转，手中多出了一方享誉旧朱荧王朝的老坑芭蕉砚，轻轻放在书桌上，道：“吴大人不讲义气，我魏檗大大不同，千里迢迢登门叙旧，还不忘绕路购置礼物。”

吴鸢俯身凝视着这方可爱可亲的古砚台，伸手细细摩挲纹理，惊喜道：“好家伙，取自那座绿蛟坑水底的头等芭蕉砚。关键是咱们大骊的那个驻守武将，先前已经封禁了那座老坑，明摆着此砚很快就要成为咱们皇帝陛下的御用贡品了，故而市面上为数不多，价格越发吓人，我这太守当个一百年，都未必凑得出那么多银子。”

吴鸢恋恋不舍地收回视线，望向魏檗，笑问道：“山君大人，有话直说，就凭这方价值连城的芭蕉砚，下官保证知无不言，言无不尽。”

魏檗问道：“中岳山君晋青，如何？”

大骊新中岳的山君晋青，曾是朱荧王朝的山神第一尊。中岳掣紫山半腰有一处得天独厚的洗剑池，许多剑修来此淬炼剑锋，晋青经常暗中为其护道，故而不光是与剑修数量冠绝一洲的朱荧王朝关系极好，和一洲诸多金丹境剑修也有香火情，其中又与风雷园李抟景关系莫逆。李抟景早年游历朱荧王朝，多有冲突，惹恼了一尊北岳正神，晋青为此不惜与南北山君两个同僚交恶，也要执意护送当时才是龙门境修为的李抟景安然离开王朝。

吴鸢哈哈大笑，转身从书案上抽出一摞纸张，以工整小楷书写，递给魏檗，道："都写在上面了。"

魏檗低头翻阅纸上内容，啧啧道："一路行来，当地百姓都说馀春郡来了个谁都见不着面的父母官，原来吴郡守也没闲着。"

道听途说而来的杂乱消息，意义不大，而且很容易误事。吴鸢纸上记载的是，晋青在哪朝哪代哪个年号，具体做了什么事情。除此之外，附有朱笔批注，是吴鸢自己作为旁观者的详细注解，还有一些流传民间的传闻事迹，吴鸢都会圈画以"神异""志怪"两语在尾加以注明。

魏檗看得仔细，却也看得快，很快就看完了一大摞纸张，还给吴鸢后，笑道："没白送礼物。"

魏檗踮起脚尖，瞥了眼桌案上的那堆纸张，问道："哟，巧了，吴大人最近就在研究云兴郡诸多砚坑的开凿渊源？怎么，要版刻出书不成？馀春郡郡守，偷偷靠着云兴郡的特产挣私房钱，不太像话吧？"

吴鸢坦诚道："无所事事，想要以此小事作为切入点，多看出些朱荧王朝的官场变迁。亡国皇宫文库秘档，早已封禁，下官可没机会去翻阅，就只能另辟蹊径了。"

魏檗点点头，赞赏道："吴大人没当上咱们龙泉州的新任刺史，让人扼腕叹息。"

吴鸢笑道："功赏过罚，本该如此。能够保住郡守的官帽子，我已经很满足，还可以不碍朝廷某些大人物的眼，不挡某些人的路，算是因祸得福吧。躲在这边，乐得清净。"

魏檗没有久留的意思，吴鸢说道："山君此次离开辖境，肯定要拜访许弱，对吧？最好先去了中岳祠庙，再拜访故友不迟。"

魏檗点头道："是这么打算的。先前我在披云山闭关，许先生帮着压阵守关，等我即将成功出关之际，又悄然离去，返回你们掣紫山。这么一份天大的香火情，不当面致谢一番，说不过去。"

吴鸢笑道："那就劳烦山君大人速速离去，莫要耽误下官欣赏古砚了。"

魏檗笑着离去，身形消散。

其实当魏檗离开渡船，在云兴郡现身后，中岳山巅的祠庙中，那尊巍峨神像就睁开了一双金色眼眸。只是山君晋青，对于魏檗的造访，选择了视而不见。

等到魏檗出现在山脚馀春郡，晋青便大步走出金身神像，是一个身材高大、紫衣玉带的魁梧男子，山上香火鼎盛，却无人见过这幅画面。

晋青就在大殿众多善男信女中间走过，跨过门槛后，一步跃出，直接来到相对寂静的掣紫山次峰之巅。

世间各国的大小五岳，几乎都不会是稀疏的两三峰，往往辖境广袤，山脉绵延。像这掣紫山就由八峰组成，主峰被誉为朱荧王朝中部版图的万山之宗主，山巅建有中岳庙，为历代帝王臣民的祭祀之地。

次峰名为叠嶂峰，山巅并无道观、寺庙等建筑，只有晋青最早建立的一座山神行宫。如今只有几个山君女使在那边打理屋舍，并无山神坐镇其中。

在晋青还不是中岳山君时，掣紫山却已经是朱荧王朝的古老中岳，老山君金身崩坏之后，一岳的权柄，便交到晋青手上，而当时手握一国权柄的朱荧名相，曾经就在叠嶂峰北腰筑造茅庐，在那儿治学、习武多年。

晋青神色漠然，俯瞰大地山河，一切人事，过眼云烟。

晋青视线偏移，在那座封龙峰老君洞，墨家豪侠许弱，独自一人潜心修行。其实掣紫山地界山水神祇都心知肚明，许弱是在监察中岳。相较于新东岳碛山那边打得天翻地覆，双方修士死伤无数，掣紫山算是染血极少了。晋青只知道许弱两次离开中岳地界，第一次踪迹渺茫。在那之后，晋青原本以为必然要露面的某位可谓朱荧王朝定海神针的老剑仙，就一直没有现身，晋青不确定是不是许弱找上门去的关系。最近一次，是去披云山，为那魏檗守关。

如果真是许弱拦下了那位老剑仙，作为宝瓶洲一岳山君，晋青心里反而会好受一些。

关于许弱此人的修为高低，谁都看不出，也没个确切说法。如果说龙泉剑宗阮邛，是如今宝瓶洲最出名的上五境修士，那么许弱，就是最深藏不露的那个。唯一的线索，是风雪庙魏晋挑战天君谢实，事后有只言片语流传开来，说是若有人横剑在后，他魏晋未必能够胜出。

哪怕许弱就在自己的眼皮底下修行，山君晋青也一如当年，俗子观渊，深不见底。

晋青瞥了眼徐春郡郡守衙署，泛起冷笑。不出意外，那位北岳山君见过吴鸢后，是要去封龙峰与许弱道谢了。在这之后再来找他晋青，底气便会更足。

晋青皱了皱眉头。

下一刻，一袭白衣飘荡落地，之后缓缓走向晋青。那人笑眯眯道："拜见晋山君，多有叨扰了。"

晋青说道："同样是山君正神，五岳有别，不用如此客套，有事便说，无事便恕不留客。"

魏檗点点头，道："如此最好。我此次前来掣紫山，就是想要提醒你晋青，若是这么当中岳山君，我北岳就不太高兴。"

晋青没有去看那位风姿卓然的白衣神人，只是眺望远方，问道："不高兴又如何？"

魏檗伸出手指轻轻一敲耳边金环，微笑道：“那中岳可就要封山了。”

晋青转过头，问道：“有大骊皇帝的密旨，还是你身上带着朝廷礼部的诰书？”

魏檗点头：“当然……”然后摇头补充道：“都没有。”

晋青伸出一只手，做出请便的姿势讥笑道：“那魏山君就随意？”

魏檗还真就随意了。

北岳气运，从北往南，疯狂涌向一洲中部地界，气势如虹，浩浩荡荡，好似云上的大骊铁骑。看架势，绝不是装装样子吓唬人。

晋青心知一旦两岳山水气运相撞，就是一桩天大的麻烦，于是忍不住大声怒斥道：“魏檗！你自己掂量后果！”

魏檗双手负后，笑呵呵道：“应当敬称魏山君才对。”

晋青也不再废话，只见那掣紫山主峰的中岳祠庙，出现一尊巨大的神祇金身法相，高高举起手臂，席卷云海，想要一掌拍向叠嶂峰。

魏檗身后，叠嶂峰之巅，亦有一尊巍峨金身法相矗立。哪怕不在自家山岳地界，魏檗的法相竟是还要比那中岳神灵高出五十丈之多。

魏檗以本命神通显化的那尊北岳法相神灵，一手拽住中岳神祇的胳膊，又一手按住后者头颅，然后一脚重重踏出，竟将那晋青金身按得踉跄后退，就要往掣紫山封龙峰后仰倒去。魏檗的巨大法相犹不罢休，伸手绕后，握住身后悬着的金色光环，就要朝那中岳法相当头砸下。

双方还算克制，金身法相都已化虚，不然掣紫山三峰就要毁去无数建筑。

就在此时，封龙峰老君洞那边的茅屋里，有一名貌不惊人的男子走出，横剑在身后的姿态古怪异常。他似乎有些无奈，摇摇头，伸手握住身后剑柄，轻轻拔剑出鞘数寸。

刹那之间，两尊山岳神祇金身之间，有一条山脉横亘。

他劝说道：“两位山君真要相互看不顺眼，还是选个文斗的斯文法子吧，不然卷起袖管干架，有辱威严，教碛山、甘州山两位山君看笑话，我许弱也有护山不力的嫌疑。”

晋青脸色阴沉，撤去了金身法相，魏檗也收起了那尊巍峨神祇。

但是北岳气运南下“撞山”之势，依旧不减。

晋青道：“魏檗，我劝你适可而止！”

魏檗却说道：“晋青，你如果还是按照以往心思行事，是守不住一方山河水土安宁的。大骊朝廷不傻，很清楚你从未真正归心。你要是想不明白这一点，我便干脆帮着大骊换一位山君，反正我看你是真不顺眼。许弱出手阻拦一次，已经对你仁至义尽。”

晋青转头望向北方，两岳地界接壤处，已经有了风雨异象。

晋青颓然道：“你说吧，中岳应该如何作为，你才愿意撤回北岳风水。”

魏檗笑道：“连北岳你都不礼敬几分，会对大骊朝廷真有那半点忠心？你当大骊朝堂上都是三岁小儿吗？还要我教你怎么做？携带重礼，去披云山登门赔罪，低头认错啊！”

许弱摸了摸额头，认识这种朋友，自己真是“遇人不淑”。

晋青疑惑道：“就只是如此？”

魏檗反问道：“不然？再说你都到了北岳地界，离着大骊京城又能有几步路？抬抬脚，不就到了？只要中岳地界自己不乱，大骊朝廷又不是疯子，故意要在这边大开杀戒？你这种看似忠义两全的模糊姿态，会让很多亡国遗民心生侥幸，寄希望于用他们的慷慨赴死，来让你幡然醒悟，最终与他们一起揭竿而起。你若是真有此想，也算是一条汉子。若是不愿如此，宁愿担负骂名也要护着百姓安稳，又为何如此惺惺作态？”

晋青黯然无言。

魏檗说道：“回头去往披云山，礼物别忘了啊。礼重，情意才重。”说完之后，魏檗就离开叠嶂峰，去了封龙峰老君洞外的茅屋。

许弱斜靠在茅屋的门上，双手抱胸，没好气道：“魏大山君，就这么报答我？两手空空不说，还闹这么一出？”

魏檗跺脚哀叹道：“实在是大恩不言谢啊！”

许弱伸出双手，使劲揉着脸颊，道：“做山君做到这个份上，也算浩然天下山水神祇的独一份了。”

魏檗眼神幽怨道：“这不是马瘦毛长、人穷志短嘛。”

许弱笑了笑，伸手随便一指，道：“给我消失，麻溜儿的。”

魏檗微笑道：“得令！”

走了。

许弱想了想，御风去往叠嶂峰，山君晋青站在原地，神色凝重。许弱也没有说什么。

晋青突然说道：“大日曝晒，万民跋山，千人挽绠，百夫运斤，篝火下缒，以出斯珍。”

许弱知道这位山君在说什么，是说那朱荧王朝历史上的凿山取水以求名砚一事。而这位晋青在生前，正是采石人出身，有说是不小心溺水而死，也有说是被监官鞭杀，死后怨气不散，却没有沦为厉鬼，反成一地英灵，庇护山水，最后被掣紫山老山君看重秉性，一步步晋升为叠嶂峰山神。

许弱缓缓说道：“天底下就没有双手干净的君主，若是只以纯粹的仁义道德，去权衡一位帝王的得失，会有失公允。关于社稷苍生，百姓福祉，我们诸子百家，各有各的一把尺子，会有不小的出入。你身为神祇，人性良心，从未泯灭，我看在眼中，十分敬重。”

许弱微笑道：“只是世事复杂，难免总要违心，我不劝你一定要做什么，答应魏檗也好，拒绝好意也罢，你都无愧掣紫山山君的身份了。若是你愿意，我差不多就可以离开此地了。若是你不想如此委曲求全，我临走之时愿意亲手递出完整一剑，彻底碎你金身，绝不让他人辱你晋青与掣紫山。”

晋青转头笑道：“你许弱完整出鞘一剑，杀力很大？”

许弱点头道：“养剑多年，杀力极大。”

晋青笑道：“那就换别人来领教这一剑，我掣紫山消受不起。”

许弱犹豫了一下，提醒道：“拜访披云山，礼物不用太重。”

晋青笑骂道：“原来是一路货色！”

许弱抱拳笑道：“在此叨扰许久，到了京城，记得打声招呼，我请山君喝酒。”

晋青点点头，然后问道：“许先生最早是故意要来我掣紫山？”

许弱停下脚步，淡然道：“你我在此，终究都是为了少死人。可你要追问我们墨家为何选择大骊，让宝瓶洲死了如此多的人，我暂时无法给你答案，但请山君拭目以待。”

晋青没有言语。

许弱没有返回封龙峰，就此离开掣紫山，御风去往北方大骊京城。

他不喜欢御剑，因为许弱一直觉得，剑与剑修，应当平起平坐。

那个闭关多年的朱荧王朝玉璞境剑仙，试图刺杀大骊新任巡狩使曹枰，尚未动身，就已经死了。

其实对方可以不用死，许弱只是重伤对方。

那个闭关百年却始终未能破关的迟暮老人，断剑之后，毫无胜算，束手待毙。他至死都不愿沦为阶下囚，更不会投靠寇仇宋氏，还笑言此次谋划之初，便明知必死，能够死在墨家剑客第一人许弱之手，不算太亏。

许弱便破例说了一事。

一洲之地，山下的帝王将相、王侯公卿、贩夫走卒，皆要死绝。山下暮色，再无炊烟。

老人听说后，死前唯有怅然。

裴钱坐在板凳上，环顾四周，小宅小院都是老样子，差点让她有一种错觉，以为她与曹晴朗，还是当年的模样，只不过是被师父要求去水井那边提了桶水，回来时见到了曹晴朗。就只是这样。

贴在院门的春联，先前在外边等曹晴朗的时候，她瞅了一百遍，字写得好，但也没好到让她觉得自惭形秽的地步。

曹晴朗看着这个黝黑女孩，其实有很多问题想要问她。为何到了外面这么多年，个子还是没长高多少？如今两人身高差了得有一个脑袋。为什么她裴钱突然就背了竹箱，悬挂竹刀竹剑了？随陈先生游学的日子，过得可还好？

裴钱摘了竹箱放在身后，横放行山杖在膝，正襟危坐，直视前方，不去看曹晴朗，开门见山道："你知不知道，当年我师父，其实是想要带你离开莲藕福地，半点都不愿意带我走的。"

曹晴朗犹豫了一下，没有着急回答，微笑着反问道："陈先生收了你当弟子？"

裴钱眼神熠熠，如日月生辉，点头沉声道："对！我与师父一起走过千山万水，师父都没有丢下我！"

曹晴朗双手轻轻握拳，搁在膝盖上，笑容温柔，道："虽然很遗憾陈先生没有带我离开这里，但是我觉得你跟随陈先生远游万里，是一件很美好的事情，我很羡慕你。"

裴钱沉默不语。

曹晴朗转头问道："如今陈先生要你去提水，你还会一边提水桶，一边洒水清洗街巷吗？"

裴钱猛然转头，刚要恼火，却看到曹晴朗眼中的笑意，她便觉得自己好像空有一身好武艺，双拳重百斤，却面对一团棉花，使不出气力来，冷哼一声，双臂抱胸道："你个屃人懂个屁，我如今与师父学到了万千本事，从不偷懒，每天抄书识字不说，还要习武练拳，师父在与不在，都是一个样。"

曹晴朗故作恍然，道："这样啊。"

裴钱有些憋屈，曹晴朗这家伙怎的过了这些年，还是怎么看都不顺眼呢？而且比起当年那个畏畏缩缩的闷葫芦，好像胆儿更肥了啊。

裴钱眼睛一亮，问道："'铁花绣岩壁，杀气噤蛙黾'，这句诗词，听过没有？"

曹晴朗摇摇头。他如今是半个修道之人，哪怕一目十行，都能够过目不忘，而且自幼就喜欢读书，夫子种秋又愿意借书给他看，在这座天下未曾割裂之前，陆先生会经常从外地寄书给他，不是曹晴朗自夸，他读书已经不算少了。

裴钱又问道："那个'黾'字晓得怎么写吗？"

曹晴朗笑着伸出一根手指，凌空写下'黾'字，娓娓道来："儒家典籍记载，仲秋之月，寒气浸盛，阳气日衰，故名杀气。'蛙黾'即蛙声，古代圣贤有'掌去蛙黾'一语。我也曾听一位先生笑言，多少词场谈文藻，喜欢向豪迈苏子、柔腻柳子寻宗问祖，那位先生当时以折扇拍掌，大笑而言，'真是好比蛙黾聒噪'。"

裴钱不动声色，板着脸道："原来你也知道啊。"此语精髓在"也"字上。

曹晴朗当然不是故意显摆自己的学问驳杂，他只是有些奇怪，裴钱好像变了许多，可是许多又没有变，想要知道如今的裴钱，到底是怎样一个人。

裴钱突然说道："上次见面，我其实想要打死你，因为我怕你抢走我的师父。师父对你，一直很挂念，不是放在嘴边的那种。除了喝酒后师父会稍稍多说些心事，其他时候，师父就只是望向远方，发着呆，那会儿师父的眼神，就会说着悄悄话。所以我知道，师父很想你，一直希望把你带在身边，让你不至于一个人孤苦伶仃地留在莲藕福地吃苦。”

裴钱犹豫了一下，双手抓住行山杖，关节泛白，手背青筋暴露，缓缓道：“对不起！”

曹晴朗轻轻点头，道：“我接受你的道歉，因为你会那么想，确实不对。但是你有了那么个念头，收得住手，守得住心，最终没有动手，我觉得又很好。其实你不用担心我会抢走你的师父，陈先生既然收了你当弟子，别说是我曹晴朗，估计天底下任何人也抢不走陈先生。”

裴钱大声道：“是开山大弟子，不是寻常的弟子！”

曹晴朗无奈道：“好好好，了不起，了不起。”

裴钱斜眼看他，缓缓道：“闷葫芦，你真的不生气？”

曹晴朗微微撑起双肘，望向裴钱，做了个怒气冲冲的模样，好似小宅院门上一幅瞪大眼睛看人间的门神，高声道：“我很生气！”

裴钱扯了扯嘴角，不屑道：“幼稚不幼稚。”

曹晴朗问道：“这次是你一个人来的南苑国？陈先生没来？”

裴钱摇摇头，闷闷道：“是与一个教我拳法的崔老头一起来的南苑国。我们走了很远，才走到这边。”

曹晴朗好奇道：“老先生人呢？”

裴钱转过头，怔怔望向心相寺方向，没有说话。

片刻之后，曹晴朗有些吓到了。裴钱张着嘴巴，没有哭出声，但是眼泪鼻涕一大把。

刹那之间，裴钱站起身，动作太过仓促，弹开了横放在膝的那根行山杖，她也没管，随后小院地面砰地一震，身形瞬间远去。

曹晴朗放心不下，便身如飞雀飘然而起，一袭青衫大袖飘摇，在屋脊之上，远远跟随前方那个瘦弱身影。

裴钱落在了心相寺廊道之外，望向那个闭眼老人，怒道：“崔老头，不许睡！”

裴钱一脚跺地，一脚后撤，拉开一个古朴浑厚的拳架，哭喊道：“崔爷爷，起来喂拳！”

有一名中年僧人赶来，站在裴钱身后的曹晴朗双手合十，致歉一声。

那心相寺住持轻轻点头，低头合十，唱一声喏，缓缓离去。

裴钱久久保持那个拳架。

曹晴朗走到裴钱身边，伸手按在裴钱的拳头上，轻声道：“老先生已经走了。”

曹晴朗发现自己竟是按不下那拳头丝毫。

裴钱自顾自说道：“崔爷爷，别睡了，我们一起回家！这儿不是家，我们的家，在落魄山!”

曹晴朗已经察觉到裴钱的异样,只得一手重重按下裴钱那拳头,轻声喝道:“裴钱!”

裴钱一身浑然天成的拳意,如火炭灼烧曹晴朗手心。曹晴朗没有丝毫神色变化,双脚挪步,如仙人踏罡步斗,两只袖口如盈满清风,负后一手掐剑诀,竟是硬生生将裴钱拳头下压一寸有余,沉声道:“裴钱,难道你还要让老先生走得不安稳,不放心?”

被曹晴朗打断那份如瀑布倒流的汹涌拳意,裴钱好似清醒几分,蹲下身,抱头痛哭起来,一双眼眸,始终死死盯住那个坐在廊道上的青衫老人。

下一刻,好似被那裴钱先前的神人擂鼓式拳意所牵引,死即人生大睡的青衫老者之沉寂拳意,却活了。

只见从崔诚轻轻叠放身前的双手处,出现了两团如日月悬空的璀璨光芒,十境巅峰武夫的所有拳意,从枯槁朽木的身躯,从百骸气府,迅猛涌入那两团光芒当中。曹晴朗被光辉刺目,只得闭眼。不但如此,他被那份即将如山岳倾倒的拳意,给逼迫得只能往后倒滑出去,最终背靠墙壁,无法动弹,一身修道而来的灵气,根本无法凝聚。

那份好似天地都不敢约束的浑厚拳意,唯独对裴钱,没有半点影响。

裴钱双手握拳,站起身,一颗珠子悬停在她身前,最终萦绕裴钱,缓缓流转。另外一颗珠子,直冲云霄,与天幕撞在一起,砰地碎裂开来,就像莲藕福地下了一场武运细雨。

如果当初朱敛跟随这一老一小,一起进入这座崭新的莲藕福地,老人死后,这一半武运就该是他的。朱敛是远游境武夫,这座天下的当今武学第一人,自然可以到手极多,但是朱敛拒绝了。

裴钱不敢去接住那颗老人专门留给她的武运珠子。

万一崔爷爷没死呢?万一接受了这份馈赠,崔爷爷才真的死了呢?

为什么小时候,就有生离死别,好不容易长大了,还要如此呢?

曹晴朗望向那个背影,轻声说道:“再难受的时候,也不要骗自己。走了,就是走了。我们能做的,就只能是尊重逝者的意愿,让自己过得更好。”

背对着曹晴朗的裴钱,轻轻点头,颤颤巍巍伸出手去,握住那颗武运珠子。

裴钱转头望向曹晴朗,说道:“崔爷爷其实有好多话,都没来得及跟师父说。”

小小寺庙,悠扬的暮鼓声响起。

李二给陈平安的最后一次喂拳,很不一样。

李二让陈平安倾力而为,可以不择手段,试试看如何在他拳下支撑更久。

陈平安有些疑惑,他是武夫六境瓶颈,李二却是武夫十境归真,即便不择手段,意义何在？

李二笑道："我此次出拳，会有分寸，只会打断你的诸多手段的相互衔接处。简单来说，就是你只管出手。你就当是与一个生死大敌对峙搏杀，对手依仗着境界高你太多，便心生轻视，同时并不清楚你如今的根脚，只把你视为一个底子不错的纯粹武夫，只想先将你耗尽纯粹真气，然后慢慢虐杀泄愤。"

陈平安越发不解，言下之意，难道是说自己可以在出拳之外，什么取巧、阴损、下作手法都可以用上？

李二没有解释更多，道："别不上心，不然我最后一拳，能让你在床榻上咳血半年。"

李二转身去往渡口，将陈平安留在茅屋门口。李二手持竹篙，站在小舟一端，开始屏气凝神。半炷香后，陈平安走向渡口。

李二瞧了眼，忍不住一笑。年轻人光着脚，卷起裤脚，倒是没有卷起袖管，没忘记背上那把得自老龙城苻家的剑仙。

李二点头道："登船。"

刹那之间，李二手中竹篙当头劈下，早已在袖中拈起方寸符的陈平安，凭空消失，一脚踩在仙府溶洞水路的石壁上，借势弹开，几次往返，已经瞬间远离那一舟一人一竹篙。

当陈平安落在水面上时，他弓腰踩水，倒滑出去，一手按水，带起一阵涟漪，一个骤然停身，两壁撮壤符与水中横流符的符胆灵光砰地炸裂开来，然后手腕微微拧转，右手多出一把短刀，篆刻有"朝露"二字。它与另外一把尚未现身的"暮霞"，都取自割鹿山刺客。

竹篙前端看似落地，却没有真正触及地面，罡气非但没有在地上劈出沟壑，反而连尘土都未扬起丝毫，这便是一位武学止境大宗师的拳意，已经到了收放随心所欲的境界。

小舟前方，水面暴涨，碎石乱溅，有一袭青衫，身形如风驰电掣，双手持刀，笔直一线冲来。

李二收起竹篙，转头望去，笑道："花里胡哨，倒是挺吓唬人。"

李二一竹篙随便戳去，脚下小舟缓缓向前，陈平安转头躲过那竹篙，左手袖中拈住方寸符，一闪而逝。

李二手心一松，又一握竹篙，既没有转身，也没有转头，竹篙便往后戳去，出现在他身后的陈平安，被直接戳中胸口，青衫被割裂，露出一抹血槽白骨砰地撞入水底。若不是陈平安微微侧身，估计嘴上说是"轻视""会有分寸"的李二这一竹篙，能够直接钉入陈平安的胸膛。

李二脚下的小舟继续缓缓向前，根本无须撑篙。身为十境纯粹武夫的李二一旦拿出真正的气盛，随随便便就可以将整条水路布满拳意罡气。

李二笑了笑，好嘛，算你小子占了地利，竟然一口气用上了数十张水符，同时炸开，勉强能算翻江倒海了。

李二轻轻握住竹篙，罡气大震，嗡嗡作响，一人一舟，不快不慢，继续向前，滴水不近人与舟。

李二一跺脚，水底响起闷雷。李二小有惊讶，从船尾来到船头，瞥了眼溶洞远处一侧墙壁，也不再管水底那个陈平安，脚下小舟去如箭矢，一竹篙砸去。

悄无声息出窍远游的陈平安阴神，以鬼斧宫驮碑符早早隐匿于墙壁之上，先前诸多，皆是障眼法。

不承想依旧被李二轻易看穿。

阴神只得避开那势大力沉的竹篙，这一动，便显出了真身，是一个腰别折扇的白衣年轻人，哪怕逃窜得有些狼狈，依旧带有笑意，身形缥缈，仿佛山上神仙。在离开石壁之时，陈平安阴神双指掐剑诀，从眉心处掠出一把雪白剑光，是那尚未彻底炼化为本命物的飞剑初一。虽然不是剑修的本命飞剑，但是经过这一路以斩龙台磨砺剑锋之后，重新现世，便气势如虹。

先前李二的竹篙没有触及石壁，此时他手臂微曲，收了收竹篙，将那飞剑初一打得颤鸣不止，撞入石壁。这根流转拳意的寻常竹篙，竟是丝毫无损。

李二笑道："还来？"

一把极有剑仙气象的凌厉飞剑，从李二身后刺向他的后背心处。李二根本不在意，自有充沛拳意如神灵庇护，这本就是天底下最坚不可摧的宝甲。

李二"咦"了一声，问道："只是恨剑山打造的仿剑？"因为那把来势汹汹的飞剑，竟被拳意随意地弹开了。

正在此刻，第三把速度最快的飞剑，直直掠向李二的后脑勺。与此同时，第一把剑光如白虹的飞剑，想要再次近身纠缠。

李二无奈道："这就有些烦人了。"他松开竹篙，一闪而逝，下一刻，手中攥住了三把飞剑，手心处溅起绚烂火星。

等到李二返回小舟，那竹篙就像悬停空中，根本没有下坠，实在是李二这一去一返，过快。

李二一手禁锢三把飞剑，另一手掌心抵住竹篙一端，重重一推，脚下小舟轻晃。

竹篙微微倾斜飞掠而去，去势惊世骇俗，直接洞穿了陈平安的腹部，将其钉入水底。

李二出手狠辣。

陈平安的应对更是凶狠。

他用手掌重重一拍水底，竹篙从他腹部穿过，凭借方寸符，瞬间没了身影。

李二笑了笑，没有痛打落水狗，说好了，要心存轻视。

陈平安有一点好，不知道痛，或者说，在死之前，出手都会很稳。

有些所谓的武夫天才，受伤越重，战斗越勇，但也难免会有些后遗症，不是大战之后，就在大战之中，属于以拳意换战力。若是厮杀双方境界相当，这种人当然可以活到最后，因为纯粹武夫，不可以只有血气之勇、匹夫之怒，但是如果半点都没有，就不该走武道这条路。可一旦双方境界稍稍拉开点，这等作为，利弊皆有，兴许最好的结果，便是成功与更强者换命。

武人厮杀，看似枯燥乏味，各自换伤分生死，手段不多，实则处处有玄机，拳拳有意思。

尤其是跻身十境后，天高地阔，大有奇观，风光无穷。

宋长镜野心勃勃，格局大，对于武学的追求之纯粹，可以舍江山，弃龙椅，执念之重，远胜寻常宗师。他出拳所求，是要教那些山巅仙人，走下山来，朝他宋长镜俯首磕头。

故而气盛。

李二自认在这一重境界，确实输了宋长镜不少。

纯粹武夫登顶之后，任你拳种千百，武胆各异，其实大致就只有两条路子可走。一条道路，如平开福地，一身拳意，广袤无垠，气盛者为尊。另一条路，像是仙人开辟洞天，更易归真，脚下无路，便继续凌空往高处去。李二不是不想在气盛境多走走，只是自身心性使然，拳意又足够纯粹，若是故意打熬“气盛”二字，裨益不大，不如顺势直接跻身归真。

先前与陈平安喝酒闲聊，李二听说落魄山有个妙人叫朱敛，绰号武疯子，与人厮杀，必分生死，但是平日里，性情散淡如仙人。

陈平安思量多，想法绕，极少言之凿凿，提及朱敛，却说那朱敛是最不会走火入魔的纯粹武夫。李二便觉得朱敛此人定然是个不世出的天才—— 一位十境武夫眼中的天才。

将来如果有机会，可以会一会朱敛。

李二收起竹篙，随手丢了三把飞剑，继续撑船缓行。

先前出手略重，这个淳朴汉子小有愧疚，随后应付那个神出鬼没、花样百出的陈平安，便有意收了收拳头的斤两，其中一拳，只将陈平安打得嵌入石壁，却没有将手中竹篙再换一处，打穿对方的肚肠，不仅如此，脚下小舟继续前行，将那个肯定还能继续出手的年轻人，留在身后，由着他转换一口纯粹真气。

李二从来觉得习武一事，真没有太多花头，不过就是勤勤恳恳淬炼体魄，唯有“吃苦”二字。与那庄稼汉打理田地差不多,只不过田地的收成好坏,还要看老天爷的脸色,武夫练拳能走多远,全看自己。

李二转头望去,看到了古怪的一幕。

陈平安穿上了一身金醴法袍,再罩了件百睛饕餮黑色法袍,这还不罢休,就连那肤腻城鬼物的雪花法袍和十分花哨的彩雀府法袍,都一并穿上了。也亏得世间法袍小炼过后,可以跟随修士心意略微变化大小,可原本就穿了一袭青衫,再加上这四件法袍,能不显得臃肿?不管怎么看,李二都觉得别扭,尤其是最外面那件还是姑娘家家穿的衣服,你陈平安是不是有些过分了?

不过这个选择,不算错。

若是一开始就穿上法袍,以陈平安如今的武夫境界,会耽误拳意流淌,兴许出手就会慢一线,那就是一场生死转变。

如今重伤,便两说了,毕竟可以多扛一两拳。

李二停船在水镜旁,手持竹篙登上湖心镜面。

李二望向溶洞水路入口处,有点动静。

远处,陈平安背剑站在水面,没有使用辟水神通,也没有使用什么仙家水法,双脚未动,依旧缓缓向前。

李二望向陈平安脚下。

片刻之后,陈平安身形骤然拔高。原来他脚下踩着一条碧绿颜色的庞然大物——蛟龙。

这条蛟龙倒是当之无愧的修士水法,它身躯之上,以雪泥符打底,再以多达百张的大江横流符作为龙骨,紧密衔接,似乎还用上了一点好似作为这张古怪却壮观“符箓”的符胆灵光,正是火龙真人要陈平安多加推敲的两门上乘炼物道诀——炼制三山的法诀和碧游宫的仙人祈雨碑仙诀。此时蛟龙的脊柱如两根绳索相互缠绕,越发紧实坚韧,再以校大龙拳架真意作为点睛之笔,隐隐约约,便有了积土成山风雨兴焉的仙家气象。

世间万事多想多思量,便最终被陈平安造就出了这条庞然大物。

陈平安习惯性右手持刀,实则却是左撇子。

脚下蛟龙朝水镜李二那边一撞而去,所到之处,溅起滔天巨浪。

李二扯了扯嘴角,以竹篙尾端轻轻点地,不屑道:“花架子,可不成事。”

李二轻轻跃起,抡起竹篙,便是一竿重重砸地,蛟龙溅起的数十丈巨浪被罡气一斩为二,只是靠着惯性继续前冲。

李二一竹篙横扫出去,出现在镜面李二左手一侧的陈平安,骤然低头,身形好似要坠地,结果一个拧转,躲过了那裹挟风雷之势的竹篙,大袖翻转,从三处窍穴分别掠出三把飞剑,双脚急促踏地,右手短刀,刺向李二心口,左袖则悄然滑出第二把短刀。李二根本不去看那三把飞剑，一脚踹中陈平安胸口。

陈平安倒滑出去十数丈，双膝微屈，脚尖拧地，加重力道，才不至于松开双手短刀。他双肩一晃，蓦然站定，硬生生震退胸口处李二的拳罡残余。

到底是穿着四件法袍的人。

李二说道：“早就跟你说了，花拳绣腿的武把式，才会想着乱拳打死老师傅，老师傅不着不架，就是一下。”

李二随手一丢竹篙，没入镜面一尺有余。

那条小有意思的蛟龙，刚刚在镜面上重新凝聚，被竹篙这么一戳，便再次散架化水，许多原本就已经碎出裂纹的符箓，彻底化作齑粉。

陈平安开始挪步。李二随之改变轨迹些许，依旧刚好出现在陈平安身前，一膝撞打得后者腾空而起。

李二看似缓慢前行，来到陈平安身旁，一拳递出，打得陈平安真气凝滞，法袍响起阵阵崩裂声，摔到数十丈外的湖水中，如一颗石子打水漂，又在湖面上滑出去七八丈远。

李二开始撒腿狂奔，每一步都踩得脚下的湖水灵气粉碎，直向陈平安落水处冲去。他身形骤然横移，以肩撞在使了一张方寸符的陈平安胸膛。

陈平安如被铁锤砸在心口，阴神出窍远游，以一种自然而然的古怪拳法，看似画弧，弧弧相生，几近为圆，令人眼花缭乱，直接帮助陈平安卸去了绝大部分拳罡，等到陈平安稳住身形，阴神又重归体魄，一气呵成。

李二没有追击，点点头，这就对了。不然习武又修道，只会让修道一事阻滞武学登高，两者始终冲突，便是误事害人。

此次李二喂拳，要做的，便是让陈平安去找到那个玄之又玄的平衡点，习武之人不可被拳桩拳意带着走，即使已经是练气士，也不能觉得自己拳意因此不纯粹。习武之人，仅凭双拳便足矣，却也不是说万事不顾。真正的宗师，该有那万法在身、皆出我手的大气象。

人身小天地，我即老天爷。什么不能管？什么管不住？

既然陈平安走出了方向无错的第一步，李二便放宽心出拳了。拳不重，却更快，不给你陈平安半点念头打转的机会。与我李二对拳，砥砺大道，那你小子就得拿出一点世间任何武人都没有的东西来！

有，就多吃几拳。

没有，就躺着养伤去！

渡口那边，李柳行走在水路上，看着那些厮杀痕迹，至于水镜那边的动静，更是不用看，她便一清二楚。

在以往漫长的岁月里，李柳对于纯粹武夫并不陌生，曾经死于十境武夫之手，也曾亲手打杀十境武夫，关于武夫的练拳路数，了解颇多，不好说陈平安如此打熬，搁在浩然天下历史上，就有多了不起，不过作为一名六境武夫，就早早吃下这么多分量足够的拳头，真不多见。

世间九境山巅、十境止境武夫，与顾祐这般不收嫡传弟子的，终究是少数。像她爹这般打熬弟子体魄的武学宗师是不少，只可惜那也得有弟子扛得住才行，有些人是体魄扛不住，有些人是心性不过关，当然更多的，还是两者都不济事，空有前辈明师愿意扶持，甚至是拖曳，都死活迈不过门槛，不得登堂入室。也有些看似破境了，事实上是喂拳人传拳失了真正法度，弟子过了门槛，却像断了胳膊少条腿，心镜给打出了不可察觉的瑕疵，故而一到八境、九境，种种隐患就要显露无遗。

李柳到了溶洞水路尽头，没有继续前行，开始掉头转身散步。行到渡口那边，在这座神仙洞府的山水禁制边缘，望向狮子峰外的远处风景。

隐隐约约，李柳察觉到了一丝异象，视线抬起，往天幕看去。

儒家七十二文庙陪祀圣贤，自古便是最画地为牢的可怜存在，不生不死，规矩重重，年复一年，看着人间，绝对不允许肆意插手世事。

李柳有一世落在浩然天下西北，以仙人境巅峰的宗门之主身份，在那座流霞洲天幕处，与一位坐镇半洲版图的儒家圣贤，聊过几句。

这些如蹈虚空之舟却寂然不动的圣贤，就像凡夫俗子在山巅，看着脚下山河，终究一样目力有穷尽，也会看不真切画面。不过若是运转掌观山河的远古神通，便是市井某个男子身上的玉佩铭文，某个女子满头青丝中夹杂着的一根白发，也能够尽收眼底。

只是纵有这般神通，看了人间千年复千年，也终究有看乏了的那一天。

更何况他们职责所在，是要监察那些飞升境大修士，以及一众上五境修士的修道之地，以免修道之人，术法无忌，祸害人间。

那些身在洞天福地当中的大修士，若是离开了小天地，便如一盏盏格外瞩目的灯火亮起，自然就要被坐镇天幕的圣贤立即留心，死死盯住。若有违例失礼之事，圣贤就要出手阻拦。若是一切循规蹈矩，便无须圣贤们现身。

当时与李柳有过几句言语的儒家圣贤，最后笑言他所谓的散心，便是每隔十年，就去瞧瞧某国某州某郡县立在一处村头的乡约碑文，看一看经过十年的风吹日晒、雨雪冲刷，那块石碑上有了哪些人间世人无所谓的细微变化。

李柳无言以对。

圣贤寂寞，人间不知。

约莫一个时辰后，神游万里的李柳收起思绪，笑着转头望去。

有人撑船而回，是有些凄惨的陈平安。

李二坐在小舟上，说道："这口气必须先撑着，总得熬到那些武运到达狮子峰才行，不然你就没法子做成那件事了。”

陈平安点点头。

李二问道：“真不后悔？李柳兴许知道一些古怪法子，留得住一段时间。”

陈平安摇头道：“不了。撼山拳是北俱芦洲顾祐前辈所创，游历途中，前辈又教了我三拳，最后前辈哪怕身死离世，依旧想要将武运馈赠于我。所以不后悔。”

李二不再言语。

一舟两人到了渡口，李柳微笑道：“恭喜陈先生，武学修道两破镜。”

陈平安咧嘴一笑，先前刻意压着真气与灵气，因这一小动作，立即就破了功，重新变得满脸血污起来。

陈平安走过洞府门口的那道山水禁制，轻轻握拳，仰头望去。晴空万里的狮子峰上，一片金色云海蓦然凝聚，然后天降甘霖，丝丝缕缕，缓缓而落，极其缓慢。

陈平安轻声道：“初一，十五。”

两把飞剑一掠而出，一闪而逝，悬停在陈平安身前高处，如两级台阶。一袭青衫背仙剑，开始登高飞奔，踩着两把飞剑台阶，步步登天。

在距离那金色云海与武运甘霖数十丈之处，陈平安猛然停步，一身拳意汹涌流转，如神灵在天，以云蒸大泽式向高处出拳。

一拳过后，那武运云海与甘霖皆被打退，轰然散落在北俱芦洲。

精疲力竭的陈平安深呼吸一口气，抹了一把额头汗水，弯腰喘气，有些视线模糊，仍是转头望向南方，轻声笑道：“顾前辈，当初不敢与你说，我家乡竹楼有人说我们这撼山拳尽是些土腥味，不怎样，也就拳意根本还算凑合。我方才这一拳，便是他传我的。顾前辈请放心，当年我便不服气，等我这次回到家乡，一定要与他掰扯掰扯，如今是金身境了，怎么都能多挨两拳，可以多说两句。”

狮子峰山主黄采，站在开山老祖李柳身边，轻声笑道：“陈先生这一拳下去，狮子峰算是彻底出名了。”

李柳难得在黄采面前有个笑脸，道：“黄采，你不用刻意喊他陈先生，自己别扭，陈先生听见了也别扭。”

黄采知晓自己师父的脾气，点了点头。

有一世，李柳随手在路边捡到了一个孩子，让他随便磕了三个头，便算是收为唯一的嫡传弟子，后来师徒两人，就在狮子峰开山立派。李柳兵解离世后，当时刚刚成为年轻金丹境地仙的黄采便挑起了大梁，狮子峰在剑修如云的北俱芦洲屹立不倒，当年那个瘦如竹竿、脑袋挺大、瞅着挺有意思的孩子，最终也成为北俱芦洲著名的强大元婴。

李二突然说道：“他身上四件法袍，除了最里面那件还算好，其余三件，不太吃得住拳，破损得有些厉害。”

还好，陈平安在撑船返回渡口之前，脱掉了那些已成累赘的法袍，尤其是最外面的那件彩雀府法袍，不然就这么光明正大地登高出拳。很快，半座北俱芦洲都要听说狮子峰出了个喜欢穿娘们衣裳的纯粹武夫。

陈平安这一拳打散金色云海，将一份浓重武运留在北俱芦洲。先前李二得知陈平安的决定后，没有刻意与陈平安多说一些内幕，没必要，说了反而弄巧成拙，兴许会让陈平安出拳多出一丝拳意杂质。他只说心生感应的那一小撮北俱芦洲武道之巅的九境、十境武夫，都会感到几分快意，无论这些宗师自身性情如何，武德高低，都要对今日狮子峰山巅的这个年轻人，生出几分敬重，一洲之地的大小武庙，都会对此人心怀感恩。不说别人，只说与狮子峰黄采熟悉的儒家圣人周密，便要高看陈平安一眼，觉得对自己的脾气。

李柳想起先前陈平安的花哨穿着，忍着笑，柔声道："我会帮着陈先生修补法袍。"

李二呵呵笑。

李柳无奈道："爹，瞎想什么呢？"

李二说道："没瞎想，就是觉着下山就有酒喝，高兴。"

陈平安晃晃悠悠，一次次踩在飞剑初一和十五之上，最终飘然落地。

李二说道："先在山上养伤半旬，等你稳固了金身境，我再帮你开开筋骨，熬一熬魂魄。每破一境，一座人身小天地，便有诸多武夫自己都无法想象的变化，趁热打铁，比较稳妥。"

陈平安苦笑道："李叔叔，我这会儿头晕目眩，一想到练拳，就犯困，容我缓缓，先缓一缓，到时候再说。"

李二笑着摆摆手。

陈平安与黄采抱拳，致歉道："一直没有机会感谢黄山主。"

黄采摇头道："陈公子不用客气，是我们狮子峰沾了光，暴得大名。陈公子只管安心养伤。"

陈平安脸色古怪，告辞离去。

李二也火速下山。

李柳站在原地，说道："暴得大名？这不是个贬义说法吗？黄采，当年就要你多读书，光顾着修行了？听说你与鱼凫书院的山长周密关系不错，能聊得来？"

黄采有些无奈，道："师父，我从小就不爱翻书啊。何况我与周山长打交道，从来不聊文章诗词。"

李柳摇头道："白瞎了小时候那么一颗大脑袋。"

黄采愣了愣，摸了摸自己脑袋，这才想起自己小时候，面黄肌瘦，大雪纷飞，沿途乞讨，然后就遇上了在大雪里缓缓而行的师父。

回忆起往事，黄采竟是有些说不出话来。

当年自己年纪还小，追随师父一起远游，来到了这座山，当时并没有山名，灵气也一般，但是师父却选了此山作为开山立派之地。到了山巅，她瞥了眼身边的孩子，突然就说以后这里便叫狮子峰了。

当时师父难得有些笑意。

黄采这辈子都会清清楚楚记得这一幕。

李柳转过头，看着辛苦守着狮子峰这份家当的老人。狮子峰不过是她的遗留洞府之一，甚至还不如龙宫洞天的南薰水殿重要。之所以一家三口会在这里落脚，只不过是李柳看上了山脚那边的安宁小镇，娘亲若是在那边市井开间铺子，不会太过陌生。这其实与狮子峰和黄采，几乎没有什么关系。

但是不知为何，看见当年那个瘦猴儿似的大脑袋孩子，这会儿变成了一个白发苍苍的迟暮老人，李柳破天荒有些细细碎碎的小小感伤。黄采资质并不算太好，脾气太犟，修行路上，厮杀过多，在北俱芦洲照顾一座祖师堂，并不是一件轻松事。本来有希望跻身玉璞境的黄采，在历史上多次面对剑修问剑、攻伐，死死护住狮子峰祖师堂不被摧毁，不愿低头，积攒了诸多遗患，大战过后的缝补气府，无济于事，今生便只能滞留在元婴境了。

其实李柳第一次重返此山的时候，便对这个弟子很不以为然，一座可有可无的狮子峰祖师堂算什么？哪怕倒塌了，成为废墟，不再重建，又如何？黄采如果不花那么多心思去栽培嫡传弟子，不去耗费心力物力为狮子峰开枝散叶，而是选择自顾自修行，一门心思破境，跻身了上五境，说不定还能得到她李柳的一份重宝赏赐。不是不知道黄采的用心用意，事实上她一清二楚，只是以前根本不在意。

可是这一刻，李柳就是有了些感伤。

看着从未有过如此眼神的师父，黄采转移了视线。在他印象中，师父是另外一副皮囊，永远高高在上，沉默寡言，好像在想着他永远都无法理解的大事情。

黄采不敢正视师父，他眺望远方，像是在自言自语，颤声道："弟子今生还能够与师父重逢，真的很高兴。"

李柳"嗯"了一声，道："师父没你那么高兴，但也还好。"

师父弟子，沉默许久。

李柳缓缓道："你如今是狮子峰山主，洞府也早已不是我的修道之地，你以后不用计较那座洞府的山水禁制。若是狮子峰有些好苗子，等到陈先生离开山头，你就让他们进去结茅修行。早年我赠予你的三本道书，你按照弟子资质、性情去分别传授，不用死守规矩，何况当年我也没有不准你传授那三门远古水法神通。你若是不这么死板迂腐，狮子峰早就该出现第二个元婴境修士了。"

黄采拍了拍脑袋，自嘲道："果然如师父所说，白瞎了这颗大脑袋。"

李柳笑了笑。

黄采便也不再言语，只是心境祥和，神色怡然，陪着久别重逢的师父，一起看那人间山河。

半旬过后，李二重新登山。这一次喂拳，李二要陈平安只以纯粹武夫的金身境与他切磋，但是不许使用任何拳架拳招，连痕迹都不许有，若是给他李二发现了半点端倪，那就吃上九境巅峰一拳。他唯独要求陈平安出拳要快，慢了半点，便是对不住当下来之不易的金身境，更要吃拳。最后李二拖着陈平安去往小舟，这次是李二撑篙返回渡口，说还差点火候，半旬过后再打磨一番。但陈平安拒绝了这份好意，说不行，真要动身赶路了，既然刘景龙已经破境，即将迎来第一场问剑，他必须赶紧去太徽剑宗看一眼，再去趴地峰拜访火龙真人，见另外一个好朋友，还要走一趟青蒿国州城那条洞仙街，见过了李希圣，就要南下返回骸骨滩。

李二没有为难陈平安。

拂晓时分，两人一起快步下山，李二好奇问道："既然这么着急去倒悬山赴约，为何不干脆直接从北俱芦洲走，还要跑一趟宝瓶洲？落魄山又不长脚，还有朱敛和魏檗一里一外帮衬着，其实不用你担心什么。错过了骸骨滩，去了宝瓶洲，跨洲渡船只有老龙城那边有，又是一段不短的路程，不嫌麻烦？"

陈平安笑道："不回家看一眼，怎么都放心不下。"

李二便不再言语。这段日子，帮着陈平安喂拳，实在是说了太多话，比出拳累多了。

到了山脚布店，李柳在铺子里边帮忙，生意冷清。陈平安欲言又止，终于还是忍不住开口问道："李姑娘，知道为什么你在铺子里卖布，生意不会太好吗？"

李柳点点头。

小镇这边的市井妇人、妙龄少女，都不乐意见到她，哪怕她愿意拗着性子，将自家铺子布料夸得天花乱坠，只要她站在铺子里边，那些凡俗女子，难免会觉得不自在。买了布，添了一两分姿色又如何，只要见着了她李柳，便要灰心。

李柳喜欢待在铺子里，其实还是想要与娘亲多待一会儿。

陈平安笑道："可以让狮子峰上长得不是那么好看的一两位仙子，挑个街上的热闹光景时辰，在这边买两次绸缎，第一次买得少些，第二次买得多些。记得来的时候，穿上在铺子里买去的绸缎缝制的衣裳，如此一来，便无须李姑娘费心店铺生意了，只在后院陪着柳婶婶多聊天便是。"

李柳笑道："可以按照陈先生传授的锦囊妙计，试试看。"

先前妇人端茶上桌的时候，瞧见了陈平安的脸色，开口第一句话便问："生病了吗？"

陈平安赶紧笑着摇头说："没有没有，只是有些风寒，柳婶婶不用担心。"

妇人便说了家乡那边一些保养身体的土法子，让陈平安千万别不在意。

这天饭桌上，坐着四人。

妇人一听说陈平安吃过了饭就要离开小镇，便有些失落。但一听说陈平安愿意为她代笔写一封家书，寄往大隋山崖书院，妇人便立即喜出望外。

李柳转头望向李二，李二就只是笑，抿了口酒，有滋有味。

在李槐的屋子里，陈平安拿出笔墨纸，李二与妇人坐在一旁的一条长凳上，李柳坐在陈平安桌对面。

陈平安微笑道："柳婶婶，你说，我写。咱们多写点家长里短的琐碎事，李槐见着了，更安心。"

妇人看着眼前这个身穿干净青衫、笑脸温和的年轻人，心里便莫名有些难受，轻声道："平安，你的爹娘要是还在，该有多好。柳婶婶没什么见识，只是个碎嘴的妇道人家，可好歹也是当娘的人，我敢说天底下的任何爹娘，见着你这样的儿子，就没有不高兴的。"

陈平安眼神低敛，神色平静，然后微微抬了抬头，轻声笑道："柳婶婶，我也想爹娘都在啊，可那会儿年纪小，没法子多做些事情。这些年，一想起这些就挺难受的。"

妇人对自己哪壶不开提哪壶，很是愧疚，赶紧说道："平安，婶婶就随便说了啊，可以写的就写，不可以写在纸上的，你就略过。"

陈平安笑道："纸多，婶婶多说些，家书写得长一些，可以讨个好兆头。"

妇人重重"欸"了一声，然后转头瞪眼望向李柳，恨声道："听见没？以往让你帮着写信，轻飘飘一两张纸就没了，你心里到底还有没有你弟弟？有没有我这个娘亲？白养了你这么个没心肝的闺女！"

陈平安朝桌对面的李柳歉意一笑。

李柳悄悄点头致意，然后双手抱拳放在身前，对妇人求饶道："娘，我知道错了。"

随后小屋内，便只听到妇人的絮絮叨叨。

那个行过万里路也读过了万卷书的青衫年轻人，正襟危坐，腰杆挺直，神色认真，一丝不苟地提笔写字。

最后陈平安背着竹箱，手持行山杖，离开店铺。妇人与汉子站在门口，目送陈平安离去。

妇人一定要李柳送陈平安一程。

李柳手里挎着一个包裹，都是她娘亲准备的物件，多是小镇特产，里面当然还有三件被她亲手修缮过的法袍。

妇人小声念叨道:“李二,以后咱们闺女能找到这么好的人吗?”

李二想了想,道:“难。”

妇人一脚踩在李二脚背上,拿手指狠狠戳着李二额头,一下又一下,骂道:“那你也不上点心?就这么干瞪眼,由着平安走了?喝酒没见你少喝,办事半点不牢靠,我摊上了你这么个男人,李柳、李槐摊上了你这么个爹,是老天爷不开眼,还是咱仨上辈子没积德?”

李二闷不吭声,当然没敢躲避。

妇人叹了口气,悻悻然收手,不能再戳了,自己男人本就是个不开窍的榆木疙瘩,再不小心给自己戳坏了脑袋,还不是她自个儿遭罪吃亏?

小镇大街上,两人并肩而行。

李柳轻声道:“陈先生,黄采会带你去往渡口,船可以直接到达太徽剑宗周边的宦游渡,下了船,离着太徽剑宗便只有几步路了。率先造访太徽剑宗的问剑之人,是浮萍剑湖郦采。这种事情,就是北俱芦洲的老规矩,陈先生不用多想什么。”

说到这里,李柳笑道:“忘记陈先生最重规矩了。”

陈平安摇头道:“但是我对于合情合理的规矩,理解得还是太少太浅,远远不知道什么叫真正的礼。”

李柳对此不予置评,主要还是不愿指手画脚。

李柳问道:“陈先生难道就不向往纯粹、绝对的自由?”

陈平安笑道:“其实也会羡慕那种无拘无束,但是我一直觉得,没有足够认知作为支撑的那种绝对自由,既不牢固,也是灾殃。”

两人走过大街拐角,前方不远处,便站着施展了障眼法的狮子峰老元婴山主。

李柳将挽在手中的包裹摘下,陈平安也摘下竹箱。李柳本来想着让他站着便是,她来打开竹箱,见此情景便递去包裹,笑道:“陈先生怕人误会?其实街坊邻居已经很误会了。”

陈平安将包裹放入竹箱,重新背在身后,笑着没说话。

最后李柳以心声告之,道:“青冥天下有座玄都观,是道家剑仙一脉的祖庭,观主名为孙怀中,为人坦荡,有江湖气。”

陈平安答道:“感谢李姑娘赠我一颗定心丸。”

黄采陪同陈平安一路闲聊,到达渡口,然后道别。陈平安最终乘坐一艘雕梁画栋如阁楼的仙家渡船,去往宦游渡。船上人不少,其中不少都是奔着太徽剑宗去的,正在渡船上议论纷纷。这很正常,既然那位北俱芦洲的陆地蛟龙,已经出关破境,紧接着就会是三场惊世骇俗的剑仙问剑,分别是女子剑仙郦采、董铸,与那位北地剑仙第一人白裳，这是现在北俱芦洲的头等大事。

除此之外，他们还聊到狮子峰的那场金色云海与武运甘霖，都在猜测是狮子峰处心积虑隐藏了一个纯粹武夫，还是某个过路客人。

陈平安去了自己的船舱，打开竹箱，准备取出三件法袍，收入咫尺物，但是打开包裹的时候，却发现里面除了柳婶婶准备的各色吃食、特产，还有一枚翠绿欲滴的精致玉牌，被李柳施展了山水禁制，故而灵气不彰显，陈平安才没有事先察觉。陈平安叹了口气，蹭吃蹭喝蹭拳不说，还蹭了这么贵重的一件回礼，哪有自己这么当客人的。

玉牌铭文为“老蛟定风波”。把玉牌与法袍都收了起来，陈平安开始继续炼化三处关键窍穴的灵气。

一路无事。

到了那座离着太徽剑宗不过三百里距离的宦游渡，陈平安发现人满为患，果然都是赶来凑热闹的修道之人。

在渡船进入太徽剑宗地界后，陈平安便飞剑传信刘景龙。

在渡船这边，没见到刘景龙，陈平安只看到了那个割鹿山出身的少年——白首。

白首飞奔过来，在人流之中如游鱼穿梭，见着了陈平安就咧嘴大笑，伸出大拇指。

陈平安疑惑道：“什么事情让你这么乐呵？”

白首哈哈大笑道：“姓陈的，你是不是认识一个云上城叫徐杏酒的人？”

陈平安笑了起来，道：“认识。”

白首捧腹大笑，道：“好家伙，姓刘的如今可风光了，一天到晚都要招呼登山的客人。一开始听说那徐杏酒，投了拜山帖子，自称与‘陈先生’认识，姓刘的硬是推掉了好些应酬，下山去见了他，我也跟着去了。结果你猜怎么着，那家伙也学你背着大竹箱，客套寒暄过后，便来了一句：‘晚辈听说刘先生喜欢饮酒，便自作主张，带了些云上城自己酿造的酒水。’”

白首说到这里，已经笑出了眼泪，道：“你是不知道姓刘的那会儿脸上是啥个表情，是上茅厕没带厕纸的那种！”

陈平安哀叹一声，道：“这个徐杏酒，听风就是雨，肯定误会我的意思了，误会了。”

白首高高举起双手，重重握拳，使劲摇晃，道：“姓陈的，佩服佩服！”

陈平安小声问道：“你师父这会儿很忙？都忙到了没办法来迎接我，于是就派遣你这么个小喽啰来凑数？”

白首龇牙咧嘴道：“姓陈的，你才小喽啰！老子如今在太徽剑宗，那是人见人夸的天纵奇才，姓刘的每天都要偷偷烧高香，庆贺自己收了我这么个好弟子。”

陈平安笑着揉了揉少年的脑袋。

白首竟是没躲过，怒道：“别没大没小啊！姓陈的，我是卖你一个天大的面子，你我才能够以兄弟相称,你再得寸进尺,就自个儿去太徽剑宗,我不稀罕给你带路。”

到了太徽剑宗的山门,刘景龙板着脸站在那边。

陈平安颠着竹箱,一路小跑过去,笑道:“可以啊,这么快就破境了。”

刘景龙扯了扯嘴角,故作谦虚道:“哪里哪里,比起陈大剑仙一口气破了武夫修道两瓶颈,差远了。”

陈平安摆手道:“不敢当,不敢当。”

白首没好气道:“你们有完没完,一见面就相互拍马屁,有意思吗?”少年嘿嘿坏笑道:“咋个不拎出两坛酒,边喝边聊? 姓刘的,这次可要悠着点喝,慢点喝。”

少年是佩服那个徐杏酒,他娘的到了山上茅屋那边,那家伙一坐下,二话不说,一顿咣咣咣牛饮啊,连喝了两壶酒,若不是姓刘的拦阻,看架势就要连喝三壶才算尽兴。

三人一起缓缓登山,一路上刘景龙经常与人打招呼,却也没有刻意停步寒暄。

陈平安忍住笑,问道:“徐杏酒回了?”

刘景龙无奈道:“喝了一顿酒,醉了一天,酒醒过后,总算被我说清楚了,结果他又自己喝起了罚酒,还是拦不住,我就只好又陪着他喝了点。”

陈平安哈哈大笑。

刘景龙冷哼道:“下不为例。”

陈平安偷着乐,与白首轻轻击掌。

白首觉得姓陈的这人有意思,以后可以常来太徽剑宗嘛。

他自己不来,让别人带酒上山找姓刘的,也是不错的,特带劲,比自己每天白天发呆,晚上数星星,有趣多了。

太徽剑宗占地广袤,群峰耸立,山清水秀,灵气盎然,陈平安无法御风远游,便取出那符舟,刘景龙乘舟带路,一起去往他们师徒的修道之地。

那是一处享誉北俱芦洲的形胜之地。

在茅屋那边,白首搬了三条竹椅,各自落座。

刘景龙突然说道:“借我一枚谷雨钱?”

陈平安抛过去一枚谷雨钱,好奇问道:“在自家山头,你都这么穷?”

刘景龙接住了谷雨钱,双指拈住,另外一手凌空画符,再将那枚谷雨钱丢入其中,符光散去钱消失,然后没好气道:“宗门祖师堂弟子,钱物按律十年一收,若是急需神仙钱,当然也可以赊欠,不过我没这习惯。借你陈平安的钱,我都懒得还。”

陈平安转头望向白首,道:“听听,这是一个当师父的人,在弟子面前该说的话吗?”

白首刚想要落井下石来两句,却发现那姓刘的微微一笑,正望向自己,白首便将言语咽回肚子。他娘的你姓陈的到时候拍拍屁股走人了,老子还要留在这山上,每天与姓刘的大眼瞪小眼,绝对不能意气用事,逞口舌之快了。刘景龙先前说过,等到他出关,就该仔细讲一讲太徽剑宗的规矩了。

陈平安对白首笑道："一边凉快去，我与你师父说点事情。"

白首不肯挪动屁股，讥笑道："咋地，是俩娘们说闺房悄悄话啊，我还听不得了？"

陈平安双手十指交错，咔嚓作响，微笑道："白首，我突然发现你是练武奇才啊，不习武有点可惜了，我帮你喂招？"

白首"呸"了一声，道："老子好好的剑仙都不要当，还乐意跑去习武练拳？"说完起身去别处晃荡了。

这座山头，名为翩然峰，是练气士梦寐以求的一块风水宝地，位于太徽剑宗主峰、次峰之间的靠后位置，每年春秋时分，会有两次灵气如潮水涌向翩然峰的异象，尤其是丝丝缕缕的纯粹剑意，蕴含其中，修士在山上待着，就能够躺着享福。太徽剑宗在第二任宗主仙逝后，就一直没有让修士入驻此峰，历史上曾有一位玉璞境剑修主动开口，只要将翩然峰赠予他修行，就愿意担任太徽剑宗的供奉，宗门依旧没有答应。

那姓刘的不知好歹，迟迟不愿离开太徽剑宗祖山，搬来翩然峰，说是习惯了祖山那边的老宅子。等到跻身元婴境剑修后，被祖师堂那边隔三岔五催促，这才过来开的峰，结果就是搭建了一座破茅屋，算是开辟出府邸了。因为姓刘的在此闭关，原本太徽剑宗的所有弟子每年都可以来此瓜分灵气，今年开春时分便不敢来了。后来白首跑了趟祖师堂，将姓刘的吩咐下来的言语，与一位和颜悦色的老祖师说了一通，来山上的年轻修士才又多了起来，不过相较于以往的热闹，人人安静修行，不言不语，只是专心淬炼剑意。

当时其实是翩然峰半个主人的白首，没有丝毫动静，经常双手抱臂，在茅屋小板凳上枯坐。

所以太徽剑宗的年轻修士，越发觉得翩然峰这位刘师叔、师叔祖，收了个好生古怪的弟子。

在白首离开后，陈平安便将大致游历过程，与刘景龙说了一遍。众多人与事，都没有藏掖，只是详略不同。

刘景龙耐心听完之后，帮着查漏补缺，就像是两人在复盘围棋。

当提及贺小凉与那清凉宗，与白裳、徐铉师徒二人的恩怨时，刘景龙说道："如今寻常的山水邸报尚未传出消息，事实上天君谢实已经返回宗门，先前那名与清凉宗有些交恶的弟子，受了天君训斥不说，还立即下山，主动去清凉宗请罪，回到宗门便开始闭关。在那之后，大源王朝的崇玄署杨氏、水龙宗、浮萍剑湖，本就利益纠缠在一起的三方，分别有人拜访清凉宗，云霄宫是那位小天君杨凝性，水龙宗是南宗邵敬芝，浮萍剑湖更是宗主郦采亲临。如此一来，且不说徐铉作何感想，琼林宗就不太好受了。"

陈平安皱眉道："那么传闻白裳要亲自问剑太徽剑宗，对你来说，反而是好事？"

刘景龙笑着点头，道："一来白裳心高气傲，本就不会仗着境界与辈分，欺负我这么个新晋玉璞境，哪怕没有这档子事，他愿意出剑，其实也谈不上坏事。二来就像你猜测的，白裳当下确实是有些压力，不得不主动与我太徽剑宗结下一份香火情，帮忙免去那个'万一'，毕竟北俱芦洲瞧我不太顺眼的剑仙前辈，还是有的。有了白裳压轴出剑，再有之前郦采、董铸两位前辈，这三场问剑，我刘景龙只会大受裨益，而无性命之忧。"

陈平安笑问道："这么大的喜事，不喝点小酒，庆祝庆祝？"

刘景龙破天荒点了点头，伸出手。

陈平安取出两壶糯米酒酿，疑惑道："成了上五境修士，性子转变如此之大？"

刘景龙接过酒壶，微笑道："不是庆贺你我各自破境，而是庆贺还能再次重逢。"

陈平安的走渎之行，并不轻松，一名元婴境剑修破开瓶颈，亦如此。两人能够都活着重逢，比那破境，更值得喝酒。

刘景龙愿意喝这样的酒。

两人手持酒壶，轻轻磕碰，相视一笑，尽在不言中。

陈平安突然轻声道："江湖没什么好的。"

刘景龙笑道："也就酒还行。"

白首看似晃荡去了，其实没走远，一直竖起耳朵听那边的"闺房话"。少年打了个激灵，双手抱住肩膀，埋怨道："这俩大老爷们，怎么这么腻歪呢？不像话，不像话……"

白首觉得那个姓陈的，可真是有些可怕到不讲道理了。果然，割鹿山有位老前辈说得对，天底下数闷声狗咬人最凶。如今这位好人兄，不就还是原来那么点境界，却有如此经历和能耐了？可是说起那十境武夫的喂拳，挨揍的好人兄，言语之间，仿佛就跟喝酒似的，还上瘾了？脑子是有个坑啊，还是有两个坑啊？

从来不知天高地厚的白首，想起自己当初跑去刺杀这位好人兄，都有些心悸后怕。惹不起，惹不起。自己以后与他言语，要客气点，与他称兄道弟的时候，要更有诚意些。等到他成了金丹境地仙，同时又是什么九境、十境的武夫宗师，自己脸上也有光彩。

少年耳边突然响起刘景龙的言语："偷听了这么久，作何感想，想不想喝酒？"

白首一本正经道："喝什么酒，小小年纪，耽误修行！"

陈平安啧啧道："不愧是刘景龙的弟子，见风使舵的本事，不比我的开山大弟子差多少。"

白首这就有些不服气了。说我见风使舵，我忍了，说我见风使舵的本事还不如人，真是没办法忍。他转头大声道："姓陈的，你弟子姓甚名谁，你帮我捎句话给他，就说我翩然峰白首，哪天有空就要会一会他！文斗武斗，道法拳头剑术，随他挑！"

陈平安笑道："文斗还行，武斗就算了，我那开山弟子如今还在学塾念书。"

白首摇摇头，道："算他走狗屎运！"少年大步离去，脚下生风，十分潇洒。

如今少年还不晓得因为这几句无心之言，今后要挨多少顿打，以致他将来那句脍炙人口的口头禅，便是“祸从口出啊”。

陈平安喝过了酒，起身说道：“就不耽搁你迎来送往了，再说了你还有三场架要打，我继续赶路。”

刘景龙也没有挽留，似乎早有准备，从袖中掏出一本册子，说道：“关于剑修的修行之法，一点自己的心得，你闲暇时可以翻翻看。”

陈平安接过收入袖中，问道：“在你们太徽剑宗，我驾驭符舟远游，可不认得路，只能直来直往，会不会有麻烦？”

大宗门，规矩多，尤其是剑修林立的宗门，光是修士御剑的轨迹路线，便有大讲究。

刘景龙微笑道：“你还知道是在太徽剑宗？”

陈平安故作惊讶道：“成了上五境剑仙，说话就是硬气。换成我在落魄山，哪敢说这种话。”

陈平安一拍脑袋，想起一事，掏出一只早就准备好的大钱袋子，沉甸甸的，装满了谷雨钱，是与火龙真人做买卖后留在自己身边的余钱，笑道：“一百枚，若是便宜，帮我买个七把八把的恨剑山仿剑，若是死贵，一把仿剑超过了十枚谷雨钱，那就只买个一两把。剩余的，再帮我去三郎庙买些好物件，具体买什么，你自己看着办。”

刘景龙点头答应下来。

然后陈平安驾驭符舟，返回宦游渡口，要去往趴地峰见张山峰。

在升空之前，陈平安对那在翩然峰上散步的白首喊道：“你师父欠我一枚谷雨钱，时不时提醒他两句。”

白首方才还想着要在姓陈的面前讲点规矩，这会儿又忍不住骂了句粗话。

茅屋那边，刘景龙赞赏地点点头，有点徒弟的样子了。

太徽剑宗诸多山峰之上，三三两两的女子修士聚在一起，窃窃私语，神色雀跃。

相较于男子修士好奇那个年轻人的修为、境界和背景来历，女子修士议论的内容，截然不同。

她们听说那个能够让刘师叔、师叔祖亲自出门迎接的贵客，是个身着青衫、持行山杖、背着个大竹箱的男子后，便都忍不住询问长相如何，风度如何。远远见过两人登山的女子修士，憋了半天，说“凑合”，于是便有其余女子哀怨不已，都觉得自家那个小师叔、师叔祖，受了天大的委屈了。

翩然峰那边，刘景龙当然打死都想不到宗门内的晚辈们，会有这些乱七八糟的想法，便是他听说了，肯定也想不明白，估摸着还是会向陈平安请教一番，才能破开迷障，豁然开朗。

白首返回茅屋，问道：“他这就走啦？姓刘的，他是不是根本没把你当朋友啊？”

刘景龙笑道："等你以后也有了朋友，自然就知道答案了。"

白首说道："我跟姓陈的，就是朋友啊，不打不相识，相见恨晚，把酒言欢，称兄道弟……"

刘景龙摆摆手，道："我们去趟祖师堂。"

白首立即病恹恹了，嗫嚅道："明儿去，成不成？"

刘景龙没说话。

白首腹诽不已，却只能乖乖跟着刘景龙御风去往主峰祖师堂。

一般来说，姓刘的只要说过了一件事，兴许这个过程中会很絮叨，但说完后便不再多说一个字，这时就该轮到他白首去做事了。

御风而游的时候，白首发现姓刘的好像突然想起一件事，掏出一只大钱袋子，晃了晃，似乎是在听声音数钱。

刘景龙微笑道："还好，不是九十九枚。"

白首问道："怎么回事？"

刘景龙只说"没什么"。

白首竟是有些醋意，这姓刘的，与那好人兄，闹哪样嘛。

陈平安没有想到张山峰已经跟随师兄袁灵殿下山游历去了。待客之人，是白云一脉的峰主，一位仙风道骨的老神仙，亲自来到山门向陈平安致歉。

陈平安得知火龙真人还在睡觉，便说这次就不登山了，下次再来拜访，请求老真人原谅自己的过门不入，以后再来北俱芦洲，肯定事先打声招呼。

老神仙也没多说什么，神色和蔼。老神仙亲自将陈平安一路送到渡口，这才告别返山。

陈平安乘坐一艘去往春露圃的渡船，趴在栏杆上，怔怔出神。

到了春露圃，可以直接去往北俱芦洲最南端的骸骨滩。

但是在这期间，陈平安需要中途下船，先走一趟青蒿国，这是一个小国，没有仙家渡口，需要走上千余里路。

李希圣如今就在青蒿国的一座州城里，住在一条名叫洞仙街的地方。

陈平安并不知道，在他离开太徽剑宗后没多久，便有一名眉心有痣的白衣少年，手持绿竹行山杖，乘坐一艘返程的披麻宗跨洲渡船，去往骸骨滩。

先生南归，学生北游。

那少年到了骸骨滩第一件事，就是撕开鬼蜮谷小天地的某处天幕，朝着京观城头顶，砸下了一阵无比绚烂的法宝暴雨，完事之后，收了法宝就跑路。

京观城英灵高承不知为何，竟是没有追杀那个白衣少年。

披甲高坐于白骨王座之上，高承皱眉不已。为何见着了此人，自己原本断断续续的那股心神不宁，就越发清晰了？高承非但没有再次冒冒失失以法相破开天幕，反而破天荒感到了一种莫名其妙的拘束。

木衣山脚下的壁画城，那少年在一间铺子里，想要购买一幅廊填本神女图。他可怜兮兮地与一名少女讨价还价，说自己年纪小，游学艰辛，囊中羞涩，实在是瞧见了这些神女图，心生欢喜，宁肯饿肚子也要买下。

少女见他言辞恳切，眼神真诚，瞧着若是由着少年再这么诉苦下去，估计他就要泫然欲泣了，便无可奈何地破例给了个低价。结果那少年谈妥了价格后，面露感激，大袖一挥，说道："铺子里的神女图，就按照这个公道价格，我全包了！"

少女目瞪口呆。

那个臭不要脸的白衣少年转过头去，腰间佩刀的披麻宗宗主竺泉，笑吟吟站在不远处，道："这位小兄弟，气魄很大嘛。"

崔东山眨了眨眼睛，怀抱绿竹杖，做无辜状道："那可不，我是我家先生的得意弟子。这位姐姐，何方人氏？"

竺泉瞧着那行山杖，有些神色古怪，问道："你家先生，该不会是姓陈吧？"

崔东山笑脸灿烂，道："姐姐真是神仙啊，未卜先知。"

竺泉打趣道："我可从没听他提过你。"

下一刻，竺泉便越发摸不着头脑了。

奇了怪哉，这家伙方才在京观城高承头顶，乱砸法宝，瞅着挺欢快啊，可是这会儿，眼前的俊美少年，皱着脸，眼泪哗哗流。

第三章 忽如远行客

陈平安中途离开渡船，去往在北俱芦洲算是偏居一隅的青蒿国。

千里路途，陈平安拣选山野小路，昼夜兼程，身形快若奔雷，很快就找到了那座州城。等他刚刚走入那条并不宽阔的洞仙街，一户人家大门打开，走出一位身穿儒衫的修长男子，笑着招手。

陈平安抬头望去，有些神色恍惚。

收起思绪，快步走去。

李希圣走下台阶，陈平安作揖行礼道："见过李先生。"

李希圣笑着作揖还礼。

少年崔赐站在门内，看着大门外久别重逢的两个同乡人，尤其是当崔赐看到自家先生脸上的笑容时，少年就跟着高兴起来。

到了北俱芦洲之后，先生总是皱眉想事，哪怕眉头舒展，好像也有许多的事情在等着先生去琢磨，不像这一刻，自家先生好像什么都没有多想，就只是开怀。

李希圣带着陈平安一起走入宅子，转头笑道："差点就认不出来了。"

陈平安笑道："估计等我下次在书院见到小宝瓶，也会这么觉得。"

到了李希圣的书房，屋子不大，书籍不多，也无任何多余的文房清供、字画古物。

李希圣让崔赐自己读书去，将书案后那张椅子搬出来，与刚刚摘下斗笠、竹箱的陈平安相对而坐。

李希圣点头道："很好，心更定了。"

陈平安挠挠头。

李希圣微笑道:“有些事情,以前不太合适讲,如今也该与你说一说了。”

本就正襟危坐的陈平安坐姿越发端正,恭敬道:“李先生请讲。”

李希圣说道:“我这个人,一直以来,自己都不太清楚自己。”

陈平安犹豫了一下,道:“我也是如此。”

李希圣笑着摇头,道:“你大不一样。”

李希圣继续说道:“还记得我当年想要送你一块桃符吗?”

陈平安轻轻点头。

李希圣说道:“在那之前,我在泥瓶巷,与剑修曹峻打过一架,对吧?”

陈平安笑了起来:“先生让那曹峻很是无奈。”

李希圣缓缓道:“在骊珠洞天,练气士修行很难,但是我却破境很快,快到了连之后走出骊珠洞天杏花巷的马苦玄,跟我比,都不算什么。”

陈平安不再言语,安静等待下文。

李希圣一语道破天机,语不惊人死不休:“我也是事后反复推衍,才算出其中的缘由——原本属于你的那份气运,或者说是大道机缘,落在我身上。与你一样,我也一直觉得天底下的万事万物,都讲究一个均衡,你失我得,每个大大小小的‘一’,绝对没有凭空的消失或增加,丝毫都不会有。”

陈平安刚想要说话,李希圣摆摆手,阻止他道:“先等我讲完。”

李希圣说道:“你我想事情的方式差不多,做事的方式也差不多,知道了真相,就觉得总得做点什么,才能心安。虽然我事先不知道自己占据了你那份道缘,但是既然随后境界攀升,棋力渐涨,被我一步一步倒推回去,推算出来一个明确的结果,那么我当然不能坦然受之。虽然那块桃符,任凭我如何推算也算不出其根脚,但是我很清楚,对我而言,桃符一定很重要。恰恰因其重要,我当初才想要赠送给你,作为一种心境上的互换,我减你加,双方重归平衡。在这期间,不是我李希圣当时境界稍高于你,或者说桃符很珍重,便不对等,便应该换一件东西赠送给你。不该如此。我得了你那份大道根本,我便该以自己的大道根本,还给你,这才是真正的有一还一。只是你当时不愿收下,我便只得退一步行事。故而我才会与狮子峰李二前辈说,你要是对我当初向你赠符或者为你的竹楼画符心怀感恩,而来见我李希圣,只会给你我徒增烦恼,使一团乱麻更乱,那还不如不见。”

陈平安神色平静,轻轻点头。

李希圣笑道:“至于那本《丹书真迹》和一些符纸,不在此列,我只是以李宝瓶大哥的身份,感谢你对她的一路护道。”

陈平安还是点头。

李希圣突然有些神色落寞，轻声道："陈平安，你就不好奇为何我弟弟叫李宝箴，小宝瓶名字当中也有个'宝'字，唯独我，不一样？"

福禄街李氏三兄妹李希圣、李宝箴、李宝瓶。

陈平安摇摇头："从未想过此事。"

红棉袄小姑娘当年对小师叔无话不说，陈平安便听说她的娘亲在对待自己的两个儿子上，好像更偏心李宝箴，对于嫡长子李希圣，就没有那么亲近。陈平安对于这些小宝瓶的家事，就像自己所说的那样，听过就算，不会去深究。

李希圣站起身，走到窗口那边，眺望远方。

李家每逢春节，便有一个不成文的家族习俗——他们兄妹三人的娘亲，会让府上婢女下人们说些带"李"字的成语、诗句，例如那寓意美好的"桃李不言下自成蹊"，很讨喜的"正冠李下"，甚至哪怕有个孩子不小心说了那句不算褒义的"凡桃俗李"，他们娘亲也不会生气，依旧会给一份压岁钱，唯独当她听到那"投桃报李"的时候，笑意便少了许多，随后听到"李代桃僵"那个说法后，从来对任何下人都和蔼可亲的妇人，就破天荒难掩怒容了。

当时李希圣还是一名少年，刚好就站在不远处的抄手游廊拐角处，看到了那一幕，听到了那些言语。

当时李希圣不理解，也没觉得是多大的事情，只是将一份好奇深埋心底，隐隐约约有些不安。

自古诗词语句，好像桃李从来相邻。

李希圣转过头，轻声道："街对面住着一户姓陈的人家，有个比李宝箴稍大几岁的儒家门生，名为陈宝舟，你若是见到了他，就会明白，为何独独是我李希圣能够接替你的那份气运。"

其实不用去见了，李希圣这么说，陈平安就已经明白了一切。

李希圣突然笑道："我没事。"

北俱芦洲洞仙街，陈希圣。

宝瓶洲骊珠洞天，李宝舟。

原本理应如此。

这也就解释了为何那座深山当中的陈家祖坟，为何会生长出一棵寓意圣贤出世的楷树。

因为这位李先生，本该姓陈。

李希圣轻声感叹道："许多事情，我依旧想不明白，就好像人生道路上，山水迷瘴，关隘重重，只有修为高了些，才可以跨过一个。"

陈平安站起身，说道："李先生应该伤心，但是好像不用那么伤心。"

李希圣笑了起来，眼神清澈且明亮，道："此语甚是安慰人心。"

陈平安跟着笑了起来。

随后在李希圣的建议下，两人随便下棋，随便闲聊。

陈平安下棋慢，到了收官阶段，每次落子后，才会说上一两句话："没来北俱芦洲的时候，其实挺怕的，听说这边剑修多，山上山下，都行事无忌，我便想着来这边跟着宽心。可是来了才知道原来只要心坎不过，任人御风逍遥远游，双脚都在泥泞中。

"也怕自己从一个极端走向另外一个极端，便取了个陈好人的化名，不是什么好玩的事情，是提醒自己，来此历练，不可以真正行事无忌，随波逐流。

"大概是内心深处，一直偷偷想着，如果能够当个真正的好人，就好了。"

李希圣言语不多，听到这里，才说道："自认心有私念，却能始终行善。陈平安，你知道这是什么吗？"

陈平安摇头。

李希圣拈起一颗棋子，轻轻放在棋盘上，说道："这便是我们儒家圣贤心心念念的，慎其独也，克己复礼。"

陈平安摇摇头，并不这么觉得。

李希圣也未多说什么，只是看着棋局，道："不过臭棋篓子，是真的臭棋篓子。"

陈平安说道："下棋一事，我确实没有什么天赋。"

李希圣笑道："当真如此吗？"

陈平安点头道："因为我下棋没有格局，舍不得一时一地。"

李希圣说道："世人都在世道里下着自己的棋局，把万事万人都当作手中棋子的聪明人，很多，不缺你陈平安一个。"

陈平安笑道："李先生此语甚是安慰人心。"

李希圣说道："我是真心话，你是马屁话，高下立判。"

陈平安摇头道："我们落魄山，行走江湖，额头人人刻'诚'字！"

李希圣笑着举手抱拳，道："幸会幸会。"

陈平安却突然笑容牵强起来。

李希圣心中叹息。

应该是想到了落魄山那座竹楼。

人生天地间，忽如远行客。

当渡船由北往南时，依次经过大篆王朝、金扉国、兰房国，也就到了春露圃的符水渡。

当下已是入秋时分，陈平安又错过了一年的春露圃辞春宴，符水渡比起上次，冷清了许多。

春露圃的热闹，都在春天里。

陈平安走下渡船，相较于去年离去时的装束，差别不大，不过是将剑仙换成了竹箱背着，依旧是一袭青衫，斗笠行山杖。

陈平安直奔老槐街，街道比那渡口更加热闹，熙熙攘攘。见着了那间悬挂蚍蜉匾额的小铺子。陈平安会心一笑，匾额上两个榜书大字，真是写得不错。他摘下斗笠，跨过门槛，铺子里暂时没有客人，这让陈平安有些忧愁。那个抬头笑脸相迎的代掌柜——出身照夜草堂的年轻修士，发现竟是那位新东家后，笑容越发真诚，连忙绕过柜台，弯腰抱拳道："王庭芳见过剑仙东家。"

关于称呼，那是王庭芳琢磨了半天的结果，只是没有想到，会这么快就与这位姓陈的年轻剑仙重逢，毕竟山上修士，一旦远游，动辄十年数十年缥缈无踪迹。

陈平安抱拳还礼，道："王掌柜辛苦了。"

王庭芳轻声问道："晚辈这就去拿账本？"

生意人说生意经，比任何寒暄客套都要实在。

陈平安点了点头，一起走到柜台后面。陈平安摘下竹箱，把竹编斗笠搁在行山杖上。

王庭芳取出两本账，陈平安看到这一幕后，小小忧愁，烟消云散。若是生意当真不好，能记下两本账？

陈平安早已看过铺子里边百宝架上的诸多物件，心中了然，然后开始对账，看到一处时，惊讶道："还真有人出这么高的天价，买下那对法宝品秩的金冠？"

看了眼出货时日，陈平安脸色古怪，问道："是不是一个五陵国乡音的年轻女子？身边还跟着个背剑扈从？"

王庭芳震惊道："东家这都算得出来？"

陈平安有些无奈，没有道破隋景澄和浮萍剑湖元婴境剑修荣畅的身份，摇头感慨道："真是不把钱当钱的主，还是卖低了啊。"

王庭芳便有些惶恐。

陈平安缓缓翻着账本，笑道："这笔买卖，王掌柜已经做到最好了，我只是与对方还算熟悉，才随便瞎说，不至于真的如此杀熟。若是换成我亲自在铺子卖货，绝对卖不出王掌柜的价格。"

陈平安一边细致翻看账本，一边与王庭芳闲聊春露圃近况与照夜草堂生意之事。

王庭芳笑道："只是机缘巧合，靠着东家的天大面子，才卖出了金冠这对镇店之宝，去年生意的账面上，才会显得漂亮，与晚辈关系不大。晚辈斗胆祈求东家莫要跟家师实话实说，不然晚辈肯定就要卷铺盖离开蚍蜉铺子了。家师对前辈铺子的生意，极其在意，每一季盈亏，都要亲自过目，召晚辈过去询问。”

陈平安点头道：“我这次带了些彩雀府小玄壁茶饼，会亲自登门与唐仙师致谢。铺子生意打理得比我想象中好太多，若是王掌柜不担心我在唐仙师那边画蛇添足，定要为王掌柜美言几句。”

王庭芳后退两步，作揖谢礼，道：“剑仙东家恩重如山，晚辈唯有再接再厉，帮着蚍蜉铺子挣更多钱。”

陈平安合上账本，干脆就不去翻第二本了。既然王庭芳说了照夜草堂那边会过目，陈平安就礼尚往来，否则再细看下去，便要打人家王庭芳与照夜草堂的脸了。

将两本账本轻轻推向王庭芳，陈平安笑道：“账本没有差池，记得仔细清晰，我没什么不放心的。再就是王掌柜以后做买卖，有个细水长流即可，不用太过苛求铺子每年的盈余，账面上多好看。我此次离开春露圃后，估计要当许多年的甩手掌柜，有劳王掌柜多费心。”

王庭芳笑着应诺下来，把账本小心翼翼地锁入抽屉。

陈平安转身从竹箱里掏出两件东西，一件是那枚拥有“水中火”气象的玉镯，铭刻有回文诗，还有一把青铜辟邪镜，有那最值钱的“宫家营造”四字。这两件与那树瘿壶和斋戒牌，都是武夫黄师赠送。事后回想那趟访山寻宝之行，好聚绝对半点算不上，好散倒是真。

树瘿壶本身品秩不算太高，但是老真人桓云掌眼后，明言此老物可以帮助练气士汲取木属灵宝的灵气，对于当下炼制出第三件木属本命物的陈平安而言，恰恰就是千金难买的所需之物。陈平安在南下途中，以火龙真人的炼制三山法诀，将其炼为木宅所在关键窍穴的一件辅助宝物，搁在了木宅当中。

至于那块斋戒牌，陈平安也打算将其炼在木宅，只是炼化一事，太过耗费光阴，在每天雷打不动的六个时辰炼化青砖水运之余，再把树瘿壶中炼成功，已经算是陈平安修行勤勉了。几次乘坐渡船，几乎都将闲散光阴用在了炼化器物一事上。

陈平安将手中玉镯、古镜两物放在桌上，大致解释了两物的根脚，笑道：“既然已经卖出了两顶金冠，蚍蜉铺子没了镇店之宝，这两件，王掌柜就拿去凑数。不过两物不卖，大可以往死里开出天价，反正就只是摆在店里招徕地仙顾客的，铺子是小，尖货得多。”

王庭芳笑着点头，深以为然，小心翼翼收起两物，说道：“那晚辈就去春露圃购买两件品相最好的配套木盒，不然对不起这两件重宝。”

陈平安笑道：“这类开销，王掌柜以后就无须与我言语了，我信得过照夜草堂的生意经，也信得过王掌柜的品行。”

王庭芳再次作揖拜谢。

陈平安离开蚍蜉铺子，去见了那个帮着雕琢四十八颗玉莹崖鹅卵石的年轻伙计。

后者感激涕零，陈平安也未多说什么，只是笑着与他闲聊片刻，然后就去看了那棵老槐树，在那边站了许久。之后便驾驭桓云赠送的那艘符舟，分别去往照夜草堂和春露圃渡船管家宋兰樵的恩师老妪那边，登门拜访的礼物，都是彩雀府掌律祖师武峮后来赠送的小玄壁。

老妪尤其开心，弟子宋兰樵如今在春露圃的地位，水涨船高，一切都是因为这位年纪轻轻的外乡剑仙，而年轻人两次主动登门，更是给足了她面子。先前那次老妪没有回礼，这一次依旧没有，不是老妪吝啬，而是那个处处以晚辈自居的年轻剑仙，给了个"事不过三，攒在一起"的讨巧说法，让老妪笑得开怀不已，亲自一路送到山脚。回到山上，在春露圃祖师堂有一把交椅的老妪，思量一番，决定回头除了自己与那座原本关系平平的照夜草堂多走动之外，还要叮嘱弟子宋兰樵以后多加照拂蚍蜉铺子的生意，再不用藏藏掖掖，担心什么痕迹明显，落了下乘，就说是她这个师父要求去做的，谁敢碎嘴，他们师徒二人俩金丹，是吃素的不成？

在太徽剑宗翩然峰，本该送出一罐小玄壁，完成承诺，只是陈平安当时没敢火上浇油，徐杏酒早前那趟诚心诚意的拜访，让刘景龙喝酒喝了个饱，结果喝完酒又喝茶？陈平安良心难安，便打算从春露圃给刘景龙寄去，他不收也要收了。

先前造访照夜草堂，唐仙师的嫡女唐青青不在山上，去了大观王朝铁艟府见情郎了。听那位草堂唐仙师的口气，双方即将喜结连理，成为一对山上道侣，之后春露圃照夜草堂和铁艟府就要成为亲家。唐仙师邀请陈剑仙喝喜酒，陈平安找了个理由婉辞了，唐仙师也没有强求。

陈平安对那铁艟府实在是喜欢不起来，事实上还与对方结了死仇，在渡船上，亲手打杀了那名沙场出身的廖姓金身境武夫。铁艟府魏家非但没有问责，反而表现得十分恭谨礼敬。陈平安理解对方的那份隐忍，双方尽量保持井水不犯河水，至于什么不打不相识，相逢一笑泯恩仇，就算了。

与那书简湖截江真君刘志茂，喝酒数次，还成了短暂的盟友，一起做过买卖，便是陈平安所谓的世事复杂，不适应也得适应。但是后来刘志茂破境跻身上五境，落魄山没有道贺。

与贺小凉重逢于北俱芦洲西海之滨，在看似云淡风轻的闲聊当中，陈平安说当年若是正阳山搬山猿承诺只要他磕头，刘羡阳便可以躲过劫难，他陈平安可以磕出一朵花来。

亦是此理，并非什么笑言。

人生道路上，与人低头，也分两种，一种是寄人篱下，形势所迫，再就是那种孜孜不倦地追求利益最大化。前者会让人郁郁不得志，后者却会让人乐在其中。

陈平安乘坐符舟，去往那座曾是金乌宫柳质清煮茶之地的玉莹崖，如今与蚍蜉铺子一样，都是自家地盘了。

陈平安发现玉莹崖凉亭内，站着一位熟人——春露圃主人元婴境老祖谈陵。陈平安收起符舟，快步走向凉亭。

谈陵走下凉亭台阶，笑道："得知陈剑仙大驾光临春露圃，我刚好手上无事，便不请自来了。"

陈平安与谈陵一起走入凉亭，相对而坐，这才开口微笑道："谈夫人礼重了。"

谈陵笑着递出一本去年冬末春露圃新刊印的集子，道："这是最近的一本《冬露春在》，是事后山门这边得到的回馈，其中关于陈剑仙与柳剑仙的这篇《饮茶问道玉莹崖》，最受欢迎。"

陈平安接过册子，翻到了关于自己的那篇文章，措辞优美，内容得体，打算回头给自己的开山大弟子瞅瞅。

陈平安收入袖中，望向那处白玉莹然的崖壁与深涧，轻声道："两次错过辞春宴，实在是有些遗憾。此去一别，不知什么时候才能够重返春露圃。"

谈陵其实有些奇怪，为何这位年轻剑仙对春露圃如此看重？

先前那次见面，谈陵表现得只能说是客气，还略带疏远，因为对于谈陵和春露圃而言，不需要做什么额外的生意，万事求稳即可。

这位年纪轻轻的青衫剑仙离开春露圃没多久，离得不算太远的北方芙蕖国一带，就有了太徽剑宗刘景龙与某位剑仙在山巅联袂祭剑的传说。听说那是一道直冲云霄、破开夜幕的金色剑光，联系先前金乌宫一抹金光劈雷云的事迹，谈陵便有了些猜测。

对于一个结识金乌宫小师叔柳质清的剑修，谈陵可以见一面，聊几句。可对于与金丹境剑修柳质清关系莫逆之余，又有资格与一位已是玉璞境剑仙的太徽剑宗刘景龙一起游历且祭剑的陈平安，那么谈陵如果再不要面子一点，就应该亲自去老槐街的蚍蜉铺子外边候着了。

不是谈陵放不下这点面子，而是担心自己两次露面，姿态改变太过生硬，反而让这位年轻剑仙心生鄙夷，小瞧了整座春露圃。

凉亭内，双方聊得依旧客气，但是先前年轻剑仙那番话，就已经让谈陵觉得不虚此行了。

谈陵与陈平安寒暄片刻，便起身告辞。陈平安送到凉亭台阶下，目送这位元婴境女修御风离去。

陈平安写了三封密信，去了趟春露圃剑房，把信分别寄往太徽剑宗、云上城和金乌宫。给刘景龙除了寄信之外，当然还寄了那份小玄壁。

给刘景龙的信上聊了恨剑山仿剑与三郎庙购买宝物两事，交代那一百枚谷雨钱，让刘景龙接下三场问剑后，最少购买一件剑仙仿剑与一件三郎庙宝甲。若是不够，就只能让他先垫付了；若是还有盈余，可以多买一把恨剑山仿剑，再尽量多挑选些三郎庙的闲散宝物，随便买。信上说得半点不含糊，要刘景龙拿出一点上五境剑仙的风范气魄，砍价的时候，若是对方不上道，那就不妨厚着脸皮多说几遍“我太徽剑宗”“我刘景龙”如何如何。信的末尾，预祝刘景龙顺利接下郦采、董铸和白裳的三场问剑。

寄给云上城徐杏酒的那封信，说自己已经见过那位“刘先生”，上次喝酒其实还不算尽兴，主要还是三场大战在即，必须修心养性，但是刘先生对你徐杏酒的酒品，很是认可。所以等到刘先生三场问剑成功，千万别拘谨难为情，你完全可以再跑一趟太徽剑宗，这次刘先生说不定就可以敞开了喝。顺便帮自己与那个名叫白首的少年捎句话，将来白首下山游历，可以走一趟宝瓶洲落魄山。信的末尾，告诉徐杏酒，若有回信，可以寄往骸骨滩披麻宗，收信人就写木衣山祖师堂嫡传庞兰溪，让其转交陈好人。

最后一封信寄往金乌宫熔铸峰，收信人当然是玉莹崖的旧主人柳质清。信上文字寥寥，只有两句话：“修心不易，你我共勉。”“等我回到骸骨滩，一定在庞老先生那边，帮你求来一套神女图得意之作。”

返回玉莹崖，陈平安就独坐于凉亭，思量许久。

往返于春露圃和骸骨滩的那艘渡船，还要过两天才能到达符水渡。

好像有一大堆事情要做，又好像无事可做。

陈平安便离开凉亭，卷了袖子裤管，去深潭下边的溪涧里摸石头去了。

春露圃金丹境老修士宋兰樵有些局促不安，因为从骸骨滩起程返航的自家渡船上，来了一个很可怕的乘客。

是一个白衣翩翩少年，要去春露圃。

先前骸骨滩与鬼蜮谷的两座大小天地接壤处，那个惊天地泣鬼神的巨大动静，因为事发突然，收尾又快，宋兰樵没能亲眼见到，但是有点身份的山上谱牒修士，最擅长的事情，就是收集各路情报，寻找蛛丝马迹。在那个手持绿竹杖的俊美少年登船后，宋兰樵就赶紧飞剑传信春露圃祖师堂，让那边一定要小心应对，说此人性情古怪，到达骸骨滩第一件事，就是撕裂鬼蜮谷天幕，往京观城那尊玉璞境英灵高承的脑袋上，砸法宝！

坐镇京观城的高承，相当于仙人境修为，尚且没有追杀这个登门砸场子的少年，一旦春露圃遭了无妄之灾，还能如何？

乘渡船去往春露圃期间，白衣少年偷偷溜下船一趟，去了苍筠湖一带的脚下山河，只是很快就御风以狗刨凫水姿态，在一个深夜悄然返回渡船。如果不是坐立不安的宋兰樵这些天一直瞪大眼睛看着自己的渡船，根本无法想象此人如此神通广大，在一条拥有春露圃秘法禁制的渡船上，出入随心所欲。

宋兰樵越发心惊胆战。而那个少年好像很闲，经常离开屋子，每天在渡船甲板上晃荡来晃荡去。

临近春露圃之后，眉心有红痣的俊美少年便有些不耐烦，似乎是嫌弃渡船速度太过缓慢，只是不知为何，始终拗着性子待在船上，没有御风破空离去。

这天少年主动找上宋兰樵，敲开了门，开门见山问道："你们老槐街那间蚍蜉铺子，如今生意如何？"

先前根本没有察觉到对方登门的宋兰樵，小心翼翼问道："前辈与那位陈剑仙是……朋友？"

少年瞪大眼睛，怒气冲冲道："放你个屁，我们怎么可能是朋友？"

宋兰樵神色微变，心中更是翻江倒海，难道此人与那年轻剑仙是仇家？春露圃是受了牵连？那自己该如何是好？

少年冷笑道："怎么，你认识他？"

宋兰樵一番天人交战，最后一咬牙，苦着脸道："晚辈确实与陈剑仙认识，还算熟悉。陈剑仙第一次去往春露圃，便是乘坐晚辈的渡船。"

不承想那少年一巴掌重重拍在老金丹肩膀上，笑脸灿烂道："好小子，大道走宽了啊！"

宋兰樵被一巴掌拍了个踉跄，力道真沉，老金丹一时间有些茫然。

那少年笑容不减，招呼宋兰樵坐下喝茶。宋兰樵惴惴不安，落座后接过茶杯，有些惶恐。宋兰樵不知不觉，便已经忘了这其实是自己的地盘。

少年没有喝茶，只是将那根绿竹行山杖横放在手边，双手叠放在桌上，微笑道："既然是我家先生的熟人，那就是我崔东山的朋友了。"

宋兰樵越发疑惑，宝瓶洲的上五境修士，他数得出来，没有崔东山这么一号人。姓崔的，倒是有一个，就是那大骊国师崔瀺，他的名字在北俱芦洲山巅修士当中都很响亮。至于眼前的"少年"，又怎么成了那位年轻剑仙的学生？

真不是宋兰樵瞧不起那个远游的年轻人，实在是此事绝对不合理。

崔东山笑道："我家先生最念旧，返回木衣山之前，肯定会去一趟你们春露圃。"主要还是因为那边有一棵老槐树，崔东山才会如此笃定。

宋兰樵忍不住问道："陈剑仙是前辈的先生？"

崔东山斜眼道："羡慕吗？你羡慕得来吗？我家先生收取弟子，千挑万选，万万无一。"

宋兰樵都快要崩溃了，这都什么跟什么啊。

那位与春露圃有了些香火情的年轻剑仙，一路同行，待人接物，闲谈言语，滴水不漏，可谓有礼有节，事后回想，让人如沐春风。年轻剑仙怎的有这么一个性情古怪的学生？

崔东山突然笑眯眯道:“兰樵啊,你是不相信我是先生的弟子呢,还是不信先生有我这么一个弟子啊?”

宋兰樵毛骨悚然,看似意思差不多的两种说法,实则大有玄机,如何答复,要慎之又慎。其实给他的选择余地不多,就两个,说眼前之人的好话,或是失心疯了去说那位年轻剑仙的好话,选择后者难免就要贬低眼前这个胆子大、法宝多、修为高的古怪人。

宋兰樵迅速权衡利弊一番,觉得还是以诚待人,求个稳妥,缓缓道:“实在是不敢相信年纪轻轻的陈剑仙,就有前辈这般学生。”

崔东山摇摇头,啧啧道:“惜哉惜哉,又把路子走窄了。”

宋兰樵心中腹诽,老子见着了你这种心思叵测的古怪之人,没把路子走死,就该去春露圃给老祖宗们敬香了。

崔东山笑嘻嘻道:“回了春露圃,是该为你家老祖师们烧烧高香。”

宋兰樵瞬间绷紧心弦。

崔东山笑道:“不做亏心事,不怕鬼敲门。我也不是鬼,你也没亏心,怕什么。”

宋兰樵苦涩道:“前辈说笑了。”

崔东山点头道:“我是笑着与你言语的,所以你这句话,一语双关,很有学问啊。读过书吧?”

宋兰樵无言以对。

崔东山拿起行山杖站起身,道:“那我就先行一步,去碰碰运气,看先生如今是不是已经身在春露圃,兰樵你也好少些忧心。”

宋兰樵总觉得说什么都不是,干脆就闭嘴不言,默默恭送崔东山离开屋子。

那白衣绿竹杖的俊美少年跨过门槛,大步走在廊道上,举手摇晃道:“不用送。”

宋兰樵怔怔站在原地,大汗淋漓,浑然不觉。

崔东山走到了船头,拔地而起,整条渡船都下坠了数十丈,随后他化虹远去,一抹雪白身影,声势如雷。

陈平安正弯腰在溪涧拣着石子,挑挑选选,都放在一袭青衫卷起的兜里,一手护着,突然起身转头望去,看到了崔东山。

陈平安愣了许久,问道:“崔前辈走了?”

崔东山“嗯”了一声,低下头。

陈平安说道:“我没事,你还好吧?”

崔东山抬起头,道:“先生,不太好。”

陈平安任由那些鹅卵石坠落溪涧中,走向岸边。不知不觉,先生已经比学生高出半个脑袋了。

陈平安伸手按住崔东山的肩膀，说道：“那就一起回家。”

春露圃祖师堂的气氛有些诡异。

有人心情沉重，是几个深居简出的春露圃老人，还有几个在春露圃修行的供奉、客卿。

有人看热闹，心情相当不坏，例如最末一把交椅的照夜草堂主人唐玺，还有渡船金丹境宋兰樵的恩师。这个老妪与以往关系淡漠的唐玺对视一眼，双方轻轻点头，眼中都有些隐晦的笑意。

有人心情复杂，例如坐在主位上的谈陵。因为宋兰樵接连两次飞剑传信到祖师堂，第一次密信，是说有一个境界深不可测的外乡修士，翩翩白衣少年的神仙姿容，乘坐披麻宗跨洲渡船到了骸骨滩之后，往京观城砸下一场法宝暴雨，高承与鬼蜮谷皆无动静，似乎对此人颇为忌惮。第二次密信，则是说此人口口声声称呼姓陈的年轻人为先生，性情古怪，难以揣度，他宋兰樵自认与之厮杀起来，毫无还手之力。

谈陵将两封密信交予众人传阅，等到密信返回手中，轻轻收入袖中，开口说道：“我已经亲自飞剑传信披麻宗木衣山，询问此人来历，暂时还没有回信。诸位，关于我们春露圃应该如何应对，可有良策？我们不可能将全部希望寄托于披麻宗，因为此人明显与木衣山关系还不错。再就是，我猜测，陈先生正是去年在芙蕖国地界，与太徽剑宗刘剑仙一起祭剑的剑修。”

祖师堂内寂然无声，针落可闻。

春露圃也算北俱芦洲二流仙家势力中的顶尖山头，与婴儿山雷神宅、狮子峰类似，有口皆碑，交友广泛，并且底蕴深厚，距离“宗”字头，只差一位成为中流砥柱的玉璞境大修士而已。春露圃的尴尬处境，就在于谈陵此生无法破开元婴境瓶颈，注定无望上五境。如今面对那对先生学生，就显得十分手忙脚乱。

谈陵又问道：“唐玺，你觉得那位……陈先生秉性如何？”

这个称呼，让谈陵脸色有些不太自然。

坐在最靠近祖师堂大门位置上的唐玺，伸手轻轻摩挲着椅把手，小心翼翼酝酿措辞，缓缓道：“修为高低，看不清楚，身份来历，更是云雾遮绕，但是只说做生意一事，陈先生讲究一个公道。”

在春露圃祖师堂议事，今天是谈陵首次郑重其事询问唐玺的建议。

那个老妪笑眯眯道：“陈公子为人，很是礼尚往来，是个极有规矩的年轻人，你们兴许没打过交道，不太清楚，反正老婆子我是很喜欢的。陈公子两次主动登门拜访，老婆子白白收了人家一件灵器和小玄壁茶饼，这会儿正愁着陈公子下次登山，我该还什么礼。总不能让人家三次登山，都空手而归。陈公子自己都说了，‘事不过三，攒在一起’，可惜老婆子我家底薄，到时候不晓得会不会连累春露圃，让人觉得回礼寒酸，徒惹笑话。”

老妪这番言语，话里有话，处处玄机。

谈陵多了几分笑意，道：“林师妹无须忧心此事，今天就可以从春露圃祖师堂挑选一件过得去的礼物。”

老妪皮笑肉不笑道：“谈师姐，这岂不是要让咱们春露圃破费了？不太合适吧？老婆子其实砸锅卖铁，再与那个不成材的弟子借些神仙钱，也是能够凑出一件法宝的。”

谈陵神色如常，微笑道：“不用劳烦宋兰樵，这么多年他兢兢业业为春露圃打理渡船生意，已经相当不容易。”

老妪故作恍然道：“谈师姐到底是元婴境大修士，记性就是比我这个没出息的金丹境师妹好，竟然还记得我有宋兰樵这么个常年奔波在外的金丹境弟子。”

祖师堂内的老狐狸们，这时一个个打起精神来。听口气，这个老婆子是想要将自己弟子拉入祖师堂？这可不是什么小事。

“不提我那个劳碌命的弟子，这孩子天生就没享福的命。”不承想老妪很快话锋一转，根本没提祖师堂添加座椅这一茬，只是转头看了眼唐玺，缓缓道，“咱们唐供奉可要比宋兰樵更加不容易，不光是苦劳，功劳也大，怎的还坐在最靠门的位置？春露圃一半的生意，可都是照夜草堂在做，如果没记错，祖师堂的椅子，还是照夜草堂出钱出力打造的吧？咱们这些过安稳日子的老东西，要讲一点良心啊。要我看，不如我与唐玺换个位置，我搬门口那边坐着去，也省得让谈师姐与诸位为难。”

唐玺立即起身，抱拳弯腰，沉声道：“万万不可，唐某人是个生意人，修行资质粗劣不堪，手头生意，虽说不小，那也是靠着春露圃才能够成事，唐某人自己有几斤几两，向来心里有数。能够与诸位一起在祖师堂议事，就是贪天之功为己有了，哪敢再有半点非分之想。”

老妪碎嘴念叨：“唐玺你就一个闺女，如今马上就要嫁人了，大观王朝铁艟府的亲家魏氏，还有那位皇帝陛下，就不计较你在春露圃祖师堂是个把门的？那些闲言碎语，你心宽，度量大，受得了，老婆子我一个外人听着都心里难受，难受啊。老婆子没什么贺礼，就只能与你换一换座椅位置，就当是略尽绵薄之力了。”

春露圃其实有管着钱财的老祖师，不过唐玺却是公认的春露圃财神爷，相较于前者的口碑，唐玺显然在春露圃上下内外，更加服众。

老妪一口一个唐玺，这可不是什么不敬，而是挑明了的亲近。

一个管着祖师堂财库的老人，脸色铁青，嗤笑道：“我们不是在商议应对之策吗？怎么就聊到了唐供奉的女儿婚嫁一事？如果以后这座规矩森严的祖师堂，可以脚踩西瓜皮滑到哪儿是哪儿，那我们要不要聊一聊骸骨滩的阴沉茶好不好喝？祖师堂要不要备上几斤？下次咱们一边喝着茶水，一边随便聊着鸡毛蒜皮的琐碎，聊上七八个时辰？”

老妪微笑道：“在位高权重的高师兄看来，唐玺独女的婚嫁，春露圃与大观王朝皇帝的私谊，当然都是鸡毛蒜皮的事情。”

管钱的春露圃老祖师伸手重重按住椅把手，怒道：“姓林的，少在这里混淆视听！你那点小算盘，噼里啪啦震天响，真当我们在座各位，个个眼瞎耳背？”

老妪“哟”了一声，讥笑道：“原来不是啊。”

唐玺微微苦笑，开始闭气凝神。这个新盟友，性子还是急躁了点，他这会儿若是再火上浇油，就要得不偿失了，还不如静观其变。

谈陵轻轻摆了摆手，道：“这些自然不是小事。等我们解决了当下这场燃眉之急，会聊的，而且就在今天。首先，我们争取确定对方两人的离开日期；其次，在这期间，如何将麻烦事顺利解决掉。至于能否攀上这桩香火，我谈陵也好，春露圃也罢，不奢望，不强求。最后，谁来出面，诸位合计合计，给出一个人选，是宋兰樵，或是谁，都可以。我也将丑话说在前头，无论最终结果如何，春露圃都该为此人记功，一旦结果不符合预期，若有人事后胆敢说三道四，翻旧账，说风凉话，就别怪我谈陵搬出祖宗家法了。”

谈陵笑了笑，接着道：“若是觉得需要我谈陵亲自去谈，只要是祖师堂商议出来的结果，我谈陵责无旁贷。要是我没能做好，诸位有些怨言，哪怕今后在祖师堂当面责难，我谈陵身为一山之主，坦然接受。”

一炷香后，唐玺率先离开祖师堂。

祖师堂其余众人，静等消息。

老妪自顾自笑道：“谁做事，谁缩卵，一目了然。”

谈陵皱起眉头。

那个老人怒气冲冲，喝道：“林嵯峨，你再说一遍？”

老妪反问道：“耳背？”

谈陵沉声道：“高嵩，林嵯峨，都给我闭嘴！”

老人和老妪一怒一笑，终究是不再顶针了。

谈陵心中叹息，这两个曾经差一点成为神仙道侣的同门师兄妹，之间的恩怨情仇，掰扯不清，剪不断，理还乱。

一个春露圃客卿突然说道：“谈山主，要不要运用掌观山河的神通，查看玉莹崖那边的迹象？一旦唐玺弄巧成拙，我们也好提前准备。”

老妪笑道：“耳背的有了，眼瞎的又来了。”

谈陵与那个客卿都对林嵯峨的冷嘲热讽，置若罔闻。谈陵摇摇头，道：“此事不妥。对方至少也是一位老元婴，极有可能是一位玉璞境前辈。元婴境还好说，如果是玉璞境，哪怕我再小心，都会被此人察觉到蛛丝马迹，那么唐玺此去玉莹崖，便要危机重重。”

老妪阴阳怪气道："唐玺不一直是个春露圃的外人吗？觊觎他家业的人，祖师堂这儿就不少。唐玺枉死，用唐玺的产业破财消灾，摆平了陈公子与他学生的不悦，说不定春露圃还有的赚。"

那个客卿苦笑不已。

谈陵恼火至极，站起身，怒视那个今天句句刻薄、言语如刀子的老婆子，斥道："林嵯峨！你还想不想帮着宋兰樵在祖师堂有一席之地了？"

老妪嘿嘿而笑，摆手道："不说了不说了，这不是以往没我老婆子说话的份，今儿太阳难得打西边出来，就忍不住多说点嘛。只要我那弟子能够进了祖师堂，哪怕宋兰樵只能端着小板凳靠着门槛那边，当个把风的门神，我林嵯峨现在就可以保证，以前我如何当哑巴，以后还是如何。"

老妪说完这些，望向祖师堂大门外。

谈陵原本想要怒斥几句，免得林嵯峨以后得寸进尺，只是看到老妪那张干枯脸庞，便有些不忍，何况春露圃祖师堂也该出现几个愿意真正做事的人了。

照夜草堂唐玺，掌管渡船多年的宋兰樵，加上林嵯峨，三者结盟，这座小山头在春露圃的出现，谈陵觉得不全是坏事。

唐玺没有御风远游，而是乘坐了一艘春露圃符舟，来到了玉莹崖。

在收起符舟之前，唐玺就遥遥发现一袭青衫的年轻剑仙，竟然与那个白衣少年都在溪涧中摸石子，真是有闲情雅致。

陈平安听说宋兰樵那艘渡船明天就会到达符水渡，便决定与崔东山等着便是，于是回到溪中，摸着水中石子，挑挑拣拣，听崔东山聊了些这趟跨洲远游的见闻。

聊到骸骨滩和京观城后，陈平安问了个问题：以高承的修为和京观城与其藩属势力的兵马，能不能一鼓作气攻下披麻宗宗主竺泉驻守的那个青庐镇？

崔东山毫不犹豫地说，很简单，竺泉愿意独活的话，当然可以溜走，返回木衣山，但是按照竺泉的脾气，十成十是要战死鬼蜮谷内，拼着自己性命与青庐镇阵法不要，也要让京观城伤筋动骨，好让木衣山下一辈成长起来，例如驻守青庐镇多年的金丹境瓶颈修士杜文思、祖师堂嫡传弟子庞兰溪。

不过崔东山也说了，高承对待竺泉，有些另眼相看的意思，所以才不愿撕破脸皮。

陈平安笑问道："你才到了骸骨滩多久，就知道这么多？"

崔东山笑道："见微知著，是学生为数不多的本事了。"

然后崔东山小声道："关于高承此人生前的根脚，学生此次游历北俱芦洲，小有收获。加上披麻宗的出力，如今高承准确的生辰八字、家乡籍贯、祖坟风水，都已经到手。这些本来都是些无所谓的事情，换成北俱芦洲的仙人境修士，都没办法靠这些来为难京观城，撑死了就是挠痒痒而已，可惜高承遇上了学生我，便很有所谓了。”

陈平安捡起一颗雪白鹅卵石，放进青衫前襟卷起的身前兜里，说道：“在周米粒身上动手脚，高承这件事做得最不地道。”

崔东山点头道：“简直就不是人。”崔东山随即说道：“高兄弟本来就不是人。”

陈平安瞥了眼崔东山。

崔东山眨了眨眼睛，道：“高兄弟如今有了个小兄弟，可惜学生此次北游，没有带在身边，以后先生有机会，可以见一见那个高老弟。小娃儿长得还挺俊，就是少根筋，不开窍。”

陈平安问道：“与李先生身边的少年书童，差不多？”

崔东山点点头，道：“一个是拿来练手，一个是精心雕琢，有些不同。”

陈平安犹豫了一下，还是说道：“如果可以的话，我们最好有一天，能够真正以人待之。不过此间权衡，还是你自己来判断，我只是说些自己的想法，不是一定要你如何。”

崔东山眼神明亮，比少年还少年，笑道：“既然先生说可以，学生有何不可。”

两人先后看到唐玺与符舟，便不再言语。

唐玺缓缓来到溪畔，作揖行礼，道：“照夜草堂唐玺，拜见陈先生。”

陈平安一手扯着一兜的鹅卵石，走上岸，与唐玺笑着打招呼。身后崔东山身前兜里鹅卵石更大更多，得用双手扯着，显得有些滑稽。

陈平安与唐玺并肩而行，后者直截了当说道：“陈先生，春露圃那边有些担忧，我便斗胆邀了一功，主动来此叨扰陈先生的清修。”

陈平安笑道：“唐仙师，我与弟子很快就会乘坐宋前辈的渡船，去往骸骨滩。你让谈夫人只管放心，从这座玉莹崖，到老槐街蚍蜉铺子，再到唐仙师与林老前辈，我们承了太多春露圃的情分，我们二人，绝不会给春露圃惹麻烦，不然就恩将仇报了。到了披麻宗木衣山，我会争取与那边的熟人，说一说春露圃的好话，也希望本就有旧谊的披麻宗和春露圃，双方买卖能够百尺竿头更进一步。只不过我人微言轻，说话到底有没有用处，不敢保证。如果我这些漂亮话，在木衣山那边打了个无声无息的水漂，还希望以后再来拜访春露圃，唐仙师的照夜草堂大门别关上，好歹让我喝杯茶水。”

唐玺如释重负，还有几分诚挚的感激，再次作揖拜谢，道：“陈先生大恩，唐玺铭记在心！”

陈平安笑道：“铺子那边，掌柜王庭芳打理得很稳妥，唐仙师以后就不用太过劳神费心了，不然我要愧疚，王掌柜也难免紧张。”

唐玺点头道：“既然陈先生发话了，我便由着王庭芳自己打理。不过陈先生大可以放心，我自会敲打王庭芳那小子，如此惬意挣钱，若是还敢懈怠片刻，有丝毫纰漏，就是做人良心有问题，是我照夜草堂管教无方，辜负了陈先生的善意。真要如此，下次陈先生来我照夜草堂喝茶，我定当自罚三杯，才敢与陈先生饮茶。”

陈平安笑着点头。

唐玺行事，雷厉风行，直言不讳，说自己要返回祖师堂交差，告辞离去。这一次他没有乘坐慢悠悠的符舟，直接御风离去。

从头到尾，崔东山都没有说话。

陈平安转头望向崔东山，笑道：“有你在，我难得狐假虎威了一回。”

崔东山一本正经道：“先生骂学生，天经地义。”

陈平安气笑道：“这都什么跟什么啊。”

两人来到凉亭，陈平安就坐在台阶上，崔东山坐在一旁，有意无意，矮了一级台阶。两人已经将“吃不了兜着走”的鹅卵石堆放在一起。

崔东山双肘抵在身后高处台阶上，身体后仰，望向远方的山与水。入秋时分，山林依旧郁郁葱葱，可人间颜色不会都是如此的，四季常青。

陈平安捋顺袖管和裤管，赤着脚，鞋子就放在身后的凉亭那边，靴尖对着长椅。崔东山的那根行山杖，斜靠亭柱。

陈平安笑道：“当龙窑学徒的时候，走哪儿都要看看那里的泥土合不合适烧造瓷器。当了包袱斋，走哪儿都想着挣钱，看看能不能积攒家当。”

陈平安有些感慨，道：“揉那紫金土，是大事。烧瓷开间一事，更是大事中的大事，先前坯子和釉色看着再漂亮，后面只要出了点点纰漏，就要功亏一篑，几十号人至少半年的辛苦，全白费了。所以开间一事，从来都是姚老头亲自盯着，哪怕是刘羡阳这样的得意弟子，都不让插手。姚老头会坐在板凳上，亲自守夜，看着窑火。但是姚老头经常念叨，瓷器进了窑室，成与不成，好与坏，好与更好，不管火候如何适当，终究还是得看命。事实上也是如此，绝大部分瓷器都成了瓷山的碎片，当时听说因为是皇帝老爷的御用之物，宁缺毋滥，差了一点点意思，也要摔个稀烂。那会儿，觉得家乡老人讲那老话，说什么天高皇帝远，真是特别有感触。”

陈平安笑了笑，道：“不过那会儿，觉得老槐树的树顶已经很高了，老瓷山的尖尖脑袋也很高。至于远不远的，大概去山上砍柴烧炭，也就是远了。至少比起小时候上山采药，要远很多。”

崔东山一直在怔怔出神。听到这里，崔东山轻声道：“小时候被关在阁楼读书，高不高的，没感觉，只能透过小小的窗口，看着远处。那会儿，最恨的就是书籍。我记性好，过目不忘，其实都记住了。当时便发誓自己以后拜师求学，一定要找个学问浅的、藏书少的、不会管人的先生，后来就找到了在陋巷挨饿的老秀才。一开始真没觉得老秀才学问如何，后来才发现，原来自己随便瞎找的先生，学问其实有些高。再后来，被尚未发迹的老秀才带着游历四方，吃了许多闭门羹，也遇到了许多真正的读书人，等到老秀才说要回去编撰一部书籍的时候，才觉得又走了很远的路。老秀才当时信誓旦旦，说这部书若是被版刻出来，至少能卖一千本！一定能卖到别的州郡去。嚷嚷这话的时候，老秀才嗓门大，我便知道，其实是心虚了。”

陈平安微笑道：“他选择我，起先是因为齐先生，与我陈平安几乎没有关系。你死皮赖脸求我当你的先生，其实也一样，最早的时候，是老先生按着你的头拜师，与我陈平安本身关系不大。”

崔东山想要说话。陈平安摆摆手，继续说道：“虽说关系不大，但还是有关系的，因为我在某个时刻，就是那个一，万一，甚至是万万之一，很小，却是万事的开端。这样的事情，我并不陌生，甚至对我而言，还有更大的一，是很多事情的全部。比如我爹走后，娘亲生病，我就是所有的一，我如果不做些什么，就真的什么都没有了，一无所有。当年顾璨他们院子的那扇门，他们家里桌上的那碗饭，也是所有的一，如果那时候没开门，泥瓶巷陈平安，兴许还能换一种活法，但是今天坐在这里与你说着话的陈平安，就肯定没有了。”

说到这里，陈平安轻轻握拳，敲了敲心口，道：“当我们对这个世界很挂念，便会把日子过得很辛苦。”

陈平安转过头，笑道：“但是巧了，我什么都怕，唯独不怕吃苦，我甚至觉得吃苦越多，越是明白自己还活在世上。没办法，不这样想，就要活得更难熬。”

陈平安望向那个白衣少年，道：“只在这件事上，你不如我，弟子不如先生。但是这件事，别学，不是不好，而是你不用。”

崔东山点点头。

陈平安后仰倒去，双手叠放在后脑勺下，轻声道：“裴钱突然习武，是因为曹晴朗吧？”

崔东山“嗯”了一声。

裴钱已经开始习武，是陈平安自己猜出来的，为何习武，更是如此。

陈平安说道：“那我见了面，会告诉她，她可以怀念崔前辈，唯独不用感到愧疚。如果裴钱点头答应，却又做不到，更好。我相信她也一定会这样。裴钱，你，我，我们其实都一样，道理都知道，就是过不去那道心坎。对于裴钱来说，南苑国的心坎，崔前辈能够带着她走过去，崔前辈走了，落魄山竹楼的心坎，这辈子便都走不过去了。但是我觉得有些心坎，一辈子都留在心路上，抹不平，只能偷偷绕过去，没什么不好。最怕是觉得问心无愧了，觉得良心好受了，觉得理所当然了。”

崔东山转头望去，先生已经不再言语，闭上眼睛，似乎睡了过去。

崔东山便也闭上眼睛，思绪飘远。

唯有水声潺潺，如说“瀺”字；山势高险却无言，如解“巉”字。

崔东山有些心安，便也悠悠睡去。

不知过了多久，崔东山突然说道：“看到小宝瓶和裴钱长大了，先生你有多伤感，那么齐静春看到先生长大了，就有多欣慰。”

陈平安没有说话，似乎还在酣睡。

崔东山不再言语，沉默许久，忍不住问道：“先生？”

陈平安轻声道：“在的。”

陈平安和崔东山去了趟老槐街的蚍蜉铺子。

陈平安坐在门口的小竹椅上，晒着秋天的温暖日头。崔东山赶走了代掌柜王庭芳，说是让他休歇一天。王庭芳见年轻东家笑着点头，便一头雾水地离开了蚍蜉铺子。

这天的生意还凑合，因为老槐街的人都听说来了个世间罕见的俊俏少年郎，故而来铺子的年轻女修尤其多，崔东山灌迷魂汤的本事又大，便挣了不少昧良心的神仙钱，陈平安也不管。

第二天在符水渡那边，谈陵与唐玺一起现身，当然还有管着春露圃渡船的宋兰樵。

寒暄过后，陈平安就与崔东山登船，宋兰樵一路跟随。这个见多识广的老金丹，发现了一桩怪事，单独瞧见年轻剑仙与那个白衣少年的时候，总是无法将两人联系在一起，尤其是什么先生学生，更是无法想象，只是当两人走在一起时，竟然有一种说不清道不明的契合，难不成是两人都手持绿竹行山杖的缘故？

宋兰樵没敢多说什么，只是说了件事，诚心诚意道了一声谢。原来宋兰樵刚刚在春露圃祖师堂有了把椅子，虽说只是顶替了唐玺的垫底位置，与唐玺一左一右，好似成了春露圃祖师堂的两尊门神，可这一步跨过去，是山上仙家与世俗王朝的声望暴涨，是每年额外多出的一大笔神仙钱，也是一些人间家眷的鸡犬升天。所以宋兰樵说是受了那位年轻剑仙一份大恩大德，丝毫不为过。只是宋兰樵做惯了生意，务实，并没有一个劲儿在姓陈的年轻人面前献殷勤，这是他的聪明之处。

渡船上，宋兰樵为他们安排了一间天字号房，思量一番，干脆就没有让春露圃女修出身的婢女们露脸。

屋内，崔东山为陈平安倒了一杯茶水，然后趴在桌上，两只雪白大袖占据了将近半数桌面，笑道：“先生，论打架，十个春露圃都不如一个披麻宗，但是说做买卖，春露圃还真不输披麻宗半点。以后咱们落魄山与春露圃，有的聊，肯定可以经常打交道。”

陈平安喝着茶水，没有说什么。

崔东山说道：“谈陵是个求稳的，因为如今春露圃的生意，已经做到了极致，山上，一门心思依附披麻宗，山下，主要笼络大观王朝，没什么错。但是架子搭好了，谈陵也发现了春露圃的许多积弊，那就是好些老人，都享惯了福，即使修行还有心气，可用之人太少。以前她就算有心想要扶持唐玺，也会担心这位财神爷，与只会拼命捞钱且尾大不掉的高嵩蛇鼠一窝，等她谈陵时辰一到，春露圃便要改朝换代。虽说谈陵这一脉，弟子人数不少，但是能顶事的，没有，青黄不接，十分致命，根本扛不住唐玺与高嵩联手。到时候比武力又打不过，比钱袋子那更是云泥之别。

“所以唐玺与林嵯峨结盟，是最稳妥的。林嵯峨虽说脾气恶劣，但到底是个没有野心的，对春露圃也忠心，再加上一个对她谈陵感激涕零的宋兰樵，三人抱团，春露圃便有了些新气象。若是咱们落魄山再递过去一个枕头，帮着春露圃顺势打开宝瓶洲北方的缺口，哪怕只是一个很小的缺口，都会让熟稔商贸的春露圃诸多山腰、山脚的修士，感到振奋。而宝瓶洲如今处处大兴土木，春露圃有人有物有钱，与咱们落魄山双方各取所需，正是最合适的生意对象。不过也需要注意春露圃在宝瓶洲的水土不服，所幸大骊朝廷，从衙门文官到沙场武将，与春露圃修士是尿得到一个壶里去的。”

崔东山由衷赞道：“先生布局之深远，落子之精准、缜密，堪称国手风范。”

听到这里，陈平安终于忍不住开口笑道：“落魄山的风水，是你带坏的吧？”

崔东山委屈道：“怎么可能？！朱老厨子，大师姐，大风兄弟，都是此道的行家里手！再说了，如今落魄山的风水，哪里差了？”

陈平安说道：“我没刻意打算与春露圃合作，说句难听的，是根本不敢想，做点包袱斋的生意就很不错了。如果真能成，也是你的功劳居多。”

崔东山抬起一只手臂，伸出手指在桌面咄咄咄点了三下，画出一个三角形，道：“唐玺，林嵯峨，宋兰樵，是个三。谈陵一脉，高嵩一脉，唐玺小山头，又是一个三。落魄山，披麻宗，春露圃，还是一个三。先生聚拢起来的各方势力，北俱芦洲南端，宝瓶洲北部，是一个更大的三。天底下的关系，就数这个，最稳固。先生，还不愿意承认自己是下棋的国手吗？”

陈平安摇头笑道：“误打误撞罢了。”

崔东山叹了口气，道：“先生虚怀若谷，学生受教了。”

陈平安笑骂道：“滚你的蛋。”

崔东山刚要说话，不料陈平安立即说道：“还来？”

崔东山只觉得自己一身绝学，十八般武艺，都没了用武之地，果然还是先生厉害。

崔东山突然问道：“到了骸骨滩，要不要会一会高承？我可以保证先生往返无忧。”

陈平安摇头道：“暂时不去京观城。”

崔东山问道：“因为此人为了蒲禳祭剑，主动破开天幕，还剩下点豪杰气魄？”

陈平安说道：“没这么简单，要更复杂，以后再说。”

崔东山自然没有异议。

在经过随驾城、苍筠湖一带上空时，陈平安离开屋子，崔东山与他一起站在船头栏杆旁，俯瞰大地。

占地广袤的苍筠湖，从渡船上望去，就像一颗在玉莹崖溪涧里安安静静躺着的碧绿石子。

还欠那边的某座火神庙一顿酒，只能先欠着了。

崔东山轻声道："先生以后莫要如此涉险了。"

陈平安说道："其实我也知道，自己应该远离风波，成了山上修行人，山下事便是身外事。只是你我清楚，一旦事到临头，就难了。"

崔东山趴在栏杆上，双腿弯曲，两只露在栏杆外边的袖子，就像两条小小的雪白瀑布。

陈平安问道："周米粒在落魄山待着还习惯吗？"

崔东山点点头，道："习惯得很，总觉得每天抄书的裴钱就是读书人了，眼巴巴等着裴钱将来亲笔给她写哑巴湖大水怪的故事呢。小姑娘狗腿得一塌糊涂，每天都是裴钱的小尾巴，屁颠屁颠扛着行山杖。如今又被先生从骑龙巷右护法提拔为落魄山的右护法，就更神气了，与人说话之前，都要咳嗽两声，先润润嗓子，再老气横秋地言语一番，都是跟我那个大师姐学的臭毛病。"

陈平安笑道："挺好。"

崔东山好奇道："真要将小姑娘载入落魄山祖师堂谱牒，成为类似一座山头供奉的右护法？"

陈平安说道："当然。这不是儿戏。以前还有些犹豫，见识过了春露圃的山头林立与暗流涌动之后，我便心思坚定了。我就是要让外人觉得落魄山很奇怪，无法理解。我不是不清楚这么做所需的代价，但是我可以争取在别处找补回来，可以是我自己这个山主，多挣钱，勤勉修行，也可以是你这个学生，或者是朱敛，卢白象。我们这些存在，便是周米粒、陈如初她们存在的理由，也会是以后让某些落魄山新面孔，觉得'如此这般，才不奇怪'的理由。

"我不排斥以后落魄山成为一座'宗'字头山门，但是我绝对不会刻意为了聚拢势力，便舍弃那些路边的花草。那些花草，在落魄山上，以前不会是可有可无的存在，以后也不会。何况她们从来也不是路边的美好风景，她们就是我人生的一部分，能够照顾那些值得照顾的人，令我尤其心安。"

陈平安转头问道："我这么讲，可以理解吗？"

崔东山使劲点头，道："理解且接受！"

陈平安感慨道："但是一定会很不轻松。"

崔东山说道："每一句豪言壮语，每一个雄心壮志，只要为之践行，都不会轻松。"

有些话，崔东山甚至不愿说出口。

所有久别重逢的开怀，都将是未来离别之际的伤心，但这不妨碍那些还能再见的相逢，让人欢喜，让人饮酒，让人开心颜。

但是别忘了，有些时候，离别就只是离别。

陈平安也跟着趴在栏杆上，眺望远处大日照耀下的金灿灿云海，问道："当了我的弟子，会不会不自在？"

崔东山说道："不会。"

陈平安笑道："境界悬殊，学问悬殊，你这学生当然还好。"

崔东山说道："先生这么讲，学生可就要不服气了，若是裴钱习武突飞猛进，破境之快，如那小米粒吃饭，一碗接一碗，让同桌吃饭的人，目不暇接，难道先生也要不自在？"

陈平安点头道："当然不自在，师父的面子往哪里放？讲道理的时候，嗓门大了些，就要担心给弟子反手一记栗暴，心里不慌？"

崔东山哈哈大笑，先生北游，修心极好。

沉默片刻，陈平安说道："我这个人是死脑筋，喜欢钻牛角尖，总有一天，在落魄山上，也会有些芥子小事，变成我的天大难题，到时候，你给些建议。"

崔东山点头道："圣人有云，有事，弟子服其劳。"

崔东山转过头，脸颊贴在栏杆上，笑着眯起眼，接着道："有酒食，先生馔，曾是以为孝乎？"

陈平安笑了笑，说道："别胡乱篡改道德文章的本意，糟践圣贤的良苦用心。"

崔东山说道："先生，可别忘了，学生当年，那叫一个意气风发、锋芒毕露，学问之大，锥处囊中，藏都藏不住，别人挡也挡不住。真不是我吹牛不打草稿，学宫大祭酒，唾手可得，若真要市侩些，中土文庙副教主也不是不可能。"

陈平安摇头道："国师说这个，我信，至于你，就拉倒吧。船头这儿风大，小心闪了舌头。"

崔东山嘿嘿而笑，道："话说回来，学生吹牛还真不用打草稿。"

陈平安问道："中土神洲是不是很大？"

崔东山点头道："很大。八洲版图相加，才能够与中土神洲媲美。其余八洲，若是能够有一两人挤进中土神洲十人之列，就是能耐。例如南婆娑洲的醇儒陈淳安，北俱芦洲的龙虎山外姓大天师火龙真人，皑皑洲的刘大财神。"

陈平安说道："那以后一定要去看看。"

崔东山幽怨道："那可是学生的伤心地。"

陈平安笑道："自找的打，鼻青脸肿也要咧嘴笑。"

崔东山无奈道："先生不仗义啊。"

渡船进入骸骨滩地界，宋兰樵主动登门，携带重礼。

是两份，他自己一份，春露圃谈陵一份。

他这份谢礼，其实也是恩师林嵯峨从祖师堂那边拣选出来的一件法宝，是以春露圃特产仙木打造的竹黄龙纹经书盒，里面还装有四块玉册。

谈陵那份赠礼，更是价值连城，是春露圃屈指可数的山上重宝之一，一套八锭的集锦墨。

交出去的时候，宋兰樵都替谈陵感到心疼。

陈平安没有拒绝，谈陵在符水渡没有亲自送礼，吩咐宋兰樵在即将停靠骸骨滩渡口之际送出，本身就是诚意。

这是宋兰樵成为春露圃祖师堂成员后的第一件公事，还算顺利，这让宋兰樵松了口气。只是与那对先生学生一起坐着喝茶，宋兰樵有些坐立不安，尤其是身边坐着个崔东山。

崔东山双指拈杯，轻轻在桌上划抹，笑眯眯道："兰樵啊，拎着猪头找不着庙的可怜人，世上茫茫多，你算运气好的了。"

宋兰樵前一刻还听着陈平安喊自己宋前辈，这会儿被他的学生左一个兰樵右一个兰樵唤着，当然浑身别扭。

春露圃以诚待人，陈平安当然不会由着崔东山在这边插科打诨，摆了摆手，示意自己有事与宋兰樵要谈。

不承想接下来的一幕让宋兰樵额头冷汗直流——那白衣少年好像被陈平安一巴掌打飞了出去，连人带椅子一起在空中旋转无数圈，最后一人一椅就那么粘在墙壁上，缓缓滑落。

崔东山哭丧着脸，椅子靠墙，人靠椅子，怯生生说道："学生就在这边坐着好了。"

陈平安黑着脸。宋兰樵心中震撼不已，难道这个和颜悦色的陈剑仙，与那太徽剑宗刘景龙一般无二，根本不是什么地仙，而是一个深藏不露的玉璞境剑仙？

陈平安懒得理睬这个崔东山，开始与宋兰樵正儿八经议事，争取谈妥未来落魄山与春露圃的合作事宜。谈的只是一个大框架大方向，宋兰樵当下肯定做不了主，还需要返回祖师堂闹哄哄吵几架才成。一旦双方最终决定合作，此后一切具体事务，落魄山一样需要朱敛、魏檗他们来定章程。陈平安对春露圃的生意，还算知根知底，所以与宋兰樵聊起来，并不生疏，北俱芦洲之行，他这包袱斋不是白当的。落魄山最大的倚仗，当然是那座作为重要运转枢纽的牛角山渡口，有魏大山君坐镇披云山，牛角山渡口可以接纳绝大多数的北俱芦洲跨洲渡船，这就相当于一个包袱斋有了落脚的店铺，天底下的钱财，在某处稍作停留，再流转起来，便是钱生钱。

陈平安偶尔甚至会想，一枚磨损较为厉害的雪花钱，到底见过了多少修士？一千个？一万个？会不会已经走遍了浩然天下的九洲版图？

宋兰樵聚精会神地与陈平安聊着大事，冥冥之中，金丹境老修士甚至觉得今天所谈，极有可能会决定春露圃未来百年的走向。

宋兰樵看到对面陈剑仙瞥了眼墙壁那边，宋兰樵顺着视线望去，那白衣少年双手握住椅子把手，整个人连带着椅子在那边左右摇摆，好像以椅子腿作为人之双脚，踉跄走路。被先生发现后，崔东山立即停下动作，仰头吹着口哨。

宋兰樵礼节性微微一笑，收回视线。这家伙是脑子有病吧？一定是的！

陈平安跟宋兰樵聊了足足一个时辰，双方都提出了诸多可能性，相谈甚欢。到了尾声，宋兰樵整个人已经放松许多，有些渐入佳境，许多积攒多年却不得言的想法，都一吐为快。而坐在对面经常为双方添加茶水的年轻剑仙，更是个难得投缘的生意人，从未斩钉截铁地说行或不行，多是“此处有些不明了，恳请宋前辈细致些说”“关于此事，我有些不同的想法，宋前辈先听听看，若有异议请直说”这类温和措辞。不过对方也不含糊，有些宋兰樵打算为高嵩挖坑的小举措，年轻剑仙也不当面道破，只有一句“此事可能需要宋前辈在春露圃祖师堂那边多费心”。

那个白衣少年，一直无所事事，晃荡着椅子，绕着那张桌子转圈圈，好在椅子走路的时候，悄无声息，没有折腾出半点动静。宋兰樵已经可以做到视而不见。

聊完之后，宋兰樵神清气爽，桌上已经没有茶水可喝，虽然还有些意犹未尽，但是依旧起身告辞。

宋兰樵让陈先生不用送，年轻人笑着点头，就只是送到了门口，然后让崔东山再送一程。

宋兰樵走入廊道后，不见了那个青衫剑仙，唯有一袭白衣美少年，老金丹便立即心弦紧绷起来。只见那个少年倒退出门，轻轻关上门，然后转头笑望向宋兰樵。

宋兰樵的笑容僵硬起来。

崔东山来到下意识弯腰的宋兰樵身边，跳起来一把搂住宋兰樵的脖子，拽着这个老金丹一起前行，道：“兰樵兄弟，口若悬河，妙语连珠啊。”

宋兰樵骤然心头惊悚，差点没忍住喊声陈先生，让他帮着自己解围一二。宋兰樵想要停步不前，但是没有想到根本做不到，被那少年力道不重地拽着，一步跨出之后，宋兰樵便知道大事不妙。

下一刻，白衣少年已经没了身影，宋兰樵发现自己置身于茫茫白雾之中，周围没有任何风景，就如同置身于一座枯死的小天地，视野中尽是让人备感心寒的雪白颜色，并且行走时，脚下略显松软，却非世间任何泥土，稍稍加重脚步力道，只能踩出一圈圈涟漪。

他小心翼翼徒步行走，一炷香后，开始御风，一个时辰后，宋兰樵再顾不得什么礼数不礼数，祭出法宝，开始倾泻宝光，狂轰乱砸，但始终无法改变这座小天地丝毫。时间漫长得如一年后，宋兰樵盘腿而坐，面容枯槁，束手待毙。

突然，宋兰樵抬起头，见到了一颗巨大的头颅，少年脸庞明明带着笑意，却眼神冷漠，少年缓缓抬起手臂。

宋兰樵头皮发麻，难道自己一直在对方雪白大袖之上打转？

下一刻，心神憔悴的宋兰樵发现自己就站在渡船廊道上，不远处那少年双手笼袖，笑眯眯望向自己。

劫后余生的宋兰樵，差点热泪盈眶。

崔东山微笑道："先生让我送你一程，我便自作主张，稍稍多送了些路程。兰樵啊，事后可千万别在我家先生那边告刁状，不然下次为你送行，就是十年一百年了。到时候是谁脑子有病，可就真不好说喽。"

宋兰樵战战兢兢道："谢过前辈提点。"

崔东山问道："习惯了春露圃的灵气盎然，又习惯了渡船之上的稀薄灵气，为何在无法之地，便不习惯了？"

宋兰樵怔住。

崔东山与之擦肩而过，拍了拍宋兰樵肩膀，语重心长道："兰樵啊，修心稀烂，金丹纸糊啊。"

宋兰樵缓缓转身，作揖拜谢，这一次心悦诚服，道："前辈教诲，让晚辈如拨迷瘴见月晕，虽尚未真正得见明月，却也裨益无穷。"

崔东山置若罔闻，敲了敲房门，问道："先生，要不要帮你拿些瓜果茶水来？"

宋兰樵看着那张少年面容的侧脸，有那恍若隔世的错觉。

陈平安打开门，一把按住崔东山脑袋，轻轻压下去，转头对宋兰樵问道："宋前辈，我这弟子是不是对你不敬？"

宋兰樵不知是丧心病狂，还是福至心灵，说了一句以往打死都不敢说的话："实不相瞒，苦不堪言。"

陈平安笑着点头，道："知道了。"

白衣少年被一把攥住耳朵，嗷嗷叫着给陈平安扯入屋子。

犹然有骂声传出："狗日的宋兰樵，没良心的玩意儿，你给大爷等着……先生，我是好心好意帮着兰樵兄弟修行啊，真没有故意戏弄他……先生，我错了！"

宋兰樵抖了抖袖子，大步离去。

舒坦。

渡船在骸骨滩渡口停下，宋兰樵干脆就没露面，让人代为送行，自己找了个挑不出毛病的借口，早早消失了。

崔东山用手心摩挲着下巴，左右张望。

两人下了船，一起去往披麻宗木衣山。

崔东山开始诉苦告状，道："先生，竺泉见我第一面，就说先生从未提及学生，假装不认识我，把我给活活伤心死了。没死，也算半死了。"

陈平安笑道："在竺宗主面前提过你几次，不过人家是一宗之主，万事上心，还需要提防着整座鬼蜮谷，不小心给忘了，有什么奇怪？"

然后陈平安提醒道："竺宗主在山上，是很少见的修道之人，我很敬重。到了木衣山上，你别给我闹幺蛾子。还有那个少年庞兰溪，是木衣山寄予厚望的祖师堂嫡传，你一个外人，也别胡乱言语。我知道你做事自有分寸，但这里终究是骸骨滩，不是自家落魄山。"

崔东山点点头，瞥了眼木衣山，有些遗憾。无事可做，这就有些无聊了啊。

到了木衣山山门，畅通无阻。披麻宗修士大多都认识陈平安，而且他是时隔不久游历归来。

竺泉没在山上，已经去了鬼蜮谷青庐镇。不过杜文思已经返回祖师堂，开始闭关破境，跻身元婴境，希望极大。

崔东山提及杜文思，笑嘻嘻道："先生，这小子是个痴情种。据说太平山女冠黄庭先前去过一趟鬼蜮谷，根本就是冲着杜文思去的，只是不愿杜文思多想，才撂下一句'我黄庭此生无道侣'，伤透了杜文思的心。伤心之余呢，杜文思其实还是有些小心思的，心心念念的姑娘，自己没办法拥有，好在不用担心被其他男人拥有，也算不幸中的万幸了，所以思来想去，觉得还是自己境界不高，境界够了，好歹有那么点机会，比如将来去太平山看看啊，或是更进一步，与黄庭一起游历山河啊……"

陈平安笑道："你在木衣山也没待几天，就这么一清二楚了？"

崔东山点头道："瞎逛呗，山上与山下又没啥两样，人人得了闲，就都爱聊这些儿女情长，痴男怨女。尤其是一些爱慕杜文思的年轻女修，比杜文思还糟心呢，一个个打抱不平，说那黄庭有什么了不起的，不就是境界高些，长得好看些，宗门大些……"

披麻宗主峰木衣山，与世间多数仙家祖师堂所在山峰差不多，登山路多是台阶直上。嫡传弟子往往可以御风御剑而行，在有些山头，连寻常弟子也可如此行事。不过仙家洞府，往往讲究一个飞鸟各有其道，高低不一，路线不同。龙泉郡那边之所以不太一样，终究还是草创初期的缘故，加上龙泉剑宗与落魄山弟子本来就都不多，又不太讲究这些繁文缛节，所以才显得十分另类。披麻宗、春露圃这些老字号仙家，规矩众多，法度森严，在陈平安看来，其实是好事。

只不过天底下没有一劳永逸的便宜事，春露圃之所以如此人心动摇，就在于纸面宗法、台面规矩，并未真正深入人心。

在这一点上，披麻宗就让陈平安由衷敬佩，从宗主竺泉，到杜文思，再到庞兰溪，性情各异，但是身上那种气度，如出一辙。

生死事小，宗门事大。

修道之人，明明是追求长生不朽，但是披麻宗修士却人人敢于为宗门赴死，竺泉与历代宗主、祖师，每逢死战，无一不是身先士卒！

披麻宗掌律老祖沿着台阶，往下御风而来，飘落在两人身前，笑道："陈公子，崔道友，有失远迎。"

招呼过后，陈平安发现一件怪事，这位披麻宗老祖师似乎对崔东山十分亲近，言语之间，俨然知己。

难不成崔东山先前在木衣山上，不只是游手好闲瞎晃荡？

不然就凭崔东山与京观城厮杀一场，也不至于让一位掌律老祖如此刮目相看。要知道披麻宗修士，个个都是白骨堆里杀出血路的修士，哪怕是杜文思这种看似温文尔雅的金丹境修士，一样在鬼蜮谷内久经厮杀。

老祖师亲自领着两人去了那栋陈平安住过的宅院。

披麻宗那艘往来于骸骨滩与老龙城的跨洲渡船，约莫还需要一旬光阴才能返回北俱芦洲。

庞兰溪与他太爷爷庞山岭已经站在门口恭迎。

少年笑着招手道："陈先生！"

两人见了面，庞兰溪第一句话就是报喜，悄悄道："陈先生，我又为你跟太爷爷讨要了两套神女图。"

陈平安轻声问道："价格如何？"

庞兰溪笑道："按照市价……"庞兰溪停顿了一下，"是不可能的！送，不收钱！"

陈平安笑道："庞仙师也太心疼你了，不过咱们还是按照市价算吧。交情归交情，买卖是买卖。"

庞兰溪有些失落，道："这才几天没见，陈先生怎么就如此见外了？"

陈平安压低嗓音道："客气话，又不花钱。你先客气，我也客气，然后咱俩就不用客气了。"

庞兰溪笑得合不拢嘴。又学到了，陈先生真是学问驳杂。

四人落座，庞兰溪年纪最小，辈分最低，便站在太爷爷身后。陈平安直奔主题，聊起了春露圃一事。

那位名叫晏肃的披麻宗掌律老祖，立即飞剑传信别处山峰上的一名名为韦雨松的元婴境修士，比晏肃低了一个辈分，岁数却不小了，与庞兰溪是师兄弟。韦雨松手握一宗财权，类似春露圃的高嵩，是个消瘦矮小的精悍老人，见到了陈平安与崔东山后，十分客气。

当初竺泉做成了与落魄山牛角山渡口的那桩小买卖后，第一件事就是去找韦雨松谈心，表面上是身为宗主关心一下韦雨松的修行事宜，事实上当然是邀功去了。韦雨松哭笑不得，硬是半句马屁话都不讲，结果把竺泉给憋屈得不行。韦雨松对于那个青衫年轻人，只能说是印象不错，除此之外，也没什么了。可是他对那个少年容貌的崔道友，那是佩服得五体投地。道理很简单，崔道友到了木衣山后，山上山下晃悠了两天，然后就找到披麻宗祖师堂，给了一大摞图纸，直截了当说木衣山的护山大阵，粗糙了些，有些白瞎了那拨英灵的战力。结果木衣山祖师堂邀请了一个墨家机关师出身的老供奉，发现按照崔道友那份图稿去修改木衣山大阵，耗费不过千余枚谷雨钱，便能够将大阵威势增加两成！那个墨家机关师愧疚得无地自容，兢兢业业完成了大阵的查漏补缺之后，差点没辞去供奉头衔。

说句天大的实在话，别说是一千枚谷雨钱的小小开销，就是砸下三千枚谷雨钱，哪怕只增加护山大阵的一成威势，都是一笔值得敬香昭告列祖列宗的划算买卖。

所谓的划算，是可以少死许多宗门修士。再者，曾有高人道破天机，若是木衣山的护山大阵可以增加五成功效，便是骸骨滩与鬼蜮谷双方对峙局面的一个转折点。

所以披麻宗祖师堂诸位老修士，现如今看待崔东山，那是怎么看怎么顺眼。

那白衣少年丢下图纸，在祖师堂内说了些关键事项后，便大摇大摆继续在木衣山晃荡，与神仙姐姐们唠嗑去了。

事后竺泉亲自出面询问崔东山，披麻宗该如何报答此恩，只要他崔东山开口，披麻宗便是砸锅卖铁，与人赊账，都要还上这份香火情。

崔东山也没客气，指名道姓，要杜文思与庞兰溪两人以后各自跻身元婴境后，在落魄山担任记名供奉。只是记名，落魄山不会要求这两人做任何事情，除非两人自愿。

竺泉当时还有些疑惑，就这样？

崔东山反问，还要闹哪样？

竺泉便满脸愧疚，说了一句戳心窝的话，唉声叹气道："那陈平安，在我面前半点不提你这个学生，真是不像话，良心给狗吃了，下次他来骸骨滩，我一定帮你骂他。"

崔东山泫然欲泣，可怜兮兮道："竺姐姐，你良心才被狗吃了吧。"

竺泉这才说了句公道话："陈平安有你这么个学生，应该感到自豪。"

崔东山便投桃报李，道："竺姐姐这么好的女子，如今还无道侣，天理难容。"

于是两人差点没打起来，竺泉去往鬼蜮谷青庐镇的时候，依旧怒气冲冲。

披麻宗里亏得有韦雨松这个熟稔生意的聪明人，不然就竺泉这种不着调的宗主，晏肃这些个不靠谱的老祖师，披麻宗嫡传弟子再多，也早就被京观城钝刀子割肉，消磨尽了宗门底蕴。韦雨松每次在祖师堂议事，哪怕对着竺泉与自己恩师晏肃，从来没个笑脸,喜欢一边翻账本,一边说刺人言语,一句接一句,久而久之,祖师堂前辈们一个个面带微笑,装听不见,习惯就好。

韦雨松觉得帮助春露圃运输货物去往宝瓶洲,当然没问题,但是分账一事,得好好磨一磨。

在韦雨松打算盘算账的时候,晏肃与庞山岭便开始习惯性微笑。崔东山觉得这会儿没他说话的份,就跟庞兰溪挤眉弄眼。庞兰溪对这个俊美得不像话的"同龄人",很提防,到底是少年心性,会担心青梅竹马的姑娘,遇上更好的同龄人,难免会有些想法。尤其是下山去壁画城见她的时候,她随口聊起了这个来铺子购买神女图的外乡少年,虽然她说的是些少年脾气古怪的寻常言语,可庞兰溪心里边一桶水七上八下。

庞兰溪最近都快要愁死了,所以特别想要与陈先生请教一番。

陈平安这个野修包袱斋与管着披麻宗所有钱财的韦雨松,各自杀价。

便是陈平安都有些无奈,这个韦雨松,真是抠门得有些过分了,半点"宗"字头谱牒仙师的风范都不讲。一旦遇到些难聊的细节,韦雨松便搬出一位远游老祖师,反正就是泼脏水,言之凿凿,说这位老祖如何如何古板迂腐,如何在每一枚雪花钱上边锱铢必较,些许折损宗门利益的事情,哪怕只是嫌疑,这位老祖都要在祖师堂兴师问罪,谁的面子都不给。如果这招不管用,他便会苦着脸说自己在披麻宗最是没地位,谁跟他要钱,都嗓门大,不给,就要翻脸,一个个不是仗着修为高,就是仗着辈分高,还有些更不要脸的,仗着自己辈分低修为低,都能闹事。

反正听韦雨松的牢骚诉苦,好像整座披麻宗,就数他韦雨松最不是个东西,说话最不管用。

陈平安没辙了,轻轻放下茶杯,咳嗽一声。

正打着哈欠的崔东山立即正襟危坐,说道:"木衣山护山大阵一事,其实还有改善的余地。"

韦雨松立刻一拍桌子,决断道:"全部按照陈公子的说法,就这么定了!"

陈平安满脸诚意,问道:"会不会让披麻宗难做人?"

韦雨松大义凛然道:"开什么玩笑?披麻宗只要是跟钱有关的事情,别说是竺宗主,天王老子都管不着我韦雨松!"

陈平安故作恍然,笑着点头。

韦雨松笑容不变。

果然是同道中人。

韦雨松与晏肃、庞山岭一起离开。韦雨松非要与崔道友叙旧,崔东山只好跟着去了。

只剩下陈平安与庞兰溪。

庞兰溪落座后，轻声道："陈先生，这位崔前辈，真是你的学生吗？"

陈平安点点头，道："觉得不像，也很正常。"

庞兰溪欲言又止。

陈平安笑道："要是开口求人，难以启齿，那就……"

陈平安不再说话，抬起双手，比画了一下。庞兰溪立即看懂了，是那廊填本神女图。

庞兰溪匆匆御风离去，又匆匆返回宅院，将两只木匣放在桌上。除此之外，还有一封从云上城寄来的信，收信人是他庞兰溪，转交"陈好人"。

陈平安收信入袖，笑道："现在是不是有底气说话了？"

庞兰溪小声道："陈先生，我有些担心。"

陈平安心中了然。庞兰溪是一个不用担心修行的少年，山上少年忧愁，愁不在修道，那就只能是愁宗门存亡兴衰了，而披麻宗谈不上有此隐忧，或者说一直隐患重重，所有修士反而都已习惯了，那么他的愁就只剩下那件事了。

陈平安笑道："你先说说看，我再来帮你分析分析。"

庞兰溪便说了那些事情，其实也没什么事情，只是些少年的懵懂情思，绕山绕水。

陈平安听过之后，想了想，忍住笑，说道："放心吧，你喜欢的姑娘，肯定不会见异思迁，转去喜欢崔东山，而且崔东山也看不上你的心爱姑娘。"

庞兰溪涨红了脸，恼火万分道："陈先生，我可要生气了啊，什么叫作崔东山看不上她？"

陈先生怎么这么不会说话呢！以前不是这样啊。

陈平安忍不住笑了起来。

庞兰溪想着想着，挠挠头，有些赧颜，那个心结便没了。

不仅如此，少年内心深处还是有些愤愤不平，觉得自己一定要好好修行，一定要让她知道，她喜欢自己，绝对没有看错人，一辈子都不会后悔。

陈平安说道："那个姑娘喜欢你，不是因为你是修道天才。但是如果你能够证明自己是真正的修道天才，那么喜欢你的姑娘，会更加高兴。为你高兴，然后她自己也就高兴了。"

庞兰溪轻声问道："是这样的吗？"

陈平安点头道："是这样的，这件事，我无比确定。"

庞兰溪趴在桌上，怔怔出神。

陈平安打开木匣，取出一卷神女图，摊放在桌上，细细打量，不愧是庞山岭的得意之作。

庞兰溪突然问道："陈先生，一定有很多姑娘喜欢你吧？"

陈平安缓缓收起神女图，摇头道："没有的事。"

庞兰溪摇摇头道："我不信。"

陈平安打开徐杏酒的那封信，信里言简意赅，说了些云上城的近况，再就是说已经准备好了，只等刘先生问剑成功，就会再拜访一趟太徽剑宗，这一次是下山历练，北至太徽剑宗，南到骸骨滩。

陈平安看过了信，说道："我有个朋友，就是写信人——云上城徐杏酒，以后他可能会来这边游历，你如果有空，可以帮我招待一下，如果忙，就无须刻意分心。这不是客套话。不是我的朋友，就一定会是你的朋友，所以不用强求。"

庞兰溪点头答应下来道："好的，那我回头寄封信去云上城，先约好。能不能成为朋友，到时候见了面再说。"

陈先生的朋友，肯定值得结交。

就像先前陈先生与韦师兄谈论春露圃，庞兰溪虽然不谙庶务，但是多少了解披麻宗对春露圃的态度，谈不上看不起，但绝对称不上朋友，就只是生意往来，毕竟春露圃的铜臭味，重了点，而披麻宗修士，对这些，是不太喜欢的，所以春露圃这么多年来，一直想要孝敬孝敬韦雨松，却又不敢表现得太过火。再者，管着春露圃渡船的宋兰樵，在元婴境韦雨松面前，说话都不太利索，毕竟韦雨松在披麻宗，地位超然，是出了名的难讲话。

可是当陈先生开口，要三家势力一起做跨洲生意后，庞兰溪发现韦师兄立刻就松了口，根本没有拒绝的意思。

庞兰溪觉得这也是自己需要向陈先生学习的地方。

为人处世，学问很大。

陈平安最后说道："你知不知道，当你为崔东山而忧心的时候，其实你喜欢的姑娘，便是最开心的时候，所以笑容才会比往常多些，这是因为她真真切切感受到了你的紧张。"

庞兰溪转忧为喜，笑容灿烂。

陈平安笑道："还愣着干什么，假公济私一回，去山下见她啊。"

庞兰溪站起身，道："早知道就多给陈先生讨要一套神女图了。"

少年离去，陈平安独坐。

许久，崔东山晃荡着两只大袖子，进入院子。看到先生身前的桌上，摆放了一块青砖，崔东山便有些心慌，立即停步，站在原地，苦着脸道："先生，裴钱习武，我事先半点不知情啊，是朱敛和郑大风、魏檗这仨，知情不报，瞒着先生，与学生半枚铜钱关系没有啊！"

陈平安没好气道："跟这事没关系，冤有头债有主，我不找你的麻烦。"

崔东山立即笑开了花，道："如果先生要教训他们仨，学生可以出力。"

陈平安没搭理他这茬，指了指那块尚未完整炼化掉水运、道意的道观青砖，说道："这种青砖，我一共收拢了三十六块，以后打算把它们铺在落魄山地上，给我、裴钱、朱敛、郑大风、卢白象、岑鸳机六人练习拳桩。"

崔东山如丧考妣，伸出右手，与一根左手指头，左看看右看看，哀号道："先生，我呢我呢？我是先生的得意弟子啊！"

陈平安无奈道："我那份，送给你。"

崔东山这才伸出两根手指，揉了揉眼角，笑道："伤心的泪水，成了喜悦的热泪，先生真是神来之笔。"

陈平安斜眼看他，崔东山老老实实坐下。

陈平安将那块青砖推过去，道："你字写得好，我方才想起此事，便想让你写些讨喜的言语，刻在青砖反面，到时候就我们两个偷偷铺青砖，不让任何人瞧见。说不定将来某天，给谁无意间看到了，便是一个小小的意外。也不是什么大事，就是觉得好玩。"

崔东山小鸡啄米似的点头，盘腿坐在石凳上，身体前倾，趴在桌上，双手按住青砖，轻声道："先生，咱俩好好合计合计，这三十六句话，一定要写得惊天地泣鬼神。"

陈平安问道："你觉得我们偷偷摸摸给落魄山所有人写句话，刻在上面，行不行？至于其余的，你就可以随便搬运书上的圣贤言语了。"

崔东山兴高采烈道："太行啦！"

陈平安道："闹心？"

崔东山悻悻然道："先生说笑话也如此出彩。"

陈平安揉了揉下巴，道："这落魄山风水，就是被你带坏的。"

崔东山举起双手，学那大师姐说话："天地良心！"

两人乘坐披麻宗的跨洲渡船，开始真正返乡。

陈平安修行练拳之余，主动找到隔壁的崔东山，问了一个问题："儒家圣贤学问这么大，为何不愿在修身、求学、为善这类学问上，说得细些，不要那么杂乱。至少在儒家之内，别各说其词，众说纷纭，不是吵架，胜似吵架。"

崔东山破天荒没有溜须拍马，而是神色认真，反问道："是觉得许多学问繁杂且虚高，反而令世人不知所措？"

陈平安想了想，点点头。

崔东山摇摇头，道："有些学问，就该高一些。人之所以有别于草木飞禽走兽以及其他所有的有灵众生，靠的就是这些悬在头顶的学问。拿来就能用的学问，必须得有，而且要讲得清清楚楚，明明白白，规规矩矩。但是高处若无学问，令人神往，不辞辛劳，也要走去看一看，那么，就错了。”

陈平安沉默许久，最终点头道：“有道理。”

崔东山缓缓说道：“再说回先生最前面的问题。”

陈平安却说道：“不急，我再自己想想。我们下棋？”

崔东山笑道：“先生棋术，返璞归真，高入云霄，还需要弟子这种臭棋篓子来教？惭愧惭愧，惶恐惶恐。”

一边说，一边取出棋罐棋盘。

陈平安板着脸道：“以后你在落魄山，少说话。”

崔东山一手扯着另一手的袖子，伸手拈起一枚棋子，悬在空中，微笑道：“先生不言不语，弟子岂敢开口。”

陈平安也拈起棋子。

当崔东山坐在棋盘之前时，整个人的气势便为之一变，淡然说道：“学生斗胆，四无忧，中天元，再加三边线，让先生十二子。”

陈平安看了眼一本正经的崔东山，默默将棋子放回棋罐，起身直接走了。

第四章 无声处

披麻宗的跨洲渡船，被浩浩荡荡的英灵力士拖曳着，在云海奔走，风驰电掣。

渡船在牛角山渡口，缓缓靠岸，船身微微一震。

陈平安和崔东山走下渡船，魏檗静候已久。朱敛如今远在老龙城，郑大风说自己崴脚了，至少小半年下不了床，请了岑鸳机帮忙看守山门。

陈平安笑道："送我们一程，去落魄山脚。"

魏檗如释重负，点点头，三人一起凭空消失，出现在山门口。正在练拳的岑鸳机看到三人后，刚要站起身，那个年轻山主朝她点头致意，然后伸手虚按，示意她继续练拳。

三人开始登山。

岑鸳机不擅长那些虚头巴脑的客套寒暄，对这个年轻山主印象也很一般，就顺势坐回板凳，闭上眼睛，继续驾驭一口纯粹真气，游走百骸。

魏檗问道："都知道了？"

陈平安点点头。

崔前辈留了一封遗书在落魄山竹楼，不在二楼，而是放在了一楼书案上，信封上写着"暖树拆封"。

按照老人的遗愿，死后无须下葬，骨灰撒在莲藕福地随便某个地方即可，此事不可拖延。此外不用去管崔氏祠堂的意愿，信上直接写了，敢登落魄山者，一拳打退便是。

魏檗解释道："裴钱一直待在莲藕福地，说等到师父回山，再与她打声招呼。周米粒也去了莲藕福地，陪着裴钱。陈灵均离开了落魄山，去了骑龙巷，帮着石柔打理压岁铺子的生意。所以如今落魄山上就只剩下陈如初，再就是卢白象收取的两名弟子——元宝、元来姐弟。不过这会儿陈如初应该去郡城那边购置杂物了。”

陈平安说道：“恭喜破境。”

魏檗自嘲道：“大骊朝廷那边开始有些小动作了，一个个的理由冠冕堂皇，连我都觉得很有道理。”

陈平安笑道：“晋青一事，披云山的用意，太过明显了。两位大岳山君同气连枝，大骊皇帝哪怕知道你没有太多私心，心里也会有芥蒂。”

魏檗说道：“没办法的事情，也就看晋青顺眼点，换成别的山神坐镇中岳，以后北岳的日子只会更膈应。历朝历代的五岳山君，无论王朝还是藩属，就没有不被逼着针锋相对的，权衡利弊，披云山不得已而为之，还不如行事无赖些，反正事已至此，宋氏皇帝不认也得认了。晋青这家伙比我更无赖，在皇帝陛下面前，口口声声说着披云山的好、魏大山君的霁月光风。”

陈平安说道：“果然能够当上山君的，都不是省油的灯。”

到了落魄山竹楼，陈平安轻声道：“没有想到这么快就要重返南苑国。”

崔东山突然说道：“我已经去过了，就留在这里看家好了。”

魏檗取出那把暂为保管的桐叶伞，毕竟此物事关重大。魏檗轻轻撑开并不大的桐叶伞，解释道：“莲藕福地才刚刚提升为中等福地，我不宜频繁出入。我将你送到南苑国京城。”

陈平安笑着点头，说声“劳驾”。

陈平安身影一闪而逝，魏檗轻轻叹息一声。

崔东山已经站在二楼廊道，趴在栏杆上，背对房门，眺望远方。魏檗合起桐叶伞，坐在石桌边。

崔东山突然说道：“魏檗你不用担心。”

魏檗摇摇头，道：“不是担心。”

然后魏檗问道：“你什么时候离开落魄山？”

崔东山想了想，道：“等到先生与裴钱返回落魄山，我就会离开。已经积攒了一屁股债，那个老王八蛋最记仇。”

双方不是一路人，其实没什么好聊的，便各自沉默下去。

许久过后，魏檗问道：“崔前辈就这么担心陈平安吗？不见最后一面，还要早早把骨灰撒在莲藕福地，都不愿葬在落魄山上。”

崔东山答道：“因为我爷爷对先生的期望最高，我爷爷希望先生对自己的挂念越少越好，免得将来出拳，不够纯粹。”

南苑国京城某条再熟悉不过的大街上，陈平安背着竹箱，手持行山杖，缓缓而行，转入一条小巷，在一处小宅院门口停步，看了几眼春联，轻轻敲门。

开门的是裴钱，周米粒坐在小板凳上，扛着一根绿竹杖。裴钱站在原地，仰起头，使劲皱着脸。

陈平安揉了揉她的小脑袋，道："师父都知道了，什么都不要多想，你并没有做错什么。"

裴钱双手握拳，低下头，身体颤抖。

陈平安轻轻按住那颗小脑袋，轻声道："这么伤心，为什么要憋着不哭出来？练了拳，裴钱便不是师父的开山大弟子了？"

陈平安蹲下身，裴钱一把抱住他，呜咽起来，没有号啕大哭，但是更加撕心裂肺。周米粒也跟着哭了起来。

等裴钱哭到心气都没了，陈平安这才拍了拍她的脑袋，站起身，摘下竹箱。裴钱擦了一把脸，赶紧接过竹箱，周米粒跑过来，接过了行山杖。

陈平安环顾四周，还是老样子，好像什么都没有变。

周米粒捧着长短不一的两根行山杖，然后将自己的那张竹椅放在陈平安脚边。

"个儿好像高了些。"陈平安揉了揉黑衣小姑娘的脑袋，坐在竹椅上，沉默许久，然后笑道，"等我见过了曹晴朗、种先生和其他一些人，就一起回落魄山。"

裴钱眼睛红肿，坐在陈平安身边，伸手轻轻拽住陈平安的袖子。

陈平安轻声道："跟师父说一说你跟崔前辈的那趟游历？"

裴钱"嗯"了一声，仔仔细细讲起了那段游历。

说了很久，陈平安听得专注入神。

有人轻轻推门，儒衫少年曹晴朗，轻轻喊道："陈先生。"

陈平安伸手握住裴钱的手，一起站起身，微笑道："晴朗，如今一看就是读书人了。"

曹晴朗作揖行礼。

陈平安有些无奈，真是读书人了。

裴钱踮起脚尖，陈平安侧身低头，她伸手挡在嘴边，悄悄道："师父，曹晴朗偷偷摸摸成了修道之人，算不算不务正业？春联写得比师父差远了，对吧？"

陈平安一记栗暴砸下去，裴钱又有洪水决堤的迹象。

怀抱两根行山杖的周米粒，倒抽了一口冷气——好凶。

以前跟陈平安一起闯荡江湖，他可没这么揍过自己。

周米粒皱着疏淡的眉毛，歪着头，使劲琢磨起来，难道裴钱是路边捡来的弟子？根本不是流落民间的公主殿下？

陈平安伸出大拇指，轻轻揉了揉栗暴在裴钱额头落脚的地方，然后招呼曹晴朗坐下。

曹晴朗搬了条小板凳坐在陈平安身边。裴钱拎着小竹椅坐在了两人中间。周米粒站在裴钱身后。

陈平安问道："晴朗，这些年还好吧？"

曹晴朗笑着点头，道："很好，种先生是我的学塾夫子。陆先生到了咱们南苑国后，也经常找我，送了许多书。"

然后曹晴朗问道："陈先生，听过'铁花绣岩壁，杀气噤蛙黾'这两句诗吗？"

陈平安点点头，随口说了诗人名字与诗集名称，然后问道："为什么问这个？"

裴钱原本想要大骂曹晴朗不要脸，这会儿却只是双臂抱胸，斜眼看着曹晴朗。

曹晴朗指了指裴钱，道："陈先生，我是跟她学的。"

裴钱怒道："曹晴朗，信不信一拳打得你脑壳开花？"

曹晴朗点头道："信啊。"

裴钱气得牙痒痒。

陈平安说道："等会儿你带我去找种先生，我有些事情要跟种先生商量。"

曹晴朗点点头。

陈平安又笑了起来，道："种先生已经在赶来的路上了，很快就到，我们等着便是。"

然后转头问裴钱道："每天的抄书，有没有落下？"

裴钱摇摇头。

陈平安伸出手，道："拿来看看。"

裴钱立即跑去屋子拿来一大捧纸张。

陈平安一页页翻过去，仔细看完之后，还给裴钱，点头道："没有偷懒。"

裴钱咧嘴一笑，陈平安帮着她擦去泪痕。

然后陈平安站起身，对三个小家伙道："你们待在这里，我去跟种先生谈点事情。"

在陈平安离开后，裴钱将那些纸张放回屋子，然后坐回小竹椅上，双手托着腮帮。

街巷拐角处，陈平安刚好与种秋相逢。多年不见，种先生双鬓霜白更多了。

两人一起走在那条曾经捉对厮杀也曾并肩作战的大街上，皆是感慨颇多。

关于莲藕福地如今的形势，朱敛信上有写，李柳有说，崔东山后来也有详细阐述，陈平安已经烂熟于心。

松籁国、北晋国和边塞草原三地格局，看似依旧，但属于"山河变色"，只有划拨给陈平安的这个南苑国，才有魂魄齐全的"人"，不曾沦为白纸福地的那些"人"，此外一切有灵众生，草木山河，也都未"褪色"。按照李柳的说法，其余三地的有灵众生，已经"没了意思"，故而被朱敛说成了三幅"工笔白描画卷"。但是就像陆抬、俞真意等人，还有南苑国京城那户书香门第的少年，在这处福地都凭空消失了，在别处割裂福地，南苑国国师种秋一样会凭空消失，他们算是极少数被那位观道观老道人青眼相加的特例。

这是名副其实的改天换地，道法通天。

种秋开门见山道："皇帝陛下已经有了修道之心，但是希望在离开莲藕福地之前，能够看到南苑国一统天下。"

陈平安问道："种先生自己有什么想法？"

南苑国皇帝，他当年在附近一栋酒楼见过面。那场酒楼宴席，不算陈平安，对方总计六人，当时黄庭就在其中——从曾经的樊莞尔与童青青，看了眼镜子，便摇身一变，成了太平山女冠黄庭，一个福缘深厚到连贺小凉都是她晚辈的桐叶洲天才女修。陈平安先前游历北俱芦洲，没有机会见到这个在砥砺山上与刘景龙打生打死、略逊一筹的女冠。但是按照刘景龙的说法，其实双方当时战力持平，只是黄庭到底是女子，打到最后，已经没了分生死的心思。她为了保护身上那件道袍的完整，才输了一线，晚于刘景龙从砥砺山站起身。

当时在酒楼中，除了那个正值壮年的皇帝魏良，还有皇后周姝真，太子殿下魏衍，野心勃勃却功亏一篑的二皇子魏蕴，与一个最年幼的公主魏真。

陈平安记性绝好。

那顿人人各怀心思的宴席，不光是所有人的容貌、神态和言语，还有所有人喝过什么酒，吃过什么菜，陈平安都记得一清二楚。

甚至小巷不远处的心相寺老僧，白河寺夜市上的地方吃食，那官宦人家的藏书楼，那个状元巷贫寒书生与琵琶女子的故事，都还历历在目，挂念在心。

种秋沉默片刻，神色黯然，道："有些心灰意冷。"

他孜孜不倦追求的修身齐家治国平天下，在真相大白之后，好像原来自己做什么，对于别人来说都易如反掌，种秋有些疲惫。他甚至会想，难道真的是自己错了，俞真意才是对的？

陈平安缓缓说道："以后这座天下，修道之人，山泽精怪，山水神祇，魑魅魍魉，都会如雨后春笋一般涌现出来。种先生不该灰心丧气，因为我虽然是这座莲藕福地名义上的主人，但是我不会插手人间格局走势。莲藕福地以前不会是我陈平安的庄稼地、大菜圃，以后也不会是。有人机缘巧合，上山修了道，那就安心修道便是，我不会阻拦。可是山下人间事，就得交由世人自己解决，战乱也好，海晏河清大一统也罢，帝王将相，各凭本事，庙堂文武，各凭良心。此外香火神祇一事，得按照规矩走，不然整个天下，只会是积弊渐深，变得乌烟瘴气，处处人不人鬼不鬼，神仙不神仙。"

种秋笑问道："你是想要以一座天下观大道？"

陈平安愣了一下，道："不曾刻意想过，不过种先生这么一说，有点像。"

种秋问道："外面的那座浩然天下，到底是怎么个光景？"

陈平安想了想，回答道："人心还是人心。但是比起南苑国，我家乡那边，大千世界，无奇不有。而且天外有天，不止一座天下。种先生应该走出去看一看，迟一点没关系。"

种秋点头道："来见你之前，皇帝陛下已经正式退位，是大皇子魏衍继位，至于二皇子魏蕴，已经被如今的太上皇早早拘禁起来，我也刚刚辞去国师一职，但是不会立即离开，打算先走遍这座不大的天下。陈平安，我希望你能够信守承诺，不要将这座天下的百姓苍生，视为傀儡玩物，只当作可以随手买卖的货物。我种秋不是那不知变通的迂腐酸儒，不会一肚子只装着小人之仁，只要我认可你陈平安最终制定的规矩，那么将来一切在规矩之内的行事，我种秋哪怕心有不忍，依旧不会说三道四。"

陈平安笑道："其实还有个法子，能够让种先生更加放心。"

种秋问道："要我当那客卿？"

陈平安双手笼袖，缓缓而行，完全没有否认："种先生可是文圣人武宗师的天纵奇才，我岂能错过，不管如何，都要试试看。"

种秋笑道："你身边不是有那朱敛了吗？说实话，我种秋此生最佩服的几个人当中，力挽狂澜的世家子朱敛算一个，拳法纯粹的武疯子朱敛，还可以算一个。之前见到了大活人的朱敛，近在咫尺，好似见到了有人从书页中走出，让人倍感惊奇。"

陈平安说道："种先生在我落魄山祖师堂挂个名就行了，不耽误种先生以后远游四方，绝无半点拘束。"

种秋疑惑道："落魄山？"

陈平安点点头。

种秋说道："好名字，那我就在此山挂个名。"

陈平安若有所思。

曾经有人出拳之时大骂自己，小小年纪，死气沉沉，孤魂野鬼一般，不愧是落魄山的山主。

见过了那个南苑国太上皇，陈平安便带着裴钱和周米粒，与曹晴朗道别，一起离开了莲藕福地，返回了落魄山。

陈平安神色如常，住在一楼，在门外空地练拳走桩，闭门修行，只是偶尔去二楼那边站在廊道上，眺望远方。

这天深夜时分，裴钱独自坐在台阶顶上。

崔东山缓缓登山，坐在她旁边。

裴钱使劲瞪着大白鹅，片刻之后，轻声问道："崔爷爷走了，你就不伤心吗？"

崔东山笑道："我想让你看见我的心境，你才能看得见，不想让你看见，那你这辈子都看不见。”

裴钱以拳击掌，懊恼道：“我果然还是道行不高。”

崔东山摇头道：“关于此事，撇开某些古老神祇不谈，我自称第二，没人敢称第一。”

裴钱“哦”了一声，身边这只大白鹅，确实挺厉害的。

崔东山笑了笑，缓缓道：“少不更事，长辈离去，往往嗷嗷大哭，伤心伤肺都在脸上和泪水里。再看一看那些眼泪鼻涕一大把的少年郎，他们身边的父亲长辈，大多寡言，丧葬之时，迎来送往，与人言谈，还能笑语。这就是人生，兴许就是同一个人，两段人生路上的两种悲伤。你现在不懂，是因为你还没有真正长大。”

裴钱“嗯”了一声，道：“我是不懂这些，可能以后也不会懂，我也不想懂。”

在南苑国那个不被她认为是家乡的地方，爹娘先后离开的时候，她其实没有什么太多太重的伤感，就好像他们只是先走了一步，她很快就会跟上去，可能是饿死、冻死，或者是被人打死。但是跟上去又如何？还不是被他们嫌弃，被当作累赘？所以裴钱离开莲藕福地之后，哪怕想要伤心一些，在师父面前，她也装不出来。

但是崔爷爷不一样，他是除了自己师父之外，裴钱真正认可的长辈。

一次次打得她痛不欲生，要是胆敢嚷嚷着不练拳了就打得更重，还说了那么多让她心比伤势更疼的混账话。

可是裴钱如今知道什么是好，什么是坏了，甚至根本不用她的双眼去偷看人心。

崔东山仰头望向夜幕，马上就要中秋了，月儿团团圆。崔东山轻声道：“所以先生一直不希望你长大，不用太着急。长大了，你自己就会想要去承担些什么，到时候你师父拦不住，也不会再拦着你了。还记得当年你师父离开大隋书院的那次分别吗？”

裴钱使劲点头，黝黑脸庞总算有了几分笑意，大声道：“当然，我可开心哩，宝瓶姐姐更开心。”

崔东山跟着笑了笑，自问自答道：“为什么要我们所有人合起伙来，闹出那么大的阵仗？因为先生知道，可能下一次重逢，就无法再见到记忆里的那个红棉袄小姑娘了，腮帮红红，个儿小小，眼睛圆圆，嗓音脆脆，背着大小刚刚好的小书箱，喊着小师叔。只靠眼睛，是注定再也见不着了。这就是大人们不可言说的遗憾，只能搁在自己这儿，藏起来。”

崔东山指了指自己心口，然后轻轻挥动袖子，似乎想要赶走一些烦忧。

真正忧愁，只在无声处。

“这些烦人的事情，本来都是长大以后才会自己去想明白的事情，但是我还是希望你听一听，至少知道有这么一回事。

“我爷爷就这么走了，先生不比我少伤心半点，但是先生不会让人知道他到底有多伤心。

“你有没有想过一件事，为什么你师父喜欢将那些用过的笔、穿过的草鞋、不值几个钱的瓶瓶罐罐，都一件一件收起来？因为他从小就习惯了生离死别，一直在目送别人远去，无法挽留很多人和事，那么能够留下来的就尽量都留下。其实不单单是先生，我们所有人都会经历各种各样的分离，只不过往往过去就过去了，远远不如先生这般放在心里，长长久久，关起门来，仔细藏好，不为人知。”

裴钱转过头，揪心道：“那师父该怎么办呢？”

崔东山笑道：“我方才不是说了嘛，先生习惯了啊。”

裴钱站起身，嚷道：“这样不好！这样不对！”

崔东山默不作声，后仰倒去。

裴钱一路狂奔下山，去往竹楼，发现师父一个人坐在石桌前，桌上放了两壶酒，还沾着些泥土。师父并没有喝酒，他挺直腰杆，双手握拳，轻轻撑在膝盖上，不知道在想些什么。

裴钱站在原地，大声喊道：“师父，不许伤心！”

陈平安转过头，笑道：“好的。”

裴钱看着这样的师父，就像她师父，年少时看着斗笠下那样的阿良。

陈平安站起身，搬了两张小竹椅，跟裴钱一起坐下。

陈平安轻声道：“裴钱，师父很快又要离开家乡了，一定要照顾好自己。”

裴钱点头道：“师父也要照顾好自己！”

陈平安微笑道：“不是师父吹牛，单说照顾好自己的本事，师父是天下少有。”

裴钱双手提起屁股底下的小竹椅，挪到离师父更近的地方。

一大一小，一起看着远方。

这一天，陈平安金身境。

弟子裴钱，即将成为世间最强的第四境。

师徒二人的坐姿、神态、眼神，如出一辙。

崔东山过来落座，一桌三人，师父弟子，先生学生。

崔东山弯腰伸手，拿过那壶曾经埋在竹楼后面的仙家酒酿，陈平安也拿起身前酒，两人分别一口饮尽。

陈平安以手背擦拭嘴角，问道：“什么时候离开？”

崔东山笑道：“学生其实就没有离开过，先生身在何方，学生便有思虑跟随。”

深沉夜色里，少年笑得阳光灿烂。

陈平安转头望向裴钱，道：“以后说话别学他。”

裴钱一头雾水，使劲摇头道：“师父，我从来没学过他啊。”

崔东山伸出大拇指，裴钱双臂抱胸，尽量拿出一些大师姐的气度。

陈平安说道："对陈如初，你多费心，千日防贼，最耗心神。"

落魄山距离龙泉郡城还是有些路程，虽然陈如初早早拥有了龙泉剑宗铸造的剑符，可以御风无忌，但是她买东西，喜欢货比三家，十分细致，有些物件，也不是去了郡城就能立即买到，可能需要隔个一两天，于是她早早就用自己的私房钱，在郡城购置了一栋宅子。是郡守衙署帮忙牵线搭桥，用一个很划算的价格，买了一处风水宝地，街坊邻居，都是大骊京畿的富贵门户。当时的经手人，还只是一个名声不显的文秘书郎——旧太守吴鸢的辅官，如今却是龙泉郡的父母官了，原来是一个深藏不露的京城大姓子弟。

就像今天，陈如初便在郡城宅子那边落脚歇息，等到明儿备齐了货物，才返回落魄山。一般这种情况，离开落魄山前，陈如初都会事先将一串串钥匙交给周米粒或岑鸳机。

崔东山说道："学生做事，先生放心。大骊谍子死士，最擅长的就是一个'熬'字。魏檗私底下，已经让最北边的山神负责盯着郡城动静。何况暖树丫头身上那件施展了障眼法的法袍，是学生旧藏之物，哪怕事出突然，大骊死士与山神都阻拦不及，单凭法袍，暖树依旧挡得住元婴境剑修一两剑。出剑之后，魏檗就该知晓，到时候对方哪怕想要一死了之，也难了。"

陈平安笑道："这算不算假公济私？"

落魄山某些人的安稳，必然需要另外一些人的付出。粉裙丫头的出门无忧，便需要他陈平安与崔东山和魏檗的缜密谋划、小心布局。

反过来说，他和崔东山各自在外游历，不管经历了什么波诡云谲、惊险厮杀，能够一想到落魄山便安心，便是陈如初这个小管家的天大功劳。

曾经有过一段时日，陈平安会纠结于自己的这份算计，觉得自己是一个处处权衡利弊、计算得失，连那人心流转都不愿放过的账房先生。但是如今回头再看，庸人自扰罢了，这般不只在"钱"字上打转的算计，有可取之处，也有可贵之处，没什么好遮掩的，更无须在自己内心深处拒绝。

总之，陈平安绝对不允许因为自己的"想不到"，或者没有"多想想"，而带来遗憾。

到时候那种事后的愤然出手，匹夫之怒，血溅三尺，又有何益？后悔能少？遗憾能无？

如今脚下的落魄山，是他陈平安的分内事。以后眼皮子底下的莲藕福地，也会是。

先讲良心，再来挣钱。

钱还是要挣的，毕竟钱是英雄胆、修行梯，只是先后顺序不能错。

崔东山说道："不说先生与大师姐、朱敛、卢白象、魏羡，就凭落魄山带给大骊王朝的这么多额外武运，就算我要求一名元婴境供奉常年驻守龙泉郡城，都不为过，老王八蛋也不会放半个屁。退一万步说，天底下哪有只要马儿跑不给马吃草的好事？我劳心劳力坐镇南方，每天风尘仆仆，管着那么大一摊子事情，帮着老王八蛋稳固明的暗的七八条战线，亲兄弟尚且需要明算账，我没跟老王八蛋狮子大开口，讨要一笔俸禄，已经算我厚道了。”

陈平安不置一词，崔东山与老国师崔瀺的“家务事”，不掺和。

裴钱直到这一刻，才知道原来暖树小管家那边，竟然有这么多的弯弯绕绕，顿时有些忧心，问道：“不然以后我陪着暖树一起出门买东西？”

崔东山笑眯眯道：“你一个四境武夫，出门送人头吗？”

裴钱哀叹一声，一头磕在桌面上，砰地作响，也不抬头，闷闷道：“么(没)的法子，我练拳太慢了，崔爷爷就说我是乌龟爬爬，蚂蚁搬家，气死个人。”

陈平安脸色古怪。

崔东山说了句雪上加霜的言语：“这就犯愁啦？接下来大师姐的武夫五境、六境就要走得更慢了，尤其是武胆一事，更需要从长计议，还真快不起来。”

裴钱抬起头，恼火道：“大白鹅你烦不烦？就不能说几句好听的话？”

崔东山问道：“好听的话，能当饭吃啊？”

裴钱理直气壮道：“能下饭！我跟米粒一起吃饭，每次就都能多吃一碗。见着了你，饭都不想吃。”

陈平安安慰道：“急了没用的事情，就别急。”

裴钱立即大声道：“师父英明！”

崔东山转头望向陈平安，问道：“先生，如何？咱们落魄山的风水，与学生无关吧？”

陈平安置若罔闻，转移话题，道：“我已经与南苑国太上皇魏良聊过，不过新帝魏衍，此人志向不小，所以可能需要你与魏羡打声招呼。”

魏羡是南苑国的开国皇帝，也是莲藕福地历史上第一个大规模访山寻仙的君王。

崔东山笑问道：“魏羡是被先生带出莲藕福地的幸运儿，恩同再造，先生发话，魏羡没理由说不。”

陈平安摇头道：“落魄山，大规矩之内，要给所有人遵循本心的余地和自由。不是我陈平安刻意要当什么道德圣贤，只求自己问心无愧，而是不如此的话，长久以往，就会留不住人，今天留不住卢白象，明天留不住魏羡，后天也会留不住那位种夫子。”

崔东山点头道：“先生英明。”

裴钱怒道：“你赶紧换一种说法，别偷学我的！”

崔东山摇头晃脑，抖动两只大袖子，笑道：“嘿嘿，就不。你来打我啊，来啊，我要是躲一下，就跟老王八蛋一个姓氏。”

裴钱双手抱住脑袋，脑壳疼。也就是师父在身边，不然她早就出拳了。

不承想师父笑着提醒道："人家求你打，干吗不答应他？行走江湖，有求必应，是个好习惯。"

裴钱眼神光彩熠熠。

崔东山抬起一条胳膊，双指并拢在身前摇晃，道："大师姐，我可是会仙家术法的、吃饱喝足的人，一旦被我施展了定身术，啧啧啧，那下场，真是无法想象，美不胜收。"

裴钱赶紧收回眼中的光彩，一本正经道："师父，我觉得同门之间，还是要和睦些，和气生财。"

陈平安笑着点头，道："也有道理。"

然后陈平安说道："早点睡，明天师父亲自帮你喂拳。"

裴钱瞪大眼睛，惊道："啊？"她倒不是怕吃苦，是担心喂拳之后，自己就要露馅，可怜巴巴的四境，给师父看笑话。

陈平安笑道："心里不着急，不是手头不努力。什么时候到了五境瓶颈，你就可以独自下山游历去了，到时候要不要喊上李槐，你自己看着办。当然，师父答应你的一头小毛驴，肯定会有。"

裴钱跃跃欲试道："师父，过了子时，'明天'就是'今天'了，现在就可以教我拳法了啊。"

陈平安按住她的小脑袋，轻轻推了一下，道："我跟崔东山聊点正事。"

裴钱委屈道："与种老先生聊正事，可以理解，跟大白鹅有个屁的正事好说的？师父，我不困，你们聊，我就听着。"

崔东山啧啧道："连师父的话都不听了，这还只是四境武夫，到了五境六境，那还不得上天啊。"

裴钱不肯挪窝，双臂抱胸，冷笑道："离间师徒，小人行径！"

崔东山说道："先生，反正我是管不了的。"

陈平安双指并拢，轻轻弯曲，威胁道："小脑壳疼不疼？"

裴钱这才气呼呼地跑了。

片刻之后，陈平安也没有转头，说道："草丛里有钱捡啊？"

一直在那边探头探脑的裴钱悻悻然站起身，道："师父，方才走半路，听着了蛐蛐叫，抓蛐蛐哩。这会儿跑啦，那我可真睡觉去了。"

等到裴钱远去，陈平安有些忧心，道："知道有些担心没必要，多想无益，但是道理劝人最容易，说服自己真的难。"

崔东山轻声道："裴钱破境确实快了点，又吃了那么多武运，好在有魏檗压着气象，骊珠洞天又是出了名的多奇人怪事，没人注意，但是等到裴钱自己去走江湖，确实有点麻烦。”

陈平安有些感慨，缓缓道：“不过听她讲了莲藕福地的那趟游历，能够自己想到并且讲出‘收得住拳’的那个道理，我还是有些开心。怕就怕过犹不及，处处学我，那么将来属于裴钱自己的江湖，可能就要黯然失色许多了。”

崔东山说道：“先学好的，再做自己，有什么不好？先生自己这些年，难道不就是这么走过来的？天底下的所有孩子，没个半点规矩记在心上，就先学会了咋咋呼呼，难道就是好？在最需要记住规矩的年代，长辈却处处刻意与晚辈亲昵，栗暴不舍得敲，重话不舍得说，我觉得很不好。”

陈平安点点头，听进去了。

崔东山说道：“是不是也担心曹晴朗的未来？”

陈平安叹了口气，道：“当然。既不想对曹晴朗的人生指手画脚，也不愿曹晴朗耽误了学业和修行。”

崔东山笑道：“不如让种秋离开莲藕福地的时候，带着曹晴朗一起，去新的天下远游求学。先从宝瓶洲开始，远了，也不成。曹晴朗的资质真是不错，又有种先生传道授业解惑，帮他在‘醇厚’二字上下功夫，先生那位名叫陆抬的朋友，又教了曹晴朗远离‘迂腐’二字。说到底，还是种秋立身正，学问精粹，陆抬一身学问，但杂而不乱，并且愿意由衷尊重种秋，二者相辅相成，曹晴朗才有此气象。不然各执一端，曹晴朗就废了。”

陈平安问道：“如果我说，很想让曹晴朗这个名字，载入我们落魄山的祖师堂谱牒，会不会私心过重了？”

崔东山笑问道：“先生在陋巷小宅里，可曾与曹晴朗提起过此事？”

陈平安无奈道：“当然先问过他自己的意愿，当时曹晴朗就只是傻乐呵，使劲点头，小鸡啄米似的，让我有一种见着了裴钱的错觉，所以我反而有些心虚。”

崔东山哈哈大笑道：“这不就成了，这是你情我愿的大好事，若是先生觉得心里不踏实，不妨想想以后栽培一个读书种子的诸多费神费力，这样是不是会好一点？”

陈平安一琢磨一思量，果然心安许多。然后陈平安想起了另外一个孩子，名叫赵树下。不知道如今那个少年学拳走桩如何了。

对于不同的晚辈，陈平安有不同的挂念和期望。陈平安对于赵树下，一样很重视。

赵树下练拳的路数，其实最像自己。万事不靠，只靠勤勉。少年心思纯粹，他的学拳之心，习武所求，都让陈平安很喜欢。

陈平安便与崔东山第一次提及赵树下，当然还有那个修道坯子少女赵鸾，以及自己极为敬佩的渔翁先生吴硕文。

崔东山缓缓说道：“古拙之意，自古便是拳法大意思，在此之上，如果还能够推陈出新，便是武道通天的大本事。”

陈平安笑道："你自己连武夫都不是，空谈。我说不过你，但是对赵树下，你别画蛇添足。"

崔东山点头答应下来。

有他这个学生，得闲时多关照几眼，便可以少去许多的意外。何况他崔东山也懒得做那些锦上添花的事情，要做，就只做雪中送炭，例如改善披麻宗的护山大阵，多出那两成的威势。

崔东山自然还是留了气力的，披麻宗竺泉心知肚明。但是涉及宗门兴亡的大事，竺泉并没有仗着香火情，得寸进尺，甚至连开口暗示都没有，更不会在陈平安面前碎碎念叨。

因为披麻宗暂时拿不出对等的香火情，或者说拿不出崔东山这个陈平安的学生想要的那份香火情，竺泉便干脆不说话了。

若是把崔东山换成陈平安，竺泉肯定会直言不讳，哪怕与披麻宗的上宗要来神仙钱，依旧不够结清，那老娘就先赊欠，她竺泉会欠债欠得半点不愧疚。

但陈平安是陈平安，崔东山是崔东山，哪怕他们是先生学生，都以落魄山为家。

这就是分寸。

竺泉在骸骨滩当那披麻宗的宗主看上去很不称职，虽说境界不低，但于宗门而言却又不太够，只能用最下乘的选择，在青庐镇身先士卒，硬扛京观城的南下之势，令举洲皆知，披麻宗是一个很爽利的山上宗门，恩怨分明。

这种有口皆碑的山头门风、修士声誉，便是披麻宗无形中积攒下来的一大笔神仙钱。

陈平安这趟北俱芦洲之行，从竺泉坐镇的披麻宗，还有那座火龙真人一直酣睡的趴地峰，学到了许多书外道理。

陈平安又取出两壶糯米酒酿，一人一壶。

这一次，两人都缓缓饮酒。

有了一座粗具规模的山头，事情自然而然就会多。如何跟新任刺史魏礼以及州城隍打交道，就需要小心把握分寸火候。

这绝不是崔东山亮出"大骊绿波亭首领"这个台面上的身份，就能讨到点好处的简单事情。

鳌鱼背那边，已经取得水殿、龙舟两件仙家重宝的卢白象与刘重润，已经在返程路上。等卢白象到了落魄山，他的两名嫡传弟子元宝和元来这对姐弟，就该在谱牒上记名。但比较尴尬的是，至今落魄山还没有建造出一座祖师堂，被许多事情耽搁了，比如奠基、上梁、挂像、上头香等，陈平安这个落魄山山主必须到场。所以陈平安暂时还需要待一段时日，先等卢白象回到落魄山，再等朱敛从老龙城回来。

周米粒正式成为落魄山右护法，会不会惹来人心浮动，也是陈平安必须去深思的问题。

陈平安站起身，道："我去趟骑龙巷。"

崔东山笑道："走路去？"

陈平安说道："裴钱有龙泉剑宗颁发的剑符，我可没有。大半夜的，也不劳烦魏檗了，刚好顺便去看看崴脚的郑大风。"

崔东山说道："那我陪先生一起走走。"

两人下山的时候，岑鸳机正好练拳上山。

陈平安与崔东山侧身而立，让出道路。岑鸳机不言不语，拳意流淌，心无旁骛，走桩上山。

两人继续下山。

崔东山笑道："这个小姑娘，也是死心眼的，只对朱敛刮目相看。"

陈平安点头道："说明朱敛收徒的眼光好。被你带坏的落魄山歪风邪气，就靠岑鸳机扳回一点了。要好好珍惜。"

崔东山无奈道："若是先生铁了心这么想，便能够心安些，学生也只好硬着头皮承认了。"

到了山脚，陈平安敲门，半天没动静。陈平安没打算放过郑大风，敲得震天响。

郑大风这才一瘸一拐，睡眼惺忪，开了门，见到了陈平安，故作惊讶道："山主回家了？怎么都不与我说一声？几步路，都不愿意多走？看不起我这个看大门的，是吧？既然看不起我郑大风，今夜造访又算怎么回事？伤心了伤心了。睡觉去，省得山主见了我碍眼，我也糟心，万一丢了饭碗，明天就要卷铺盖滚蛋，完蛋了。难不成还要睡县城大街上去？这都要入冬了，天寒地冻，山主忍心？有事以后再说，反正我就是看大门的，没要紧事可聊，山主自个儿先忙大事去……"这一番言语，说得行云流水，毫无破绽。

郑大风说着就要关上门，陈平安一手拉住大门，笑眯眯道："大风兄弟伤了腿脚，这么大的事情，我当然要问候问候。"

郑大风浑身正气，摇头道："不是大事，大老爷们，只要第三条腿没断，都是小事。"

一人关门，一人拉门，僵持不下。

郑大风嘀咕道："山主大人破了境，就这样欺负人，那我郑大风可就要撒泼打滚了啊？"

陈平安气笑道："真有事要聊。"

郑大风问道："谁的事？"

陈平安没好气道："反正不是裴钱的。"

郑大风"哎哟喂"一声，低头弯腰，腿脚利索得一塌糊涂，一把挽住陈平安胳膊，往大门里边拽，嘴里忙不迭道：“山主里边请，我这里地儿不大，款待不周，别嫌弃。这事真不是我喜欢背后告状，真是朱敛抠门，拨的银子，杯水车薪。瞧瞧这宅子，有半点气派吗？堂堂落魄山，山门如此寒酸，我郑大风都没脸去小镇买酒，不好意思说自己是落魄山人氏。朱敛这人吧，兄弟归兄弟，公事归公事，太他娘铁公鸡了！”

崔东山笑呵呵道：“真是说者落泪，听者动容。”

郑大风转头道：“莲藕福地分账一事，为了崔小哥，我跟朱敛、魏檗吵得天翻地覆。为了让他们能够松口，答应崔小哥的那一成分账，我差点讨了一顿打，真是险之又险，结果还是没能帮上忙，每天就只能喝闷酒，然后就不小心崴了脚。”

崔东山微笑点头，道：“感激涕零。”

崔东山停下脚步，说去山门等待先生，便跨过门槛，轻轻关上了门。

陈平安与郑大风各自落座，说了从狮子峰李柳那边听说来的一魂一魄之事。

郑大风点头道：“是有此事，但是我自己如今没那心气折腾了。”

然后郑大风问道：“怎么？觉得落魄山缺打手，让我上上心，帮着落魄山长长脸？”

陈平安摇头道：“你知道我不会这么想。”

郑大风笑道：“知道不会，才会这么问，这叫没话找话。不然我早去老宅子那边喝西北风去了。”

陈平安说道：“这次找你，是想着你如果想要散心的话，可以经常去莲藕福地走走看看，不过还是看你自己的意思，我就随口一提。”

郑大风点点头，道：“崔老爷子的半数武运，故意留在了莲藕福地，加上提升为了中等福地，灵气骤然增加之后，如今那边确实有点意思。”

郑大风似乎有些心动，揉着下巴，沉吟道：“我会考虑的。”

例如在那边开一座生意兴隆的青楼？

郑大风咧嘴笑笑，自顾自挥挥手，这种缺德事做不得，在闹市开间酒铺还差不多，聘几个娉婷袅娜的酒娘，她们兴许脸皮薄，拢不起生意，必须雇几名身姿丰腴的沽酒妇人才行，会聊天，回头客才能多，不然去了那边，挣不着几枚钱，有愧落魄山。垆边人似月，皓腕凝霜雪，多养眼。自己这个当掌柜的，就可以每天跷着二郎腿，只管收钱。

陈平安不知道郑大风在打什么算盘，见他只是满脸笑意，时不时伸手抹嘴，便觉得有些不对劲，告辞离去。

郑大风一路送到大门口，要不是陈平安拒绝，他估计能一直送到小镇那边。

陈平安与崔东山徒步远去。

郑大风叹了口气，先前故意提及崔诚武运一事，陈平安神色如常。

算是好事，却又不是多好的事。

没办法，什么样的人，便有什么样的苦乐。

至于那个崔东山，郑大风不愿多打交道，太会下棋。

郑大风没有回去睡觉，反而出了门，身形佝偻，走在月色下，去往山门那边，斜靠着白玉柱。

落魄山，没有明显的小山头，但是如果细究，其实是有的——围绕在崔东山身边，便有一座。

山外的卢白象、魏羡，是。

骑龙巷的石柔，也是。

只要崔东山自己愿意，这座山头可以在一夜之间，就成为落魄山第一大阵营，多出许多新面孔。

但是郑大风也没觉得自己是个可有可无的存在，因为那些众星拱月般围绕着崔东山的人物，想要进入落魄山，尤其是想要在谱牒上留下名字，至少得先过山门。

巧了，他郑大风刚好是一个看大门的。

郑大风一想到这里，就觉得自己真是个了不得的人物，落魄山缺了他，真不成。他安安静静等了半天，突然一跺脚，怎么岑姑娘今夜练拳上山，便不下山了？

石柔打开铺子大门，见陈平安与崔东山都在，便有些尴尬。若只是年轻山主，倒还好，可有了崔东山在一旁，石柔便会心悸。

去了后院，陈灵均打着哈欠，站在天井旁。

陈平安让石柔打开一间厢房屋门，在桌上点燃灯火，取出一大摞笔记、官府或自己绘制的山水形势图，同时取出了一颗颗篆刻有姓名、门派的黑白棋子，开始讲述济渎走江之事。那水龙宗济渎李源、南薰殿水神娘娘，还有济渎最东边的春露圃谈陵、唐玺、宋兰樵等修士，此外还有云上城、彩雀府，位于北俱芦洲中部的浮萍剑湖等，便是白子，至于数目较少的黑子，主要是崇玄署杨氏。陈平安指着这些放在桌上不同位置的棋子，笑着解释说，棋子是这般，但是人性，不讲究非黑即白，我只是给出一个大致印象，等到你自己去走江的时候，不可以生搬硬套，不然会吃大亏。

看着桌上那条被一粒粒棋子牵连成的雪白一线，陈灵均憋了半天，才低声说道："谢了。"

陈平安有些意外，便笑着打趣道："大半夜的，太阳都能打西边出来？"

陈灵均恼羞成怒道："反正我已经谢过了，领不领情，随你自己。"

陈平安有些乐呵，打算为陈灵均详细阐述这条济渎走江的注意事项，事无巨细，都得慢慢讲，多半要聊到天亮。

崔东山眯眼说道："劳烦您这位大爷用点心，这是你老爷拿命换来的路线，天底下没有比这更妥善的走江了。"

陈灵均有些紧张，攥紧了手中那摞纸张。

陈平安摆摆手，道："没这么夸张，北俱芦洲之行，游历是主，走江是次，不用对我感恩。但是你切记，这是你的大道根本，不上心，就是对你自己不负责。以往在落魄山上，你与陈如初都是蛟龙之属，想要埋头修行，都使不出劲，我便从来都不说什么，对吧？可是这一次，你务必要改一改以往的惫懒脾气，如果事后被我知道，你敢将济渎走江视为儿戏，随随便便，我宁肯让人将你丢回落魄山，也不会由着你瞎晃荡。"

说到这里，陈平安正色沉声道："因为你会死在那边的。"

陈灵均点点头，郑重道："我知道轻重。"

陈平安笑道："我相信你。"

陈灵均望向陈平安，对方眼神清澈，笑意温暖，陈灵均便也心静下来。

陈平安笑着取出笔墨纸张，放在桌上，道："好记性不如烂笔头，我可能说得细且杂，你要是觉得十分重要的人事，便记下来，以后动身赶路，可以随时拿出来翻翻看。"

崔东山说道："只差没有亲自替这位大爷走江了。"

陈灵均刚要落座，听到这话，便停下动作，低下头，死死攥住手中纸张。

陈平安看了眼崔东山，崔东山举起双手，道："我这就出去坐着。"

崔东山果真出去关上了门，然后端了板凳坐在天井边，跷起二郎腿，双手抱住后脑勺，蓦然一声怒吼："石柔姑奶奶，瓜子呢！"

石柔怯生生道："马上。"她都忘了掩饰自己的女子嗓音。

在骑龙巷待久了，石柔差点连自己的女子之身都给忘得七七八八，结果一遇到崔东山，便立即被打回原形。

陈平安拍了拍陈灵均的肩膀，苦口婆心道："崔东山说话难听，我不帮他说什么好话，是真的难听。但是你不妨也听听看，除了那些无理取闹，每一句我们觉得难听的话，多半就是戳中了心窝子的言语。我们可以脸上不在意，但是心里得多嚼嚼，黄连味苦，但是可以清热清心。大道理我就说这么多，反正此次分开后，就算我想说，你想听，都暂时没机会了。"

陈灵均默默记在心中，然后疑惑道："又要去哪儿？"

陈平安笑道："倒悬山，剑气长城。"

陈灵均埋怨道："山上好多事，老爷你这山主当得也太甩手掌柜了。"

他原本想说怎么不早点返回落魄山，只是到底忍住了没说，因为他自己也知道，谁都可以说这句话，唯独他陈灵均最没有资格。

陈平安点头道："接受批评，暂时不改。"

陈灵均咧嘴一笑，端坐提笔，铺开纸张，开始听陈平安讲述各地风土人情、门派势力。

陈灵均在纸上写下一件注意事项后,突然抬头问道:“老爷,你以后还会这样吗?”

陈平安疑惑道:“怎么讲?”

陈灵均说道:“以后落魄山有很多人了,老爷你也会这么对待每个人吗?”

陈平安想了想,摇头笑道:“很难了。先来后到什么的,难免亲疏有别,这是一方面,当然还有更多需要顾虑的事情,不是事必躬亲就一定好。落魄山以后人越多,人心世情,就会越来越复杂,我不可能事事亲力亲为,只能尽量保证落魄山有个不错的氛围。打个比方,不是门外的崔东山修为高,本事大,便事事都对,你就该事事听他的,你若觉得在他面前没有道理可讲,又觉得不服气,那就可以找我说说看,我会认真听。”

陈灵均“嗯”了一声。

崔东山在外面幽怨道:“先生,学生最擅长以德服人。”

陈灵均翻了个白眼。

果然,陈平安为陈灵均讲述走江事宜,唠叨到了天明时分。陈灵均也记下了歪歪扭扭的几十条关键事项。

陈平安啧啧道:“陈灵均,你这字写得……比裴钱差远了。”

陈灵均涨红了脸,道:“我又不每天抄书,我要是抄书这么久,写出来的字,一幅字帖至少也该卖几枚小暑钱……雪花钱!”

陈平安笑问道:“你自己信不信?”

陈灵均吃瘪,到底是脸皮薄。

陈平安双手笼袖坐在长凳上,闭上眼睛,思量一番,想想有无遗漏——暂时没有,便打算稍后想起些,再给陈灵均写一封书信。

睁开眼睛,陈平安随口问道:“你那个御江水神兄弟,如今怎么样了?”

陈灵均摇摇头,道:“就那样。”

陈平安说道:“你动身去往北俱芦洲之前,其实可以走一趟御江,告个别,该喝喝该吃吃,但是也别说自己去走江,就说自己出门远游。以诚待人,不在事事都说破,毫不遮掩,而是不给人惹麻烦,还能力所能及地帮人解决些麻烦,却无须别人在嘴上向你道谢感恩。”

陈灵均收起了笔纸,趴在桌上,有些神色黯然,道:“以往我不想这些的,只管喝酒吃肉,大嗓门吹牛。”

陈平安笑道:“世道不会总让我们省心省力的,多想想,不是坏事。”

陈灵均犹豫了半天,始终不敢正视陈平安,小心翼翼道:“如果我说自己其实不想去走江,不想去什么北俱芦洲,只想待在落魄山上混吃等死,你会不会很生气?”

陈平安笑着不说话,好像早就知道了这个答案。

陈灵均便沉默下去,一直不敢看陈平安。

陈平安开口说道:“不生气。”

陈灵均猛然坐起身,一脸匪夷所思,问道:“当真?”

陈平安笑道:“我从一开始,就没觉得因为走江是一件天大好事,你陈灵均就必须立即动身,吭哧吭哧,风雨无阻。我甚至认为,你如果不是很想去走江,那么此事就根本不用着急,那条济渎大江又跑不掉。事实上,只有等到哪天你自己真正想明白了,再去走济渎,比起现在懵懵懂懂,完全当个差事去对付,成功的可能性更大。但是话说回来,走渎一事,是你陈灵均的一条必经之路,很难绕过去。如今多做些准备,总归不是坏事。”

陈平安停顿片刻,又道:“可能这么说,你会觉得刺耳,但是我应该将我的真实想法告诉你。如崔东山所说,世间的蛟龙之属,山野湖泽,何其之多,却不是谁都有机会以大渎走江的,所以你如果明明心中很清楚此事不可耽误,但只是习惯了惫懒,不愿挪窝吃苦,我会很生气。但如果你觉得此事根本不算什么,不走济渎又如何,我陈灵均完全有自己的大道可走,又或者我陈灵均就是喜欢待在落魄山上,待一辈子都乐意,那作为你家老爷也好,落魄山山主也罢,我都半点不生气。”

陈灵均笑道:“明白了。”

陈平安笑道:“每次陈如初去郡城买东西,你都会暗中保护她,我很开心,因为这就是担当。”

陈灵均有些羞恼,恨恨道:“我就随便逛逛! 是谁这么碎嘴告诉老爷的,看我不抽他大嘴巴……”

门外崔东山懒洋洋道:“我。”

陈灵均呆若木鸡。

陈灵均小跑过去开了门,蹑手蹑脚来到崔东山身后揉肩膀,轻声问道:“崔哥,任劳任怨坐了一夜,哪里乏了酸了,一定要与小弟讲啊,都是相亲相爱的自家人,太客气了就不像话! 小弟这手上力道,是轻了还是重了?”

陈平安跨过门槛,一脚踹在陈灵均屁股上,笑骂道:“落魄山的风水,你也有一份!”

骑龙巷压岁铺子隔壁的草头铺子,也开张了,铺子里忙着的是那个昵称为酒儿的少女。

陈平安笑着打招呼道:“酒儿,你师父和师兄呢?”

少女赶紧施了个万福,惊喜道:“陈山主。”然后有些赧颜,说道:“师父一直在操持生意,岁数也大了,便晚些才会起床。今儿我来开门,以前不是这样的。师兄去山里采药好些天了,估计还要晚些才能回骑龙巷。”

酒儿就要去喊师父,毕竟是山主亲临,哪怕被师父埋怨,挨一顿骂,也该通报一声。

陈平安拦下酒儿,笑道:“不用叨扰道长休息,我就是路过,看看你们。”

酒儿有些紧张，怯生生道："陈山主，铺子生意算不得太好。"

陈平安说道："没事，草头铺子的生意其实算不错的了，你们再接再厉，有事情就去落魄山，千万别不好意思。这句话，回头你一定要帮我捎给你师父。道长为人厚道，哪怕真有事了，也喜欢自己扛着，这样其实不好，一家人不说两家话。对了，我就不进铺子里了，还有些事情要忙。"

刚刚开门的酒儿，双手悄悄绕后，搓了搓，轻声道："陈山主真的不喝杯茶水？"

陈平安摆手笑道："真不喝了，就当是先记着吧。"

酒儿笑了笑。

陈平安点头道："酒儿脸色可比以前好多了，说明我家乡的水土还是养人的。以前还担心你们住不惯，现在放心了。"

酒儿有些脸红。陈平安挥挥手告别。

陈平安带着崔东山沿着那条骑龙巷台阶，去了趟泥瓶巷祖宅。

走这条路线，就必然要先经过顾家祖宅，陈平安停下脚步，问道："顾叔叔那边？"

崔东山说道："清官难断家务事。不过如今顾韬已经成了大骊旧山岳的山神，也算功德圆满，顾璨在书简湖混得也不错。儿子有出息，丈夫更是一步登天，妇人在郡城那边要风得风，要雨得雨，日子过得好了，许多毛病便自然而然藏了起来。"

陈平安继续前行，又问道："悬挂'秀水高风'匾额的那栋宅子？"

崔东山缓缓道："那个嫁衣女鬼？可怜鬼，喜欢上了个可怜人。前者混得可恨可憎，后者那才是真可怜，当年被卢氏王朝和大隋王朝的书院士子，坑骗得惨了，最后落得个投湖自尽。一个原本只想着在书院靠学问挣到贤人头衔的痴情人，希冀着能够以此来换取朝廷的认可和敕封，让他可以明媒正娶一名女鬼，可惜生早了，生在了当年的大骊，而不是如今的大骊，不然就会是截然不同的两个结局。那女鬼毕竟是一头污秽鬼魅，连书院大门都进不去，她非要硬闯，差点直接魂飞魄散，最后还好没蠢到家，耗去了与大骊朝廷仅剩的香火情，才带离了那名书生的尸骨，还知道了那个尘封已久的真相，原来书生从未辜负她的深情，更是因此而死。于是她便彻底疯了，在顾韬离开她那府邸后，她便带着一副棺材，一路跌跌撞撞回到那里，脱了嫁衣，换上一身缟素，每天痴痴呆呆，只说是在等人。"

陈平安问道："这里面的对错是非，该怎么算？"

崔东山伸出一只手掌，以手刀姿势，在空中切了几下，笑道："得看起始和结尾，从哪里到哪里。以女鬼和书生相逢相亲相爱作为起始，以女鬼害死那么多读书人作为结尾，那就很简单——一巴掌拍死她。如今她自己也不愿活，一了百了。可若是再往前看，从女鬼的山水功绩来看，从她的禀性良善开始计算，那就会很麻烦。若是还想着她万一能够知错改错，此后百年数百年弥补人世，那就更麻烦。要是再站在那些枉死的读书人角度，去想一想问题，就是……天大的麻烦。”

崔东山说到这里，问道：“敢问先生，想要截取哪一段首尾？”

陈平安没有给出答案。

在陈平安掏出钥匙去开祖宅院门的时候，崔东山笑问道：“那么先生有没有想过一个问题，有事乱如麻，于先生何干？”

陈平安开门后，笑道：“再想想便是。”

进了屋门，陈平安取出两条小板凳。

崔东山坐下后，笑道：“山上，有一句容易很有歧义的言语，‘上山修道有缘由，原来都是神仙种’。”

陈平安说道：“听说过。”

崔东山说道：“寻常人听见了，只觉得天地不公，待己太薄。其实，会这么想的人，就已经不是神仙种了。愤懑之外，为自己感到悲哀，才是最应该的。”

陈平安默不作声，以脚尖在院中泥地上画出一个有极小缺口的圆圈，然后向外面画了一个更大的圆，才道：“必须有路可走，所有人才有机会可选。”

崔东山突然沉默片刻，这才缓缓开口，道：“除了第一次，先生此后人生，其实并未经历过真正的绝望。”

陈平安默不作声，双手笼袖，微微弯腰，看着院门外的泥瓶巷。

崔东山继续说道：“比如当年刘羡阳还是死了。”

崔东山又说道：“比如齐静春其实才是幕后主使，算计先生最深的那个人。”

崔东山再说道：“又比如顾璨让先生觉得他知道错了，并且在改错了，先生事后才知道并非如此。再比如裴钱第一次重返莲藕福地，打死了曹晴朗，然后选择等死，赌的就是先生不会杀她。”

陈平安终于开口道：“设置一座小天地，我有心里话，不吐不快。”

崔东山便以飞剑画出一座金色雷池。

陈平安站起身，双手笼袖，在院子里绕圈而走，轻声道：“齐先生死后，却依旧在为我护道，因为在我身上，有一场齐先生有意为之的三教之争。我知道。”

崔东山站起身，脸色微白，道：“先生不该这么早就知道真相！”

陈平安转过头，望向崔东山，面无表情道：“放心，我很聪明，也很从容。所以齐先生不会输，我陈平安也不会。”

崔东山神色颓然，坐回小板凳上，伸出双手，一手越过头顶，一手放在膝盖处，道：“齐静春以此护道，又如何？如今先生还在低处，这高低之间，意外重重，杜懋便是一个例子。”

说到这里，崔东山想起某个存在，撇撇嘴，道：“好吧，杜懋不算，齐静春还算有那么点应对之策。可是再往下一点，飞升境之下的上五境修士，玉璞境、仙人境，或是元婴境剑修，先生与之捉对厮杀，怎么办？”

陈平安转过身，笑道：“你这是什么屁话，天底下的修士，登山路上，不都得应付一个个万一和意外？道理走了极端，便从来不是道理。你会不懂？你这不服输的混账脾气，得改改。”

崔东山说道：“心里服输，嘴上不服，也不行啊？”

陈平安笑着不说话。

崔东山收敛神色，说道：“这么早知道，不好。”

陈平安说道：“我知道。”

崔东山双手挠头，郁闷道：“自古人算不如天算啊，这句话最能吓死山巅人了。以无心算有心，才有胜算啊。先生难道不清楚，早年能够赢过陆沉，有着很大的侥幸？如今若是陆沉再针对先生，稍稍分出心思来，舍得不要脸皮，为先生精心布下一局，先生必输无疑。”

崔东山停下手上动作，加重语气道：“必输无疑！”

陈平安点头道：“也许吧。”

崔东山叹了口气，神色复杂。

每一个清晰认知的形成，都是在为自己树敌。

简直就是与世为敌。

大地之上的野草，反而远比高树，更经得起劲风摧折。

陈平安坐回板凳，微笑道：“不用担心这些，人总不能被自己吓死。泥瓶巷那么多年，我都走过来了，没理由越走胆子越小。拳不能白练，人不能白活。”

崔东山点点头，道：“先生能这么想，也还好。”

陈平安缓缓道：“慢慢来吧，走一步算一步，只能如此。先前在渡船上，你能让我十二子，都稳操胜券，十年后？一百年后呢？”

崔东山小声说道：“若是棋盘还是那纵横十九道，学生不敢说几十年之后，还能让先生十二子，可若是棋盘稍稍再大些……”

陈平安目视前方，微笑道：“闭嘴！”

崔东山笑道：“先生不讲理的时候，最有风采。”

他这学生，拭目以待。很期待。

陈平安说出门一趟，也没管崔东山。

崔东山就留在祖宅，他蹲在地上，看着那两个圆，不是研究深意，是纯粹无聊。

这世间万千学问，能够让崔东山往细微处去想的，并不多了。

陈平安去了趟爹娘坟头，烧了许多纸钱，其中还有从龙宫洞天那边买来的，然后蹲在坟边添土。

崔东山踮起脚尖，趴在墙头上，看着隔壁院子。这条巷子的风水，那是真好——宋集薪成了大骊藩王，稚圭就更别提了，整座老龙城都是她家院子了，符家是她的护院家丁。

崔东山爬上墙头，蹦跳了两下，抖落尘土。

剑仙曹曦已经从北俱芦洲回到南婆娑洲了，那座雄镇楼毕竟需要有人镇场子，只留下那个修行路上有点小坎坷的曹峻，在大骊行伍中摸爬滚打。

关于嫁衣女鬼一事，其实先生不是没有当下的答案，只不过他崔东山故意说得复杂了，为的便是想要确定一件事，先生如今到底倾向于哪种学问。

结果搬起石头砸自己的脚，崔东山现在挺后悔的。

崔东山伸出双手，十指张开，抖动手腕。如果没有这么一出，其实崔东山挺想与先生聊另外一桩"小事"，一桩需要由无数细微丝线交织而成的学问。

崔东山当然不会倾囊相授，只会拣选一些裨益修行的"段落"。

塑造瓷人。

一堆破烂碎瓷片，到底如何拼凑成一个真正的人；三魂六魄，七情六欲，到底是如何形成的。

学问根柢，就在织网。

现在最大的问题，就在于此举成本太高，学问太深，门槛也太高，就连崔东山都想不出任何破解之法。

一旦成了，浩然天下的最大外在忧虑——妖族的大举入侵，以及青冥天下必须打造白玉京来与之抗衡的死敌，都难逃彻底覆灭的下场。

从某种意义上说，人的出现，便是最早的"瓷人"，材质不同而已。

崔东山也希望将来有一天，能够让自己诚心诚意去信服的人，可以在他即将大功告成之际告诉他，他的选择，到底是对是错。不但如此，还要说清楚到底错在哪里对在哪里，然后他崔东山便可以不惜生死，慷慨行事了。

不会像当年的那个老秀才，只说结果，不说为什么。

第五章
落魄山祖师堂

一艘大骊军方渡船缓缓停靠在牛角山渡口，与之同行的，是一艘被北岳魏檗、中岳晋青两大山君，先后施展了障眼法的巨大龙舟。

刘重润、卢白象、魏羡，三人走下龙舟。

武将刘洵美和剑修曹峻，没有下船。一路护送龙舟至此，便算大功告成，刘洵美还需要去巡狩使曹枰那边交差。

刘洵美轻声问道："那个青衫年轻人，就是落魄山的山主陈平安？与你祖上一样，都是那条泥瓶巷出身？"

曹峻坐在栏杆上，点头道："是一个很有意思的年轻人，在我眼中，比马苦玄还要有意思。"

刘洵美笑道："陈平安还是我好朋友关翳然的朋友，去年年末在篪儿街，我们聊到过这位落魄山山主。关翳然自小便性情稳重，说得不多，但是我看得出来，他对此人很看重。"

这是曹峻第一次听说此事，却没有感到丝毫奇怪。

刘洵美有些怀念，道："那个意迟巷出身的傅玉，好像如今就在宝溪郡当太守，也算是出息了。不过我跟傅玉不算很熟，只记得小时候，傅玉很喜欢每天跟在我们屁股后边晃荡。那会儿，我们篪儿街的同龄人，都不怎么爱跟意迟巷的孩子混一块儿，每年双方都要约架，狠狠打几场雪仗，我们次次以少胜多。傅玉比较尴尬，两头不靠，所以每次下雪，便干脆不出门了。关于这位印象模糊的郡守大人，我就只记得这些了。不过其实意迟巷和篪儿街，各自也都有自己的大小山头，很热闹，长大之后，便没劲了。偶尔见了面，谁对谁都是一副笑脸。”

曹峻笑道：“再过一两百年，我若是再想起刘将军，估摸着也差不多。”

刘洵美无奈道：“真是个不会聊天的。”

曹峻说道：“我要是会聊天，早升官发财了。”

刘洵美摇头道：“若无实打实的军功，你这么不会聊天，我稀罕搭理你？”

曹峻哈哈笑道：“你会聊天？”

刘洵美趴在栏杆上，道：“不论我是战死沙场，还是老死病榻，以后你路过宝瓶洲，记得一定要来上个坟。”

曹峻望向远方，道：“谁说修道之人，就一定活得长久？你我之间，谁给谁上坟祭酒，不好说的。”

刘洵美苦笑道：“能不能说点讨喜的？”

曹峻想了想，问道：“祝愿刘将军早日荣升巡狩使？”

刘洵美点头道：“这个好！”

刘洵美笑道：“那我也祝愿曹剑仙早日跻身上五境？”

曹峻双手使劲搓着脸颊，无奈道：“这个难。”

陈平安只带了裴钱和周米粒来这边“接驾”，对于那个穿着一袭扎眼黑袍、悬佩长短剑的曹峻，看得真切，只是装作没看见而已。

魏羡对陈平安点头致意，陈平安笑着回礼。唯独见到了裴钱，魏羡破天荒露出笑容。

这小黑炭，个头蹿得还挺快。

裴钱一路蹦跳到魏羡身边，大摇大摆绕了魏羡一圈，笑道：“哦豁，更黑炭了。”

魏羡绷着脸道：“放肆。”

裴钱怒道：“干吗呢？又跟我摆架子是不是？骗鬼呢，你，你家有个屁的金扁担。”

魏羡说道：“如今我是大骊武宣郎，又当了大官。”

南苑国开国皇帝魏羡，出身于乡野陋巷，发迹于沙场行伍。

裴钱伸出大拇指，指了指一旁扛着两根行山杖的周米粒，问道：“多大？有她大吗？”

魏羡不晓得裴钱葫芦里卖什么药，问道：“有说头？”

裴钱喊道：“周米粒！”

黑衣小姑娘一跺脚，抬头挺胸：“在此！”

裴钱冷哼哼道：“说，你叫什么名字?！”

周米粒紧紧皱着眉头，踮起脚尖，在裴钱耳边小声说道：“方才你喊我名字了，我是不是应该自称哑巴湖大水怪，或者落魄山右护法？”

裴钱叹了口气，这小冬瓜就是笨了点，其他都很好。

魏羡笑着伸手，想要揉揉黑炭小丫头的脑袋，不承想给裴钱低头弯腰一挪步，轻巧躲过了。

裴钱啧啧道："老魏啊，你老了啊，胡子拉碴的，怎么找媳妇哦，还是光棍一条吧？没关系，别伤心，如今咱们落魄山，别的不多，就你这样娶不到媳妇的，最多。邻居魏檗啊，朱老厨子啊，山脚的郑大风啊，背井离乡的小白啊，山顶的老宋啊，元来啊，一个个惨兮兮的。"

魏羡笑道："你不也还没师娘？"

裴钱扯了扯嘴角，连呵三声。周米粒也跟着呵呵呵。

刚刚跟卢白象、刘重润寒暄完毕的陈平安，对着两颗小脑袋，就是一人一颗栗暴砸下去。

裴钱是习惯了，但曾经站在大竹箱里吃饱陈平安栗暴的周米粒，便要张嘴咬陈平安，结果被陈平安按住脑袋。周米粒刚要大发神威，便听到裴钱重重咳嗽一声，立即纹丝不动了。

刘重润有龙泉剑宗铸造的一枚剑符，直接御风离去。

那件被仙人中炼的重宝水殿，暂时还藏在龙舟之上，回头卢白象会请山君魏檗运用神通，送往鳌鱼背，因为水殿如一辆马车大小，而刘重润又无那传说中的咫尺物傍身。倒不是无法以术法搬运水殿，而是太过明显，渡口人多眼杂，刘重润怕节外生枝。

至于那艘名为"翻墨"的龙舟，当然已经是落魄山的家产了，何况整座牛角山都是陈平安与魏檗共有，停泊在这边，天经地义。

卢白象领着陈平安登上这艘庞然大物，高三层，并不出奇，但是极大，得有披麻宗那艘跨洲渡船的一半大，能够载人千余，若是满载货物，当然两说。落魄山得了这么大一艘异常坚韧的远古渡船，可以做的事情，便多了。陈平安忍不住一次次轻轻跺脚，满脸遮掩不住的笑意。

方才裴钱和周米粒一听说从今天起，这么大一艘仙家渡船，就是落魄山自家的东西了，都瞪大了眼睛。裴钱一把掐住周米粒的脸颊，使劲一拧，小姑娘直喊疼，裴钱便"嗯"了一声，看来真的不是做梦。周米粒使劲点头，说："不是不是。"裴钱便拍了拍周米粒的脑袋，说："米粒啊，你真是个小福星呢，捏疼了吗？"周米粒咧嘴笑，说："疼个屁的疼。"裴钱一把捂住她的嘴巴，小声叮嘱："咋个又忘了，出门在外，不许随随便便让人知道自己是一头大水怪，吓坏了人，总归是咱们理亏。"黑衣小姑娘听了既忧愁又欢喜。

在渡船上一层一层逛过去，时不时推开沉睡数百年犹有木香的屋门，由于渡船充入国库以备战需，装饰物品当年早已搬空，故而如今大小房间，格局相仿，其实都是差不多的光景，陈平安却半点不觉得无聊。最后他来到顶楼，站在最大的一间屋子里，不出意外，这就是以后翻墨的天字号房间了，陈平安突然收敛了脸上的喜色，来到视野开阔的观景台。

打醮山渡船坠毁在朱荧王朝一事，牵一发而动全身。

渡船上所有人都是棋子，只不过有些活了下来，有些死了。至于那个出手击毁渡船的剑瓮先生，到底是怎样的恩怨情仇，才让他选择如此决绝行事，好像并不重要。

陈平安在想一个问题，自己如今修为低，家底薄，重提此事，便是以卵击石，所以可以暂时忍着。可若是落魄山如今已经是“宗”字头山门，自己已是元婴境地仙甚至是玉璞境修士，就可以为自己的心中积郁，为春水、秋实她们的境遇，说上一说。可以说，却必然要为此付出巨大的代价，例如自己与大骊王朝彻底撕破脸皮，与天君谢实结仇，画卷四人一一战死，陈灵均去了北俱芦洲也是一个死，而陈如初再无法去往龙泉郡城。骑龙巷铺子的大骊死士，从护卫变成刺客，落魄山人人生死不定，说死则死，那时候的对错，算谁的？

他陈平安该如何选择？

若是陈平安现在就已经是名副其实的剑仙，就可以少去诸多麻烦—— 一肩挑之，一剑挑之。

但成为剑仙，何其艰难，遥遥无期，希望渺茫。

生死之外，依旧劫难重重。

陈平安也会学小宝瓶和裴钱，还有李槐，看那些江湖演义小说，很仰慕书上那些英雄侠客的一往无前，毅然决然，将生死置之度外，舍生取义，毫不犹豫。

这个世道不但需要这样的书上故事，书外也需要有很多这样的人，他们所做之事，兴许有大小之别，但是善恶分明。

只是相较于裴钱喜欢大段大段跳过那些磨砺困苦的篇章，拣选大侠快意恩仇的精彩段落，去反复翻阅，偶遇武功盖世的江湖前辈，结识江湖上最有意思的朋友，行侠仗义杀那些大魔头……陈平安却往往只看个开头，便顿足不前，因为书中那个未来注定拥有种种际遇和众多机缘的人，往往一开始便会家破人亡，孤苦伶仃，身负血海深仇，然后突然一下子长大了。

这让陈平安感到不适应。

那些精彩纷呈的江湖故事，也许很引人入胜，看得李槐和裴钱神采飞扬，但是陈平安却很难感同身受。

大概是因为真正的人生，到底不是那些清清楚楚的白纸黑字。

裴钱在屋内问道：“师父，咋了？”

陈平安摇摇头，道：“没什么，想到一些往事。”

卢白象来到陈平安身边，笑道：“恭喜。”

陈平安说道："你也得抓紧了。"

卢白象神色有些惆怅，道："在犹豫要不要找个机会，跟朱敛打一场。"

陈平安笑道："我觉得可以，反正不花钱。"

卢白象望向陈平安，问道："在北俱芦洲，挨了不少揍？"

陈平安点头道："两位十境武夫先后帮着喂拳，打得我死去活来，羡慕不羡慕？"

卢白象微笑道："这么一说，我心情好多了。"

陈平安说道："别忘了，这把狭刀停雪是借你的。"

卢白象开玩笑道："我这不是帮着落魄山找了两棵好苗子？还够不上一把刀？"

陈平安不接茬，只是说道："元宝、元来，名字不错。"

卢白象问道："见过了？"

陈平安"嗯"了一声，道："我跟他们一见面，就夸他们名字好，结果那小姑娘看我的眼神，跟早先岑鸳机防贼的眼神一模一样。我就想不明白了，行走江湖这么多年，竟然只有在自己的落魄山上，被人误会。"

卢白象哈哈笑道："心情大好！"

裴钱正在魏羡旁边转悠来晃荡去，双指并拢，不断朝魏羡使出定身术。魏羡斜靠房门，没理睬。

陈平安转头望去，问道："先前你信上说岑鸳机练拳自己摔倒了，是咋回事？"

裴钱好似被施展了定身术，身体僵硬在原地，额头渗出汗水，只能给周米粒使眼色。

跟师父说谎，万万不成，可跟师父坦白，也不是个事儿啊。

周米粒不愧是她一手提拔起来的心腹大将，立即心领神会，朗声道："乌漆麻黑的大晚上，连个鬼都见不着，岑姐姐不小心就摔倒了呗。"

陈平安"哦"了一声。

裴钱双手绕后，朝身后的周米粒竖起两根大拇指。

陈平安感慨道："有了这艘龙舟，与披麻宗和春露圃做生意，落魄山就更有底气了。不但如此，落魄山也有了更多的回旋余地。"

卢白象说道："龙舟装饰可以简陋，反正听你的意思。龙舟运转货物居多，撑起渡船正常运转的那么些人，怎么办？"

陈平安笑道："等朱敛回到落魄山，让他头疼去。实在不行，崔东山路子广，就让他帮着落魄山花钱请人登船做事。"

卢白象这一次没有落井下石，说道："我也争取帮忙物色一些人，不过最重要的，还是选出一个有足够分量的渡船管事，不然很容易捅娄子。"

陈平安说道："关于此事，其实我有些想法，但是能不能成，还得等祖师堂建成才行。"

落魄山祖师堂选址早就定好了，有魏檗在，是一件很简单的事情。

在陈平安从木衣山飞剑传信回落魄山后，魏檗便已经开始着手准备。由于落魄山祖师堂不追求规模宏大，倒也花费不了多少人力物力，而龙泉郡西边大山这些年的大兴土木，加上几座郡城连续不断的破土兴工，攒下了诸多经验。最关键的是陈平安提出祖师堂不用专门设置阵法，用他的话说，就是如果落魄山都会被人打破山水大阵，成功登山去拆祖师堂，那么祖师堂有无阵法庇护，其实已经没有任何意义。

陈平安说道："耽误你很多事情了。"

卢白象笑道："就当是磨刀不误砍柴工吧。我那个门派，只是落魄山的藩属，成了是最好，不成，也不至于让落魄山伤筋动骨。其中分寸，我自会把握。不过丑话说在前头，许多事情，我的手段并不干净，只能保证不过火。"

陈平安说道："争取别给我说闲话的机会。"

卢白象笑了笑。

作为山主，陈平安亲自烧香祭奠天地四方后，落魄山祖师堂便开始动工。

祖师堂位于落魄山次峰霁色峰上，因为拥有竹楼的主峰这边，处境有些尴尬——在这座集灵峰之巅，有一座大骊朝廷正统敕封的山神祠。而且陈平安其实对霁色峰就格外有些亲近。

这天在朱敛院子里边，郑大风在和魏檗对弈，崔东山在一旁观棋。陈灵均在一旁指点江山，告诉郑大风与魏檗应该如何落子。

这两天陈灵均腰杆特别硬，因为他这些年在西边大山，晃荡得多了，认识不少在此开辟府邸的修士，其中就有一个黄湖山的龙门境修士。黄湖山有一座湖泊，里面有条巨蟒，而陈灵均与那条巨蟒对黄湖山都挺眼馋的。以前双方不太熟悉，甚至还相互看不顺眼，不承想今年夏秋之交，对方主动示好，一来二去，喝过了酒。前不久那个老龙门境在酒桌上突然开口，说打算将黄湖山转手卖出，陈兄弟人脉广，熟人多，是那魏大山君夜游宴的座上宾，能不能帮着牵线搭桥，找一找合适的卖家。

陈灵均当时喝着大碗酒，拍胸脯答应下来。只是下了黄湖山，便有些心情凝重，担心这是个针对落魄山的陷阱，于是找到了陈平安，说了这事。崔东山在一旁就说，买啊，到手的便宜，不拿白不拿，咱们有那么高的一座披云山当靠山，怕什么。陈平安便让陈灵均去磨细节，神仙钱、金精铜钱，价格都可以谈，谈得不愉快，就拉上咱们魏大山神一起聊。

陈灵均内心打鼓，赶紧又跑去黄湖山喝酒，毕竟习惯了喝酒谈事，最后竟然被他在迷迷糊糊中将价格砍到了仅仅十枚谷雨钱。

当时陈灵均都有些发蒙，大爷我随便报个数，就是为了跟你抬价来砍价去的，结果对方好像傻了吧唧杵着不动，硬生生挨了一刀，这算怎么回事？

陈灵均喝着酒迷糊，下山更迷糊。

而陈平安也没多说什么，于是黄湖山和落魄山双方一手地契，一手神仙钱，分别在龙泉州刺史府、大骊礼部、户部勘验和录档，以极快速度就敲定了这桩买卖。

陈平安私底下询问崔东山，崔东山笑着说老王八蛋难得发发善心，不用担心是什么圈套，陈灵均总算帮着落魄山做了点正经事。祖师堂落成后，祖师堂谱牒的功过簿上，可以给这条小水蛇记上一功。

所以这会儿陈灵均连走路都是鼻孔朝天的。

裴钱、陈如初和周米粒三个小丫头，都对他有些刮目相看，尤其是裴钱，带着周米粒毫不吝啬地溜须拍马。直到崔东山有一次按住陈灵均的脑袋，说“陈大爷最近走路有点飘啊”，他这才稍稍收敛，不然还能更飘一些。

这些天，陈平安在清点家当，大部分都需要归入祖师堂宝库，必须一一记录在册，有些则准备在落成仪式上，作为山主赠礼送人。

帮着裴钱喂拳一事，陈平安只做了一次，就没下文了。

哪怕嘴上说是以四境对四境，事实上还是以五境与裴钱对峙，结果仍是低估了裴钱的身手，一下子就被裴钱一拳打在了面门上。虽说金身境武夫，不至于受伤，更不至于流血，可陈平安为人师的面子算是彻底没了。陈平安刚要悄悄提升境界，准备以六境喂拳，不承想裴钱死活不肯与他切磋了。她耷拉着脑袋，病恹恹的，说自己犯下了大不敬的死罪，师父打死她算了，绝对不还手，她如果敢还手，就自己把自己逐出师门。

这还教个屁的拳。

一大一小，就光着脚走到二楼廊道，趴在栏杆上，一起看风景。师徒身后竹楼门口，有两双整齐放好的靴子。

院子里，双指拈子的魏檗突然将棋子放回棋盒，笑道：“不下了不下了，朱敛所在渡船，已经进入黄庭国地界。”

郑大风下棋的时候，裴钱她们几个基本上都离他远远的——一边脱了鞋抠脚一边嗑瓜子的人，还是别凑近了。

郑大风也不介意魏檗赖账，一局棋一枚雪花钱而已，小赌怡情。

崔东山站在一旁，一直摊开双手，由着裴钱和周米粒挂在上面荡秋千。

崔东山笑道：“魏山君去接人好了，我来接着下。大风兄弟，如何？”

郑大风瞥了眼棋局，魏檗大势已去，只是崔东山如此说，郑大风便没着急说行或不行，多看了几眼，这才笑道：“什么彩头？”

崔东山笑道：“要什么彩头，我又不缺钱。”

郑大风啧啧道：“行啊，那咱俩就继续下。”

裴钱和周米粒这才松手落地。

崔东山坐在魏檗的位置上，拈起一颗棋子，轻轻落子。

郑大风瞥了眼崔东山身后的魏檗，后者笑眯眯道："再看一会儿，朱敛在渡船上，正唾沫四溅，忙着帮落魄山坑人呢，不坏他的好事。"

崔东山落子如飞。

郑大风还真就不信邪了，这都能扳回局势？同样落子不慢。就算对面这家伙是下出《彩云谱》的人，郑大风也不觉得自己会输。

最后当然是郑大风学那魏檗，将棋子放入棋盒，笑呵呵道："不下了不下了，我跟魏檗去接朱兄弟，一日不见如隔三秋，这都多少天了，怪想他的。"

崔东山根本无所谓，招呼安安静静坐在一旁嗑瓜子的陈如初，道："来，咱们再继续下，我帮着大风兄弟下棋，你执白，不然太没悬念。"

陈如初笑着点头。她是喜欢下棋的，不然不会一有空就聚精会神看着魏檗三人下棋。

崔东山没有起身，只是换了棋盒位置。两人继续下那盘棋。

魏檗和郑大风并肩走出院子。

魏檗笑道："有点丢脸。"

郑大风点头道："是有点。幸好朱兄弟不在，不然他再跟着下，估摸着还是要输。"

没等他们走太远，陈灵均就高声道："怎么回事，蠢丫头怎么就赢了？"

陈如初赧颜道："是崔先生故意输给我的。"

崔东山一脸无辜道："怎么可能。"

裴钱站在陈如初身后，双手重重按住她的肩头，沉声道："暖树！从今天起，你就是咱们落魄山围棋第一高手了！以后老厨子、郑大风、魏檗他们下棋之前，都要先给你鞠一躬，以示敬意！"

卢白象在落魄山上，也有自己的宅子。

落魄山宅子的名称、匾额、楹联等物都待定，交由主人自己决定、布置。

陈如初一开始觉得朱敛这个想法，很有人情味儿，很赞同。但是朱敛自己说了，落魄山缺钱啊，让这些没良心的家伙自己掏钱去。

魏羡在卢白象宅子里闲坐，喝着小酒，桌上搁放了一些佐酒小菜，都是陈如初这个小管家早早备好的，每栋宅子不同的主人，不同的口味，便有不同的酒水和佐酒菜。

卢白象的两名嫡传弟子，元宝、元来这对姐弟，坐在一旁。

元宝对不苟言笑的魏羡，印象不错，比起对朱敛和郑大风的观感，要好多了。

山门那边，被魏檗直接一把从渡船扯到落魄山脚的朱敛——这个背着个包裹的佝偻老人，感慨道："我这把老骨头，风尘仆仆，雨淋日晒的，真要散架了。"

魏檗嗤笑道："别跟我们诉苦，没半点用。"

郑大风笑道："我反正已经被某人打得崴脚了，前些天一直是岑姑娘帮着看山门。至于咱们魏山神，好歹是个玉璞境，但也被骂了个狗血淋头。现在就差你了。"

朱敛瞥了眼魏檗，看了眼郑大风，然后笑道："你们要是不吓唬人，我还信，这一开口，便破功了。上山上山，无忧无虑也。"

魏檗伸出手，对郑大风道："我赢了，一枚雪花钱。"

郑大风一巴掌拍掉魏檗的手，道："先前下棋你输了，咱俩扯平。"

朱敛哈哈大笑，道："果真如此，一诈便知。"

魏檗笑道："别信，这家伙一开始就知道了。不然咱们又输一阵。"

郑大风斜眼道："要你说？"

朱敛抹了把嘴，道："这趟远游，见识多多，回头让魏檗拿两壶好酒来，容我慢慢与你们说道说道。"

郑大风立即来了劲，想起一事，小声问道："如何？"

朱敛拍了拍包裹。

郑大风点头道："咱哥俩真是一等一的读书人，活到老读到老。"

魏檗揉着额头。

陈平安独自站在竹楼二楼，知道朱敛到了，只不过不用刻意去接。

披云山先前收到了太徽剑宗的两封信，刘景龙一封，白首一封。刘景龙在信上说一百枚谷雨钱都花完了，买了一把恨剑山的仿剑，以及三郎庙精心铸造的两副宝甲，价格都不便宜。这三样东西太贵重，所以刘景龙让披麻宗跨洲渡船送到牛角山。信写得简明扼要，依旧是刘景龙的一贯风格，信的末尾，威胁说，如果自己三场问剑成功，云上城徐杏酒又背着竹箱登山拜访，那就让陈平安自己掂量着办。

白首那封信的字里行间，透着一股幸灾乐祸，说姓刘的让人大开眼界，明明问剑在即，却还是先后跑了恨剑山和三郎庙，把太徽剑宗祖师堂的几个老人给愁得都要揪断胡子了。在恨剑山姓刘的遇到了那个水经山的卢仙子，也不知道到底聊了什么，不晓得是不是姓刘的对姑娘家家毛手毛脚还是咋地，反正把卢仙子给恼得眼眶红红，惊倒了一大片人。在三郎庙那边，竟然又有姓刘的什么红颜知已蹦了出来，好像还是在三郎庙挺有牌面的一个女人，反正从头到尾都跟着他们俩，眼神能吃人，姓刘的挑了两样重宝，谈妥了价格就跑路了。

陈平安在廊道从这一头走到那一端，缓缓而行，如此往复。

不料朱敛未到，魏檗先来。

他拿了一封飞剑传信的密信过来，是披云山那边刚收到的，写信人是落魄山供奉周肥。

陈平安看了信后，叹了口气，有这么巧吗?

走到一楼，取出一幅画卷，丢入一枚金精铜钱，隋右边从画卷中走出。

陈平安问道:“怎么回事?”

隋右边淡然道:“杀人不成反被杀，就这么回事。以后我会在书简湖真境宗继续修行。”

隋右边哪怕在画卷中死后复生，身上还带着浓郁的杀气。由此可见，她在桐叶洲玉圭宗那边，与人结怨不小，就是不知道是山上的同门，还是下山历练结的仇人。

陈平安也不愿细问什么，笑道:“刚好落魄山祖师堂马上就可以上梁，然后就是正式的挂像敬香。朱敛、卢白象和魏羡，如今都在山上。”

隋右边点点头，环顾四周，问道:“这就是落魄山?”

陈平安说道:“你可以自己随便逛。”

隋右边默不作声，走出屋外，站在崖畔那边，举目远眺。

陈平安没跟着，就坐在小竹椅上。

站在小路上的朱敛和郑大风，这才过来坐在一旁。

郑大风感慨道:“才发现这里风景好啊。”

陈平安笑道:“辛苦了。”

朱敛摇摇头:“远不如少爷辛苦。”

郑大风碎碎念叨:“你们都不辛苦，我辛苦啊。”

在霁色峰祖师堂上梁之后，一些客人都已经陆陆续续赶到龙泉郡。

挑选了一个黄道吉日，这天山主陈平安，带头挂像敬香。

此次落魄山正式创立山门，并没有大张旗鼓，并未邀请许多原本可以邀请上山的人。例如老龙城范家、孙家。

还有一些消息灵通的，很想来，却不敢擅自登山叨扰，比如黄庭国两个水神。

还有很多朋友，不适合出现在他人视野当中，只能将遗憾放在心头。

故而此次前来观礼道贺之人，都是近水楼台的关系，北岳山君魏檗，披云山林鹿书院副山长程水东，龙泉剑宗宗主阮邛，以及两名嫡传弟子——金丹境修士董谷、龙门境剑修徐小桥，还有鳌鱼背的珠钗岛岛主刘重润。

这些是客人。

此外，便是落魄山这座新兴山头的自己人。

祖师堂，悬挂三幅画像。

一位老秀才，挂在居中位置。

齐静春。

崔诚。

三幅挂像的香火牌位上，只写姓名，不写任何其余文字。

山主陈平安。

大弟子裴钱。

学生崔东山。

学生曹晴朗。

朱敛，卢白象，隋右边，魏羡。

陈灵均，陈如初，石柔。

岑鸳机，元宝，元来。

落魄山护山供奉，周米粒。

正式供奉：

郑大风。

种秋。

“玉璞境野修”周肥。

记名供奉：

目盲道人贾晟，赵登高，田酒儿。

北俱芦洲披麻宗元婴境修士杜文思，祖师堂嫡传弟子庞兰溪。

最靠近三幅挂像的年轻山主，独自一人，站在最前方。

早已不再是那个脚穿草鞋、面如黑炭的消瘦少年。

一袭青衫，头别玉簪，身材修长，双手持香，背对众人。

落魄山祖师堂一落成，霁色峰其余建筑就要跟上。

朱敛对此早有草稿，从霁色峰山脚牌坊开始，依次往上，这条中轴线上，大小建筑三十余座，既有宫观特色，也有园林风采，就连那匾额、楹联该写什么，也有细致规划，殿阁厅堂之外的余屋，尤其见功力。郑大风和魏檗也帮着出谋划策，不过最终如何，当然还是需要陈平安这位落魄山山主来做决定。

当初从莲藕福地带来的那部《营造法式》，得自南苑国京城工部库藏，陈平安极为推崇，连同北亭国境内那座仙府遗址的一大摞临摹图纸，一并送给朱敛。陈平安对于祖师堂诸多附属建筑，只有一个小要求，就是可以仿造宋雨烧前辈山庄的山水亭，建一座知春亭或是龙亭。除此之外，陈平安没有更多奢望。

朱敛拿着那本《营造法式》，笑容玩味，陈平安这才记起一事，想起这是莲藕福地历史上某国朝廷颁布的范书。朱敛哈哈大笑，说此书编撰，他当年确实是出过些力的，书上十之二三的建造法规，包括藻井、斗拱在内等规制，其实都是出自他的手笔。

陈平安便笑问，为何落魄山主峰半腰那些府邸，瞧不出半点《法式》痕迹，建造得很平庸？朱敛回答得理直气壮，当时家底薄，巧妇难为无米之炊，何况少爷住在竹楼，其余人等，有个落脚的地方就该感恩戴德，没必要打造成豪府大宅气派，这要吃掉好些银子。如今祖师堂领衔的一众建筑，是落魄山的脸面所在，必须由他朱敛亲力亲为，不会交由庸碌匠人糟蹋霁色峰的风景。

用朱敛的话说，就是没钱的时候，就该想着怎么攒钱，可有了钱的时候，如何花钱，也要讲究些。

陈平安觉得极有道理，不过仍是板着脸忍住笑，嘴上却说，以后别再自作主张了，怎么可以委屈了自己人，岂不是寒了众将士的心。

就连裴钱都觉得师父那会儿的言语神色，跟真诚半点不沾边。裴钱还觉得老厨子随后一副恨不得以死谢罪的模样，远远不如自己演得自然而然。

言为心声，要发自肺腑才成啊。裴钱觉得老厨子也好，周肥也罢，在与师父说话这件事上，都不咋地。

观礼的客人们，自然都已经离开落魄山，作为落魄山记名供奉的披麻宗杜文思与庞兰溪，也都乘坐自家渡船，返回骸骨滩。

陈平安送了庞兰溪两幅草书字帖，是早年以几壶仙家酒酿，与梅釉国小县城一个年轻县尉买来的，让庞兰溪转赠他的太爷爷。不承想杜文思见之心喜，也要讨一幅。

陈平安便愣在那里，然后给庞兰溪使眼色。少年假装没看见，陈平安只好又去拿了一幅。杜文思使劲从落魄山山主的手里拽走字帖，微笑着说了一句，山主大气。

陈平安还以微笑，没有言语。

卢白象也带着元宝、元来这对姐弟，返回旧朱荧王朝边境。陈平安送了这两个祖师堂嫡传子弟一人一副北俱芦洲三郎庙精心铸造的兵家宝甲。

种秋带着曹晴朗开始在莲藕福地游历四方，走完之后，就会重返落魄山，再走一走宝瓶洲。

为曹晴朗送行的时候，陈平安除了送给这个学生那件耗费许多神仙钱才修缮如初的春草法袍，还送了许多自己一路雕刻而成的竹简，以及一句话："书上学理，书外做人。"

竹楼外，学生作揖拜别先生，先生作揖还礼学生。

隋右边已经下山，去往书简湖真境宗，哪怕顶着野修周肥身份的宗主姜尚真就在落魄山，从头到尾，隋右边也没与他聊些什么。关于玉圭宗的生死恩怨，隋右边更是没有与人多提。先前在落魄山，每天深居简出，只有一次出门，就是将包括灰蒙山、黄湖山在内的落魄山藩属山头逛了一遍，这才心情略好一些，好像是选中了某处，有了些打算。

陈平安原本还想要问一问那把痴心剑的下落，是与人生死厮杀时打碎了，还是被人抢走了，好歹有个说法不是？可惜隋右边自己不开口，陈平安便没好意思问。

魏羡带着裴钱去了莲藕福地，说是要让裴钱知道，魏羡他家里到底有没有金扁担。

裴钱便问这位南苑国开国皇帝："若是到了皇宫，你家里没有金扁担该如何？"魏羡说："那就送你一根。"裴钱当时瞪大眼睛，抬起双手，竖起两根大拇指："哦嚯，老魏如今不愧是当了武宣郎的大官哩，豪气呢。不如无论赌输赌赢，都送我一根金扁担吧。"魏羡呵呵笑。

身为真境宗一宗之主，本该是最为忙碌的一个，姜尚真却一直死皮赖脸待在落魄山不走，还在主峰半山腰挑中了某座府邸。朱敛说暂时没空闲的宅子了，每一座宅子都有主人，实在不行，他就硬着头皮，专门为周供奉打造一座。姜尚真便提议干脆多建些仙家府邸，落魄山反正别的不多，就是闲置地盘多，不但在主峰半腰打造，连空荡荡的主峰后山，也一并打造起来，包括灰蒙山在内，所有山主名下的山头都别空着，所有开销，他周肥掏腰包。朱敛搓手笑着说，这不是特别特别的妥当啊。姜尚真大手一挥，直接给了朱敛一大把谷雨钱，说这是供奉的担当，极其妥当。

朱敛用手掌托着谷雨钱，仔细数过，说十五枚是单数，不如还给周供奉一枚？然后光站在那里，也没见什么动静。

姜尚真一脸愧疚，说确实应该凑个好事成双，便又给了三枚谷雨钱。

朱敛便把钱小心翼翼收入袖中，嘴里感慨落魄山如周供奉这般快心遂意的爽利人很难再有了。

最近崔东山一直在忙着为灰蒙山、黄湖山等山头打造厌胜之物和山水大阵。陈平安从北俱芦洲挣来的那对龙王篓，被火龙真人修缮如初后，就完全可以安置在黄湖山。陈平安将龙王篓分别赠送给了陈灵均和陈如初，交由他们炼化。陈灵均一开始没有答应，希望陈平安能够转赠给那条即将幻化人形的棋墩山黑蛇。归根结底，还是他担心济渎走江一事，会出纰漏，一旦失去其中一只龙王篓，便会牵连黄湖山的山水气运受损，围绕两只龙王篓打造而成的黄湖山护山大阵，也要威力骤减。

陈平安没有答应，让陈灵均不用有顾虑，只管放心炼化为本命物，以后走江成功，再反哺黄湖山也不是不可。

陈灵均依旧扭扭捏捏，陈平安只好说，龙王篓这么珍贵的山上重宝，给你，我舍得，给别人，我心肝疼。

陈灵均这才收下，离开的时候走路又有些飘。

这天在竹楼崖畔，陈平安与即将下山的姜尚真对坐饮酒——当然是喝姜尚真拎来的仙家酒酿。

姜尚真问道:“莲藕福地真要分我真境宗一成五的收益？还是永久?”

陈平安摇头道:“不是真境宗,也不是玉圭宗,而是姜氏家主,或者说是供奉周肥。”

姜尚真笑道:“那我就躺着等收钱了。一想到这个,就犯愁。”

送上门的好处,姜尚真没理由拒绝,就像姜尚真送给落魄山的钱财宝物,朱敛收得毫不手软。

礼尚往来罢了。

最早姜尚真与落魄山开口,是要永久的两成福地收益,真境宗愿意借给落魄山三笔钱,第一笔一千枚谷雨钱,用来帮助落魄山将莲藕福地提升为中等福地,此后再拿出两千枚,用以稳固莲藕福地的山水气运,助涨灵气流转。成为上等福地之后,姜尚真还会再拿出三千枚谷雨钱。三笔神仙钱,都不谈利息,落魄山分别在百年、五百年和千年之内还清即可,不然真境宗就要放高利贷了。落魄山可以把藩属山头折价卖给真境宗,不愿给地盘,拿人来还,也行。

这就是实打实的在商言商。对于姜尚真而言,我钱多,送人钱财是一回事,但是如何挣钱是另外一回事,得讲规矩。

在此期间,姜尚真除了将书简湖六座岛屿赠给落魄山,还会从那座享誉天下的云窟福地抽调得力人手,进入莲藕福地,负责具体经营。至于姜氏子弟在这座新兴中等福地的权柄有多大,就看落魄山愿意给多大了。

不过当时朱敛执意落魄山只能给真境宗一成。

堂堂宝瓶洲北岳山君魏檗,出钱出力还出人,做牛做马,都不过是一成收益,如果他朱敛点头答应姜尚真的要求,会伤了魏大山君的颜面。就魏檗那死要面子活受罪的脾气,谁人不知谁人不晓？一旦魏檗为此与落魄山生疏了,落魄山得不偿失。

姜尚真原本也没奢望真有两成,但朱敛咬死的一成收益,也太少了,底线就是一成五的永久分红。

而且朱敛有一点说到了姜尚真的心坎里,莲藕福地版图不大,南苑国再加上松籁国、北晋国和塞外草原三地,虽说连同人之魂魄在内,万事万物都好似在虚处,被大致一分为四了,可只要随着时间推移,落魄山经营得当,一旦福地人数突破五千万,那就是一座以人口见长的罕见中等福地。就算云窟福地作为屈指可数的上等福地,玉圭宗姜氏代代经营,也一直无法突破九千万人的瓶颈。当然,这其中也有姜尚真“肆意妄为、大动干戈”的缘由,历史上总计五场天下大乱、生灵涂炭,在姜尚真手上,便多达三场,山上山下都被殃及,无人幸免。

陈平安以手指轻轻敲击桌面,道:“神仙钱,金精铜钱,世俗王朝皇帝。”这是想要治理好一座福地该有的纲领。

山上的修道之人,介于山上山下之间的山水神祇,山下的人心向背。

如若任何一个环节出现纰漏，环环相扣，积弊丛生，那么福地就不是什么聚宝盆，而是一座吃钱无数的无底洞，沦为鸡肋，甚至会极大削弱一座仙家门派的底蕴。

魏檗私底下与陈平安说了一句意味深长的言语："得了这么一座暂时拥有四千万人的莲藕福地，就要小心自己的本心了。"

陈平安让魏檗放心。

姜尚真笑道："一开始只是砸钱的肉疼事，处理山上山下事务的麻烦事，等到经营久了，才会有真正的糟心事。山主要做好心理准备。"

往福地砸下的神仙钱的多寡，决定了修道之人的数量，以及修道瓶颈的高度。在下等福地，任你资质超群，也很难跻身洞府境，哪怕是湖山派俞真意这种搁在浩然天下，便是板上钉钉上五境修士的修道奇人，在当年莲藕福地，一样被阻滞在龙门境瓶颈上。跻身中等福地后，修道天才，就会地仙可期。而云窟福地历史上的一次大劫难，就是一名悄悄破境的玉璞境修士，暗中勾结数名地仙，摒弃仇怨，一起围杀姜尚真这个微服私访的福地"老天爷"，试图彻底脱离姜氏控制，造就出一场自古未有的"天人相分"格局。

这其中，当然也有玉圭宗某些敌对势力的潜心谋划，不然仅凭福地修士，绝对不会有这等手笔。

姜尚真娓娓道来，将这桩云窟福地秘史详细说了一遍。姜尚真为那场灾殃盖棺定论道："虽说事后我以雷霆之怒的姿态，带人杀穿云窟福地，但事实上，我并不痛恨那些功亏一篑的福地顶尖修士，相反，我会觉得他们可悲可敬又可怜。可怜的是他们辛苦修道百年数百年，其中有人还修出了个前无古人的玉璞境，就那么死了。可敬的是，他们有那份胆识气魄。可悲之处，是他们误以为云窟福地没了姜尚真，就可以从此自由，却不知道，'螳螂捕蝉，黄雀在后'，姜氏家主，是可以换人的，更是可以被人扶持为傀儡的。等到新官上任三把火，作为成为姜氏家主的代价，与人偿还人情也好，还钱也罢，意味着云窟福地，最短也要遭受百年灾难。"

姜尚真感慨道："但是这种道理，只要是我姜尚真来讲，一开始便站不住脚，注定说不通。我也觉得那些心高气傲的天之骄子们，没有任何错，换成我是他们，一样会有此作为，唯一的区别，无非是更加隐忍，谋划更加全面，与幕后主使做买卖时，帮着福地多讨要点便宜。"

姜尚真对陈平安笑道："世事古怪，好事未必来，坏事一定到，并非我故意说些晦气话，而是山主现如今，就可以想一想未来的应对之策了。人无远虑，难挣大钱。"

陈平安说道："做事先想错，是我为数不多的好习惯。"

姜尚真笑着点头，喝完酒，准备御风离去。

龙泉剑宗打造的信物剑符，这段时日，姜尚真已经通过各种渠道大肆搜刮了十数把，全是高价买来的。

阮邛的两名嫡传弟子，董谷和徐小桥，差点打算专门为这位来历不明的野修供奉，开炉铸造一堆符剑，却被难得训斥弟子的阮邛骂了个狗血淋头。

陈平安拦下姜尚真，从咫尺物令牌当中取出那块道家斋戒牌。

姜尚真惊讶道："这是当了落魄山供奉的好处？"

陈平安笑道："是送给那孩子的礼物。"

姜尚真收下了那块有些岁月的斋戒牌，啧啧道："一样东西两份人情，山主做买卖的境界，我周肥自愧不如。"

陈平安提醒道："千万别教出一个混世魔王。"

姜尚真说道："如今的书简湖，没有下一个顾璨的成长土壤了。"

陈平安神色淡然道："希望如此吧。"

姜尚真叹了口气，说道："闲的是野修周肥，真境宗宗主和姜氏家主还是很忙的，所以这趟回了书简湖，那场盟友见面，我可能会让下面的人代为出面，可能是刘老成，或者是李芙蕖，反正不会是咱们真境宗那位截江真君。"

陈平安笑着点头，道："这两个都可以。"

接下来陈平安会在牛角山渡口登船，乘坐披麻宗下次南下的跨洲渡船，直接去往老龙城。在这南下途中，要见两拨人，一拨人是披麻宗和春露圃，商议三方合作的具体细节；第二拨便是围绕莲藕福地形成的盟友，除了姜尚真，还有老龙城范二、孙嘉树，既然如今福地已经提升为中等福地，有不少事情要重新谈一谈。

在南下之前，等到魏羡和裴钱回到落魄山，崔东山就会带着魏羡一起离开龙泉郡，陈平安则打算乘坐自家龙舟，带着裴钱一起去趟大隋山崖书院。

必须要去。因为落魄山祖师堂建成时，陈平安无比希望能够在场的人，有李宝瓶、李槐、林守一、于禄、谢谢。

人难称心，事难遂愿。

陈平安曾经与陆抬说过自己的愿望，那就是希望将来有一天，当年自己一步一步陪着走去书院求学的他们，可以在落魄山上，或是龙泉郡自家的某座山头上潜心治学。他们可以不是落魄山人氏，也不在谱牒上记名，落魄山就只是给他们那么一个地方，山清水秀藏书多，每逢开春，便会杨柳依依，草长莺飞，让他们可以在未来人生路上的某段岁月里，哪怕很短暂，也可以离着小镇那座学塾近一些，然后若想远游，便去远游，若想历练，便去历练，仅此而已。

更多的，陈平安觉得自己好像也做不到了，因为谁都在长大。

当年那个扛着一根根槐木满街跑的红棉袄小姑娘，在山间泥泞里哭着闹着也要小竹箱的李槐，在黄庭国仙家客栈里好心却没有说什么好话的林守一，喜欢接替陈平安守后半夜的亡国太子于禄，永远冷着脸而事实上对整个世界充满畏惧的谢谢，都是如此。

这天夜里，陈平安趴在竹楼一楼书桌上，做了个鬼脸，学着他趴在桌上的莲花小人，咯咯笑着。

在从落魄山那边租借而来的鳌鱼背上，珠钗岛岛主刘重润尚未去往书简湖，正独自在山巅散步。

当她决定将水殿在鳌鱼背炼化的那一刻，其实"珠钗岛岛主"这个称呼，就已经名不副实。

刘重润回到住处，桌上摊放着一幅她手绘的堪舆图，囊括了包括披云山在内的龙泉郡六十二座山头。

龙泉剑宗祖师堂所在的神秀山，与挑灯山、横槊峰，互成掎角之势，此外又有从落魄山租借而来的三座山头——彩云峰、仙草山、宝箓山，六座山头连绵成势，加上后来入手的诸多山头，龙泉剑宗虽然在山头数目上与落魄山大致持平，优势不大，可事实上版图大小还是要稍胜一筹。听说大骊王朝有意在京畿北方，划出一大块地盘，交予龙泉剑宗。

除了圣人阮邛的龙泉剑宗和陈平安的落魄山之外，其他各方势力已经不成气候，哪怕能够抱团，显然都无法与这两个庞然大物抗衡。

龙脊山，枯泉山脉，香火山，远幕峰，地真山……刘重润低头凝视着这幅堪舆图上的势力分布，鳌鱼背显然属于双雄对峙之外的第三方，只不过大骊山上仙家，显然都已经将珠钗岛自动划入落魄山藩属范畴。刘重润在观礼之前，心里不是没有一点疙瘩，因为她从来不愿自己的珠钗岛，沦为任何大山头的附庸，但是在那场落魄山祖师堂观礼之后，刘重润便有些心情黯然。

那个在青峡岛当了几年账房先生的年轻人，原来不知不觉之中，就已经聚集起这么大的一份深厚家底。

关键是与落魄山好到就快要穿一条裤子的北岳山君魏檗，从来都懒得掩饰这一点。三场夜游宴，就像黄梅天的雨水，急促密集得让人措手不及。夜游宴前后，披云山上，个个脸上笑容灿烂，心中哪个不是叫苦不迭，光是三份拜山礼，就不是什么可有可无的开销，没点本钱的，当下估计都已经是拴紧裤腰带过日子了。

落魄山居然还有一位身为玉璞境野修的正式供奉，这简直就是骇人听闻的事情——不是"宗"字头的仙家，却拥有一位上五境供奉的山头？当真不怕客大欺主吗？

再加上北俱芦洲披麻宗的两个木衣山祖师堂嫡传修士担任记名供奉，这又算哪门子事情？

至于那个站在第二排的白衣少年崔东山，刘重润觉得半点不比那"野修"周肥好说话。

而当时站在第三排的四名男女，朱敛、卢白象、隋右边、魏羡，哪个简单了？其中三人，刘重润都认识，去打捞水殿龙舟，与三人相处时日并不算短，见他们个个神华内敛，气象惊人，剩下那名气势半点不输三位武学宗师的女子，根脚依旧晦暗不明。可既然能够与三人站在一起，就意味着那名女子的战力，不会弱。四名至少也该是金身境武夫的落魄山谱牒人氏。

偌大一座宝瓶洲，上哪儿找去？

真正让刘重润不得不认命的一件事，在于落魄山祖师堂的年轻一辈，经常见面的裴钱，横空出世的少年郎曹晴朗，岑鸳机，元宝、元来这对姐弟……因为这些年纪不大的落魄山第二代弟子，决定了落魄山的底蕴厚度，以及未来的高度。

可最让刘重润震撼的，依旧不是这些，而是两件事。

第一件事，是落魄山祖师堂悬挂的那三幅画像。这意味着落魄山从何而来。

那天是刘重润第一次知晓，同时也明白了落魄山的山名，竟然如此有深意。

第二件事，是当时那座不大的祖师堂内，无声胜有声的一种氛围。

那个头别玉簪子的青衫年轻人，孤零零站在最前方。身后众人，无论什么境界、什么出身、什么性情，嫡传也好，供奉也罢，人人肃然。

尤其是当陈平安报出周米粒的护山职责后，在一旁观礼的刘重润，很仔细地打量和感知众人的细微神色。

不是什么好像，而是千真万确，没有谁觉得年轻山主是在做一件滑稽可笑的事情。

刘重润一想到这些，便有些喘不过气来，她走出屋子，在院子里散起步来。

仰头望向落魄山，刘重润心情复杂。

山崖书院。

李槐下课后，发现自己的姐姐竟然站在学舍门外，亭亭玉立。

不否认，自己姐姐长得还行。

李槐笑道："姐，今儿遇上了林守一，刚念叨你几句，你便来了。"

李柳看着已经比自己还要高些的弟弟，柔声笑道："收到了家书，娘听你在信上说学业繁重，便放心不下，一定要我来看看你。"

李槐开了学舍房门，给李柳倒了一杯茶水，无奈道："我就是随口抱怨两句，娘不清楚，你还不清楚啊？对我来说，自打在学塾第一天读书起，哪天学业不繁重？"

李柳摘下包裹放在桌上，坐在一旁，点头道："唯一的不同，就是长大了。"

李槐翻白眼道："我倒是也想着不长大，跟那裴钱一样，光吃饭不长个儿啊。我读书不济事，累是真的累，可每次跟随夫子先生们出门游历，一走就是几千里，腿脚累，心却不累，比起在学塾苦兮兮做学问，其实更轻松些。所以说我还是适合当个江湖大侠，读书这辈子算是没啥大出息了。”

李柳拍了拍包裹，道：“里面有些物件，你好好收起来，以后缺钱花，可以让茅山长帮你卖了换银子。”

“开什么玩笑，我哪敢去找茅山长，躲着他老人家还来不及。”李槐趴在桌上，打开包裹，挑挑拣拣，埋怨道，“我就说嘛，姐姐你在狮子峰给老仙师当丫鬟，这才几年工夫，肯定没积攒下啥好物件，瞅瞅，没一件是那宝光冲霄的仙家宝贝，比陈平安送我的那些，差老远了。姐，努把力啊，好好修行，早点当个洞府境的中五境神仙。你是不知道，林守一如今那叫一个风光，大隋京城的女子都快要抢破头了。”

李柳笑意盈盈，没搭话。

包裹里的玩意儿，当然是因为暂时没有打开秘法禁制，才显得暗淡无光，一旦打开，她怕书院和茅小冬一个不留神，便遮掩不住那份气象。

李槐哀叹一声，摇摇头，放下手里的物件，重新系好包裹，他只能帮林守一到这地步了。

至于林守一为何非要喜欢他姐姐李柳，李槐是打破脑袋都想不明白的。董水井在龙泉郡那边开馄饨铺子，与自己家挺门当户对的，喜欢自己姐姐也就罢了，你林守一如今可是大隋举国闻名的修道美玉，我姐有啥好的嘛，至于辛苦惦念这么多年吗？

李槐提了提包裹，哟，挺沉，他看了眼捧着茶杯慢慢喝茶的姐姐，忍不住语重心长道：“姐，今儿我就不说啥了，反正你还没嫁人，一家人，送来送去，银子都是在自家家里打转，可以后等你嫁了人，就千万不能这么送我东西了，你还是自己多攒点银子吧。其实只要能够稍稍帮衬爹娘的铺子，就差不多了，咱爹咱娘，也不念你这些，要是娘说什么，你就往我身上推。真不是我说你，老大不小，都快成老姑娘了，也该为你自己的婚嫁一事考虑考虑，嫁妆厚些，婆家那边终归会脸色好点。”

李柳笑着眯起眼，道：“看来是真长大了，都晓得为姐姐考虑了。”

李槐盘腿坐在长凳上，倒了些黄豆在碗碟里，推给姐姐，自己抓了一把放在手心，一边往嘴里丢黄豆嚼着，一边笑呵呵道：“姐，你这话说得就没良心了。我打小就没少为你费心，使劲找姐夫来着，比如我的好兄弟阿良啊，我最佩服的陈平安啊，可惜都没成，怨你自己，怪不得我啊。”

李柳丢过去一颗黄豆，笑着责备道：“没你这么埋汰自己姐姐的。”

李槐一把抓住飞来的那颗豆，加上手心那些，一股脑丢入嘴中，道：“玩笑话归玩笑话，以后嫁人，你再这么送东送西，一个劲往娘家贴补家用，姐夫会不高兴的。你别总听咱们娘亲叨叨，我以后该是怎么样，我自己会争取的，靠姐姐和姐夫算怎么回事？白白让你给姐夫家里人看不起。”

李槐越说越觉得有道理，接着絮叨道："即便未来姐夫气量大，不计较，你也不该这么做。"

李柳笑问道："为什么呢？"

李槐不耐烦道："姐，你烦不烦啊。跟你这么说，你就这么做，咱家谁最大？我吧。娘亲听我的，爹听娘亲的，你听爹的，你说谁说话最管用？"

李柳笑了。

李槐眨了眨眼睛，口气软下来道："好吧，我承认，前面那些话，是我当年跟陈平安商量出来的，这些年聚少离多，一直攒着，没机会与你唠叨。不过后面的问题，陈平安没教我怎么跟你掰扯，你要真想知道答案，我回头问问陈平安。"

李柳问道："你怎么知道陈平安就一定是对的呢？"

李槐问道："难道陈平安讲错了？"

李柳笑道："那倒没有。"

李槐哼哼道："李柳！你弟弟我，那可是为了兄弟义气，可以插自己两刀的人。"李槐伸出大拇指，指向自己胸口。

李柳笑了，身体前倾，轻轻挪开李槐的手，指了指肋部，道："书上讲两肋插刀，在这儿，可别往心口上扎刀子。以后哪怕是为了再好的朋友——"

李槐瞪眼道："姐，你一个姑娘家家的，懂什么江湖！别跟我说这些啊，不然我跟你急。"

李柳笑着不再说话。

李柳懂不懂江湖？这是一个极有意思的问题。

相传远古时代，天下就只有一座天下，五湖四海，大渎江河。曾有一群位高权重的天庭女官，官职之高、权柄之大，犹在雨师河伯以及众多龙王之上，名为斩龙使，负责巡狩、督查、敕令天下蛟龙。而这些位高权重的存在，只听命于一尊古老神祇，后者故名江湖共主。

李柳突然问道："几次出门游历求学，怎么样？"

李槐渐渐收敛了笑意，轻声道："小时候只会跟着李宝瓶他们瞎起哄，大声念书，可是到底念了些什么，自己都不知道。史书上好多言语，以前死记硬背，怎么都记不住，走多了路，见多了人后，突然发现自己想要忘记，都难了。'山野高人，求索隐暗，行怪迂之道，养望以求名声''将军材质之美，奋精兵，诛不轨，百下百全之道也''塞上孑遗，鹄形菜色，相从沟壑者亦比比也'。"

李槐挤出一个笑脸，道："姐，咱们不聊这些。"

李柳点头道："那聊聊李宝瓶？"

李槐一阵头大，使劲摆手道："别，聊这个，我更头疼。如今那李宝瓶，特没劲，就知道读书，说是要‘读破书万卷’，每天很忙，不再疯疯癫癫跑来跑去了，反而比那林守一还要见不着人影。姐，你说怪不怪？以前吧，觉得小时候的李宝瓶，已经是天底下最可怕的存在了，现在觉得李宝瓶还不如当年好呢。等陈平安到了书院，我一定要冒死进谏，在陈平安跟前，好好说说这个李宝瓶，没办法，估计也就这个小师叔，能够管一管她了。”

说完这话，李槐使劲摇头，道："不说她，我脑瓜子疼。于禄和谢谢，其实也不太见得着面，不过我们的关系其实还不错，偶尔见了面，我还是感觉得到的。"

李柳走后，林守一才来。得知李柳匆匆来过，林守一有些沉默。

李槐也没辙，劝也不好劝。劝对了，也未必能成自己的姐夫；不小心劝错了，更是伤口上撒盐。

林守一离开后，李槐长吁短叹，这么早就有自己喜欢的姑娘做什么呢，像他这样多好。

回了屋子，李槐将那只小竹箱放在桌上，将姐姐的包裹放进去，然后仔细擦拭竹箱。最后李槐揉了揉下巴，觉得有必要使出杀手锏了。

他倒了一碗茶水，用手指蘸了蘸，胡乱喊着"天灵灵地灵灵"，然后写下陈平安的名字。做完之后，李槐摆了个气沉丹田的姿势，看着桌上的痕迹，点点头，比较满意。好字，一百个阿良都不如自己。

入冬时分。

陈平安在牛角山渡口，带着裴钱准备登上自家龙舟，去往大隋书院。周米粒已经交出了两根行山杖，但肩膀上还扛着一根金扁担。

崔东山和魏羡也要离开龙泉郡，不过是乘坐另外一艘过路的大骊军方渡船。

魏羡在跟裴钱唠嗑。

崔东山只说了两句临别赠语："先生，这么多年一直辛苦搬山，靠自己的本事挣来的座座靠山，其实可以依靠一二了。""路阻且长，先生请从容。"

龙舟船头，站着一大一小。

青衫，背剑。

那个小的，腰间刀剑错，行山杖，竹箱，小斗笠。

家当多，也是一种大快乐下的小烦忧。

刘重润站在龙舟顶楼，俯瞰渡船一楼甲板。驾驭龙舟需要人手，她便与落魄山谈妥了一桩新买卖，找了几名跟随自己搬迁到鳌鱼背修行的祖师堂嫡传弟子，传授她们龙舟运转之法，虽然不是长远之计，但是却可以让珠钗岛修士更快融入骊珠福地群山。

这是刘重润那一夜在院中散步，深思熟虑后做出的选择。

刘重润彻底想明白了，与其因为自己的别扭心态，连累珠钗岛修士陷入不尴不尬的处境，还不如学那落魄山大管家朱敛，干脆就不要脸。

陈平安在与裴钱闲聊北俱芦洲的游历见闻，说到了那边有个只闻其名不见其人的修道天才，叫林素，位居北俱芦洲年轻十人之首，据说只要他出手，那么就意味着他已经赢了。

裴钱听说后，觉得那家伙有点花头啊。可惜这次师父游历了那么久的北俱芦洲，那家伙都没能有幸见着自己师父一面，真是那林素的人生一大憾事，估摸着这会儿已经悔得肠子打结了吧，也不怪他林素没眼力，到底不是谁想见自家师父就能见到的。

陈平安自然不知道裴钱那颗糨糊小脑袋，在瞎想些什么。他对于北俱芦洲的年轻十人，不算太陌生，其中，刘景龙是他朋友，而且是最要好的那种。

在鬼域谷宝镜山跟隐藏了身份的杨凝真见过面，与“书生”杨凝性更是打过交道，一路上钩心斗角，相互算计。通过镜花水月，在云上城观战砥砺山，见过野修黄希与武夫绣娘的一场生死厮杀。

陈平安突然说道：“带着你刚离开莲藕福地那会儿，师父不喜欢你，不全是你的错，也有师父当初不喜欢自己的缘由藏在里边，必须与你说清楚。”

裴钱咧嘴笑道：“我也不喜欢那会儿的自己啊。”

陈平安问道：“还记得我们第一次见面吗？”

裴钱有些心虚，轻声道：“师父，我在南苑国京城，找过那个当年经常给我带吃食的小姑娘了，我与她诚心诚意道了谢，更道了歉。我还专程交代过曹晴朗，若是将来那个小姑娘家里出了事情，让他帮衬着，当然如果是她或她的家人做错了，曹晴朗也就别管了。所以师父可不许翻旧账啊。”

陈平安伸手按住裴钱的脑袋，道：“能够重新翻出来说道说道陈年旧事，才是真正解开了心结。但是一些还有机会翻篇的错误，就像那些小竹简，也该经常拿出来晒晒太阳，看看月亮，帮着你自省。你以前做得很错，但是之后做得好，师父很欣慰。”

陈平安望向远方，隆冬时节，看样子要下雪了。陈平安感慨道：“道家崇尚自然，依旧得有那么一句，‘不修人道，难近天道’。”

裴钱神色认真，一本正经道：“师父句句金玉良言，害得我都想学师父捣鼓出一套刻刀竹简，专门记录师父的教诲了。”

陈平安一把扯住裴钱的耳朵，气笑道：“落魄山的溜须拍马，崔东山、朱敛、陈灵均几个加在一起，都不如你！”

裴钱踮起脚尖，歪着脑袋嗷嗷叫。顶楼刘重润看到这一幕后，有些哭笑不得。

陈平安趴在栏杆上。

崔东山跟他在一起的时候，喜欢聊山崖书院。这个时节，李宝瓶肯定依旧穿着件红棉袄，她一直是大隋山崖书院最奇怪的学生，没有之一。以前奇怪，是喜欢翘课，爱问问题，抄书如山，独来独往，来去如风。如今奇怪，听说是因为变得安安静静，沉默寡言，也不问问题了，就只是看书。还是喜欢逃课，一个人游逛大隋京城的大街小巷。最出名的一件事，是书院讲课的某位夫子告病，点名李宝瓶代为授业，两旬过后，老夫子返回课堂，结果发现自己的先生威望不够用了，学生们的眼神，让老夫子有些受伤，而望向那个坐在角落的李宝瓶，又有些崇拜。

陈平安当时听了就有些忧心。崔东山却大笑，说小宝瓶为人传道授业解惑，没有半点标新立异，毫无逾越规矩之处。

林守一，是真正的修道璞玉，硬是靠着一部《云上琅琅书》，在修行路上一日千里，加上又遇上了书院一位明师传道，倾囊相授，不过两人却没有师徒之名。听说林守一如今在大隋山上和官场上，都有了很大的名声，一位位高权重、专门负责为大骊朝廷寻觅修道坯子的刑部粘杆侍郎，还亲自联系过林守一的父亲，但林守一的父亲却推脱掉了，只说自己就当没生过这么个儿子。

于禄，前些年破境太快，这些年一直在打熬金身境，而且一直略有随波逐流嫌疑的他，终于有了些与"志向"二字沾边的心气。还是喜欢钓鱼，鱼篓也有，不过钓了就放，乐趣显然只在钓鱼这个过程，对于渔获大小，于禄并不强求。

谢谢，一直守着崔东山留下的那栋宅子，潜心修行，捆蛟钉被全部拔除之后，在修行路上可谓勇猛精进，只是隐藏得很巧妙，深居简出，书院副山长茅小冬，也会帮着隐藏一二。

李槐与两个同窗好友刘观、马濂三人，在这些年的求学生涯中没少闹出幺蛾子，不过往往是刘观主动背锅，马濂帮着收拾烂摊子。也不是李槐不想出力，但是刘观和马濂在李槐帮了几次倒忙后，就打死也不愿意让李槐当英雄好汉了。

总之，求学问道，李宝瓶当之无愧，是最好的；只说修行，谢谢其实已经走在了最前边；能够称得上修行治学两不误的，却是林守一。万事悠哉，修心养性，人生从来无大事，其实一直是于禄的强项。如今于禄在慢慢温养拳意，循序渐进，一点一滴打熬金身境体魄的底子。

至于李槐，崔东山说这小子走哪哪踩狗屎，当年得了那头通灵的白鹿之后，这些年也没闲着，陆陆续续添补家当，或是捡漏买来的古董珍玩，或是去马濂家里做客，马濂随便送给他的一件"破烂"，满满当当的一竹箱宝贝，只不过他是身在福中不知福，全部闲置着，暴殄天物。

裴钱好奇问道："师父，怎么不挂酒壶了？"

陈平安笑道："人生就是一壶浊酒，想起一些人事，便在饮酒。"

裴钱辛苦憋着不说话。

陈平安笑道："想说就说吧。"

裴钱这才竹筒倒豆子，快速说道："师父是心疼酒水钱吧？师父您瞧瞧，我这儿有钱，铜钱、碎银子、小金锭，好些雪花钱，还有一枚小暑钱！啥都有哩，师父都拿去吧！"

陈平安转过头，看着高高举起钱袋子的裴钱，笑了，他按住那颗小脑袋，晃了晃，道："留着自己花去，师父又不是真没钱。"

裴钱哀叹一声，悻悻然收起桂姨赠送给她的那只钱袋子，小心翼翼收入袖中，陪着师父一起眺望云海——好大的棉花糖啊。

师徒二人到了大隋京城，大街小巷，积雪厚重。

裴钱故意拣选路旁没有被清扫的积雪，踩在上边，咯吱作响，一踩一个脚印。

山崖书院看门的老人，认出了陈平安，笑道："陈平安，几年不见，又去了哪些地方？"

陈平安行了一礼，一旁裴钱赶紧颠了颠小竹箱，跟着照做。

陈平安从袖中摸出谱牒递去，老人接过一瞧，笑了："好家伙，上次是桐叶洲，这次是北俱芦洲，下次是哪儿，该轮到中土神洲了？"

陈平安笑道："没机会沉下心来读书，就只能靠多走了。"

老人点点头，转头看着那个裴钱，问道："小丫头怎么不那么黑炭了？个儿也高了，是在家乡学塾待着的关系？"

裴钱眉开眼笑，使劲点头道："老先生学问真大，看人真准，茅山长真应该让老先生去当教书的夫子，那以后山崖书院还了得，还不得今儿蹦出个贤人，明天多出个君子啊？"

老人爽朗大笑，问道："跟陈平安学的？"

裴钱哑口无声，这个问题，不好应付啊。

陈平安微笑着一记栗暴砸在裴钱脑袋上。

裴钱觉得以后再来山崖书院，与这位看门的老先生还是少说话为妙。老先生瞧着岁数挺大，可做事说话忒不老到了，一看就是没闯荡过江湖的读书人。

熟门熟路地进了书院，两人先在客舍落脚，陈平安带的东西少，没什么好放在屋子里的，裴钱是不舍得放下任何物件，小竹箱是给山崖书院看的，行山杖是要给宝瓶姐姐看的，至于腰间刀剑错，当然是给那三个江湖小喽啰长见识的，所以一样都不能落下。

陈平安让裴钱先去李宝瓶学舍，自己去了茅小冬那边。

腰间悬挂一把戒尺的高大老人，站在门口，笑问道："竟然已经金身境了？"

陈平安点头道："在北俱芦洲狮子峰那边破的六境瓶颈。"

茅小冬有些幸灾乐祸，道："李槐他父亲，没少出力吧？"

陈平安苦笑道："还好。"

到了书房，两人落座，茅小冬开门见山道："这些年，读过哪些书？我要考考你，看看有没有光顾着修行，搁置了修身的学问。"

陈平安先从咫尺物当中取出一摞书籍，叠放在膝盖上，然后报了一大串书名，这些书籍，正是当初崔东山从山崖书院借走的，读完了，当然得还给书院。不过落魄山那边，已经照着书名，都买了两套，一套珍藏起来，一套陈平安会做勾画圈点、旁白批注，就放在竹楼一楼的桌上。

茅小冬皱眉道："这么杂？"

陈平安点头道："心关难过，有些时候，以往百试不爽的一技之长，好像无法过关，最后发现，不是傍身立身的学问不好，不够用，而是自己学得浅了。"

茅小冬缓缓舒展眉头，道："很好，那我就无须考校了。"

陈平安问了些李宝瓶他们这些年求学生涯的情况，茅小冬简明扼要说了些，陈平安听得出来，大体上还是满意的。不过陈平安也听出了一些好似家中长辈对晚辈的小牢骚，以及某些言外之意。例如李宝瓶的性子，得改改，不然太闷了，没小时候那会儿可爱喽。林守一修行太过顺遂，就怕哪天干脆弃了书籍，去山上当神仙了。于禄对于儒家圣贤文章，读得透，但其实内心深处，不如他对法家那么认可和推崇，谈不上什么坏事。谢谢对于学问一事，从来无所求，这就不太好了，太过专注于修道破开瓶颈一事，几乎昼夜修行不懈怠，哪怕在学堂，心思依旧在修行上，好像要将前些年自认挥霍掉的光阴，都弥补回来，欲速则不达，很容易积攒诸多隐患，成为来年修行停滞不前的症结所在。至于李槐，反而是茅小冬最感到放心的一个，说这小子不错。

陈平安伸手轻轻放在书上，坦诚道："茅先生教书育人，有文圣老先生的风范。"

茅小冬摆摆手，感慨道："差了何止十万八千里。"

陈平安笑着起身，准备离开，茅小冬也站起身，却没有收下那些书籍，道："拿走吧，这些书，就当是我给落魄山祖师堂落成的观礼了。书院藏书楼那边，我会自己掏钱买书补上。"

陈平安没有拒绝，把书收入咫尺物当中。

在陈平安走后，茅小冬伸手扒拉了一下嘴角，不让自己笑得太过分。这大冬天的，有些言语，颇为暖人心啊。

陈平安一路行去，到了李宝瓶学舍，瞧见了正仰头与李宝瓶雀跃言语的裴钱。

没了那个"小"字的姑娘，穿着本来只会让女子很有乡土味的红棉袄。这棉袄穿在她身上，便没有半点俗气了。

她身材修长，下巴尖尖，神色恬淡，只是脸上的笑意，依旧熟悉，一双漂亮的眼眸，除了会说话，好像也会藏事情了。

见着了陈平安，李宝瓶快步走上前，欲言又止。

陈平安有些伤感，笑道："怎么都不喊小师叔了？"当年那个圆圆脸大眼睛的小姑娘，怎么就一下子长这么大了？

听了陈平安的话，李宝瓶蓦然而笑，大声喊道："小师叔！"

总算又变回当年那个小姑娘了。

陈平安说道："有些事情，不用想太多，更不用担心会给小师叔惹麻烦，没有什么麻烦。"

李宝瓶神采奕奕。

陈平安便提议去客舍坐坐，裴钱有些疑惑，师父怎么舍近求远，宝瓶姐姐的学舍不就在眼前吗？

李宝瓶却没有说什么，十指交错，绕在身后，她在陈平安前边倒退而走，问道："小师叔，知道咱们多少天没有见面了吗？"

陈平安笑道："好些年了。"

裴钱大声报出一个准确数字。

这些个她最擅长——背书，认路，记事情。

到了客舍，裴钱说去喊李槐过来，陈平安笑着点头，不过让裴钱直接带着李槐去谢谢那边，那儿地方大。

裴钱一路飞奔，通风报信。

李宝瓶轻声问道："小师叔，有酒吗？"

陈平安愣了一下，问道："你要喝酒？"

李宝瓶笑着眯起眼，轻轻点头，道："会偷偷摸摸，稍微喝点。"

陈平安犹豫了一下，取出一壶董水井酿造的糯米酒酿，倒了两小碗，叮嘱道："酒不是不可以喝，但一定要少喝。"

李宝瓶端起酒碗，抿了一口，道："是家乡的味道。"

陈平安小口喝着酒，与李宝瓶说起在北俱芦洲青蒿国，见到了她大哥。

李宝瓶听完后，双手捧着白碗，点头道："跟大哥书信往来可麻烦了，需要先从书院寄到家里，再让爷爷帮着跨洲寄往一处仙家山头，再送往青蒿国那条洞仙街。"

陈平安问道："在书院求学，不开心？"

李宝瓶摇摇头，一脸茫然道："没有不开心啊。小师叔，是茅山长说了什么吗？"

陈平安笑道："茅山长觉得你在书院不爱说话，有些担心。"

李宝瓶疑惑道："从小到大，我就爱自个儿耍啊，又不是到了书院才这样的。只是觉得没什么好聊的，就不聊呗。"

一个人下水抓螃蟹，一个人奔跑在大街小巷看门神，一个人在福禄街青石板地面上跳格子，一个人在桃叶巷那边等着桃花开，一个人去老瓷山那边挑选瓷片，从来都是这样啊。

陈平安忍住笑，好像确实是这样。

李宝瓶跟着笑了起来,问道:“小师叔在笑什么?”

陈平安笑道:“没什么,就是想到第一次见面,看着你那么小的个头,满头大汗,扛着老槐树枝跑得飞快。现在想起来,还是佩服。”

李宝瓶破天荒有些难为情,举起酒碗,遮住半张脸庞和眼眸,却遮不住笑意。

陈平安笑道:“走吧,去谢谢那边。”

两人一起并肩而行,都是李宝瓶在询问,陈平安一一回答。在半路上碰到了裴钱他们,除了兴高采烈的李槐,林守一和于禄也在。谢谢察觉到外面的动静,开了门,见到了浩浩荡荡一帮人,她的脸上也有些笑意。

崔东山留给她的这栋宅子,除了林守一偶尔会来这边修行炼气,几乎没有任何客人。

裴钱和同样背上了小竹箱的李槐到了院子,一坐下就开始斗法。陈平安与林守一和于禄站着闲聊,李宝瓶和谢谢坐在台阶上。

最后陈平安轻轻拍掌,所有人都望向他,陈平安说道:“有件事情,必须跟你们说一声,就是我在落魄山那边,已经有了自己的祖师堂,之所以没有邀请你们观礼,不是不想,是暂时不合适,以后你们可以随时去落魄山做客。落魄山之外,还有不少闲置的山头,你们如果有喜欢的,自己挑去,我可以帮着你们打造读书的屋舍,其余有任何要求,都直接跟裴钱说,不用客气。”

李宝瓶已经从裴钱那边知晓此事,便没有多少惊讶。

谢谢是最震惊的那个。她曾是卢氏王朝最拔尖仙家山头的祖师堂嫡传,所以很清楚,一座祖师堂现世,意味着什么。

于禄道贺。

林守一也笑着道喜。

陈平安对林守一和谢谢笑道:“你们已经是上山修道的神仙了,龙泉郡那边山头的灵气,还很充沛,所以你们俩千万别脸皮薄,白拿的山头,额外多出来的修道之地,不要白不要。”

然后陈平安对于禄说道:“落魄山多武夫,于禄,你可以找一个叫朱敛的人,他如今是远游境,你们切磋切磋,让他帮你喂喂拳,他出手比较有分寸。”说到这里,陈平安眼神真诚。

于禄没答应也没拒绝,说道:“我怎么觉得后背有些凉飕飕的。”

李槐正忙着跟裴钱在桌上“文斗”,闻言后怒道:“陈平安!这么大的事,不告诉宝瓶他们也就罢了,连我都藏着掖着?亏得我们还是斩鸡头烧黄纸的异姓兄弟……是不是瞧不起我李槐?说!落魄山缺不缺首席供奉?缺的话,远在天边近在眼前,过了这村就没这店了,你陈平安就只能明天再邀请我出山了。”

陈平安微笑道:"一边凉快去。"

李槐看着桌上他与裴钱一起摆放得密密麻麻的物件,一脸哀莫大于心死的可怜模样,道:"这日子没法过了,天寒地冻,心更冷……小舅子没当成,如今连拜把子兄弟都没得做了,人生没个滋味,就算我李槐坐拥天下最多的兵马,麾下猛将如云,又有什么意思?"

裴钱一拍桌子,石桌上所有物件竟是一震而起,她怒道:"李槐!你什么时候跟我师父斩鸡头烧黄纸的?辈分怎么算?"

李槐缩了缩脖子,低声道:"闹着玩,小时候跟陈平安斗草,便当是斩鸡头了,不算数的。"

于禄看到这一幕后,有些讶异,便忍不住多看了几眼裴钱。

记得第一次见面,小黑炭丫头都还没真正开始习武吧?这才几年工夫?

宅子里有崔东山留下的棋具,随后陈平安便自取其辱,主动要求与于禄手谈一局,李宝瓶和裴钱一左一右坐在陈平安身边,林守一和谢谢便只好坐在于禄一旁。李槐大怒,怎么我就成了多余的那个人?他坐在棋盘一侧,就要脱靴子,结果给谢谢瞥了一眼,李槐伸手抹了抹绿竹地板,说这不是怕踩脏了你家宅子嘛。

没什么观棋不语真君子的讲究,最后就成了于禄、谢谢和林守一三人群策群力,与李宝瓶一人对峙。

三人棋力都不错,下得也不算慢。

李宝瓶,只将棋局形势一瞥而过,落子如飞。

裴钱觉得己方肯定稳赢了,宝瓶姐姐光凭这份大国手的气势,就已经打死对方三人了嘛。

可最后还是于禄三人赢了,不过李宝瓶下棋太快,虽然对方赢得干脆利落,但她输得也不拖泥带水。

裴钱以拳击掌,然后安慰宝瓶姐姐不要灰心丧气。

陈平安大致看出了一点门道。

李宝瓶笑道:"小师叔,对不起啊。"

陈平安摇摇头,道:"再过几年,咱们想输都难了。"

李宝瓶使劲点头。

林守一和谢谢对视一眼,都有些无奈,因为陈平安说的,是千真万确的实话。

不承想于禄笑眯眯道:"想赢回来?那也得看咱仨愿不愿意与你们下棋了啊。"

于禄伸手捂住棋盒,看了眼身边的林守一和谢谢,道:"就这样吧,咱仨从今天起正式封棋,对阵陈平安、李宝瓶和裴钱,就算是保持了全胜战绩。"

林守一点头道:"同意。"

谢谢微笑道:“附议。”

裴钱急眼了。李槐比裴钱更快开口,仗义执言道:“你们仨咋就这么不要脸呢?啊?跟阿良学的?就算你们学他,经过我同意了吗?不知道我跟阿良是什么关系吗?阿良在说话、写字和吃饭这么多事情上,受了我李槐多大的指点,你们心里没数?”

裴钱有些欣慰,用慈祥的眼神打量了一下李槐,道:“算你将功补过,不然你要被我剥夺那个显赫身份了,以后你在刘观和马濂面前,可就无法挺直腰杆做人了。”

李槐疑惑道:“可武林盟主是李宝瓶啊,你比我职务又高不到哪里去,凭啥?”

裴钱双臂环胸,冷笑道:“李槐啊,就你这脑壳不开窍的,以后也敢奢望与我一起闯荡江湖?拖油瓶吗?我跟宝瓶姐姐是啥关系,你一个分舵小舵主,能比?”

李宝瓶在收拾棋子,下棋快,这会儿反而动作慢了,笑道:“我来这边之前,已经退位让贤,让裴钱当这个武林盟主了。”

裴钱挑了挑眉头,斜眼看着那个如遭雷劈的李槐,讥笑道:“哦嚯,傻了吧唧,这下子坐蜡了吧。”

李槐是真没把这事当作儿戏,行走江湖,一直是他心心念念的大事,所以火急火燎道:“李宝瓶!哪有你这么胡闹的,说不当就不当?不当也就不当了,凭啥随随便便就让位给了裴钱。讲资历,谁更老?是我吧?咱们认识都多少年啦!说那赤胆忠心、义薄云天,还是我吧?当年咱们两次远游,我一路风餐露宿,有没有半句怨言?”

李宝瓶“嗯”了一声,道:“‘半句’怨言,真没有,都是一句接着一句,积攒了一大箩筐的怨言。”

被揭穿那点小狡猾心思的李槐,只得改换路子,满脸委屈道:“你们俩再这么合伙欺负老实人,我可就真要拉着刘观、马濂离开帮派,自立山头去了。”

裴钱嗤笑道:“你拉倒吧,就刘观那二愣子、马濂那书呆子,没我裴钱运筹帷幄,你们走江湖,能走出名堂来?家有家法,帮有帮规,我可把丑话说在前头,你们脱离帮派,很容易,但是以后再要哭着喊着加入帮派,比登天还难!我是谁,成功刺杀过大白鹅的刺客,么(没)得感情,最重规矩,铁面无私……”

大概是觉得自己再这么掰扯下去,又要吃栗暴,裴钱便立即住嘴不言。见好就收吧,反正私底下还可以再敲打敲打李槐,这家伙比周米粒差远了,小米粒其实不太喜欢翘小尾巴。

林守一起身,在廊道尽头那边盘腿而坐,开始静心修行。谢谢便坐在另外一端,两人对此早已习以为常,极有默契。

李宝瓶提议去书院外面的京城小巷吃好吃的。李槐和于禄都一起跟着。

结果这顿饭,还是裴钱掏的腰包。

李宝瓶笑眯眯捏着裴钱的脸颊,裴钱笑得合不拢嘴。

回了书院，晚上裴钱就睡李宝瓶那边，两人聊悄悄话去了。李槐要赶紧去找刘观和马濂商量大事，不然江湖地位不保。

陈平安跟于禄就在湖边钓鱼，两人都没有说话。

渔获颇丰。

只可惜不是当年游历途中，不然煮出来的鱼汤能够让人吃撑。

收起鱼竿的时候，于禄问道："你现在是金身境？"

陈平安蹲在岸边，将鱼篓打开，放出里面所有湖鱼，抬头笑问道："听着有点不服气的意思？"

于禄点头，然后微笑道："练练？"

陈平安问道："不怕耽误学业？"

于禄给这句话噎得不行，收了鱼竿鱼篓，带着陈平安去了谢谢的宅子。

廊道那边，谢谢依旧屏气凝神，坐忘境地，林守一已经离开。

听到敲门声后，谢谢有些无奈，起身开了门，听说了两人的来意后，谢谢忍不住笑道："可以观战？"

于禄站在院中，笑道："随意。"

陈平安没有说什么，只是让于禄稍等片刻，然后蹲下身，先卷起裤管，露出一双裴钱亲手缝制的老布鞋，针线活不咋地，不过厚实、暖和，穿着很舒心。

陈平安站起身后，又轻轻卷起袖管，有些笑意，望向于禄，一手负后，一手摊开手掌，道："请。"

于禄突然说道："不打了，我认输。"

谢谢半点不觉得奇怪，这种事情，于禄做得出来，而且可以做得半点不别扭，其他人都没于禄这心性，或者说脸皮。

陈平安劝说道："别啊，练手而已，同境切磋，输赢都是正常的事情。"

于禄笑道："我要在你这边保持不败纪录，至于切磋一事，可以留给落魄山的朱敛前辈。"

陈平安气笑道："是怕被我一拳撂倒吧？"

于禄转头望向谢谢。

她笑道："天地寂静，不闻声响。"

于禄朝她伸出大拇指，道："比某些人厚道太多了。"

在那两个没打成架的家伙离开院子后，谢谢躺在廊道上，闭上眼睛。这里偶尔有些热闹，也还不错。

离开宅子，两人一起走向于禄学舍。

陈平安说道："练拳没那一点意思，万万不成，可光靠意思，也不成。"

于禄说道:"我会找个由头,去落魄山待一段时日。"

陈平安便不再多说。

有聚有散。

陈平安带着裴钱,与李宝瓶、李槐打了一场雪仗,齐心合力堆了些雪人,就离开了书院。

李宝瓶站在书院门口,目送两人离去。

陈平安倒退而走,挥手作别。裴钱使劲挥动双手。

当两人的身形消失在拐角处后,李宝瓶便开始飞奔上山。

看门的老先生有些感慨,已经好些年没瞧见姑娘这么奔跑了,如今再见,很是怀念啊。

李宝瓶来到了书院山巅,爬上了树,站在再熟悉不过的树枝上,怔怔无言。

陈平安去了一家做玉石生意的店铺,掌柜还是那个掌柜,当年陈平安就是在这里为李宝瓶买的临别赠礼,掌柜还送了一把刻刀,如今却没能认出陈平安。

陈平安挑选了一块玉石素章,打算自己雕刻篆文。

裴钱想要自己花钱买一块,然后请师父帮着刻一枚印章。陈平安便多买了一块,不让裴钱破费了。自己的开山大弟子,就那么小一只钱袋子,陈平安这个师父,瞅着便不落忍。

离了铺子,站在大街上,陈平安转头望向书院东华山之巅,那边有棵大树,这会儿,树上应该有个小竹箱已经不再合身的红棉袄姑娘。

李宝瓶坐在树枝上,轻轻晃荡着双脚,刚刚分别,便开始想念下一次重逢。她没什么伤感,反而充满了期待。

她的小师叔最从容。她也应该一样,只是比小师叔差些,第二从容。

陈平安收回视线,裴钱在一旁叽叽喳喳,聊着从宝瓶姐姐和李槐那里听来的有趣故事。陈平安笑着听她絮叨。

两人一起乘坐龙舟返回牛角山渡口。

陈平安掐准了时间,回到落魄山,收拾好家当,就登上那艘重新跨洲南下的披麻宗渡船,开始南下远游。

渡船上,有披麻宗管钱的元婴境修士韦雨松,还有春露圃的那位财神爷——照夜草堂唐玺。

魏檗也现身了。

落魄山,披云山,披麻宗,春露圃,四方势力,先前大框架已经定好,这一路南下,大家要磨一磨跨洲生意的诸多细节。

在谈得差不多之后，魏檗率先离去，意思是剩下的事宜，他魏檗的披云山这方，陈平安可以帮着做主。

然后在中途一座距离书简湖相对最近的仙家渡口，李芙蕖代表真境宗势力，登上这艘跨洲渡船。

这是陈平安的第二场议事，聊的是莲藕福地事宜。除了李芙蕖之外，还有老龙城孙嘉树、范二参与其中，这两方都会借给落魄山一大笔谷雨钱，并且没有提任何分红的要求。

为了尽量掩人耳目，孙嘉树和范二悄然离开老龙城，在跨洲渡船尚未进入老龙城地界时，就在不同渡口先后登上渡船。

陈平安见到了范二，第一件事就是送给他一件亲手烧制的瓷器。为此，陈平安在龙泉郡，专程跑了一趟当年做学徒时的龙窑，这还是陈平安第一次重返龙窑。

跨洲渡船在老龙城城外渡口靠岸后，陈平安没有去老龙城，范家的桂花岛渡船，尚未从倒悬山返程，孙家的那艘跨洲渡船——孙氏老祖捕获的那只山海龟，刚好即将动身，所以陈平安就又白坐了一趟渡船。

此去出海又远游，每过一天，便与剑气长城，更近一些了。

第六章
心上人

老龙城孙家的跨洲渡船山海龟，背脊大如山岳，建筑众多，撇开货物，依旧能够容纳两千四百余人。反观落魄山龙舟，就无法与之媲美。

山海龟与范家的桂花岛，有异曲同工之妙，一般都是泛海跨洲，只不过桂花岛胜在那棵祖宗桂树，一旦开启山水阵法，能够抵御诸多天灾，任你海上掀起滔天大浪，一座桂花岛始终稳如磐石。

山海龟没有桂花岛这种得天独厚的造化优势，不过它那个虽远远逊色于桂花岛的护山阵法，却足可让渡船沉入水中以避波浪，加上山海龟本身拥有的本命神通，使得背脊小镇，如同一座水下之城，渡船乘客身处其中，安然无恙。这大概就是一个修道之人凭借仙家术法“胜天”的绝佳例子。

世间所有价值连城的跨洲渡船，除了渡船本身之外，每一条被宗门历代修士辛苦开辟出来的路线，也价值万金。桂花岛可以走的那条范家舟子必须以撑篙撒米来礼敬“山头”的蛟龙沟，山海龟便绝对无法安然穿过，哪怕是远远路过都不敢。许多秉持蛟龙本性，去往南婆娑洲兴风布雨的疲龙瘦蛟，一旦看到了那头山海龟，必然会横生枝节。但是同理，山海龟可以用辟水路过的诸多险地，或是积攒了千百年香火情才可以过境的大妖水域，桂花岛便会阻滞不前。

老龙城拥有跨洲渡船的几大家族，在漫长岁月里，为开辟、稳固路线而死的修士，不在少数。

这天海上有骇人风浪，山海龟缓缓下沉，若非大龟背脊边缘荡漾起一圈圈阵法涟漪，笼罩出一座静谧安详的小天地，几乎与海上航行无异，背脊上的大小建筑和花草树木，丝毫不受海水侵扰。

陈平安如今是与孙家摒弃前嫌的贵客，更是开始做一桩长久买卖的盟友，孙嘉树自然将陈平安安置在了一座上等仙家府邸，不大，但是灵气盎然。一般情况下，孙家宁肯空置此处宅邸，都不愿将它交予大修士休歇，其中缘由，大有说法，因为这栋名为"书簏"的小宅子，距离这只山海龟炼化将近万年的龟丹最近，故而天然水运浓郁，灵气最为精粹，修士汲取，事半功倍，可若是与孙家结下死仇的大修士在此心生歹意，必然会对山海龟造成巨大伤害。一旦失去这艘跨洲渡船，孙家在老龙城的地位，很快就会一落千丈。

陈平安登船之后，每天依旧拿出六个时辰来修行炼气，水府、山祠和木宅三处灵气积蓄，差不多已经仔细梳理、慢慢炼化完毕。主要是那三十六块道观青砖的中炼，其中蕴含丝丝缕缕水运，尤其是那一点道意，进展缓慢，所幸陈平安在狮子峰时修行与武道一同破境，跻身练气士四境后，完整炼化三十六块青砖所需光阴，比起预期要快了三成。

陈平安坐在蒲团上，身前摆放了一张棋盘，连同棋子棋盒，都是他随身携带的，一起放在略显空荡的咫尺物当中。

这次远游，没有带太多物件，除了青衫、剑仙和已经相依为命很多年的飞剑初一、十五，就只带了一件金醴法袍。那件百睛饕餮法袍已经赠送给周米粒，黑衣小姑娘嘛，穿着很应景讨喜的。至于从肤腻城女鬼那边夺来的雪花法袍，也送给了石柔。

关于这件金醴法袍，陈平安又有了新的打算，只能对不住刘羡阳了。他寄了封跨洲书信去往醇儒陈氏，结果在老龙城那边收到了回信，是范二亲自带上披麻宗渡船的。刘羡阳在信上说，重色轻友，不过如此了。不过两人之间，谁也不用与谁客气，陈平安不仗义，刘羡阳也不差，让陈平安换一样与金醴法袍相差不大的，不然这件事没完，见了面，陈平安得站着不动，让他来几招猴子偷桃、海底捞月。信的末尾，让陈平安为他刘羡阳的弟媳妇捎句话：早生贵子。

陈平安就只能当作没看到了。这种话能讲？找死不是？

陈平安此行，带了白玉素牌、道家木质令牌两件咫尺物，一个是郑大风早年在老龙城灰尘药铺还的账，一个是靠搬运那只巨大藻井，凭自己本事辛辛苦苦挣来的。

包袱斋这种活计，自然是走到哪儿做到哪儿。

去年在那座道观仙府，也就是吃了身上方寸物、咫尺物不够的大亏，不然陈平安都能将道观青砖搬空，要是留下一块，都算陈平安这个包袱斋没有登堂入室。

至于神仙钱，陈平安只带了三十枚谷雨钱，这次到了倒悬山，比起第一次游历那座灵芝斋，咱们这位落魄山山主，至少可以正大光明多看几眼那些宝物了，不至于觉得多看一眼，就要让人撵出去。灵芝斋贩卖的物件，品秩确实好，可惜就是价格实在是让人瞧着都心肝疼。

陈平安在落魄山祖师堂落成后，便将自己年复一年当那包袱斋勤勤恳恳积攒下来的全部神仙钱都取了出来，交给了负责祖师堂财物清点录档、运转颁发的陈如初。不承想等到陈平安临出门，想要取钱的时候，陈如初站在朱敛身旁，一脸愧疚。陈平安当时就心知不妙，果不其然，朱敛拿出一干瘪的钱袋子，只装了十枚谷雨钱，说这些就是落魄山东拼西凑出来的所有闲钱了，其实连闲钱都谈不上，如今落魄山处处要用钱，委实是山主出门远游，落魄山只能硬着头皮，打肿脸充胖子，免得给人小觑了落魄山。再多，真没了。

然后朱敛便善解人意地来了一句，若是少爷心里实在难受，他朱敛也有办法，将十枚谷雨钱折算成小暑钱，钱袋子便可以鼓鼓囊囊。

陈平安当时握着那只钱袋子，有一种搬起石头砸自己脚的感觉。好一个朱敛，连你家少爷都坑？

朱敛坑姜尚真，坑魏檗，谁都坑，没办法坑的，连夜挖个坑也要坑上一坑，甚至当着别人的面，朱敛都有那脸皮挖坑。以前陈平安没觉得什么，结果等到朱敛连自己这位山主都坑的时候，就知道其中辛酸了。

不承想陈如初偷偷摸摸伸出两根手指。陈平安立即心领神会，喊价喊到了五十枚谷雨钱，说倒悬山灵芝斋宝物众多，那叫一个价廉物美，只要自己回了宝瓶洲，在牛角山渡口那边的包袱斋随便一转手，多赚几枚谷雨钱，不在话下。

一个喊着要为落魄山挣钱，一个拍胸脯摸良心使劲哭穷，相互砍价，最后陈平安才拿到手三十枚谷雨钱。

当陈平安乘上披麻宗跨洲渡船之后，朱敛摸了摸陈如初的脑袋，笑道："暖树啊，你立了大功。"

落魄山上的人，还是喜欢喊粉裙丫头为暖树，崔诚如此，朱敛、郑大风、魏檗这三位好兄弟，也如此。

陈如初一头雾水。

朱敛笑道："其实咱们落魄山还有二十枚谷雨钱的盈余，都拿走，不会影响落魄山，在黑字白纸的账本上，是看不太出来的。如今你管钱，可以多学学，咱们少爷当账房先生，还是很过硬的。"

陈如初问道："为什么不都给老爷？"

朱敛说道："少爷此去倒悬山，一路上不会有任何开销了。真到了倒悬山，哪有当那包袱斋的心思，都是糊弄咱们的，骗鬼呢。更多还是想着在灵芝斋之类的地方，挑选一件好东西，尽量贵些，拿得出手些，然后送给自己心爱的姑娘。我当然不是吝啬这二十枚谷雨钱，只不过少爷在男女情爱这件事上，还是不够老到啊，咱们少爷喜欢的女子，我虽然没见过面，但是我敢确定一件事情，只要你往钱上靠，她便觉得俗气了。”

陈如初越发疑惑，问道：“那为何朱先生还要多给二十枚谷雨钱?”

朱敛笑道：“男女情爱，太老到，就一定好吗?”

陈如初懵懵懂懂，迷迷糊糊。

朱敛身形佝偻，双手负后，任由山风吹拂鬓角发丝，目送那艘渡船升空远去，轻声道：“男子年轻的时候，总是想着自己有什么，就给女子什么，这没什么不好的。不同的岁月，不同的情爱，各有千秋，没有高下之分、好坏之别。人生无遗憾，太过圆满，事事无错，反而不美，就很难让人年老之后，时时惦念了。”

朱敛收起视线，转过头去，伸出小拇指，道：“拉钩，你不许将这些话告诉咱们山主，不然就山主那小心眼，我可要吃不了兜着走。”

陈如初双手藏在身后，有些生气，埋怨道：“朱先生，我老爷才不小心眼！不许你这么说老爷啊，我真会告状去的。”

朱敛笑道：“我所谓的小心眼，非是世俗贬义的说法，而是说记得住谁都不在意的世间小事，多好。”

陈如初笑逐颜开，这才与朱敛拉钩。

跨洲渡船上，陈平安对着身前棋盘，没有打谱，只是在看属于自己的棋局。

落魄山祖师堂本身，一颗颗棋子，凝聚出了一块棋形，是陈平安真正的家底。

在宝瓶洲的诸多脉络，又是一块更加疏散的棋形，暂时还不成气候，而且陈平安对此也只希望自己随缘而走。

北俱芦洲的关系，是第三块地盘，相对清晰，陈平安会用心且用力去经营，例如披麻宗、春露圃、云上城、彩雀府，以及潜在的水龙宗和龙宫洞天，都是一有机会便可以放心做买卖的。至少陈平安可以从中穿针引线，为各方势力提供一种可能性，再交由各座宗门、山头自己去权衡利弊。大家觉得有利可图，那就坐下来聊，大可以在商言商，根本无须觉得有损情谊，若是觉得此事不成，那也不耽误将来见面重逢，饮酒只谈闲趣事。

崔东山离开落魄山之前，有一次与陈平安崖畔对坐闲聊慢饮酒时，突然说了一句，他与先生，是同道中人，都在织网，这一点，他崔东山不得不承认，老秀才确实眼光更好，可惜拜师的本事远远不如自己。

陈平安有些好奇，询问文圣老先生的先生是谁。

崔东山哈哈大笑，说老秀才没正儿八经的传道先生，只有学问平平的市井学塾夫子而已。既然老秀才都没有拜过师，怎么跟自己比?

陈平安一一收拾棋子，放回白子棋盒。

再从另外一只棋盒中取出黑子，刻有名字、山头的诸多棋子凌乱错杂，陈平安双指一拈，不用去看，便放在棋盘不同处。

陈平安看着棋盘上纵横交错的黑子，其中有许多名字只是听说过，除此之外便是对手或是敌人，例如正阳山那些被风雷园李抟景一人力压数百年的“剑仙”祖师，例如清风城许氏的诸多供奉客卿，以及许氏攀附上的亲家——大骊上柱国袁氏。

以力杀人，以理杀人，以心诛心，这是截然不同的三种路数。

陈平安都不陌生，因为远游路上，大大小小的风波冲突，他都曾亲身领教过。

陈平安双手笼袖，身体前倾，仔细凝视着棋局。撼大摧坚，徐徐图之，这是陈平安一直极为推崇的一句言语，一个被陈平安深埋在心的道理。

布局的慢而稳，是为了收网的快。当自己递出一拳或一剑时，就不要留半点后遗症。在这期间，需要用一件件细细碎碎的小事，来成就一种天时地利人和齐聚的大势。

阿良当年在红烛镇廊道上，根本不会去杀朱鹿。至于左右问剑桐叶宗，更是如此了。

那么陈平安后来为了渔翁先生和赵鸾、赵树下，造访朦胧山祖师堂，那一次出手，便也学到了精髓。吕云岱与吕听蕉这对山上父子，反目成仇，据说最后的结果是，拘押在朦胧山上的吕听蕉暗中勾结大骊驻军武将，拉拢起数名山上供奉客卿，试图篡权，被吕云岱含怒击杀，经此一役，朦胧山元气大伤，对外宣称封山百年。

世间许多手腕，哪怕看似收了手，明明刀剑归鞘，可锋刃却长久落在他人的心上，此后十年百年，人心稍动，便要吃疼。

陈平安收起棋盘上的所有黑子，拈起一颗没有刻字的雪白棋子，随意落子。

虽然是个臭棋篓子，但他喜欢听棋子落在棋盘的声音。

陈平安闲来无事，自己与自己下了一盘棋，旗鼓相当，心满意足，觉得这才是下棋，让子算怎么回事，若是胜负明显，也没意思。

陈平安没有着急收拾棋子，后仰倒去。

遥想当年，在小镇大门，第一次看到的那拨外乡人，十余年光阴，弹指一挥间，人人都有了自己的故事。

苻南华如今已经是板上钉钉的老龙城下任城主，迎娶了云林姜氏嫡女后，大局已定。听说如今苻南华与封王就藩于老龙城的宋集薪，双方处得不错。

蔡金简这些年除了修行破境比较快之外，已经自己开峰辟出府邸，极少外出，潜心修道。

当年去往青鸾国途中，在蜂尾渡那条著名巷子又见过一面的黑衣青年姜韫，得到了小镇铁锁井的那桩大机缘，此人是玉璞境野修刘老成在宫柳岛之外，收取的唯一一名嫡传弟子。陈平安对姜韫印象不错，之后在书简湖，胆敢登上宫柳岛拜访刘老成，除了身上那块圣人玉牌作为保命符，相当一部分原因，便是刘老成会收取姜韫为弟子。

大隋皇子高煊，当初从李二手中“截获”了龙王篓和那尾金色鲤鱼，但是陈平安对此没有什么芥蒂。大隋高氏与大骊宋氏签订规格极高的山盟后，高煊担任质子，赶赴大骊披云山，在林鹿书院求学，没有刻意隐姓埋名。之前陈平安带着李宝瓶他们远游大隋山崖书院，跟高煊见过面，此后高煊在林鹿书院求学，双方都有些默契，没有刻意碰头，更无交流，不然过于犯忌讳，对双方而言，都不是什么好事。

清风城许氏母子，得了刘羡阳家的祖传瘊子甲，清风城许氏家主如虎添翼，凭此成为宝瓶洲战力最为拔尖的那一小撮元婴境修士，不但成功铲除异己，牢牢抓住大权，而且将许氏嫡女远嫁大骊京城，与大骊上柱国袁氏联姻。这么多年，撇开双方各自的暗中探查，陈平安与清风城许氏唯一的牵连，大概就是那些狐皮美人符箓了。许氏一开始在西边大山，拥有一座占地极广、风水极好的朱砂山，后来曹枰、苏高山两支大骊铁骑，分别被朱荧王朝边军和藩属国阻滞，加上许多幕后诸子百家的影影绰绰，一洲形势顿时扑朔迷离，清风城便做出一个事后悔青肠子的举动，贱卖了那座朱砂山，所有修士迁离大骊。如果不是舍了脸皮，将嫡女嫁给袁氏庶子，亡羊补牢，恐怕清风城如今已经更换家主了。

那头搬山老猿，依旧是正阳山的护山供奉，职责相当于落魄山的周米粒。当年那个瞧着粉雕玉琢却心机深沉的小女孩，名为陶紫，如今也成长为正阳山的修道天才，先前跻身洞府境，八方庆贺，那头老猿，更是搬了一座覆灭小国的旧山岳，作为贺礼。据说陶紫当年在小镇那边，就跟宋集薪很投缘，双方分别后，关系非但没有疏离，反而越来越紧密，她的那位家族老祖——正阳山掌权老剑仙之一，一定乐见其成。

那个爷爷是海潮铁骑共主的年轻女修，处境最为不堪，因为她当年误杀了杏花巷马婆婆，被马苦玄惦念至今。马苦玄用自己的全部功勋，例如斩杀两名朱荧王朝的金丹境剑修，再借用了一部分真武山修士的军功，按照国师崔瀺为大骊定下的某个规矩，换来了海潮铁骑的分崩离析，被大骊收编，而那名告老还乡的老人，则在半路被马苦玄亲手击杀，女子还被马苦玄取了个“数典”的辱人名字。兴许在很多旁观之人眼中，家族灭亡，叛离师门，女子继续苟活，不是数典忘祖是什么？

这些人，来了家乡小镇；家乡也有很多人陆陆续续走出了小镇。

例如那座学塾的蒙童，其中李宝瓶他们去了山崖书院，一个当年扎羊角辫的小姑娘石春嘉，跟随家族去了大骊京城，她家在骑龙巷的两间铺子便辗转到了陈平安手上，董水井则留在龙泉郡，靠自己做起了买卖，越做越大。

福禄街李希圣去了北俱芦洲，朱河、朱鹿父女，红烛镇一别，先去了大骊京城，后来便没了消息。

刘羡阳，祖上原来是那一支陈氏的守墓人，醇儒陈氏念旧，让女子陈对带着刘羡阳，去了南婆娑洲，约定二十年后，会让刘羡阳回到阮邛身边。刘羡阳学什么都快，与陈平安一起在龙窑当学徒，刘羡阳可以被姚老头收为弟子，姚老头将一身手艺，倾囊相授。后来两人都在阮邛建造在龙须河边上的铁匠铺子打杂帮工，阮邛不愿意收取他陈平安当弟子，但是对刘羡阳青眼有加。这就是陈平安最佩服刘羡阳的地方。

陈平安对此没有心结，就是替刘羡阳感到高兴。在陈平安心目中，刘羡阳应该把日子过得更好才对。

泥瓶巷宋集薪、顾璨，杏花巷的马苦玄，福禄街的赵繇，还有四大族十大姓当中许多陈平安没有打过交道的同龄人，应该也都离开了昔年的骊珠洞天，走向了更加广阔的天地，各有各的悲欢离合，大道争先。

无论敌我，一个个皆是从骊珠洞天走出去的人。

陈平安内心深处，对此也有一份从未诉之于口的私念——不光是宝瓶洲，未来整座浩然天下，都应该因为他们这些修行路上的晚辈，不得不重新记起“骊珠洞天”这四个字。

陈平安坐起身，四把飞剑从不同窍穴掠出。其中两把为炼化为练气士本命物的初一和十五。其余两把，皆是恨剑山仿剑，一把是指玄峰袁灵殿赠送的，名为“松针”。一把是托付刘景龙购买而来的，名为“啖雷”。

陈平安以心意驾驭四把飞剑，满室剑光。陈平安伸出并拢的双指，轻轻在棋盘上一按，众多棋子瞬间蹦跳而起。他同时驾驭四把飞剑，轻轻敲击那些即将坠落棋盘的棋子，将其一一挑高，屋内一阵阵叮咚作响，清脆声响如天籁。

修行路上，风景宜人。不过最动人的景致，还是宁姑娘。

只可惜他只敢这么想，不敢这么说。

孙家这艘跨洲渡船拥有两名管事，一明一暗，暗中那人，是从孙氏祖宅悄悄出山的供奉修士，对陈平安并不陌生，不过还真是有些好奇，当年那个不过武夫三境的少年，为何在武夫道路上，能够破境如此之快，总不能真如那市井坊间的演义小说，那些落魄文人胡乱瞎想出来的江湖故事，吃了什么增长百年内力的灵丹妙药，或是被隐世高人灌输了毕生功力吧。只不过陈平安一直没有离开小宅子，这名供奉不愿打搅对方修行，始终没有露面。

一直到山海龟临近那座倒悬之山，这名供奉才看到陈平安走出宅子，在山海龟背脊最高处的观景台，仰头眺望那座天下最大的山字印。只不过这会儿渡船明暗两个供奉都要忙碌起来，便打消了现身露面与之交谈的念头。

随着剑气长城那边的厮杀越来越惨烈，来到倒悬山做跨洲买卖的九大洲渡船，虽然生意越做越大，但是利润提升不多。

只要有心，便会发现南婆娑洲和扶摇洲的跨洲渡船，几乎都不再载人游历，刻意压缩了渡船乘客的人数，哪怕挣钱少些，不得不加大渡船远游的损耗，也要频繁往返，通过倒悬山向剑气长城运输更多物资。显而易见，这是坐镇两洲的儒家书院，开始暗中插手此事了。

唯独桐叶洲，依旧一如往常，这与桐叶洲跨洲渡船不多也有关系。桐叶洲是九大洲中，最不喜欢与外界打交道的一块广袤版图，去往桐叶洲游历的修士，与远游别洲的桐叶洲本土练气士，两者不成比例，所以桐叶洲修士也给人一种不挪窝的印象。

道理很简单，一来东南桐叶洲地大物博，自给自足，毫无问题，再者南北两端有桐叶宗和玉圭宗分别坐镇一洲首尾，而且仙家山头数目较少且规模较大，数千年以来，一洲世道，十分安稳。不过前些年那场裹挟扶乩宗、太平山两大宗门的巨大灾殃，不但让桐叶洲修士措手不及，也让浩然天下看了一个不小的笑话，好在如今已经重新平静下来，诸多仙家势力，各自休养生息。

陈平安站在观景台栏杆旁，身边四周修士，多是宝瓶洲人氏，也有相当数量游览宝瓶洲的别洲修士，这在以往，并不常见。

随着宝瓶洲的风云变幻，大骊王朝一举跻身浩然天下十大王朝之列，带着一丝好奇去往宝瓶洲的别洲修士，便越来越多。在这之前，宝瓶洲就是偏居一隅的弹丸之地，让人根本提不起兴致，要去也是去那剑修如云的北俱芦洲，或是直接去往桐叶洲。

一般来说别洲修士游览宝瓶洲的路线，从北往南，依次是大骊京城、神诰宗、观湖书院、老龙城，其余地方，不太会下船游历。

以后兴许会再加上一个桐叶洲玉圭宗的下宗——姜尚真的书简湖真境宗。

毕竟姜尚真的名气是真不小，一个能够在北俱芦洲兴风作浪还活蹦乱跳的修士，不多见。

对于浩然天下而言，北俱芦洲是一个极其凶险且不友好的地方，杀气太重，在别洲绝对不会死的死人，太多。

但是陈平安真正走过北俱芦洲之后，反而觉得这是一个江湖气多于神仙气的地方，将来可以常去。

风雪庙剑仙魏晋，如今就在剑气长城。浮萍剑湖女子剑仙郦采，在问剑太徽剑宗之后，应该也会立即赶赴倒悬山。

可惜曹慈已经不在城墙之上。不知道先后两次大战过后，曹慈留在那边的小茅屋，与老大剑仙陈清都的茅屋，还在不在。

观景台附近很多别洲修士，大多以中土神洲雅言交流，言语之中，纵横捭阖，指点江山，对于宝瓶洲山上山下，依旧没有什么敬意，提及那些势如破竹的大骊铁骑，也没有什么溢美之词，只说还行，在宝瓶洲本土算是不错，可要是搁在中土神洲，注定无法如此顺利。

不全是这些外乡人眼高于顶，因为崔东山自己就说过，宝瓶洲缺少飞升境修士，这就是天大的忧患。

几十年后，大势临头，只有一个偷偷摸摸跻身飞升境的老王八蛋，根本不够看，怎么办？借！好在倒是不用如何求爷爷告奶奶，不然他崔东山能憋屈得一口老血呛死自己。

崔东山言语之中泄露出来的那个天机，陈平安只当没听见。

国师崔瀺，先仿造出白玉京，再让大骊铁骑吞并一洲，敢行此举，自然不会束手待毙，但后果只是带着整座宝瓶洲一起送死。

陈平安收起思绪，环顾四周，瞻仰天地之间峰倒悬的那一幕壮观景象。

倒悬山之外，有一条条如云似水的河道，四面八方悬挂于山峰与大海之间。方圆百里的倒悬山，除去一位大天君坐镇的主峰之外，又有八处景点，陈平安都逛过。

初次登上倒悬山便要经过的捉放亭，悬挂着青冥天下那位“真无敌”道老二亲笔撰写的匾额。当时陈平安与皑皑洲刘幽州在此分别，刘幽州去了那座大名鼎鼎的猿蹂府。

挂满历代剑仙挂像的敬剑阁，陆抬想要为老祖敬香却被那个看门道童打出去的上香楼，女子武神裴杯炼剑的雷泽台，陈平安无意中买到一副祖宗甘露甲的灵芝斋，此外还有又名“缺一堂”的法印堂，与那风景旖旎的麋鹿崖，还有青鸾国柳青山迎娶的那位女冠柳伯奇所出身的师刀房，那边墙壁上，曾经有宋长镜和许弱的天价悬赏。

渡船沿着一条河道停靠倒悬山之后，陈平安与孙家的渡船管事道谢一声，然后独自一人，重登倒悬山。

陈平安没有挑选既卖东西又开客栈的灵芝斋入住，依旧选择了那间位于小巷尽头的鹳雀客栈。

掌柜愣了半天，问道：“陈平安？”

陈平安微笑点头。

掌柜啧啧道：“这次桂花岛那金粟，没跟你一起？如今你们宝瓶洲人氏腰杆硬了不少，陈公子照顾照顾小店生意，挑间上等房，如何？”

陈平安摇头道：“就上次那间屋子吧。”

掌柜有些无可奈何，从抽屉里摸出一把钥匙，轻轻抛给那个青衫背剑的年轻人，道：“陈平安，你这抠门的习惯，真得改改。出门在外，不够豪气，怎么能成大事。”

陈平安不忙着去屋子落脚，斜靠柜台，望向外边的熟悉小巷，笑道：“我一个下五境练气士，能有多少神仙钱？”

掌柜掰手指头算了算，打趣道：“这都快十年了吧，钱没挣着，境界也没上去几个台阶，陈大公子离了倒悬山之后，一直在干吗呢？”

陈平安笑道:“瞎逛。”

祖上世世代代都守着这间客栈的掌柜摇头道:“难怪重返倒悬山,还要光顾我这小地方,害我白欢喜一场。”

陈平安掏出两壶酒,递给掌柜一壶,道:“家乡的酒水。”

掌柜打开一闻,笑骂道:“寻常的糯米酒酿?陈平安你可真有脸拿出来!”

陈平安笑道:“倒悬山喝那些仙家酒酿,算什么能耐,只有喝这个,才彰显个性。”

掌柜一听觉得还挺有道理,两人便缓缓开饮。

陈平安问了倒悬山这些年的近况,掌柜说就那样,唯一的不同,就是倒悬山孤峰后山那边,大天君联手两位剑仙,合力新开辟了一座去往剑气长城的大门,做买卖的,一律走那边。没法子,不到十年,就打了两场惨绝人寰的死仗,光靠原先那座镜面大门往里面运输物资,不太够用。不过如今管得严了,游历一事已经断绝,所以闲杂人等,再想要去剑气长城那边看风景,很难了,没点门路,就别想了,已经不是钱的事情。先前剑气长城后边的那座城池,就因鱼龙混杂,闹出了一个天大的纰漏,倒悬山还为此戒严,甚至破天荒实行夜禁,还以师刀房修士领衔,一天之间,勘验倒悬山所有修士的腰牌,连包括猿蹂府在内的四大私宅都没能例外,结果又起了一场没头没脑的冲突。具体如何,倒悬山禁绝了消息,反正事情不小,总之动静很大。

陈平安询问第三场仗,大概会在什么时候打起来。掌柜笑着说这种事情,别说什么天晓得了,天都不晓得。

最后掌柜喝着酒,感慨道:“倒悬山不太平啊。”

先前两次大战都太过奇怪,惨烈不输以往半点,但是十分急促,就发生在短暂的十年之内,故而双方死人都极快极多,尤其是蛮荒天下的妖族,付出了比以往更大的代价,完全不似先前漫长岁月当中,双方每一次交战,断断续续,往往要延续个二三十年光阴。北俱芦洲那位剑修领衔人物之一的剑仙,便战死于第二场大战当中。

陈平安说道:“咫尺之隔,都已经不太平一万年了。”

掌柜笑了笑,道:“是这个理。”

两人轻轻磕碰酒壶,把剩余酒水一饮而尽。

陈平安去了那间屋子,摆设依旧,风景依旧,干净清爽。

没什么东西可以放,陈平安静坐片刻,就离开客栈和小巷,去往如同倒悬山中枢的那座孤峰。

孤峰只剩下一个看门人,正是那个貌若稚童却辈分极高的小道士,依旧在那边看书。由于如今此地几乎无人进出,来这边嬉戏打闹的倒悬山孩子便越发多。还是当年的景象,一有孩子靠近小道士,孩子的身体便会蓦然腾云驾雾飘远,一些顽劣孩子,故意如此,乐此不疲,飘然落地之后,继续往小道士飞奔而去,那小道士也不介意。

陈平安绕过孤峰，去往后山，按照鹳雀客栈掌柜的说法，那位当年传授了自己一门炼物口诀的抱剑汉子，依旧是戴罪之身，只是挪了地方，如今管着那边大门。

在陈平安离去之后，那个蘸口水翻书的小道士抬起头，望向青衫背剑年轻人的背影，那张瞧着稚嫩的脸庞上，有些奇怪的神色。

陈平安见到了那位坐在门旁石柱上抱剑酣睡的汉子。与孤峰前门只剩下一个小道士同时管着倒悬山和剑气长城两边的出和入不同，打瞌睡的抱剑汉子还是守着后面，负责盯着从剑气长城返回倒悬山的所有人，前面管事的，是一位倒悬山老道人。

大街之上熙熙攘攘，车水马龙，全是依次过境去往剑气长城的队伍。看门人，却不是那位以蛟龙之须炼制世间独一份缚妖索的熟悉老道。

陈平安没有出声，双手笼袖，安安静静站在石柱一旁，这边要寂静许多，几乎无人。

约莫一炷香后，抱剑汉子睁眼笑道："小子，我看你是不太喜欢宁丫头啊。一去这么多年不说，走到了这儿，也没见你有半点着急。"

陈平安如释重负，双手抱拳道："见过前辈，风采依旧。"

汉子摆摆手，道："我有两个消息，一个好消息，一个坏消息，想听哪个？"

陈平安说道："先听坏消息。"

汉子撇撇嘴，道："这多没劲，我还是先告诉你好消息吧。"

陈平安笑道："前辈说了算。"

汉子盘腿坐在一人多高的石柱上，看着这个年轻人，道："好消息就是，宁丫头在两次大战中都侥幸没死，如今境界不算低了，嗯，听说也长得越发水灵漂亮了。你喜欢宁丫头，半点不稀奇，宁丫头竟然喜欢你，才是天大的怪事。"

陈平安静待下文。

汉子幸灾乐祸道："坏消息就是，因为私底下死了好多不守规矩的人，所以如今管得严，你要没点硬关系，根本去不了剑气长城。别奢望我破例，擅自帮你飞剑传信，根本不成，不然我仅剩的这碗饭都吃不着了。既然你进不去，里面的人也没办法帮你运作，你小子就乖乖杵在这儿干瞪眼吧。挺好，陪着我唠唠嗑，再搞几壶酒水、几碟佐酒菜，咱俩每天打屁晒太阳，这小日子，也就真是神仙日子了。"

陈平安想了想，道："如今倒悬山，能够在这件事上开口说上话的，有哪些高人？"

抱剑汉子伸出手指，指了指身后，道："倒悬山那位真无敌嫡传的大天君，当然说话管用。"

陈平安哭笑不得。

这位道门大天君，曾经跟左右在海上厮杀了一场，翻江倒海数千里，不给自己穿小鞋，就已经很厚道了。

抱剑汉子又说道："那个长了一张娃娃脸的旧邻居，也成，不过这家伙脾气古怪，不是个可以用情理去聊的货色。再就是手里有一根金灿灿缚妖索的那个家伙。然后……大概只有既找对路数又钱财通神了，比如猿蹂府有人愿意替你付钱。这可不是小暑钱可以解决的事情，而且还要坏规矩，担风险，加上被倒悬山记下一笔账。”

陈平安默不作声。

汉子笑道：“劝你别动歪脑筋，那些有资格去往剑气长城的商贸队伍，哪怕收了你的钱，嘴上答应帮着传递消息，事实上也绝对不会办事，只会让你的神仙钱打水漂。老龙城桂花岛那边，是牌面不够大，没人有资格去剑气长城，何况桂花岛也承受不起这个后果，会死很多人不说，估计连整座桂花岛都要被倒悬山击沉。”

陈平安笑道：“既然我到了倒悬山，就绝对没有去不了剑气长城的道理。”

抱剑汉子笑道：“哟呵，不愧是四境练气士，口气不小啊。”

陈平安笑呵呵道：“也是七境武夫，前辈就当我是七境、四境相加，可以按照十一境算。”

汉子啧啧道：“别的不说，只说这脸皮，比起当年那寒酸少年，是真厚了不少。怎么，这些年游历，坑骗了不少姑娘吧？”

陈平安黑着脸道：“前辈这话真不能乱说！”

汉子嘿嘿笑道：“有没有这档子事，自个儿心里有数。”

陈平安手腕一拧，取出一壶仙家酒酿，抱剑汉子见势刚要嘴上弥补一二，或是干脆来个硬抢，不承想那贼精的年轻人，面带微笑，已经以迅雷不及掩耳之势收起了酒壶。

抱剑汉子揉着下巴，道：“陈平安，这就很伤感情了啊。”

陈平安笑道：“那就劳烦前辈给句痛快话。”

汉子环顾四周，小声说道：“你先四处逛逛，我想想看，有没有法子。”

陈平安点点头，心领神会，转身就走。

汉子急眼了，嚷嚷道：“你小子这是想要马儿跑，又不给马吃草？好歹先丢一壶酒过来解解馋啊。”

陈平安背对抱剑汉子，挥手告别。

陈平安去了一趟灵芝斋，当年一眼相中的素白玉牌，依旧没有被人买走。玉牌并无任何铭文篆字，只是因为材质本身太过珍稀，才标出了一个天价，灵芝斋一律不还价。陈平安笑容灿烂，二话不说便掏出二十枚谷雨钱，小心翼翼收起玉牌，离开了灵芝斋。他仰头望向天空，大日当空，暂时无法去往剑气长城的沮丧心情，好转了几分。

陈平安随后去了一趟敬剑阁，就像第一次游览此地的外乡人，脚步缓慢，一一细看，最后只在两幅挂像前，驻足稍久，然后神色如常，默默走开。

回到了鹳雀客栈，陈平安取出那块灵芝斋玉牌，又取出一块先前拿来练手的普通玉牌，对照着后者的刻字，深呼吸一口气，开始屏气凝神，以飞剑十五作为刻刀，在那块价值二十枚谷雨钱的素白玉牌上，轻轻刻字。

夜深人静时分。

陈平安对着那块正反面都已经刻上文字的玉牌，吹了口气，然后以手掌轻轻擦拭，缓缓收入袖中。

陈平安离开客栈，去找那位抱剑汉子。

汉子站在石柱旁，抱剑而立，笑问道："又有一个好消息和坏消息，先听哪个？"

陈平安没有多余的言语，抛出咫尺物当中早就准备妥当的八壶桂花酿，一一落在石柱上，整齐排列，都是先前范二登船赠送之物。

汉子有些神色尴尬，道："好消息就是，我打算送你去往剑气长城。坏消息呢，就有点难以启齿了，我这人脸皮薄。"

陈平安笑道："只要不耽误我去往剑气长城，前辈只管开口！"

汉子点点头，瞬间来到陈平安身侧，一把拽住后者肩膀，往大门那边丢去，然后哈哈笑道："坏消息就是你小子白送我这么些好酒。你是不是傻，都到了倒悬山，真会被那些个乱七八糟的规矩挡在门外？逗你玩呢，你小子再不来，我都要去客栈求着你赶紧滚蛋了……"

陈平安身形飘转，面朝大门之外的抱剑汉子，嘴唇微动，然后身形没入镜面，一闪而逝。

汉子伸手抓住一壶酒，畅饮了一大口，微笑道："你大爷还是你大爷嘛。"

剑气长城一座大门旁边。

一位师刀房年迈女冠睁开眼睛，笑道："不是剑修，却背着这么一把好剑，是中土神洲那几家豪阀的子弟？嗯，境界不高，不愧是大门大户里走出来的年轻后生，底子真是不错，浩然天下的寻常地仙修士，都不像你这般稳当落地，以前来过这边？"

陈平安没有回答任何一个问题，反问道："前辈可是柳伯奇的恩师？"

那女冠点点头，道："你认得我那个失心疯跑去嫁人的弟子？"然后年迈女冠恍然大悟道："你就是宝瓶洲那个叫陈平安的家伙吧？"

陈平安疑惑道："前辈知道我？"

她笑容颇堪玩味："这话问得多余了。"

大门另外一侧的抱剑汉子，冷哼一声，道："连剑修都不是，这般岁数，还是个下五境修士。我看柳伯奇的失心疯，远远不如宁丫头的失心疯。"

陈平安置若罔闻，始终面带微笑。

别的事情，陈平安当然会诚心诚意，敬重这些各有故事的前辈。

可是在某件事情上,他娘的你们算老几。

城池之内。

一条大街上,陈平安来到一座大宅门口,轻轻敲门。

他故意不去看墙头上趴着的一排脑袋。其实都算是熟人,只不过当年都没怎么说过话。

大门缓缓打开。

她问道:"你谁啊?"

陈平安一把抱住了她,轻声道:"浩然天下陈平安,来见宁姚。"

陈平安轻轻松手,后退一步,仔细看她。

她依旧一袭墨绿长袍,高了些,但是不多,如今已经不如他高了。

她微微脸红,整座浩然天下的山水相加,都不如她那双好看的眉眼。陈平安甚至可以从她的眼睛里,看到自己。

她一挑眉,道:"陈平安,出息了啊?"

陈平安答非所问,轻声道:"这些年,都不敢太想你。"

宁姚刚要说话,身后影壁那边便有人吹了一声口哨,是个蹲在地上的胖子,胖子后面藏着好几颗脑袋,就像孔雀开屏,一个个瞪大眼睛望向大门这边。

宁姚刚要有所动作,却被陈平安抓起了一只手,重重握住,道:"这次来,要多待,赶我也不走了。"

有女子低声道:"宁姐姐的耳根子都红了。"

宁姚将陈平安往自己身前猛然一扯,手肘砸在他胸膛上,挣脱了陈平安的手,转头大步走向影壁,撂下一句话,道:"我可没答应。"

陈平安龇牙咧嘴,这一下砸得可真沉,他揉了揉心口,快步跟上。无须他关门,一个眼神浑浊的老仆笑着点头致意,悄无声息便关上了府邸大门。

影壁拐角处,众人已经起身。

陈平安与宁姚并肩而行,向那些人笑着打招呼道:"晏琢,董画符,叠嶂,陈三秋,你们好。"

那个体形壮硕的胖子晏琢,是晏家的嫡子。晏家在剑气长城的地位,相当于世俗王朝的户部,除去那些大家族的私人渠道,晏家管着将近半数的物资运转,简单来说,就是晏家有钱,很有钱。

董画符,这个姓氏就足以说明一切。是个黝黑精悍的年轻人,满脸伤疤,神色木讷,从来不爱说话,只爱喝酒。他的佩剑却是一把很有脂粉气的红妆。他有个亲姐姐,名字更怪,叫董不得,但却是一个在剑气长城都有数的先天剑坯,瞧着柔弱,厮杀起来,却是个疯子，据说有一次杀红了眼，是被那位隐官大人直接打晕了，扛着返回剑气长城。

身姿纤细的独臂女子，背大剑镇岳。她出身剑气长城的陋巷，没有姓氏，就叫叠嶂。年幼时被阿良遇到，便经常使唤她去帮忙买酒，一来二去，关系熟稔了，然后逐渐认识了宁姚他们这些朋友。如今还替阿良欠了一屁股酒债。

最后一人，是个极为俊美的公子哥，名为陈三秋，亦是当之无愧的大姓子弟，打小就暗恋董画符的姐姐董不得，痴心不改。陈三秋左右腰间各自佩挂一剑，只是一剑无鞘，剑身篆文为古朴的"云纹"二字，有鞘剑名为经书。

为首那胖子捏着喉咙，学那宁姚细声细气道："你谁啊？"

宁姚停下脚步，瞥了眼胖子，没说话。

陈平安向宁姚轻声问道："金丹境剑修？"

宁姚依然没说话，陈三秋笑眯眯道："反正晏胖子不是四境练气士，也不是那傻乎乎的纯粹武夫。"

陈平安微笑道："看不起我没关系，看不起宁姚的眼光，不行。"

晏胖子屁股一撅，撞了一下背后的董黑炭，道："听见没，当年在咱们城头上就已经是四境的武学大宗师，好像不开心了。"

宁姚皱起眉头，说道："有完没完？"

晏胖子举起双手，迅速瞥了眼那个青衫年轻人的双袖，委屈道："是陈三秋撺掇我当出头鸟的，我对陈平安可没有意见。这世上有几个纯粹武夫，小小年纪，就能够跟曹慈连打三架？我佩服都来不及。不过我真要说句公道话，在咱们这儿，符箓派修士，是除了纯粹武夫之外，最被人瞧不起的旁门左道了。陈平安啊，以后出门，袖子里千万别带那么多张符箓，咱们这儿没人买这些玩意儿。没办法，剑气长城这边，穷乡僻壤的，没见过大世面。"

宁姚有了一丝怒容，晏胖子立即缩了缩本就几乎不见的脖子。

他们其实对陈平安印象不好不坏，还真不至于仗势欺人。只不过宁姚在他们心目中，太过特殊。剑气长城，又与那座浩然天下存在着一层天然的隔阂。

这几个人都知道陈平安没什么错，也没什么不好的，但是所有剑气长城的同龄人，以及一些与宁、姚两姓关系不浅的长辈，都不看好宁姚与一个外乡人会有什么将来，何况当年那个在城头上练拳的少年，留下的最出名的故事，无非就是连输三场给曹慈。再者浩然天下那边的修道之人，相较于剑气长城的世道，日子过得实在是太过安稳，宁姚成长极快，而剑气长城的门当户对，历来只有一种，那就是境界相近，杀力相当！

陈平安笑道："有机会切磋切磋。"

晏琢看了眼宁姚，摇头如拨浪鼓，道："不敢不敢。"

宁姚轻声道："你才六境，不用理会他们，这帮家伙是吃饱了撑的。"

陈平安忍住笑，道："假装远游境有点难，装作六境武夫，有什么难的。"

结果宁姚又一肘砸中他腰部，怒气冲冲道："骗我好玩吗？"

这一次是真生气了，晏琢几个噤若寒蝉。

陈平安抓住她的手，轻声道："我是习惯了压着境界出门远游，如果在浩然天下，我这会儿就是五境武夫，一般的远游境都看不出真假。十年之约，说好了我必须跻身金身境，才来见你，你是觉得我做不到吗？我很生气。"

你陈平安生气？那你满脸笑意是怎么回事？恶人先告状还有理了，是吧？宁姚怔怔看着眼前这个有些陌生又很熟悉的陈平安，将近十年没见，他头别玉簪，一袭青衫，还背着一把剑，自己连看他都需要微微仰头了。浩然天下那边的风土人情，她宁姚会不清楚？当年她独自一人，走遍了大半个九洲版图，难道不知道一个模样稍稍好些的男子，只要多走几步江湖路，总会遇上这样那样的红颜知己？尤其是这么年轻的金身境武夫，在浩然天下也不多见，就他陈平安那种死犟死犟的脾气，说不定偏偏就是有些不要脸女子的心头好了。

虽然陈平安根本不知道宁姚心中在想些什么，但是直觉告诉他，如果自己不做点什么，不说点什么，估摸着就要小命不保了。但是当陈平安仔仔细细看着她那双眼眸，便没了任何言语，只是低下头，轻轻碰了一下她的额头，嘴里喃喃道："宁姚，宁姚。"

天地之间，再无其他，就只有宁姑娘。

宁姚转过头，一掌推开陈平安的脑袋，瞪眼道："陈平安，你是不是鬼上身了？"

陈平安也有些难为情。

晏琢转头哭丧着脸道："老子认输，扛不住，真扛不住了。"

陈三秋使劲翻白眼，嘀咕道："我有一种不祥的预感，感觉像是那个狗日的阿良又回来了。"

董画符难得开口说话："喜欢就喜欢了，境界不境界的，算个卵。"

叠嶂点点头，道："我也觉得挺不错，跟宁姐姐出奇地般配。但是以后他们两个出门怎么办，如今没仗可打，好些人正好闲得慌，很容易捅娄子。难道宁姐姐就带着他一直躲在宅子里，或是偷偷摸摸去城头那边待着？这总不成吧。"

陈平安突然重重抱拳，眼神清澈，笑容阳光灿烂，对他们说道："感谢你们一直陪在宁姚身边。当年那次在城头上，就该说这句话了，欠了你们将近十年。"

叠嶂笑着没说话。

陈三秋"嗯"了一声，道："可惜宁姚从小就看不上我，不然你这次得哭倒在门外。"

晏琢抬起双手，轻轻拍打脸颊，笑道："还算有点良心。"

董画符问道："能不能喝酒？"

宁姚说道："喝什么酒？"

董画符便说道："他不喝，就我喝。"

宁姚带着陈平安到了一个广场，见到了那座大如屋舍的斩龙台石崖。

石崖上有剑仙亲手开凿出来的一条登高台阶，众人依次登高，上面有一座略显粗陋的小凉亭。

宁姚看了眼背负大剑镇岳的独臂少女。叠嶂眨了眨眼，刚坐下便起身，说有事。

陈三秋和晏琢也各自找了理由，唯独董画符傻了吧唧还坐在那边，说他没事，结果被陈三秋搂住脖子拽走了。

只剩下两人相对而坐。

陈平安双手握拳，轻轻放在膝盖上。没了晏琢他们在，宁姚稍稍自在些。

宁姚问道："这些年，有没有喜欢你的姑娘？"

陈平安点头道："有。但是不曾动心，以前是，以后也是。"

宁姚又问道："几个？"

陈平安呆若木鸡。

宁姚继续说道："哪几个？"

陈平安瞠目结舌。

不承想宁姚说道："我不在意。"

陈平安无言以对。

宁姚转头望向斩龙台下面，问道："白嬷嬷，这家伙真的是金身境武夫吗？"

宁姚视线所及，除了那个关门的老仆，还有一个高大老妪，两个老人并肩而立。

老妪笑着点头："陈公子的的确确是七境武夫了，而且底子极好，超乎想象。"

陈平安轻声说道："没骗你吧？"

宁姚没理睬陈平安，对那两位长辈说道："白嬷嬷，纳兰爷爷，你们忙去吧。"

老妪犹豫了一下，眼神含笑，似乎带着点问询意味，宁姚微微摇头，老妪这才笑着点头，与那脚步蹒跚的老者一起离开。

陈平安问道："白嬷嬷是山巅境宗师？"

宁姚点点头，"以前是止境，后来为了我，跌境了。"

陈平安突然问道："这边有没有跟你差不多岁数的同龄人，已经是元婴境剑修了？"

宁姚嗤笑道："我暂时都不是元婴境剑修，谁可以？"

陈平安"嗯"了一声。这个答案，很宁姑娘。

宁姚皱眉问道："问这个做什么？"

陈平安笑道："没什么。"

宁姚提醒道："剑气长城这边的剑修，不是浩然天下可以比的。"

陈平安点头道："我心里有数，你以前说北俱芦洲值得一去，我来这边之前，就刚刚去过一趟，领教过那边剑修的能耐。”

宁姚“哦”了一声，眉头悄悄舒展，这落在某人眼中，就是那月上柳梢头的景致。

陈平安手腕一拧，取出一本自己装订成册的厚厚书籍，刚要起身，坐到宁姚那边去，宁姚说道：“你就坐那边。”

陈平安伸手挠挠头，一手轻轻抛出那本书，道：“当年背着老大剑仙的那把剑去往桐叶洲，老前辈提醒过我，最好忍一忍，不要随随便便寄信到剑气长城，害你分心，更担心一个不小心，因为我而牵连你，我便牢牢记下了。所以我一有空就会写下这些年的山水见闻，你翻翻看，大大小小的所有事情都有，有些记录得比较仔细，有些只写了个大概。”

宁姚接过书，开始翻阅这本陈平安自己撰写的山水游记。

陈平安坐了一会儿，见宁姚看得入神，便干脆躺下，闭上眼睛。一开始还想着事情，后来不知不觉，陈平安竟然真就睡着了。

宁姚偶尔抬起头，看一眼那个熟悉的家伙，小小凉亭内，唯有翻书声。看完之后，她将那本书放在长椅上当枕头，轻轻躺下，不过一直睁着眼睛。

不知过了多久，夜幕中，她悄悄侧过身，微微抬头，双手合掌，轻轻放在那本书上，一侧脸颊贴着手背，凝视着他，轻声道：“你当年走后，我找到了陈爷爷，请他斩断你我之间那些被人安排的姻缘线。陈爷爷问我，真要如此做吗？万一两个人真的就互相不喜欢了，如何是好？我说，不会的，我宁姚不喜欢谁，谁都管不着，我若喜欢一个人，谁都拦不住。陈爷爷又问，那陈平安呢？要是没了姻缘线牵着，又远离剑气长城千万里，会不会就这样愈行愈远，再也不回来了？我就替你回答了，不可能，陈平安一定会来找我的，哪怕不再喜欢，也一定会亲口告诉我。但是我其实很害怕，我更喜欢你，你却不喜欢我了。”宁姚不再说话，缓缓睡去。

陈平安睁开眼睛，轻轻起身，坐在宁姚身边。

抬头，是三轮天上月，低头，是一个心上人。

陈平安悄悄离开凉亭，走下斩龙台，来到那个老妪身边。

老妪微笑道：“见过陈公子，老婆子姓白，名炼霜，陈公子可以随小姐喊我白嬷嬷。”

陈平安喊了声白嬷嬷，没有多余言语。

老妪率先挪步，悄无声息，一身气机内敛如死寂潭水，陈平安便跟上老妪的脚步。

老妪沉默片刻，走出百余步后，这才笑道：“看来陈公子这些年在浩然天下游历四方，并不轻松。”

她如今只是山巅境修为，只是眼光却是止境武夫的眼光，一个纯粹武夫的晚辈，再竭力掩饰，落在老妪眼中，无非是稚子背重物过河，到底有几斤气力，一清二楚。但是身边这个年轻人的武夫六境,很像那么回事。这意味着年轻人不单单是到了剑气长城后,才临时起意,故意压境,而是长久以往,习惯成自然,才能够如此圆满无瑕。

陈平安点头道:“不是特别顺遂,但都走过来了。”

老妪停下脚步,笑问道:“敌人当中,练气士最高几境,纯粹武夫又是几境?”

陈平安如实回答:“修士,飞升境。武夫,十境。不过前者是死敌,当然不是靠我自己扛下的,下场很狼狈。后者却是一位前辈有意指点拳法,压在九境,出了三拳。”

饶是在剑气长城这种地方土生土长的老妪,都忍不住有些讶异,直截了当说道:“陈公子这都没死?”说完老妪似乎也觉得自己唐突,笑道:“有些无礼了,还望陈公子海涵。”

陈平安笑道:“运气不错。”

老妪摇摇头,道:“这话说得不对。在咱们剑气长城,最怕运气好这个说法,因为看上去运气好的,往往都死得早。运气不能太好,得每次攒一点,才能真正活得长久。”

陈平安点头道:“记下了,以后说话会注意。”

老妪挥挥手:“陈公子不必如此拘谨。在这里,太好说话,不是好事。”

陈平安笑道:“也就在这里好说话,出了门,我可能都不说话了。”

老妪笑得合不拢嘴,道:“这话说得对胃口。不过现在还有个小问题,我这个老眼昏花的老婆子,一辈子只在姚家和宁府两个地方打转,别的地方,去的不多,倒悬山都没去过一次,城头上和更南边,也极少。如今陈公子进了宅子,宅子外面盯着咱们这儿的人,很多。老婆子说话从来不拐弯抹角,不是我瞧不起陈公子,恰恰相反,如此年轻,便有这样的武学造诣,很了不起,我与那姓纳兰的,都很欣慰。老婆子还好,铁石心肠些,那个瞧着半死不活的老家伙,其实先前已经偷偷跑去敬香了,估摸着没少流泪,一大把年纪,也不害臊。”

陈平安说道:“白嬷嬷只管出拳,接不住,那我就老老实实待在宅子里。”

老妪以寸步直线向前,不见任何气机流转,一拳递出,陈平安以左手手肘压下那一拳,同时右拳递向老妪面门,只是骤然间收了拳意,停了这一拳。老妪却没有收拳的意思,哪怕被陈平安手肘压拳寸余,依旧一拳砰的一声砸在陈平安身上。

陈平安在廊道上倒滑出去数丈,以顶峰拳架为支撑拳意之本,看似垮塌的猿猴身形骤然舒展拳意,背脊如蛟大龙,刹那之间便止住了身形,稳稳站定。若非点到即止,加上老妪只是递出远游境一拳,不然陈平安完全可以逆流而上,甚至可以硬抗一拳,半步不退。

老妪笑着点头道:“就当收下了陈公子的见面礼,那老婆子就不再耽误陈公子赏月。”

陈平安抱拳告辞。

老嬷嬷出手的那一拳是实打实的远游境巅峰,不过先前陈平安收拳,她也收了些拳意，再无巅峰一说。可是如若用寻常金身境，硬抗远游境一拳，估摸着今晚是不用赏月了。

那个老管事来到老妪身边，沙哑开口道：“唠叨我做甚？”

老妪笑道：“怎么，觉得在未来姑爷这边丢了颜面？你纳兰夜行，还有个屁的面子。”

老管事叹息一声。

陈平安回了凉亭，宁姚已经坐起身。

陈平安说道：“怎么不多睡会儿？”

宁姚冷笑道：“不敢。”

陈平安委屈道：“天地良心，我不是那种人。”

试想裴钱跟谁学得最多？陈平安要么是灯下黑，要么就是装傻。

宁姚置若罔闻，一手托起那本书，双指捻开书页，一页写着莲藕福地女冠黄庭，又捻开一页，写了画卷女子隋右边，没隔几页，很快就写到那大泉王朝姚近之了。

陈平安坐在对面，伸长脖子，看着宁姚翻了一页又一页，书是自己写的，大致第几页数写了些什么山水见闻，心里有数，这一下子立即就如坐针毡了。宁姑娘你不可以这么看书啊，那么多篇幅极长的奇奇怪怪、山水形胜，自己一笔一画，记载得很用心，岂可略过，只揪住一些细枝末节，做那断章截句、破坏义理的事情？

宁姚瞥了眼陈平安，道：“我听说读书人做文章，最讲究留白余味，越是简明扼要的语句，越是见功力，藏念头，有深意。”

陈平安一本正经道：“没听说过，不知道。反正我不是那种弯弯绕绕的读书人，我有一说一，有二写二，有三想三，都在书上写得清清楚楚，明明白白了。”

宁姚继续低头翻书，问道：“有没有不曾出现在书上的女子？”

陈平安斩钉截铁道：“没有！”

宁姚抬起头，笑问道：“那有没有觉得我是在秋后算账，无理取闹，疑神疑鬼？”

陈平安笑着摇头。

宁姚点点头，总算合上书籍了，盖棺定论道：“北俱芦洲水神庙那边，处理宝峒仙境的仙子顾清，就做得很干脆利落，以后再接再厉。”

陈平安说道：“这样的机会都不会有了。”

宁姚一挑眉，问道：“陈平安，你如今这么会说话，到底跟谁学的？”

陈平安毫不犹豫道：“如果真是一些不好的，肯定是跟落魄山朱敛和郑大风学的。”

宁姚点点头，道：“朱敛不好说，毕竟我没见过，但是那个郑大风，确实不像个正经人。”可话锋一转，宁姚又说道：“不过郑大风在老龙城一役，让人刮目相看，虽然不像个正经人，实则最正经。郑大风断了武夫路，很可惜，在落魄山帮你看大门，不能怠慢了人家。至于某些男人，都是看着正经，其实一肚子歪心思，花花肠子。”

陈平安看着宁姚，宁姚看着他。

陈平安小声问道："不会是说我吧？"

宁姚问道："你说呢？"

陈平安说道："那就当然不是啊。"

宁姚笑了笑。

陈平安觉得自己一身正气走江湖，半点脂粉不沾边，冤死了。

宁姚没有还书的意思，将那本书收入咫尺物当中，站起身，道："领你去住的地方。府邸大，这些年就我和白嬷嬷、纳兰爷爷三人，你自己随便挑座顺眼的宅子。"

陈平安跟着起身，问道："你住哪儿？"

宁姚停下脚步，转头望向陈平安，她笑着眯起眼，以手握拳，挑衅道："说大声点，我没听清楚。"

陈平安无奈道："我是想要挑一座离你近些的宅子。"

宁姚有些羞赧，瞪眼道："在这里，你给我老实点。白嬷嬷是我娘的贴身婢女，你要是敢毛手毛脚，不守规矩，山巅境武夫的拳头，让你吃到打饱嗝。"

说到这里，宁姚记起书上的那些记载，觉得好像白嬷嬷的拳头，吓不住他，便换了一个说法，道："纳兰爷爷，曾是剑气长城最擅长隐匿刺杀的剑仙之一，虽说受了重伤，本命元婴半毁，害得他如今魂魄腐朽了，但是战力依旧相当于玉璞境剑修，若是被他在暗处盯上，你完全可以将他视为仙人境剑修。"

陈平安放心许多，问道："纳兰爷爷的跌境，也是为了保护你？"

若是别人，陈平安绝对不会如此开门见山询问，但是宁姚不一样。早年在骊珠洞天，宁姚的处事风格，曾经让陈平安学到许多。

宁姚点点头，神色如常，道："跟白嬷嬷一样，都是为了我，只不过白嬷嬷是在城池内，拦下了一名身份不明的刺客，纳兰爷爷是在城头以南的战场上，挡住了一头藏在暗处伺机而动的大妖。如果不是纳兰爷爷，我跟叠嶂这拨人，都得死。"

宁姚停顿片刻，又道："不用太多愧疚，想都不要多想，唯一有用的事情，就是破境杀敌。白嬷嬷和纳兰爷爷已经算好的了，若是没能护住我，你想想，两位老人该有多悔恨？事情得往好的去想。但是怎么想，想不想，都不是最重要的，在剑气长城，不破境，不杀妖，不敢死，就是空有境界和本命飞剑的废物。在剑气长城，所有人的性命，都是可以计算价值的，一生当中，亲手斩杀了多少头妖物，以及设伏击杀了多少大妖，然后扣去自身境界以及这一路上死去的扈从剑师，是赚是赔，一眼可见。"

陈平安说道："每一个剑气长城的年轻天才，都是光明正大抛撒出去的诱饵。"

宁姚点头，沉声道："对！我，叠嶂，晏琢，陈三秋，董画符，已经死去的小蛔蛔，当然还有其他那些同龄人，我们所有人，都心知肚明，但是这不耽误我们倾力杀敌。我们每个人私底下，都有一本账簿，在境界相差不大的前提下，谁的腰杆硬，谁就赚到钱，妖物的头颅，就是我们眼中唯一的钱！”

宁姚随手指了一个方向，接着道：“晏胖子家里，来自浩然天下的神仙钱，多吧，很多，但是晏胖子小的时候，却是被欺负得最惨的一个孩子，因为谁都看不起他。最惨的一次，是他穿上了一件崭新的法袍，想着出门显摆，结果被一伙同龄人堵在巷弄，回家的时候，号啕大哭的小胖子，惹了一身的尿臊味。后来跟了我们，才好点，他自己也争气，除了第一次上战场时，被我们嫌弃，再往后，就只有他嫌弃别人的份了。”

陈平安环顾四周，轻声感慨道：“这里是个生死都不寂寞的好地方。”

宁姚问道：“你到底选好宅子没有？”

陈平安笑道：“还没呢，这一住就要好些光阴，不能马虎，再带我走走。”

宁姚埋怨道：“就你最烦。”嘴上说着烦，满身英气的姑娘，脚步却也不快。

陈平安想着些心事—— 一些其实与两人休戚相关的大事，也会问些剑气长城这些年的近况。

突然，陈平安脚背上挨了宁姚一脚。

陈平安回过神，说了一处宅子的地址，宁姚让他自己去，便独自离开了。

陈平安到了选中的宅子，离宁姚住处不远，但也没毗邻。神出鬼没的老妪白炼霜帮着开了门，交给陈平安一大串钥匙，说了些屋舍宅邸的名字，显而易见，这些都是陈平安可以随便开门的地方。

老妪打趣道：“小姐的宅子钥匙，真不能交给陈公子。”

陈平安头皮发麻，连忙说道：“不用不用。”

进了两进的僻静宅子，陈平安挑了间厢房，摘下背后的剑仙，取出那件金醴法袍，一起放在桌上。陈平安坐在桌旁，伸手摩挲着那件法袍。

如果说那把剑仙，是莫名其妙就成了一件仙兵，那么手下这件金醴法袍是如何重返仙兵品秩的，陈平安最清楚不过了，一笔笔账，清清爽爽。

答案很简单，一枚枚金精铜钱喂出来的结果。金醴曾是蛟龙沟那条恶蛟身上所穿的“龙袍”，其实更早，是龙虎山一位天师在海外仙山闭关失败，留下的遗物。落到陈平安手上的时候，只是法宝品秩，此后一路陪伴他远游千万里，吃掉不少金精铜钱，逐步成为半仙兵。在这次赶赴倒悬山之前，依旧是半仙兵品秩，然后陈平安便用仅剩的那块琉璃金身碎块，悄悄跟魏檗做了一笔买卖，换取金醴法袍提升为仙兵品秩。

魏檗对于飞升境修士陨落后才有望出现的琉璃金身碎块的需求，远远大于金精铜钱，于是刚刚从大骊朝廷那边得到一百枚金精铜钱的北岳山君，与咱们这位落魄山山主，各凭本事和眼力，“豪赌”了一场。魏檗赌的，就是不用掏空一百枚金精铜钱的家底，便可以帮助来历古怪的金醴法袍晋升品秩，百尺竿头更进一步，最终成为传说中的仙兵。

最后魏檗到底花费了多少枚金精铜钱，陈平安没问，魏檗没说。

作为宝瓶洲历史上第一位跻身上五境的山岳正神，魏檗得此大骊皇帝贺礼，天经地义。

有小道消息说，那位离开辖境进京面圣的中岳山君晋青，也得到了五十枚金精铜钱。

那么其余大骊新三岳山君，应该也是五十枚起步。

魏檗能不能再有收获，便很难说了，毕竟被大骊铁骑禁绝的山水淫祠和被敲碎的神祇金身，终究有个定数，不可能为了五岳正神的金身坚韧，就去涸泽而渔，大肆打杀各路神灵，如此只会引来不必要的天怒人怨。尤其是如今形势有变，宝瓶洲各处，大大小小的亡国遗民，联手那些因师门覆灭沦为野修的山上修士，硝烟四起，虽然暂时不成气候，不至于让拨转马头的大骊铁骑疲于应付，但大骊接下来对于所有已经梳理过一遍的残余神灵，一定是会以安抚为主的。

陈平安神色凝重，有件事，必须要与老大剑仙陈清都商议，而且必须是秘密商议。

当年在剑气长城，老大剑仙亲自出手，一剑击杀城池内的上五境叛徒，后续事态差点恶化，群雄齐聚，几大姓氏的家主都露面了。当时陈平安就在城头上远远旁观，一副"晚辈我就看看各位剑仙风采，开开眼界，长长见识"的模样，其实早就察觉到了剑气长城这边的暗流涌动，剑仙与剑仙之间，姓氏与姓氏之间，隔阂不小。

但是陈平安必须按捺着性子，找一个合情合理的机会，才能够去跟城头上的老大剑仙见一面。

先前从宁姚那里听来的一个消息，兴许可以证明陈平安的想法是对的。宁姚这一代年轻人，是公认的天才辈出，被誉为有剑仙之资的孩子，有三十人之多，无一例外，都投身过战场，并且有惊无险地陆续跻身了中五境剑修，在两场极为惨烈的战事当中夭折之人，极少。这是剑气长城万年未有的大年份。故而剑气长城这边，未必没有察觉到蛛丝马迹，已经着手准备了。

陈平安既忧心，又宽心；百感交集，心情复杂。

这就像陈平安山水迢迢，走到了倒悬山，见到了那个抱剑而睡的待罪剑仙，也只会安安静静站在一旁，等着汉子自己愿意开口说话。

年少时，喜欢与厌恶，都在脸上写着，嘴上告诉这个世界自己在想什么。长大之后，便很难如此随心所欲了。

陈平安站起身，来到院子，练拳走桩，用以静心。

当下与那些愁人的大事无关，撼大摧坚，陈平安从来心定、手稳、熬得住。

就是有些想念宁姑娘了。

而被陈平安惦念的那个姑娘，正双手托腮，坐在桌旁，灯下摊开一本书，却长长久久不愿翻看下一页。

密密麻麻以规矩小楷写就的书页上，藏着一句话，就像一个羞赧的孩子，躲在街巷拐角处，只露出一个影子，偷偷等着翻到下一页便能打个照面的宁姚。

书上说的，也就是陈平安说的。

当时陈平安没喝酒，可看到宁姑娘睫毛微颤的侧脸，那万年屹立不倒的剑气长城，都好像摇晃了起来。

第七章
剑修如云处出拳

陈平安练过了拳，犹豫一番，仍是离开宅子，重新来到斩龙崖凉亭，抱拳站着，有意散发出一身拳意。

老妪蹒跚而来，缓缓登上这座让整座剑气长城都垂涎已久的小山，笑问道："陈公子有事要问？"

陈平安愧疚道："虽然初来乍到，但是有些事情，忍不住，只好叨扰白嬷嬷休息了。"

老妪点头笑道："一家人不说两家话，陈公子不客气，老婆子心里欢喜，太客气了，便要不高兴。"

陈平安在老妪落座后，这才正襟危坐，轻声问道："两位前辈离世后，宁府如此冷清，姚家那边……"

老妪沉默片刻，缓缓道："这就牵扯到一桩旧事了。当年夫人执意要嫁入家道中落的宁家，姚家上下，都不同意。老爷当年境界不高，也没有一鼓作气成为剑仙的架势，若只是如此，姚家也不至于如此势利眼，非要拦着夫人嫁给一个出息不大的男人，问题在于当年姚家请那位坐镇城头的道家圣人，算过老爷和夫人的八字，结果不太好，所以宁府当年想要将这座斩龙台作为彩礼，送给姚家，夫人家里都没答应。夫人出嫁那会儿，也没半点风光可言，老爷嘴上不说什么，其实那些年里，一直对夫人心怀愧疚，总觉得亏欠了。后来老爷跻身了上五境，姚家那边，依旧不冷不热，没法子，心里有根刺，老爷还能如何，依旧愧疚。不管老爷怎么劝说，夫人都不怎么回娘家，去的次数，屈指可数，去了，也是谈正经事。不过是隔着两条街而已，比仇家还要没个往来。直到宁府有了咱们小姐，两家关系才好了起来，可惜后来老爷和夫人都走了。姚家那边，尤其是小姐的姥爷和姥姥，对小姐的感情，很复杂，不见吧，会担心，见着了，又要揪心，小姐那眉眼，实在是跟夫人一个模子刻出来的。在老爷和夫人的婚姻这件事上，说句实在话，便是我这个从姚家走出来的下人，也有些怨气。可在对待小姐这件事上，还真怨不得姚家太多，能做的，姚家都做了，只是老人们在言语上，少了些寻常长辈的嘘寒问暖罢了。陈公子，这些就是宁府、姚家的往事了，也没有太多值得说道的。其实姚家人，都是厚道人，不然也教不出夫人这般奇女子。”

陈平安默默记在心里。

老妪感慨道：“当年有了小姐，老爷差点给小姐取名为姚宁，说是比宁姚这个名字更讨喜，寓意更好，夫人没答应，从没吵架的两个人，为此还闹了别扭。后来小姐抓阄，老爷就想了个法子，只给两样东西，一把很漂亮的压裙刀，一块小小的斩龙台，前者是夫人的嫁妆之一，老爷说只要闺女先抓那把刀，就姓姚。结果小姐左看右看，先抓了那块很沉的斩龙台，也就是后来送给陈公子的那块。夫人当时笑得特别开心。”

老妪有些伤感，道：“夫人从小就不爱笑，一辈子都笑得不多，嘴角微翘，或是咧咧嘴，大概就能算是笑容了。家境不如姚家的老爷，从小就懂事，一个人撑起了已经落魄的宁府，还要死死守住那块斩龙台。家业不小，早年修为却跟不上，老爷年轻时候，人前人后，吃了不少苦头，反而看到谁都笑容温和，以礼相待。所以说啊，小姐既像老爷，也像夫人，都像。”

陈平安点头道：“我上次在倒悬山，见过宁前辈和姚夫人一次。”

老妪笑道：“就只是一次吗？”

陈平安一头雾水。

老妪却没有道破天机，转移话题，道：“听我这个糟老婆子念叨了一箩筐旧事，差点忘了陈公子还有事情要问。陈公子你继续说。”

陈平安缓缓道：“宁姑娘可以自己照顾自己，在家乡这边是如此，当年游历浩然天下，也是。所以我担心自己到了这边，非但帮不上忙，还会害得宁姑娘分心，会有意外，只能劳烦白嬷嬷和纳兰爷爷，更加小心些。”

陈平安站起身，抱拳致歉，诚心诚意道：“若是再有那种能够伤到白嬷嬷的刺客，我陈平安不怕死，只是怕我死了，依旧护不住宁姚。”

老妪似乎有些意外，愣了会儿，笑道：“说话直，很好，这才算是一家人不说两家话。能够丢了面子，也要为小姐多想想，这才是未来姑爷该有的度量。这一点，像咱们老爷，真的太像了。”

满头白发的老妪低下头，揉了揉眼睛。

陈平安双手握拳，紧紧贴住膝盖，颤声道：“这么多年了，我除了每天想东想西，又为宁姚真正做了什么?”

突然,凉亭外有老人沙哑开口,道:“混账话!”正是那个守了一辈子宁府大门的老管事纳兰夜行。

陈平安抬头看了眼走上台阶的老人,默不作声。

老人坐在凉亭内,道:“十年之约,有没有信守承诺?此后百年千年,只要活着一天,愿不愿意在我家小姐遇上不平事的时候,有拳出拳,有剑出剑?若是扪心自问,你陈平安敢说愿意,那还愧疚什么?难不成每天腻歪在一起,卿卿我我,便是真正的喜欢了?我当年就跟老爷说了,就该将你留在剑气长城,好好打磨一番,怎么都该熬出个本命飞剑才行,不是剑修,还怎么当剑仙——”

不等老人把话说完,老妪一拳打在老人肩头上,她压低嗓音,怒气冲冲道:“瞎嚷嚷个什么,是要吵到小姐才罢休?怎么,在咱们剑气长城,是谁嗓门大谁说话管用?那你怎么不三更半夜,跑去城头上干号?啊?你自个儿二十几岁的时候有啥个本事,自己心里没点数?我方才轻飘飘一拳,你就要飞出去七八丈远,然后满地打滚嗷嗷哭了。老王八蛋玩意儿,闭上嘴滚一边待着去……”

老人的气势、气焰骤然消失,重新变成了那个眼神浑浊、步履蹒跚的迟暮老人,然后悄悄抬手,揉着肩头。不是觉得自己没道理,而是真心晓得与气头上的女子讲道理,纯粹就是找骂,就算剑仙有那一百把本命飞剑,照样没用。

陈平安深呼吸一口气,笑着开口道:“白嬷嬷,还有个问题想问。”

老妪立即收了骂声,瞬间和颜悦色,轻声说道:“陈公子只管问,咱们这些老东西,光阴最不值钱。尤其是纳兰夜行这种废了的剑修,谁跟他谈修行,他就跟谁急眼。”

老人显然是习惯了白炼霜的冷嘲热讽,对这等刺人的言语,竟是习以为常了,半点不恼,都懒得做个生气样子。

陈平安说道:“如果,晚辈只是说那个最不好的如果,剑气长城没有守住,宁府怎么办?”

老妪与老人相视一眼。

“这件事,只是万一。”陈平安缓缓道,“所以晚辈会先在这边陪着宁姑娘,下一场妖族攻城,我会下城厮杀,亲自领教一下妖族的本事。白嬷嬷,纳兰爷爷,你们请放心,晚辈杀敌,兴许很一般,但是自保的功夫,还是有的,绝对不会做任何画蛇添足的事情。有我在宁姑娘身边,就当是多一个照应。”

老妪忧心忡忡道:“不是瞧不起陈公子,实在是剑气长城以南的战场上,意外太多,与那浩然天下的厮杀,是截然不同的光景。只说一事,小打小闹的江湖与沙场之外,陈公子可曾领略过孑然一身、四面皆敌的处境?在咱们家乡这边,只要出了城头,到了南边,一个不小心,那就是千百敌人蜂拥而上的境地。”

陈平安站起身，笑道：“先前白嬷嬷留力太多，太过客气，不如从头到尾，以远游境巅峰，为晚辈教拳一二。”

老人嗤笑出声，道：“好一个‘太过客气’。”

老妪也不转头，一拳递出，老人脑袋一歪，刚好躲过。

老妪站起身，道：“陈公子，那糟老婆子可就要得罪了，哪怕小姐事后怪罪，也要多拿出几分力气待客了。”

陈平安点点头，身体微微后仰，一袭青衫飘落在凉亭之外，落地之时，已经双手卷起袖管，拉开拳架，道：“白嬷嬷，这一次晚辈也会倾力出拳。”

老妪到底是一位武学大宗师，气势浑然一变，她的脚尖下意识地摩挲地面，笑呵呵道：“那也得看陈公子有无机会出拳。”

老人站起身，看了眼下面演武场上的年轻人，暗暗点头。在剑气长城，土生土长的纯粹武夫，可是相当稀罕的存在。

这小子一看就不是什么花架子，这点尤其难得，天底下资质好的年轻人，只要运道不要太差，只说境界，都挺能吓唬人。

关键就看这境界，牢靠不牢靠。剑气长城历史上来这边混个灰头土脸的剑修天才，不计其数，大半都是北俱芦洲所谓的先天剑坯，一个个志向高远，眼高于顶，等到了剑气长城，还没去到城头上，就在城池这边被打得没了脾气。不是剑气长城故意欺负外人，这里有条不成文的规矩，是只能同境对同境。外乡年轻人在这里，能够打赢一个，就算有意外和运气成分，其实也算不错了，打赢两个，自然属于有几分真本事的，若是可以打赢三人，剑气长城才认你是实实在在的天才。

早年那个年轻武夫曹慈，同样没能例外，结果他竟以一只手，连过三关。

因为最多只能挑选洞府境剑修出战，所以剑气长城这方参加对战的少年剑修境界都不高，而且这些被挑中的少年剑修，往往还不曾去过剑气长城以外的战场，只能靠着一把本命飞剑，横冲直撞。当时只有与曹慈对峙的第三人，才是真正的剑道天才，而且早早参加过城头以南的惨烈战事，却依旧输给了一只手迎敌的曹慈。

不过那场晚辈的打闹，在剑气长城没激起太多涟漪，毕竟曹慈当时武学境界还低。真正让剑气长城那些剑仙惊讶的，是随后曹慈在城头结茅住下，每天在城头上往返打拳，那份绵长不断的拳意流转。

如今陈平安却是以金身境武夫，来到剑气长城，然后在众目睽睽之下，住进了宁府，与自家小姐又是那种近乎挑明的关系，这当然是天大的好事，可其实也是一件不大不小的麻烦事。

这让纳兰夜行很难真正放心。

一旦出了门，就凭外面虎视眈眈的那帮愣头青的脾气，双方肯定要发生冲突。如果陈平安选择避让，那就要给外人瞧不起，沦为整个剑气长城的笑柄，如果硬碰硬，哪怕过了前面两关，第三关出剑之人，至少也是与晏琢、陈三秋一个水准，甚至是犹有过之的年轻金丹境剑修，而且年龄会在三十岁之下。这种人，注定是厮杀经验极其丰富的某个先天剑坯，比如齐家那个心高气傲、打小就目中无人的小崽子。

纳兰夜行瞥了眼身边的老妇人。

白炼霜是身负大武运之人，只不过性子执拗，对夫人和姚家忠心了一辈子，结果就一步步从模样挺俊俏的小娘子，变成了一个喜欢成天板着脸的老姑娘，再变成了白发苍苍的糟老婆子。不然以她的武学修为，早年随便换一个家族，都是高门府第里的"白夫人"。

岁数更老、辈分更高的纳兰夜行，其实都看在眼里，更多还是替她感到惋惜，所以许多小争执，也都让着她些。不然脚下这座宁府斩龙台，在老爷成长起来之前，是如何都守不住的。

老妪脚尖一点，飘出小山之巅的凉亭，先是缓慢飘荡，刹那之间，迅猛落地，地面轰然一震，老妪的身形化作一缕烟雾。

老人眯起眼，仔细打量起战局。

见惯了剑修切磋，武夫之争，尤其是白炼霜出拳，真不多见。

此时双方互换一拳一脚，一袭青衫倒滑出去，双肘轻轻抵住身后墙壁，向前缓缓而行。

白老婆姨竟是挨了那小子一脚？虽说不重，而且也给白炼霜以充沛罡气轻松震散了残余劲道，可一脚踹中与没踹中，那就是天壤之别。

尤其有意思有嚼头的地方，不是陈平安出手快到了远游境巅峰武夫的速度，而是完全猜到了白炼霜的落脚和出拳路线。

老人笑道："好小子，真不跟你白嬷嬷客气啊。"

陈平安脚步缓慢，却不是径直向前，稍稍偏离直线，微笑道："只是白嬷嬷大意了。"

白炼霜破天荒有了一丝斗志，在这之前，廊道试探，加上方才一拳，终究是将陈平安简单视为未来姑爷，她哪里会真正用心出拳。

不愧是吃过十境武夫三拳的武学晚辈。

老妪向前踏出一步，步子极小，双手拳架亦是小巧之中有大气象、大拳意。她笑问道："陈平安，敢不敢主动近身出拳？"

陈平安六步走桩，最后一步，轰然跺地，一身拳意倾泻如瀑。

老妪拧转身形，一手拍掉陈平安的拳头，一掌推在陈平安额头，看似轻描淡写，实则声势沉闷如包裹棉布的大锤，狠狠撞钟。

便是纳兰夜行都觉得这一巴掌，真不算手下留情了。

陈平安被一掌拍飞出去，只是拳意非但没就此断掉，反而越发凝练厚重，如深水无声，流转全身。他在空中飘转身形，一脚率先落地，轻轻滑出数尺，而且没有任何凝滞，当双脚都触及地面之际，几次幅度极小的挪步，肩头随之微动，一袭青衫泛起涟漪，无形中卸去老妪那一掌剩余拳罡。与此同时，陈平安将自己手上的神人擂鼓式拳架，学那白嬷嬷的拳意，略微双手靠拢几分，力图尝试一种拳意收多放也多的境地。

老妪忍不住笑道："陈公子，这会儿都要偷学拳架，是真没把我这跌境的九境武夫当回事啊？"

陈平安苦笑道："习惯了。"

陈平安就要重新伸展拳架，将神人擂鼓式恢复如初。老妪借此稍纵即逝的空隙，骤然而至，一拳贴腹，一拳走直线，气势如虹。

不承想根本就是守株待兔的陈平安，以拳换拳，面门挨了结实一锤，却也一拳实实在在砸中老妪额头。

老妪双脚一沉，身形凝固不动，只是额头处，却有了些许淤青。

陈平安依旧是背靠墙壁，双膝微蹲，拳架一开一合，如蛟龙震动脊背，将那老妪拳罡再次震散。至于脸上那些缓缓渗出的血迹，真不是陈平安假装不在意，是真的浑然不在意，反而有些熟悉的安心。

陈平安问道："白嬷嬷还是以九境的身形，递出远游境巅峰的拳头吧？"

纳兰夜行在凉亭里边憋着笑。

老妪也有些笑意，根本没有半点恼羞成怒，好奇问道："陈平安，你跟我说句老实话，除了十境武夫的九境三拳之外，还挨过多少宗师的打？"

陈平安想了想，道："还被两位十境武夫喂过拳，时间最少的一次，也得有个把月，其间对方喂拳我吃拳，一直没停过，几乎每次都是奄奄一息的下场，给人拖去泡药缸。"

纳兰夜行哭笑不得。

老妪摇摇头，收了拳架，道："那我就没必要出拳了，免得贻笑大方。总不能因为切磋，还要大半夜去准备个药缸。"

她虽然曾是十境武夫，却止步于气盛，这与她资质好坏、磨砺多寡都没有关系，而是错生在了剑气长城，会被先天厌胜，能够侥幸破境跻身十境，就已经是极大的意外。如果说浩然天下的剑修在剑气长城眼中都不值一提，那么她也听过一位圣人笑言，浩然天下的纯粹武夫，可谓足金足银，每一位十境山巅武夫，底子都稳如山岳。

白炼霜这辈子没什么大遗憾，唯一的不足，便是未能与十境武夫切磋过。

陈平安其实说出那句话后，就很后悔，立即点头道："足够了，白嬷嬷的拳意拳架，就已经让晚辈受益匪浅，是晚辈从未领略过的武学崭新画卷。"

纳兰夜行轻轻点头，是个有眼力的，也是个会说话的。

老妪笑逐颜开。

陈平安突然之间，侧过身，躲过纳兰夜行的一击。

老妪转头怒骂道："老不死的东西，有你这么偷袭的吗？"

纳兰夜行只是望向陈平安，笑道："这就是我们这边玉璞境剑修都有的飞剑速度，躲不掉，很正常，但是只要有了这么个躲避的念头，就已经相当不错了。"

陈平安抱拳行礼。从头到尾，陈平安就根本没有看到那把飞剑。

老人挥挥手，道："陈公子早些歇息。"老人从凉亭内凭空消失。

老妪也要告辞离去，陈平安却笑着挽留，问道："能不能与白嬷嬷多聊聊？"

老妪满脸笑意，与陈平安一起掠入凉亭。

陈平安以手背擦去血迹，轻声问道："白嬷嬷，我能不能喝点酒？"

老妪笑道："这有什么行不行的，只管喝，若是小姐念叨，我帮你说话。"

陈平安取出一壶糯米酒酿，喝了几口后，放下酒壶，与老妪说起了浩然天下的纯粹武夫，当然也说了莲藕福地那边的江湖见闻。偶尔还会站起身，放下酒壶，为老妪比画几下偷学来的拳架拳桩。

老妪大多时候是在听那个朝气勃勃的年轻人说话，她笑容浅浅，轻轻点头，言语不多。年轻人性情沉稳，但是又神采飞扬。

纳兰夜行站在远处的夜幕中，看着山巅凉亭那一幕，微笑道："小姐的眼光，与夫人当年一般好。"

站在一旁的宁姚绷着脸，却难掩得意之色，道："说不定，要更好！"

剑气长城的离别，除非生死，不然都不会太远。

在昨天白天，墙头上那排脑袋的主人，离开了宁家，各自打道回府。晏琢大摇大摆回了金碧辉煌的自家府邸，与那上了岁数的门房管事勾肩搭背，唠叨了半天，才去了一间墨家机关重重的密室，舍了本命飞剑，与三尊战力相当于金丹境剑修的傀儡，打了一架，准确说来是挨了一顿毒打，之后才去大快朵颐，都是农家和医家精心调配出来的珍稀药膳，吃的都是大碗大碗的神仙钱，所幸晏家从来不缺钱。

晏琢吃饱喝足之后，捏了捏自己的下巴，有些忧愁。阿良曾经说过晏琢啥都好，小小年纪就那么有钱，关键是脾气还好，长相讨喜，所以若是能够稍稍瘦些，就更英俊了。"英俊"这两个字，简直就是为他晏琢量身打造的词语。晏琢当时差点感动得鼻涕眼泪一大把，觉得天底下就数阿良最讲良心、最识货了。阿良当时掂量着刚到手的颇沉的钱包，笑脸灿烂。

晏琢第一次跟随宁姚他们离开城头，去尸骨堆里厮杀，发现那些蛮荒天下的畜生，哪怕境界不如自家密室里的那些机关傀儡，但是手段要更加匪夷所思。那一次，家族安插在他身边的两名剑师，都为他而死，这让他怕到了骨子里。回到剑气长城北边的家中，魂不守舍的小胖子少年，在听说以后都不用去杀妖，甚至连城头那边都不用去之后，既伤心，又觉得好像这样才是最好的。可是后来阿良到了家里，不知道与长辈聊了什么，他晏琢竟然又多出了一次去城头的机会。晏琢登上城头，又开始腿软，剑心打战，别说让本命飞剑凌厉杀敌，将其驾驭平稳都做不到。于是阿良专程来到少年身边，对他说了一句话："下了城头，只管埋头厮杀，不会死的，我阿良不帮你杀妖，但是能够保证你小子不会死翘翘。如果你小子不敢全力出剑，以后就老老实实在家里当个有钱少爷，而我是绝对不会再找你借钱买酒了。借胆小鬼的钱买来的酒水，再贵，都没有什么滋味。"

最终在那一次出城杀敌中，晏琢的表现，让人刮目相看，就连家族里那几个横看竖看怎么都瞧他不顺眼的老古董，都不再说些阴阳怪气的恶心话了，至少当面不会再说他"晏琢是一头晏家精心养肥的猪，不知道蛮荒天下哪头妖物运气好，一刀下去，根本都不用花多少力气，光是猪血就能卖好些钱，真是好买卖"。

那一次，也是娘亲看着病榻上的他，哭得最理直气壮的一次。

以前每次在外边欺负人也好，给人欺负也好，就算被人打得鼻青脸肿，到了家里，爹也不会多说什么，甚至懒得多看他一眼，这个在出城战事当中早早失去双臂的男人，至多就是斜瞥一眼妇人，冷冷笑着。但是那次晏琢城下之战后，这个不曾去过城头多少年的寡言男人，尽量弯下腰，亲自背着儿子返回城头。

当时晏琢回了家，躺在病床上，阿良就斜靠在门口，笑眯眯地看着晏琢，朝这个疼得满脸泪水的少年，伸出了大拇指。

如今的晏家大少爷，境界不是最高的，飞剑不是最快的，杀敌不是最多的，却一定是最难缠的，因为这家伙保命的手段最多。

独臂的叠嶂，与朋友们分别后，回到了一条乱糟糟的陋巷。她靠着前些年积攒下来的神仙钱，在这里买下了一栋小宅子，这就是叠嶂这辈子最大的梦想——能够有一处遮风挡雨的落脚地儿。所以如今，叠嶂没什么奢求了。

叠嶂原本以为一辈子都不会实现这个梦想了，直到她遇到了那个邋遢汉子，他叫阿良。

小时候她最喜欢帮他在大街小巷跑着，去买各种各样的酒水。阿良说，一个人心情不同，就要喝不一样的酒水，有些酒可以忘忧，让不开心变得开心，有些酒可以助兴，让高兴变得更高兴，最好的酒，是那种可以让人什么都不想的酒水，喝酒就只是喝酒。

叠嶂那会儿年纪太小，对这些想不明白，也根本不在乎，只在意自己每次跑腿，能不能攒下些碎银子，当然也可能欠下一笔酒水债。跟阿良熟悉了之后，阿良便说，一个姑娘家家，既然长大了，而且还这么好看，就得有担当，所以有些酒水钱，就记在了叠嶂的头上。他阿良是什么人,会赖账?以后有机会去浩然天下问一问,他阿良有无欠账。当时还没有被妖物砍掉一条胳膊的少女叠嶂,见阿良拍得胸脯震天响,便信了。

其实叠嶂这个名字,还是阿良帮忙取的,他说浩然天下的风景,比这鸟不拉屎的剑气长城,要好太多,尤其是那峰峦叠嶂,苍翠欲滴,美不胜收,一座座青山,就像一个个婀娜娉婷的女子,个儿那么高,男人想不看她们,都难。

叠嶂开了门,坐在院子里,兴许是见到了宁姐姐与喜欢之人的久别重逢,她便记起了那个带走那把"浩然气"的儒家读书人,当年读书人还是贤人,来剑气长城历练,回去后,就是学宫君子了。

不知道在这栋宅子失去主人之前,还能不能再见到阿良一面,有些心里话,不管说了有用没用,都应该让他知道。

董,陈,是剑气长城当之无愧的大姓。

晏胖子家可能靠的是金山银山的神仙钱,但是董画符和陈三秋他们这两家,靠的是一代代的家族剑仙。

董画符的家,离陈三秋家很近,两座府邸就在同一条街上。

好些少女长开了后,一张圆圆脸便自然而然会随着一年年的春风秋月,变成那下巴尖尖、小脸瘦瘦的模样,但是董画符的姐姐不一样,这么多年过去,还是一张圆圆脸。不过这样的董不得,还是有很多人明着喜欢或偷偷暗恋,因为董不得的剑术很高,杀力更是出类拔萃。董不得杀敌最喜欢搏命,所以可以更快分生死,是宁姚那么骄傲的大剑仙坯子都敬重之人。

董画符对男女情事不上心,也根本拎不清搞不懂,但也知道好朋友陈三秋一直喜欢着自己姐姐董不得,两人岁数差不多,青梅竹马,可惜姐姐不喜欢陈三秋。私底下姐弟说些悄悄话,姐姐嫌弃陈三秋长得太好看,这个理由就连董画符这种榆木疙瘩都觉得太站不住脚。看情形,董画符怕哪天姐姐真要嫁人了,陈三秋会伤心得去当个酒鬼。陈三秋打小就喜欢跟在阿良屁股后面蹭酒喝,剑术没学到多少,偏偏学了一身的臭毛病。不过说来奇怪,陈三秋喜欢自己姐姐,死心塌地,求而不得,却受到了其他许多明明比姐姐更好看的女子的欢迎,尤其近几年,那些个沽酒妇人,只要一见到陈三秋,便眼睛发亮,由着陈三秋随便赊账欠钱。

董画符回到董家的时候,门口站着姐姐董不得,还有一个兴高采烈的妇人,正是姐弟二人的娘亲。

董画符便有些头大,知道她们娘俩是听到了消息,想要从自己这里多知道些关于那个陈平安的事情。天底下的女子,难道都这么喜欢家长里短吗?

董画符转头看了眼站在大街上原地不动的陈三秋,再看了眼门口那个朝自己使劲招手的姐姐。董画符便有些心酸,陈三秋真不坏啊,姐姐怎么就不喜欢呢?

董画符缓缓走过去，直接说道："宁姐姐和那个陈平安的事情，我什么都不会说，想知道的话，你们自个儿去宁府问。"

这是董画符吃一堑长一智了，当年那个陈平安离开城头后，在先后两场大战之间的一次休歇喝酒中，宁姐姐难得喝高了，不小心说了句心里话，说自己一只手就能打一百个陈平安，董画符觉得这话说得有趣，回去后不小心说给了姐姐董不得听。结果可好，姐姐知道了，娘亲就知道了，她们俩知道了，剑气长城的姑娘和妇人就差不多都知道了。

最后宁姐姐气得脸色铁青，之后那次登门，都没让他进门，晏胖子他们却一个个幸灾乐祸，晃悠悠进了宅子。如果当时不是董画符机灵，站着不动，说自己愿意让宁姐姐砍几剑，就当是赔罪，估计到如今，都别想去宁府斩龙崖那边看风景。宁姐姐一般不生气，可只要她生了气，那就完蛋了，当年连阿良都没辙。那次宁姐姐偷偷一个人离开剑气长城，阿良追到了倒悬山，一样没能拦住，回到了城池这边，喝了好几天的闷酒都没个笑脸。

想到这里，董画符便有些由衷佩服那个姓陈的，好像宁姐姐就算真生气了，那家伙也能让宁姐姐很快消气。

董不得眨着眼睛，着急问道："听说那人来了，怎么样，怎么样？"

董画符为了朋友义气，只好祭出杀手锏，道："你不是喜欢阿良吗？问陈平安的事情做什么？转变心意了？你也抢不过宁姐姐啊。"

妇人伸出双指，戳了一下自己闺女的额头，笑道："死丫头，加把劲，一定要让阿良当你娘亲的女婿啊。"

一想到那个瞎了眼的负心汉，将来有一天，给自己这个丈母娘正儿八经地敬酒，妇人便乐不可支，伸手抚面，啧啧道："有些难为情。"

董不得微笑道："娘你就等着吧，会有这么一天的。"

董画符算是服了这对娘俩了。

娘亲早年喜欢阿良，那是整座剑气长城都知道的事情，如今一些个喜欢串门的婶婶们，还喜欢故意在他爹跟前念叨这个，所幸他爹也不是没有应对之法，反正那些个婶婶里面，或是她们家族里面，又不是没有同样喜欢阿良的，一抓一大把。而且董画符他爹，还是唯一一个能够连续三次问剑阿良的剑修，当然结局就是接连三次躺着回家。据说就靠着这种笨法子，男人赢得了美人心。在那之后，主动要求问剑阿良的光棍，哗啦啦一大片。阿良也仗义，说问剑可以，先缴一笔切磋的神仙钱，不然个个英雄好汉，若是谁打伤了他阿良，买药治病总得花钱不是。结果一天之间，阿良就赚了无数的神仙钱，然后一夜之间，差点就全部还清了酒债。之后，阿良跑上剑气长城的城头，抱拳大声嚷嚷，说："老子认输了，诸位大爷们牛气，预祝各位抱得美人归，春宵一刻值千金，不用谢我阿良这个月老了。真要谢，那我也不拦着，到时候请我喝酒。若是诸位沉默，我便当你们没答应，以后再商量；若是有个动静，就当咱们谈妥了。”

阿良说完之后，夜幕中的城池，先是死一般寂静，然后不知道是谁带了头，瞬间满城闹哄哄，城中剑修骂骂咧咧，纷纷御剑升空，打算找那个半点脸不要的家伙干架。然后阿良就跑了个没影，一人仗剑，去了蛮荒天下腹地。

那帮同仇敌忾的男人们，在城头上面面相觑，各自亏了钱不说，回了城池，更惨，女子们都埋怨是他们害得阿良不惜亲身涉险，他真要有了个好歹，这事没完！

最可恨的事情，都还不是这些，而是事后得知，那夜城中，第一个带头闹事的，说了那句“阿良，求你别走，剑气长城这边的男人，都不如你有担当”的，竟然是个不谙世事的小姑娘。据说还是阿良故意怂恿她说那些气死人不偿命的言语。一帮大老爷们，总不好跟一个天真无邪的小姑娘较劲，只得哑巴吃黄连，一个个磨刀磨剑，等着阿良从蛮荒天下返回剑气长城，绝对不单挑，而是大家合伙砍死这个为了骗酒水钱已经丧心病狂的王八蛋。

结果阿良是回来了，不过屁股后面还吊着几头飞升境大妖。

那一次，剑气长城的剑仙齐齐出动御敌。

好像有阿良在，死气沉沉的剑气长城，就会热闹些。只可惜那个男人，不但离开了剑气长城，更是直接离开了浩然天下。听说还与青冥天下的道老二互换一拳。

其实谁都明白，阿良是不会喜欢任何人的，而且阿良到了剑气长城没几年，几乎所有人就都知道，那个叫阿良的男人，喜欢坐在剑气长城上边独自喝酒的男人，总有一天会悄悄离开剑气长城。所以有些胆大的姑娘，见着了在路边摊喝酒的阿良，还会故意捉弄阿良，说些比桌上佐酒菜荤多了的泼辣言语，那个男人，也会故作羞赧，假装正经，说些“我阿良如何如何承蒙厚爱，良心不安，劳烦姑娘以后让我良心更不安”的屁话。

这比谁家有哪个女子喜欢阿良更好玩，更能解闷。

此时陈三秋等到董府关上门，才缓缓离去。

其实自己喜欢的姑娘不喜欢自己，陈三秋没有太伤心。当年离别在即，阿良专程找他一起喝酒时说的有些话，陈三秋觉得说得很对：“一个好姑娘不喜欢你，一定是你还不够好。等到你哪天觉得自己足够好了，姑娘兴许也嫁了人，甚至连她的孩子都可以出门打酒了，在路上见着了你陈三秋，喊你声陈叔叔，那会儿，也别伤心，是缘分错了，不是你喜欢错了人。记住，在那个姑娘嫁人之后，就别纠缠不清了，把那份喜欢藏好，都放在酒里，每次喝酒的时候，念着点她把未来日子过得好，别总想着什么她日子过不好，回心转意来找你，那才是一个男人真正地喜欢一个姑娘。”

当陈三秋重新想起这番言语时，没有回家，而是去了一间酒肆，喝得醉醺醺，大骂阿良：“你说得轻巧啊，老子宁肯没听过这些狗屁道理，那么就可以死皮赖脸、没心没肺地去喜欢她了。阿良你还我酒水钱，把这些话收回去……”

酒肆的人，见怪不怪，陈家少爷又发酒疯了，没关系，反正每次都能踉踉跄跄，自己晃荡回家。

一个公子哥，走在路上，时不时朝着一堵墙壁咚咚咚撞头，嚷着开门，大街上，也没人觉得稀奇。反正隔三岔五，陈大少爷就要来这么一出。

比如某位陈氏长辈，战死于剑气长城以南。

比如当年好朋友小蛐蛐死后。

比如第一位扈从剑师为他陈三秋而死。

又比如今夜这般，很思念咫尺之隔却宛如远在天边的董家姑娘。

陈三秋每次醉酒清醒后都会说，自己与阿良一样，只是天生喜欢喝酒而已。

有些人，生下来，就注定会与酒水打一辈子的交道，这就是缘分。

剑气长城没有仗打的时候，年轻人只要觉得无所事事，就很喜欢找架打。

在这里，约架一事，再正常不过，单挑也有，群殴也不少见，不过底线就是不许伤及对方修行根本。皮开肉绽、血肉模糊什么的，哪怕是当年以宠溺儿子著称一城的董家妇人，也不会多说什么，她至多就是在家中，对儿子董画符念叨些外面没什么好玩的，家里钱多，什么都可以买回家，给你自己一个人耍。

今天一大早，晏琢几个就不约而同来到了宁府大门外。

黑炭似的董画符脸色阴沉，因为大街上出现了三三两两看热闹的人，好像就等着宁府里面某人走出来。

陈三秋不停晃荡着脑袋，昨天喝多了，亏得今早又喝了一顿醒酒的酒，不然这会儿更难受。

只剩下叠嶂没来。

这姑娘在自家巷子不远处，开了间小铺子，卖那些只能挣些蝇头小利的杂货。

与宁姚他们认识后，叠嶂秉承着朋友归朋友，战场上可以替死换命，但有钱是你们的事，她叠嶂不需要在过日子这种小事上受人恩惠、占人便宜的原则。这是叠嶂的底线。晏琢曾经为此觉得很受伤，质问叠嶂：“阿良不也帮过你那么大的忙，你才有了如今那点薄薄的家底和一份可怜的营生，怎的我们这些朋友就不是朋友了？我晏琢帮你叠嶂的忙，又没有半点看不起你的意思，难不成我希望朋友过得好些，还有错了？”

叠嶂当时咬着嘴唇，没有说话。

因为这句话，晏琢被宁姚打得鸡飞狗跳，抱头鼠窜，很长一段时间，晏琢都没跟叠嶂说话。当然，宁姚也没跟晏琢说半句话。不光是他们仨，所有人待在一起，都有些没话聊。

最后是晏琢有一天鬼使神差地偷偷蹲在街巷拐角处，看着独臂少女在那间铺子忙碌，看了很久，才想明白了其中的道理。

晏琢脸皮薄，没去道声歉，反而是后来有一天，叠嶂与他说了声“对不起”，把晏琢给整蒙了，然后又挨了陈三秋和董黑炭一顿打。不过在那之后，晏琢与叠嶂就又和好如初了。

此时三人进了宁府宅子，刚好遇到了一起散步的宁姚和陈平安。

晏琢轻声道：“怎么样，我是不是未卜先知，见了咱们，他们俩肯定不会手牵手。”

陈三秋便无奈道：“好好好，下顿酒，我请客。”

董画符说道：“老规矩，别人请客，我只喝箜篌酒和丛彗酒。”

宁姚问道：“你们很想喝酒？”

走在最中间的董画符指了指两边，道：“宁姐姐，我其实不想喝，是他们一定要请客，拦不住。”

晏琢感慨道：“真是好兄弟。”

陈三秋点头道：“讲义气。”

董画符刚要再泄露一个天机，就已经被晏琢捂住嘴巴，被陈三秋搂住脖子往后拽。陈三秋对陈平安和宁姚笑道：“不打搅两位，咱们先回了，有事随叫随到啊。”

宁姚看着来也匆匆去也匆匆的三人，皱眉道：“什么事情？”

陈平安笑呵呵道：“肯定是陈三秋和晏琢押注，我昨晚睡在哪里。”

宁姚问道：“他们这是一心求死吗？”问这个话的时候，宁姚却是死死盯住陈平安。

陈平安抬手抹了抹额头，慌忙道：“肯定……是的吧。”

宁姚继续散步，随口问道：“你既然都能够接下白嬷嬷那些拳，这会儿，就不想着出门逛街去？反正打架即便输了，也不会输得太难看。”

陈平安这会儿已经恢复正常神色，说道：“被你喜欢，不是一件可以拿来出门炫耀的事情。”

宁姚冷哼一声，转身而走。

陈平安也跟着转身。宁府宅子大，是好事，晃荡完一圈花不少时间，再走一遍，也不会厌烦。

宅子的一处，老妪手持扫帚，清扫院落，瞥了眼不远处竖耳偷听的老东西，气笑道：“老东西能不能要点脸？”

老人说道：“大白天的，那小子肯定不会说些过分话，做那过分事。”然后老人啧啧赞叹道：“好小子，厉害啊。”

这下子轮到老妪好奇万分，忍不住问道：“小姐与陈公子聊了什么？”

老人还想卖个关子，见那老婆姨打算动手打人了，便只得将那对话说了一遍。

老妪微微一笑,欣慰道:“咱们姑爷就是人好,哪里是什么厉害不厉害。”

老人有些无奈,还要继续偷听那边的对话,结果挨了老妪风驰电掣的狠狠一扫帚,这才悻悻然作罢。

听说叠嶂开了一间杂货铺子后,陈平安立即说道:“这是好事啊,有机会我跟叠嶂聊聊,一起合伙做买卖。”

宁姚摇头道:“算了吧,叠嶂那丫头心思细腻,最受不得这些。当年晏胖子差点因为这个,与叠嶂做不成朋友。”

“你不用细说,我都知道晏琢的问题出在哪里。”陈平安笑道,“放心吧,我是谁?我可是泥瓶巷走出来的泥腿子,当了这么多年的包袱斋,肯定没问题,保管能让叠嶂姑娘挣到天经地义的舒心钱,我也能靠着那间铺子挣点良心钱。”

宁姚瞥了眼他,嘴里啧啧道:“这么了解女子心思啊,真是江湖没白走。我可没有别的意思哦,就是有一说一。”

陈平安顿时头大如簸箕。

宁姚却笑了起来,道:“行了,跟你开玩笑的。你要是能够帮衬点叠嶂的铺子,又不让她多想,我会很高兴。叠嶂是个小财迷,如今最大的愿望,就是靠她自己的本事,再买下一栋更大些的宅子。”

陈平安刚松了口气,宁姚双手负后,目视前方,笑道:“不做亏心事,不怕鬼敲门嘛,心虚什么呢?”

陈平安看着她的侧脸,突然停步,然后一个饿虎扑羊。

宁姚快步躲开,两颊微红,转头羞怒道:“陈平安!你给我老实一点!”

陈平安赶紧轻声道:“小声点啊。”

其实宁姚好像比陈平安还要心虚,赶紧抿起嘴唇。等到宁姚回过神,陈平安已经倒退而跑。

宁姚一开始想要追杀陈平安,只是一个恍惚,便怔怔出神。她看着那个满脸笑意和煦的陈平安,突然觉得他原来长得很好看呢。

宁姚在斩龙崖之上潜心炼气。

陈平安没去凉亭那边,而是留在小宅修行。

宁姚还有些疑惑,因为斩龙台那边明显灵气更为充沛,是整座宁府最佳修道之地。虽说陈平安不是剑修,裨益会小些,但是比起别处,依然是当之无愧的首选之地。

陈平安有些无奈,只是看着宁姚。宁姚便撂下一句“难怪修行这么慢”。陈平安就更无奈了。

在北俱芦洲春露圃、云上城,还有宝瓶洲朦胧山这些山头,十年之内,跻身四境练气士,真不算慢了。

可惜在剑气长城,陈平安的修行速度,那就是裴钱所谓的乌龟挪窝,蚂蚁搬家。

他的这名开山大弟子,不说她那练拳,只说那剑气十八停,自己这个当师父的,就算想要传授一些过来人的经验,也没半点机会。

当年跟宁姚提及阿良传授的剑气十八停,陈平安询问剑气长城这边的同龄人,大概多久才可以掌握,宁姚呵呵一笑,原来这就是答案。

约莫两个时辰后,以内视洞天的修行之法沉浸在木宅的那粒心念芥子,缓缓退出人身小天地,陈平安这才长长吐出一口浊气。修行暂告一个段落,陈平安没有像以往那样练拳走桩,而是离开院落,站在离着斩龙崖有些距离的一处廊道上,远远望向那座凉亭,结果发现了一幕异象:那边,天地剑气凝聚出七彩琉璃之色,如小鸟依人,缓缓流转,再往高处望去,甚至能够看到一些类似"水脉"的存在。这大概就是天地、人身两座大小洞天的勾连,凭借一座仙家长生桥,达到人与天地相契合。

陈平安双手笼袖,斜靠廊柱,满脸笑意。瞧瞧,我一眼相中的姑娘,用心修行起来,厉害不厉害?

在陈平安偷着乐呵的时候,纳兰夜行无声无息出现在一旁,好像有些惊讶,问道:"陈公子瞧得见那些遗留在天地间的纯粹剑仙意气,咱们小姐极受他青睐?"

陈平安赶紧站好,答道:"纳兰爷爷,只看得出些端倪,看不太真切。"

纳兰夜行点头笑道:"陈公子的眼力,已经不输咱们这边的地仙剑修了。"

陈平安轻声问道:"宁姚何时能够破开金丹境瓶颈?"

纳兰夜行说道:"至少得等到下一场大战落幕吧。"

陈平安问道:"如今宁姚与她朋友每次离开城头,身边会有几名扈从剑师,境界如何?"

纳兰夜行笑道:"陈公子离开后的那场厮杀,包括我家小姐在内的三十余人,每次离开城头去往南边,人人都有剑师扈从,因为这一撮孩子,都是剑气长城最可贵的种子。在这件事上,北俱芦洲的剑修,确实帮了大忙,不然剑气长城这边的本土剑修,不太够用。没办法,小姐这一代,天才实在太多。担任扈从的剑师,往往杀力都比较大,出剑极为果断,所求之事,就是一剑过后,至少也能够与妖族刺客换命。除此之外,还有我这宁府老仆,在暗中护卫小姐。晏琢,陈三秋,也各有一名家族剑师担任死士。

"到了第二场战事,这些晚辈各有破境,按照剑气长城的规矩,不管年纪,不管身份,跻身了金丹境剑修,便无须剑气长城这边安排剑师帮着压阵。小姐他们那几个人比较特殊,人人大道可期,所以没了寻常剑师,仍会有一位剑仙亲自传剑,既是护道,也是传道。只是这位剑仙,无须太过照拂晚辈,更多还是生死自负。说句不好听的,哪怕小姐他们全部战死,那位独自活下来的剑仙,都不会被剑气长城追责半点。"

纳兰夜行说到这里，微笑道："没什么好奇怪的，等到小姐他们真正成长起来，也都会为将来的晚辈们担任扈从剑师。剑气长城，一直就是这么个传承。家族姓氏什么的，在城池这边当然有用，两场大战期间太平无事的光景，修行的财力物力，相较于贫寒出身，大姓子弟都有实打实的优势，可是到了南边战场，姓什么就很无所谓了，只要境界高，危险就大。历史上，我们剑气长城，不是没出过贪生怕死之辈，这些人空有资质与家世，因为剑心不行，就故意虚耗光阴，一辈子都没上过城头几次。"

纳兰夜行望向斩龙台，感慨道："不过在剑气长城，每一个大姓的出现，都必然伴随着一个精彩的故事，并且只与斩杀大妖有关，故而每一个家境贫寒却修行神速的剑修种子，从小就明白，为自己也好，为子孙也罢，所做的事无非是杀妖更多，然后活下来，活得久，才有机会自己开辟府邸，成为后人嘴里的一个新故事。"

自家老爷，宁府出身，一辈子的最大愿望之一，就是延续香火，重振门楣，帮助宁这个姓氏，重返剑气长城头等大姓之列。

另外一个愿望，当然是希望他女儿宁姚能够嫁个值得托付的好人家。

陈平安说道："在浩然天下，很多人不会这么想。"

他笑道："我小时候就是这种人。看着家乡的同龄人衣食无忧，也会告诉自己，他们不过是父母健在，家里有钱，况且骑龙巷的糕点，有什么好吃的，吃多了，也会半点不好吃。一边偷偷咽口水，一边这么想着，便没那么嘴馋了。实在嘴馋，也有法子，跑回自家院子，看着从溪涧里抓来、放在地上曝晒的小鱼干，多看几眼，也能顶饿，可以解馋。"说到这里，陈平安有些难为情，"纳兰爷爷，听我说这些，肯定比较煞风景。"

纳兰夜行笑了笑，道："没关系，在这里，一辈子都在听人讲大事，你这些鸡毛蒜皮的小事，反而很少听到。上一次听到，还是小姐从浩然天下返回的时候。可惜小姐不是喜欢说话的，所以聊得不多。小姐说那浩然天下的风土人情与她的山水游历，对于我们这些一辈子都没去过倒悬山的人来说，也很馋人。"

纳兰夜行对陈平安说道："虽然陈公子暂时还不是剑修，可是背着的剑，加上那几把飞剑，不管是不是本命物，都可以多加磨砺一番，别浪费了那座斩龙台。宁家护着它，谁都不卖，可不是想着拿来当摆设的。陈公子若是这点都想不明白，便要教人失望了。老爷当年经常念叨，什么时候宁家后人，能够靠自己的本事，吃掉整座斩龙台，那才是一件天大好事。"

陈平安说道："那晚辈就不客气了。"

纳兰夜行摆摆手，道："陈公子总这么见外，不好。"

陈平安笑道："若是纳兰爷爷没有主动开口，晚辈就屁颠屁颠地跑去磨剑，纳兰爷爷心里还不得有个小疙瘩？肯定觉得这个年轻人，人嘛，好像勉强还凑合，就是太没点家教礼数了。"

纳兰夜行微微错愕，然后爽朗大笑道："倒也是。"

陈平安跟着笑了起来，道："等纳兰爷爷这句话，很久了。"

纳兰夜行一巴掌拍在青衫年轻人肩膀上，佯怒道："小样儿，浑身机灵劲儿，好在对我家小姐，还算诚心诚意，不然看我不收拾你，保管你进了门，也住不下。"

陈平安没躲避，肩膀被打得一歪。

剑气长城是一座天然的洞天福地，是修行之人梦寐以求的修道之地，前提当然是经得起这一方天地间无形剑意的摧残、消磨，剑修之外的练气士若是资质稍差一些，登山进展就会受到极大影响。因为静心炼气，洞府一开，剑气与灵气、浊气，一起如同潮水倒灌各大关键窍穴，所以光是剥离剑气侵扰一事，就要让练气士头疼，吃苦不已。

只可惜哪怕熬得过这一关，依旧无法在剑气长城滞留太久，因为之后的事情不再与修行资质有关，而是剑气长城一向不喜欢浩然天下的练气士，除非有门路，还得有钱，因为那绝对是一笔让任何境界的练气士都要肉疼的神仙钱，价格公道，每一境有每一境的价格。这正是晏胖子他家老祖宗给出的章程，历史上有过十一次价格变化，无一例外，全是水涨船高，从无降价的可能。

先前，陈平安与白嬷嬷聊了许多姚家往事，以及宁姚小时候的事情。

今天，与剑修前辈纳兰夜行问了很多有关剑气长城最近两场大战的细节。离去之前，陈平安问了一个问题：上次为宁姚、晏琢他们几人护道的剑仙是何人？老人说，巧了，正好是你们宝瓶洲的一位剑修，名叫魏晋。

陈平安对魏晋印象很深刻，当年带着李宝瓶他们去大隋求学，在嫁衣女鬼的秀水高风宅，正是魏晋一剑破开天幕。

那幅剑气如虹的壮观场景，让当年的草鞋少年心境激荡难平许多年。

尚未甲子岁数的玉璞境剑修，这是一个搁在剑气长城历史上，都算极为年轻的上五境剑修。老人对魏晋印象不错，事实上整座剑气长城，对魏晋观感都好，除了魏晋本身剑道不俗，以及胆敢年纪轻轻就放弃浩然天下的大好前途，跑来这边厮杀拼命之外，最关键的是魏晋还提了一嘴，说自己能够如此之快打破元婴瓶颈破境，要归功于阿良的指点，不然按照他们风雪庙老祖师的说法，只能在元婴境凝滞甲子光阴，靠着滴水穿石的水磨功夫，才有望成为百岁剑仙。其实这句话说得对也不对，天底下修行道路百千种的练气士，就数剑修最耗神仙钱，也数剑修最讲资质，若是魏晋自己火候不够，底子不济，就算是阿良，也无法硬拽着他跻身玉璞境。

在陈平安返回小宅后，白炼霜出现在老人身边。

老妪讥讽道："一棍子下去打不出半个屁的纳兰大剑仙，今儿倒是话多，欺负没人帮着咱们未来姑爷翻老黄历，他就没机会知道你以前的那些糗事？"

纳兰夜行笑道："他与你只是聊些有的没的，多是江湖武夫事，与我却是剑气长城的大事也聊，琐琐碎碎的小事也说，如此看来，未来姑爷到底与谁更亲近些，便显而易见了。"

老妪嗤笑道："就你最要脸。"

纳兰夜行无奈道："咱们能不能就事论事？"

老妪反问道："你自己也知道半点不要脸？"

纳兰夜行哀叹一声，双手负后，走了走了。

宁姚对待修行，一向专注，故而接下来两天，她只是在修行间隙睁开眼，看看陈平安是不是在斩龙崖凉亭附近，即使不在，她也没有走下小山，最多就是站起身，散步片刻。一次过后，两次过后，等到陈平安总算出现在不远处，宁姚便假装没看见，开始修行。陈平安只好看一会儿，就离开。

这还真不是陈平安不牵挂她，而是他发现自己跻身练气士四境后，炼化三十六块道观青砖的速度，本就快了三成，到了剑气长城，又有不小的意外之喜，远超预期，将那些丝丝缕缕的道意和水运，一一炼化完毕，加上现在待在宁府总算可以真正静心修行，在小宅炼物炼气兼备，便有些忘我出神。

离开斩龙崖后，陈平安没有直接去往小宅，而是找到了白嬷嬷，说有事要与两位前辈商量，需要劳烦二老去趟他的宅子。

白炼霜点点头，与陈平安动身，根本没有去喊纳兰夜行的意思。到了小宅门口，她一跺脚，喊了句"老东西滚出来"，纳兰夜行便悄无声息地出现了。

陈平安带着两位前辈进了那间厢房，分别为他们倒了茶水。

桌上放着那把当年从老龙城苻家手上得到的剑仙，还有那件大有渊源的金醴法袍，以及一块从倒悬山灵芝斋购买而来的玉牌。

陈平安破天荒涨红了脸，犹豫了半天，不知道如何开口。

纳兰夜行打破沉默，问道："陈公子，这是聘礼？"

老妪伸出一只干枯手掌，掩着嘴，笑了很久，才好不容易收敛了笑意，轻声道："陈公子，哪有自己登门给聘礼的？"

陈平安摆摆手道："白嬷嬷，纳兰爷爷，我一定会找个媒人，心里已经有人选了，这点规矩，我肯定还是懂的。但是我实在不熟悉剑气长城的婚嫁礼仪，就怕这么送东西，是不是礼送得轻了，或是会不会哪里犯了忌讳，我在剑气长城又没人可以询问此事，只好请来两位前辈，帮着谋划一番。我尽量不出错，不让宁府因为我而蒙羞。"

白炼霜和纳兰夜行相视一笑，都没有着急开口说话。

陈平安深呼吸一口气，沉声道："这些礼数，我只能竭尽全力去做到不犯错，尽力做好，周全些，可是向宁姑娘求亲一事，我陈平安一定会开口，宁府和两位前辈答应与不答应，都可以直说。姚家可以有意见，我也会听，但是我陈平安想要娶宁姚这件事，没得商量。不管谁来劝，说此事不成，任你理由再对再好，都不成。”

老妪与纳兰夜行对视一眼，两人依旧没有言语。

陈平安站起身，走到一边，抱拳弯腰低头作揖，愧疚道：“我泥瓶巷陈平安，家中长辈都已不在，修行路上敬重的两位长辈，也都已经先后不在世，还有一位老先生，如今不在浩然天下，晚辈也无法找到，不然的话，我一定会让他们其中一人，陪我一起来到剑气长城，登门拜访宁府、姚家。”

纳兰夜行刚想要开口说话，被老妪瞪了眼，只得闭嘴。

老妪温声笑道：“陈公子，坐下说话。”

陈平安重新落座，挺直腰杆，规规矩矩坐在老妪对面，哪怕故作镇静，依旧略显局促。

老妪指了指桌上的剑与法袍，笑道：“陈公子可以说说看这两物的来历吗？”

陈平安赶紧点头，将这两物的根脚大致阐述一遍。

一直没有说话的纳兰夜行坐在两人之间，喝了口茶水，见惯了风雨的老人，实则心中有些震撼。

一件陈平安自称不知如何提升了半阶品秩的剑仙，经那北俱芦洲火龙真人亲自勘验后，确定是一件仙兵了。一件最早只是法宝品秩的金醴法袍，靠着吃那所谓的金精铜钱，如今亦是仙兵品秩。

纳兰夜行有些哭笑不得，在剑气长城，即便是陈、董、齐这些大姓门第之间的子女联姻，能够拿出一件半仙兵或仙兵作为聘礼或是彩礼，也是相当不简单的事情，但是让人尴尬的地方，是这些屈指可数的半仙兵、仙兵，几乎在每一次大族嫡传子弟的婚嫁时，隔个百年光阴，或是数百年岁月，就要现世一次，反正就是从这家到那家，又从那家转手到这家，在剑气长城十余个家族之间转手，所以剑气长城的数万剑修对于这些东西，早已见怪不怪。以前阿良在这边的时候，还喜欢带头开赌场，领着一大帮吃饱了撑着没事干的光棍汉，押注婚嫁双方的聘礼、彩礼到底为何物。

“陈平安，你年纪轻轻，就是纯粹武夫，金醴法袍于你而言，只是鸡肋，将此物当作聘礼，其实很合适。”纳兰夜行停了片刻，终于忍不住问道，“可你既然答应小姐要当剑仙，为何还要将一把仙兵品秩的剑仙送出来？是想着反正送给了小姐，如同左手到右手，总归还是留在自己手上？那我可就要提醒你了，宁府好说话，姚家可未必让你遂了心愿，小心往后再见到这把剑仙，就是城头上姚家俊彦出剑了。”

老妪怒道：“狗嘴里吐不出象牙！纳兰老狗，不说话没人拿你当哑巴！”

纳兰夜行这一次竟是没有半点退让，冷笑道：“今夜事大，我是宁府老仆，老爷小时候，我就守着老爷和斩龙台，老爷走了，我就护着小姐和斩龙台。说句不要脸的，我就是小姐的半个长辈，怎么就没资格开口了？你白炼霜就算出拳拦阻，我大不了就一边躲一边说，有什么说什么。但是今天出了屋子之后，我再多说一个字，就算我纳兰夜行为老不尊。”

老妪气得就要出拳，陈平安赶紧劝架，道：“白嬷嬷，让纳兰爷爷说，这对晚辈来说，是好事。”

老妪转头对老人道：“纳兰夜行，接下来你每说一字，就要挨一拳，自己掂量。”

纳兰夜行便开始喝茶。

陈平安缓缓说道：“把自己最好的，送给自己心爱之人，我觉得就是一件天经地义的事情。比如这金醴法袍，为了提升品秩，代价不小，但我没有犹豫，更不会后悔。宁姚穿在身上，将来再有厮杀，我便能放心许多。我就是这么想的。至于剑仙，陪伴我多年游历，说没有感情，肯定骗人。一把仙兵，价值高低，说自己不清楚，说什么不在乎，更是欺心言语，可是相较于宁姚在我心中的分量，依旧没法比。关于送不送剑仙，我不是没有权衡过利弊，若是在我手上使我能够在下一场大战中护住宁姚，我就不送了。但是我绝对不会为了面子，去证明一个从泥瓶巷走出来的泥腿子，也可以拿出这不输任何豪阀门庭的聘礼。年幼时，独自一人，活到少年岁月，之后孑然一身，远游多年，我陈平安很清楚，什么时候可以当善财童子，什么时候必须精打细算，什么时候可以感情用事，什么时候必须谨慎小心。”

陈平安笑道：“在能够保证我与宁姚未来相对安稳的前提下，同时可以尽量让自己和宁姚脸面有光，这样的事情我就可以安心去做，在这期间，他人的言语与眼光，没那么重要。不是年少无知，觉得天地是我我是天地，而是对这个世界的风俗、规矩，都思量过了，还是这般选择，就是问心无愧，此后种种为之付出的代价，再承受起来，劳力而已，不劳心。”

陈平安眼神清澈，言语与心境越发沉稳，继续道：“若是十年前，我说同样的言语，那是不知天高地厚，只有未经人事苦难打熬的少年，才会只觉得喜欢上谁便万事不管，才是真心喜欢。但是经过十年之后，现在的我修行修心都无耽误，走过三洲之地千万里的山河，是家中再无长辈谆谆教导的陈平安，自己长大了，懂得了道理，已经证明了我能够照顾好自己，那就可以尝试着开始去照顾自己心爱的女子。”

陈平安最后微笑道：“白嬷嬷，纳兰爷爷，我自小多虑，喜欢一个人躲起来，权衡利弊得失，观察他人人心，但唯独对宁姚，我从见到她第一面起，除了喜欢她就不会多想，这件事，我也觉得没道理可讲。不然当年一个半死不活的泥瓶巷少年，怎么会有那么大的胆子，敢去喜欢好像高在天边的宁姑娘？后来还敢打着送剑的幌子，来这边找她？这一次我敲开宁府的大门，见到宁姚不心虚了，见到两位前辈，也敢无愧了。”

老妪点点头，道："你话说到这份上，足够了。我这个糟老婆子，也不用再唠叨什么了。"她望向纳兰夜行。

纳兰夜行本想闭嘴，不承想老妪似乎眼中有话，他这才斟酌一番，说道："话是不错，但是以后做得如何，我和白炼霜会盯着，总不能让小姐受半点委屈。"

陈平安苦笑道："大事上，两位前辈只管盯得严实些，只是一些类似在宁府散步的寻常小事，还恳请前辈们放晚辈一马。"

白炼霜指了指纳兰夜行，道："主要是某人练剑练废了，成天无事可做。"

纳兰夜行咳嗽一声，提起空杯，有模有样地饮了一口茶后，起身道："就不打搅陈公子修行了。"

老妪突然问道："容我冒昧问一句，不知道陈公子心中的提亲媒人，是谁？"

陈平安轻声道："是城头上结茅修行的老大剑仙。但是晚辈心里也没底，不知道老大剑仙愿不愿意。"

纳兰夜行倒抽一口冷气，好小子，心真大。

那位被阿良取了个"老大剑仙"绰号的老神仙陈清都，好像从剑气长城建成第一天起，就一直待在城头上，雷打不动，便是陈家得意子孙的婚嫁大事，或是陈氏剑仙陨落后的丧葬，陈清都也不曾走下城头，万年以来，就没有破过例。历代陈氏子孙，对此也无可奈何。

白炼霜开怀笑道："若是此事能成，说是天大面子都不为过了。"

陈平安无奈道："晚辈只能说尽量死皮赖脸求着老大剑仙，但是半点把握都没有，所以恳请白嬷嬷和纳兰爷爷，莫要有太多期望，免得到时候晚辈里外不是人，就真没脸皮待在宁府了。"

纳兰夜行笑道："敢这么想，就比同龄人好出一大截了！"

白炼霜冷笑道："纳兰老狗总算说了几句人话。"

纳兰夜行笑道："过奖过奖。"

白炼霜对陈平安笑道："听听，这是人话吗？所以陈公子以后，对纳兰夜行不用有任何顾虑。一个练剑练废了的老东西，对隐匿潜行一事，还是有点芝麻大小的本事，陈公子不妨卖他一个面子，让他教一点仅剩的拿手活计。"

纳兰夜行气笑道："白炼霜，你就使劲糟践一位玉璞境剑修吧，我敢反驳半句，就算纳兰夜行小家子气。"

陈平安觉得这话说得大有学问，以后自己可以学学看。

两位前辈告辞离去，陈平安送到了小宅门口。

之后，陈平安没有立刻返回院子，就站在门口，转头望向某处。等了半天，这才有人缓缓走出，陈平安迎向前去，笑道："这么巧？我一出门，你就修行完毕，散步到这边了。”

宁姚点头道：“就是这么巧。”

陈平安“嗯”了一声，道：“那就帮个忙，一起看看厢房窗纸有没有被小毛贼戳破。”

宁姚眨了眨眼睛，一脸无辜道：“你在说什么？宁府哪来的毛贼，眼花了吧？不过真要偷走什么，你得赔。”

陈平安轻轻握拳，敲了敲心口，笑眯起眼，道：“好厉害的毛贼，别的什么都不偷。”

宁姚恼羞瞪眼道：“陈平安！你别这么油腔滑调！”

陈平安轻轻抱住她，悄悄说道：“宁姚就是陈平安心中的所有天地。”

宁姚刚要微微用力挣脱，却发现他已经松开了手，后退一步。宁姚就更加生气。

陈平安轻声解释道：“你那些朋友又来了，这次比较过分，偷偷摸摸过来的。”

宁姚稍稍心静，便瞬间察觉到蛛丝马迹。宁姚转头，厉声道：“出来！”

一个蹲在风水石那边的胖子纹丝不动，双手捻符，但是他身后开出一朵花来，是那董画符、叠嶂、陈三秋。

几个人碰了头，宁姚板着脸，陈平安神色自若，一群人去往斩龙台。

董画符和叠嶂约好了要在这里切磋剑术。

晏胖子笑眯眯提醒陈平安，说咱们这些人，切磋起来，一个不小心就会血光四溅，千万别害怕啊。

陈平安笑着点头，说自己就算害怕，也会假装不害怕。

晏胖子嘿嘿而笑。

宁姚看着那个嘴上谎话连篇却看上去一本正经的陈平安，只是当陈平安转头看她时，宁姚便收回了视线。

陈三秋懒得去看董黑炭跟叠嶂的比试，独自蹑手蹑脚去了斩龙崖山脚，一手一把经文和云纹，开始悄悄磨剑。总不能白跑一趟，不然他们每次来宁府，都各自背剑佩剑，图啥？难不成是跟剑仙纳兰老前辈耀武扬威？退一步说，总不会是来跟宁姚比武。即便他陈三秋与晏胖子联手，攻守兼备，当年还被阿良亲口赞誉为“一对璧人儿”，不还是会输给宁姚？

陈三秋一边磨砺剑锋，一边哀怨道：“你们伙计俩，就不能多吃点啊？客气个啥？”

此时在演武场上，双方对峙，宁姚便挥手开启一座山水阵法。此地曾是两位剑仙道侣的练剑之地，所以就算董黑炭和叠嶂打破天去，都不会泄露半点剑气到演武场外。

陈平安看了几眼董画符与叠嶂的切磋，双方佩剑分别是红妆、镇岳，只说样式大小，天壤之别。各自一把本命飞剑，路数也截然不同，董画符的飞剑，求快，叠嶂的飞剑，求稳。叠嶂“拎着”那把巨大的镇岳，每次剑尖摩擦或是劈砍到演武场地面，都会溅起一阵绚烂火星，反观董画符，手持红妆，出剑无声无息，力求涟漪最小。

陈平安问晏琢，双方出了几分力，晏胖子说七八分吧，不然这会儿叠嶂肯定已经见血了，不过叠嶂最不怕这个，她好这一口，往往是董黑炭占尽小便宜，可是只要被叠嶂的镇岳轻轻一拍，董黑炭就得趴在地上呕血，一下子就都还回去了。

陈平安听了心里大致有数，尤其是看到了叠嶂持剑的手臂，被董画符本命飞剑洞穿后，叠嶂当时流露出来的一丝气机变化，陈平安便不再多看双方演武练剑一眼，而是来到了陈三秋身边蹲着。

此时他对自己若是与这两人捉对厮杀，分生死也好，分胜负也罢，都已经有了应对之法，那么再看下去，就没有了太多意义，总不能真要在那个晏胖子面前，假装自己脸色微白、嘴唇颤抖、神色慌张，还得假装自己不知对方看破不说破。要是换成别人，陈平安倒是完全不介意，可是如今身在宁府，这些人又都是宁姚最要好的朋友，多次并肩作战，说是生死与共都不为过，那么自己就要讲一讲落魄山的祖师堂风气了——以诚待人。

陈三秋依旧在磨剑，动作十分娴熟，他转头笑道："陈公子，别介意啊。"

陈平安双手笼袖，蹲在一旁，仔细凝视着两把剑的剑锋在斩龙台上磨砺，微笑道："我不介意。若是陈公子不介意，我还可以帮着磨剑。"

陈三秋摇头道："这可不行。阿良说过，若说本命飞剑是剑修的命根子，佩剑就是剑修的小媳妇，万万不可转交他人之手。"

陈平安笑着点头，看着那两把剑缓缓啃食斩龙台，如那蚍蜉搬山，几乎可以忽略不计。

晏胖子嘀咕道："听这两位陈公子说话，我怎么瘆得慌。"

宁姚不动声色。

晏胖子问道："宁姚，这个家伙到底是什么境界？不会真是下五境修士吧？那么武道是几境？真有那金身境了？我虽然是不太看得起纯粹武夫，可晏家这些年多少跟倒悬山有些关系，跟远游境、山巅境武夫也都打过交道，知道能够走到炼神三境这个高度的习武之人都不简单，何况陈平安如今还这么年轻。我真是手痒心动啊。宁姚，不然你就答应我与他过过手？"

这就是晏胖子的小心思了，他是剑修，也有货真价实的天才头衔，只可惜在切磋剑术一事上，不用说宁姚了，就算在董画符三人面前，也从来没讨到半点好，如今好不容易逮住一个尚未跻身远游境的纯粹武夫，总要好好露一手。宁府演武场分大小两片，远一些的那片，是出了名的占地广袤；眼前这处，则是享誉剑气长城的一处"芥子天地"，看着不大，跻身其中，就晓得其中玄妙了。他晏琢真要与那陈平安过过手，当然要在这片小天地，届时我晏琢切磋我的剑术，你切磋你的拳法，我在天上飞，你在地上跑，多带劲。

宁姚说道："要切磋，你自己去问他，他答应了，我不拦着，他不答应，你求我也没用。"

晏胖子转了转眼珠子，道："白嬷嬷是咱们这边唯一的武学宗师，若是白嬷嬷不欺负他陈平安，有意将境界压制在金身境，这陈平安扛得住白嬷嬷几拳？三五拳，还是十拳？”

宁姚嘴角翘起，又速速压下，一闪而逝，不易察觉，说道：“白嬷嬷教过一场拳，很快就结束了。我当时没在场，只是听纳兰爷爷事后说过，我也没多问，反正白嬷嬷就在演武场上教的拳，双方三拳两脚的，就不打了。”

晏胖子开始搓手，道：“好家伙，竟然能够与白嬷嬷往来三两拳，哪怕白嬷嬷是以金身境切磋，也算陈平安厉害，真是厉害，我一定要讨教讨教。”

宁姚点头道：“我还是那句话，只要陈平安答应，随便你们怎么切磋。”

晏胖子小心翼翼问道：“若是我一不小心没个轻重，比如飞剑擦伤了陈公子的手啊脚啊，咋办？你不会帮着陈平安教训我吧？但是我可以一百个一千个保证，绝对不会朝着陈平安的脸出剑，不然就算我输！”

宁姚由着晏琢在那里作死，自己则顾着在董画符和叠嶂各自出剑有纰漏之时，为他们一一指出。

其实这拨同龄人刚认识那会儿，宁姚也是如此点拨别人剑术，但晏胖子这些人，总觉得宁姚说得好没道理，甚至会觉得是错上加错。后来阿良道破天机，说宁姚眼光所及处，是你们以目前的修为境界与剑道心境根本无法理解的，等再过几年，境界上去了，才会明白。

事实证明，阿良的说法，是对的。

私底下，宁姚不在的时候，陈三秋便说过，这辈子最大的愿望是当个酒肆掌柜的自己，之所以如此勤勉练剑，就是为了不被宁姚拉开两个境界的差距。

剑修对峙，往往不会耗费太多光阴，尤其是只分胜负的情况，会结束得更快，如果不是董画符和叠嶂在刻意切磋，其实根本不需要半炷香工夫。

黑炭青年和独臂女子各自收拢本命飞剑之后，宁姚走入演武场，来到两人身边，给他们指出一些瑕疵。

两人竖耳聆听，并不觉得被宁姚指点剑术，有什么丢人现眼。整座剑气长城被所有长辈寄予厚望的这一代剑修，在宁姚面前都感到自惭形秽。老大剑仙曾经笑言，剑气长城这边的孩子，分两种剑修——宁姚与宁姚之外的所有剑修，不服气的话，就在心里憋着，反正打也打不过宁丫头。

不过老大剑仙跟宁姚也说过一句类似话语，却不是关于剑修，而是关于浩然天下的武夫——天下武夫，年轻一辈，差不多也是如此光景，只分两种。

宁姚当时不以为然，说陈爷爷你这话说得不对，但是现在她无法证明，可总有一天，有人可以为她证明。

老人当时似乎就在等小姑娘这句话，既没有反驳，也没有承认，只说他陈清都会拭目以待，耳听为虚，眼见为实。

只是宁姚当时便有些难得的后悔，她本来就是随口说说的，老大剑仙怎么就当真了呢？所以宁姚完全没打算将这件事说给陈平安听，真不能说，不然他又要当真。

就他那脾气，她当年在骊珠洞天，与他随口胡说的练拳走桩，先练个一百万拳再说其他，结果上次在倒悬山重逢，他竟然就说他只差几万拳，便有一百万拳了。

宁姚当时差点没忍住一拳打过去，狠狠敲一敲那颗榆木脑袋。你陈平安是不是傻啊？都听不出那是一句敷衍你的玩笑话吗？有些时候，我宁姚没话找话，都不成了？

此时晏胖子蹲在陈平安身边，小声说道："这位陈公子，我也自创了一套拳法，不如先瞧几眼，再看要不要指点一二？"

陈平安笑道："没问题啊。"

晏琢便立即蹦跳起身，吭哧吭哧，呼呼喝喝，打了一套让陈三秋只觉得不堪入目的拳法。

陈三秋是如此，董画符和叠嶂也一样，看了一眼就绝对不乐意再多看一眼，怕自己瞎了眼。

不承想那个青衫年轻人，从头到尾看完了晏胖子那一通疯魔拳法，面带微笑，觉得与自己开山大弟子的疯魔剑法，有异曲同工之妙。

晏琢做了个气沉丹田的姿势，大声笑道："陈公子，这拳法如何？"

陈平安点头微笑道："很有气势，在气势上已经立于不败之地了。遇敌已先不败，正是武夫宗旨之一。"

陈三秋磨剑的手一抖，早年那种熟悉的古怪感觉又来了。难不成这个陈平安的武学，是那阿良教的？可阿良那家伙剑道剑术都高，乱七八糟的仙家术法，其实也懂得极多，唯独不曾说过自己是什么懂拳的纯粹武夫，至多就说自己是一名江湖剑客而已。

晏琢笑道："既然如此，那陈公子就不吝赐教？"

陈平安视线偏移，望向宁姚。宁姚故意视而不见。

陈平安想了想，说道："还是算了吧。"

晏琢收敛笑意，不再有那玩笑心性，缓缓说道："陈平安，只要你还要出门，一旦跨出宁府门槛，那就难逃一两场架，别说那个不是个玩意儿的齐狩，就连庞元济和高野侯，两个比齐狩更难缠的家伙，都盯上你了。他们未必有坏心，但是至少都对你很好奇。"

陈平安"哦"了一声。

按照白嬷嬷和纳兰爷爷的说法，剑气长城年轻一辈的先天剑坯和剑道天才，除了宁姚，大致可以分成三种，第一种即庞元济、齐狩和高野侯，这三人最为出类拔萃，被誉为大剑仙资质，先不谈未来大道高远，只说当下，这三人的境界与修为，都是毋庸置疑的令人惊艳。

高野侯与叠嶂一般出身，都是生长在陋巷，然后有了自己的际遇，很快就脱颖而出，一鸣惊人，如今他已经是某个顶尖家族的乘龙快婿。齐狩是齐家子弟。而那个庞元济，更是挑不出半点瑕疵的年轻“完人”，出身中等门户，诞生之初，就是惹来一番气象的头等先天剑坯，小小年纪，就跟随那位脾气古怪的隐官大人一起修行，算是隐官大人的半个弟子。庞元济与坐镇剑气长城的三教圣人，也都熟悉，经常向三位圣人问道求学。

所以如果说，齐狩是与宁姚最门当户对的一个年轻人，那么庞元济就是只凭自身，就可以让许多老人觉得，他是最配得上宁姚的那个晚辈。

在三人之后，才是董画符这拨人。

董画符、叠嶂他们之后，是第三拨。不要因为他们暂时“垫底”，就对他们不以为意，事实上，这些人即便在北俱芦洲，那也是被“宗”字头仙家抢破头的先天剑坯。但是在剑气长城，天才这个说法，不太值钱，只有活得久的天才，才可以算是天才。

晏琢继续说道：“如果连我都打不过，那你出门后，至多就是过了一关便停步。”

晏琢死死盯住那个青衫年轻人，道：“我与你没关没系的，何况对你陈平安，还真没有半点不好的印象，但我晏琢，与宁姚是朋友，不希望宁姚挑中的男人，一出门就给人三两下撂倒。一旦沦落至此，兴许宁姚不在意，你也确实没有什么错，但是我、董黑炭、叠嶂、三秋，以后都没脸出门喝酒。”

晏琢最后说道：“你先前说欠了我们十年的道谢，感谢我们与宁姚并肩作战多年，我不知道叠嶂他们怎么想的，反正我晏琢还没答应收下。只要你打趴下我，我就收下，就算被你打得血肉模糊，一身肥肉少了几斤都无妨，我更开心！这么讲，会不会让你陈平安心里不舒服？”

陈平安摇头道：“没有不舒服，半点都没有。”

晏琢怒道：“那杵在那边做甚，来！外面的人，可都等着你接下来的这趟出门！”

陈平安还是摇头，道：“我们这场架，不着急。我先出门，回来之后，只要你晏琢愿意，别说一场，三场都行。”

晏琢差点就要破口大骂，只是一想到宁姚还在不远处，便涨红了脖子，道：“你这家伙怎么不听劝？我都说了，跟我先打一场，然后不分胜负，各自受伤……”

一瞬间，晏琢瞳孔剧烈收缩。一袭青衫极其突兀地站在他身边，依旧双手笼袖，神色淡然道：“我干吗要假装自己受伤？为了躲打架？我一路走到剑气长城，架又没少打，不差这出门的三场。”

晏琢小声说道：“陈平安，你咋个就突然走到我身边的？纯粹武夫，有这么快的身形吗？不然咱们重新拉开距离，再来切磋切磋？我这不是刚才在气头上了，根本没注意，不算不算，重新来过。”

陈平安笑着从袖中拈出一张符箓，道：“是方寸符，可以帮着纯粹武夫缩地成寸。”

晏琢后知后觉,蓦然气笑道:“你这张符箓又没用!陈平安,你糊弄傻子啊?”

陈平安双手藏在袖中,抬了抬胳膊,笑道:“两只手啊。”说到这里,陈平安收起笑意,望向远处的独臂女子,致歉道:“没有冒犯叠嶂姑娘的意思。”

叠嶂笑着摇头,道:“我不是那个肚子极大、肚量极小的晏胖子,陈公子往后言语,无须在乎我断臂一事,哪怕拿这个开玩笑,都没半点关系。宁姐姐便笑话过我,说以后与心仪男子有情人终成眷属,若是情难自禁,相互拥抱,岂不是尴尬?我还专门考虑过这个难题,到底该如何伸出独臂,以什么姿势来着。”

宁姚伸手捏住叠嶂的脸颊,制止她道:“瞎说什么!”

董画符站在一旁偷着乐呵。唉,原来宁姐姐也会聊这些,大开眼界了。

宁姚看向陈平安,后者笑着点头,宁姚这才说道:“走,去叠嶂铺子附近,找个地方喝酒。”

众人一起出门的时候,宁姚还在教训口无遮拦的叠嶂,用眼神就够了。叠嶂一路上笑着赔罪道歉,也没什么诚意就是了。董画符吊在一行人的尾巴上,习惯了。

陈平安被陈三秋和晏琢一左一右两个门神护着,晏琢小声说道:“陈平安,就你这神出鬼没的身法,加上你是浩然天下屈指可数、响当当的武学大宗师,前面两场架,运气好的话,说不定可以撑过去,第三场输了的话,我这人最仗义,会亲自把你背回来!”

陈三秋微笑道:“别信晏胖子的鬼话,出了门后,这种年轻人之间的意气之争,尤其是你这远道而来的外乡人,与咱们这类剑修捉对较量,一来按照规矩,绝对不会伤及你的修行根本,再者只是分出胜负,剑修出剑,都有分寸,不一定会让你满身是血的。”

结果陈平安说了一句让两人摸不着头脑的言语:“这么一来,反而是麻烦事。”

虽然宁府大门外人头攒动,三三两两扎堆的年轻剑修,却没有一人出头言语。

等到一行人即将走到叠嶂铺子,一条长街上几乎没有了行人,街两边酒肆林立,很多早早提前赶来喝酒看热闹的,在酒肆里各自喝酒,人人沉默,笑容颇堪玩味。

有一个年轻人出现在了大街上,众目睽睽之下,腰佩长剑,缓缓前行。

宁姚瞥了眼便不再看,继续与叠嶂聊着天。

晏琢轻声提醒道:“是个龙门境剑修,名叫任毅,此人的本命飞剑名为——”

陈平安却笑道:“知道对方境界和名字就够了,不然胜之不武。”

陈三秋嗤笑道:“这任毅,不愧是齐狩身边的头号狗腿子,做什么都喜欢往前冲。”

任毅停步在五十步外,道:“陈平安,愿不愿意与我切磋一下?”

陈平安独自一人向前走出几步,嘴上却说道:“如果我说不愿意,你还怎么接话?”

任毅一手按住剑柄,笑道:“不愿意,那就是不敢,我就不用接话,也不用出剑。”

刹那之间,只见一袭青衫翩若惊鸿掠至眼前,直到这一刻,街道地面才传来一阵沉闷震动。

境界低一些的下五境少年剑修，都开始大大咧咧骂娘，因为桌上酒杯酒碗都弹了一下，溅出不少酒水。中五境剑修，大多以自身剑气打消了那份动静，依旧聚精会神，盯着那处战场。至于偷偷夹杂在其中的一些上五境剑仙，则根本不介意酒桌上的那些动静。

任毅惊骇地发现身边站着那青衫年轻人，一手负后，一手握住他拔剑的手臂，使他再也无法拔剑出鞘，不但如此，那人还笑道："不用出剑，与无法出剑，是两回事。"

陈平安身形一闪而逝，如青烟缥缈不定，躲过了一把风驰电掣的飞剑，旋即又再次握住任毅拔剑的手。而那把以迅猛著称的本命飞剑，不论如何轨迹难测，角度刁钻，都无法碰到那人的一片衣角。

三番两次之后，任毅便干脆改变策略，御风升空，以便与地面上的那名纯粹武夫，拉开距离，欲凭此肆意出剑。

可是任毅双脚刚刚离地，就被那人轻轻一掌压住肩头，把他的双脚给硬生生拍回地面。那人问道："剑修杀敌，不是近身更无敌吗？"

任毅放弃以飞剑伤敌的初衷，只以飞剑环绕四周，开始后退倒掠而去。

任毅要"分心"驾驭两边酒肆的筷子，暂时当作自己的飞剑，打算以量取胜，到时候看这家伙如何躲避，但是任毅心知肚明，对方真要出拳伤人，轻而易举，自己不过是做些拖延片刻的举动，尽量输得不至于颜面无光，不然给人印象就是毫无还手之力。

大概是那个青衫外乡人也觉得如此，所以出现在任毅身侧，双指拈住那把飞剑，伸手一推任毅的脑袋，将其瞬间推入街边一座酒肆。

陈平安用的力道巧妙，使得任毅没有撞倒临近街面的酒桌，而是踉跄过后，很快便能停下身形。

陈平安轻轻抛还那把飞剑。任毅羞愤难当，直接御风离开大街。

这个时候，从一座酒肆走出一名玉树临风的白衣公子哥，并无佩剑。他走到街上，愤然道："一介武夫，也敢侮辱我们剑修？怎么，赢过一场，就要看不起剑气长城？"

言语之间，白衣公子哥四周，悬停了密密麻麻的飞剑。不但如此，他身后整条街道，飞剑都犹如沙场武卒结阵在后。

本命飞剑肯定只有一把，但是想要找出那一把真正飞剑，极不容易。最棘手的地方在于，此人的飞剑可以随时替换，真假不定，甚至可以说，一把把飞剑都是本命剑。

晏琢想要故意与陈三秋"闲聊"，说出此人飞剑的麻烦所在，但是宁姚已经转头，示意晏胖子不用开口，晏琢只得作罢。

陈平安目视前方，飞剑如一股洪水汹涌而来。陈平安横移到酒肆之中，微笑说着借道借道，对方便分出一股股好像沙场斥候的剑阵，十数把飞剑呼啸转弯，纷纷掠入大小酒肆，阻拦他的去路。只见陈平安时而低头，时而侧身，时而走到街上，时而又走入酒肆，惹来笑骂声一大片，依稀还夹杂有一些不太合时宜的喝彩声，稀稀疏疏，格外刺耳。

陈平安就这么离着那个白衣公子哥越来越近。

若是在那剑气长城以南的战场之上，本该如此，就该如此。

多少剑仙，临死一击，故意将自己身陷妖族大军重围。多少剑修，战阵厮杀当中，要故意拣选皮糙肉厚却转动不灵的魁梧妖族作为护盾，抵御那些铺天盖地的劈砍，为自己稍稍赢得片刻喘息机会。

陈平安骤然之间，走到大街之上，他不再“闲庭信步”，开始撒腿狂奔。那名身为金丹境剑修的白衣公子哥，皱了皱眉头，没有选择让对方近身，双指掐诀，微微一笑。

那一袭青衫出拳后，不过是打碎了原地的残影，金丹境剑修的真身却凝聚在大街后方一处剑阵当中，身形飘摇，十分潇洒，引来许多观战小姑娘和年轻女子的眼睛一亮，她们当然都希望此人能够大获全胜。

只是那一袭青衫紧随在后，好像开始动真格了，身形飘忽不定，快到已经让所有金丹境之下的剑修都根本看不清他的面容。

一个身穿麻衣的年轻人轻声道：“飞剑还是不够快，输了。”

同桌酒客，是个瞎了一只眼的大髯汉子，点点头，举碗饮酒。

片刻之后。

白衣公子哥已经数次涣散又凝聚身形，但是双方间距，还是越来越近。最终那一袭青衫一掌按住白衣公子哥的面门，却不是推远出去，而是直接往下一按，将他整个人背靠街道，砸出一个大坑来。

陈平安没有看那一身气机凝滞的年轻剑修，轻声说道：“了不起的，是这座剑气长城，不是你或者谁，请务必记住这件事。”

陈平安环顾四周，问道：“记不住？换人再来。”

陈平安抖了抖袖子，然后轻轻卷起，边走边笑道：“一定要来一个飞剑足够快的，数量多，真没有用。”

大街之上，寂静无声。

陈平安停下脚步，眯眼道：“听说有个人叫齐狩，惦念我家宁姚的斩龙台很久了，我很希望你的飞剑足够快。”

宁姚刚要开口，陈平安好似心有灵犀，没有转头，抬起一只手，轻轻挥了挥，宁姚便不说话了。

这一幕过后，那个身穿麻衣的年轻人忍不住笑道：“别说是齐狩，连我都要忍不住出手了。”

不料街上那个青衫外乡人，笑着望向他，说道：“庞元济，我觉得你可以出手。”

酒肆内的年轻人一本正经道：“我怕打死你。”

陈平安回答道：“我求你别死。”

第八章
拳与飞剑我皆有

庞元济愣了一下，朝那个年纪轻轻的青衫客，竖起大拇指——敢这么与他庞元济说话的，在这座什么都不多、唯独剑修最多的剑气长城，得是元婴境剑修起步。

庞元济不是瞧不起那个接连胜了两场的外乡人，而是根本瞧不起整座浩然天下。比起这种瞧不起，他的更多情绪是厌恶，还夹杂着一丝天然的仇视。

若非北俱芦洲剑修阿良和左右这些浩然天下剑修的存在，庞元济对于那座极为陌生却又富饶、安稳的天下，甚至会是痛恨。

这名在剑气长城被视为最与宁姚般配的年轻剑修，不再言语。

庞元济一口饮尽碗中酒，然后站起身，离开酒桌，缓缓走到街上。

那个独眼的大髯汉子神色如旧，只是喝酒。

庞元济对于男女情爱一事，并不感兴趣，那个宁姚喜欢谁，他庞元济根本无所谓。

庞元济在意的，只有剑气长城的剑修身份，以及隐官大人的弟子身份。

庞元济走到街上后，神色肃穆，很难想象这是一个才二十五岁的年轻人，他道："陈平安，我对你没意见，不过我对浩然天下很有意见。"

可能在浩然天下的山上，这个岁数，就算只是一名洞府境或观海境修士，就已经是一般仙家山头的祖师堂嫡传，被众星拱月。

而在浩然天下的山下，这个岁数可能会是某个金榜题名的年轻俊彦，享受着光耀门楣的荣光，初涉仕途，意气风发。

可是在这里，在庞元济的家乡，任何一个孩子，只要眼睛不瞎，那么他一辈子看到的剑仙数量，就要比浩然天下的上五境修士都要多。

在这里，随随便便就会撞到在街上买酒、饮酒的某个剑仙，也会时不时看到一个个剑仙御剑去往城头。

陈平安笑道："我对你庞元济也没意见，不过我对某个说法，很有意见。"

大街两边的酒肆酒楼，人们议论得越发起劲。

是那些在北俱芦洲家乡个个眼高于顶的年轻剑修，到了剑气长城后，兴许时间久了，会有生死之交，或是继续看不顺眼，会有一言不合的切磋约架，但是近百年以来，还真没有这么直愣愣的年轻人，初来乍到，就敢如此言行。

北俱芦洲是与剑气长城打交道最多的一个大洲，不过来此历练的年轻人，在到倒悬山之前，就会被各自宗门长辈劝诫一番，不同的人不同的语气，意思却大同小异，无非是到了剑气长城，收一收脾气，遇事多隐忍，不涉及大是大非，不许冒失言语，更不许随便出剑，剑气长城那边规矩极少，越是如此，惹了麻烦，就越棘手。

能够让北俱芦洲剑修如此谨慎对待的，兴许就只有宛如夹在两座天下之间的剑气长城了。

圆圆脸的董不得，站在酒肆二楼，身边是一大群年龄相仿的女子，还有些身姿尚未抽条、犹带稚气的少女，多是眼神熠熠，望向那个反正宁姐姐不喜欢那么她们就谁都还有机会的庞元济。

董不得其实有些担心，怕自己一根筋的弟弟，陷入一场莫名其妙的乱战。

齐狩也有自己的小山头，无论是年轻人背后的家族势力，还是年轻剑修的战力累加，都不逊色于宁姚，甚至犹有过之，只是走了个羞愤遁走的任毅而已，一旦发生冲突，双方有得打。所以董不得担心之余，又有些摩拳擦掌，跃跃欲试。

她可是董画符的亲姐姐。

一个婴儿肥的少女踮起脚尖，趴在窗台上，使劲点头道："这个家伙，还挺俊俏啊。你们使劲喜欢庞元济去吧，我反正从今儿起，就喜欢这个叫陈平安的家伙了。董姐姐，要是宁姐姐哪天不要他了，记得立即提醒我啊，我好乘虚而入，早些结婚得了。角山楼铺子的婚嫁衣裳，真是好看，摸起来滑不溜秋的。"

董不得抬腿踢了小姑娘的屁股一脚，笑道："一般脑子拎不清的姑娘，是想男人想疯了，你倒好，是想着穿嫁衣想疯了。"

少女揉了揉屁股，纤细肩头一个晃荡，将身边一个窃笑不已的同龄人，使劲推远，朝董不得嚷嚷道："董姐姐，我娘亲说啦，你才是那个最拎不清的老姑娘！"

董不得满脸笑意，说了句"这样啊"，然后伸手按住小丫头片子的脑袋，一下一下撞在窗台上，砰砰作响，问道："说我老姑娘是吧？"

少女在董不得收手后，揉了揉额头，转头，咧嘴笑道："小姑娘，小姑娘，年年十八岁的董姐姐。"少女腹诽，年年八十岁的老姑娘吧。

结果董不得又按住这丫头的脑袋，一顿敲，嘴里说着："八十岁对吧？就你那点小心思，只差没写在脸上了。"

董不得突然松开手，朝街上看，道："我就说嘛，齐狩费了这么大劲，才不会把这种大出风头的机会，白白让给庞元济。"

那少女顾不得跟董不得较劲，一把按下旁边那颗碍眼的同龄人脑袋，伸长脖子望去，老气横秋道："换成我是齐狩，早掀翻酒桌干仗了。"

有人从街道尽头处的酒肆走出，在街上现身，正是齐狩，身材高大，气宇轩昂，长衫背剑，干净利落。

齐狩微笑道："元济，这差不多都算是我的家事了，还是让我来吧，不然要被人误认为是缩头乌龟。"

庞元济转过头，似乎有些为难。

齐狩视线绕过庞元济，看着那个赤手空拳的外乡武夫。这人年纪不大，据说是来自宝瓶洲那么个小地方，约莫十年前，来过一趟剑气长城，不过一直躲在城头那边练拳，结果连输曹慈三场，这是这个外乡人两件值得拿出来给人说道说道的事情之一。另外一件，更多流传在妇人女子当中，是从董家流传出来的一个笑话，宁姚说她能一只手打一百个陈平安。

输给曹慈也好，被宁姚打趣也罢，其实都不算丢人现眼。只不过齐狩听见了，心里都很不舒服。

庞元济笑道："你我之间，肯定只能一人出手，不如你我干脆借这个机会，先分出胜负，决定谁来待客？"

齐狩有些为难。

口哨声此起彼伏，怂恿两人先打过一场再说，而且已经有人开始打算坐庄，让人押注赌谁输谁赢，以及能在几招内分出胜负。这些路数，都是跟阿良学的，一个赌庄，动辄有十几种押注花样，用阿良的话说，就是搏一搏，厕纸变丝帛，押一押，秃子长头发。

先前对于这个姓陈的外乡年轻人，一些个光棍赌棍的坐庄押注，多是押他会不会出门而已，更多的，都没怎么奢望。哪里想到这个家伙，不但出门了，还与人打过了两场，便赢了两场。众人这才发现阿良不坐庄，大伙儿果然赌得没甚滋味。要是阿良坐庄，上了赌桌的人，输赢都觉得过瘾，就是阿良的赌品委实差了点。当年阿良与一个众望所归的老赌棍合伙坑人，老赌棍先是次次以小博大，大赢特赢，结果有一次，大半人跟着那老赌棍押注，发誓要让阿良输得连裤子都得留在赌桌上，结果让阿良一口气赚回了本不说，还挣了大半年的酒水钱。

众人是事后才听说，那个“当场瘫软晕厥在赌桌底下”、看似倾家荡产的老赌棍，得了一大笔分红，带着几十枚谷雨钱，先是躲了起来，然后在夜深人静时分，被阿良偷偷一路护送到大门那边，两人依依惜别。如果不是师刀房老婆姨都看不下去，泄露了天机，估计那次一起输了个底朝天的大小老幼赌棍们，至今都还蒙在鼓里。

哪怕如此，剑气长城这边的汉子，还是觉得少了那个挨千刀的家伙阿良，平日里喝酒便少了好多乐趣。

陈平安先后观察了庞元济和齐狩各自的行动轨迹，二人的步伐大小、落地轻重、肌肉舒展、气机涟漪、呼吸快慢，尽收眼底。

就是打量几眼的小事情。

只说眼中所见，不提事先耳闻，庞元济要更行家里手些，更难看出深浅，当然也可能是齐狩根本就不屑伪装，或者是伪装得更好。

陈平安这纯粹就是习惯成自然，闲着没事，给自己找点事干。

陈平安半点不着急，轻轻拧转手腕，由着庞元济和齐狩先商量出个结果。

谁先谁后，都不重要。

无非是从十数种既定方案当中，挑出最契合当下形势的一种，就这么简单。

大街两侧的人们，发现那个外乡年轻人，竟然开始闭目养神——他一手手掌负后，一手握拳贴在腹部，一袭青衫，头别玉簪，身材修长。

有那么点玉树临风的意味。

叫嚣谩骂声四起，但是喝彩声也明显更多了一些。

宁姚眼中没有其他人。

叠嶂轻轻扯了扯宁姚那件墨绿色长袍的袖子。宁姐姐离开浩然天下的时候，是这般装束，回来之后，也是如此，虽说法袍有法袍的好处，可总是这么一种装束，都快要半点不像女子了。

宁姚转过头，问道：“怎么了？”

叠嶂用下巴点了点远处那个身影，然后伸出一根大拇指。

宁姚板着脸，一挑眉，好像是说，大街之上，那个家伙就是在做一件天经地义的事情，我宁姚半点不奇怪，你们会感到奇怪，只是因为你们不是我宁姚。

陈三秋伸手轻轻拍打着晏胖子的脸颊，道：“某人在演武场打了一套好拳法啊。”

晏琢一把拍掉陈三秋的手，扬扬得意道：“我先前怎么说来着，那可是响当当的武学大宗师，我这眼光，啧啧啧。”

董画符闷闷说道：“任毅加溥瑜，分明是齐狩故意安排的人选，让人挑不出毛病。任毅是龙门境剑修当中，年纪小的，飞剑快的，陈平安输了，当然是什么面子都没了。但若是赢了任毅，再战溥瑜，溥瑜是金丹境里最有名的花架子，赢了他，陈平安容易掉以轻心，然后再由齐狩这个一肚子坏水的，来解决掉陈平安，齐狩可以利益最大化，所以这就是一个连环套。”

晏琢翻白眼道：“你董黑炭都知道的，我们会不清楚？”

董画符说道：“我是怕齐狩失心疯，下狠手。”

陈三秋点点头，道：“最大的麻烦，就在这里。”

街上三人，撇开那个从看热闹变成热闹给人看的庞元济，只说陈平安与齐狩，这已经不是差不多岁数的年轻人做什么意气之争了，陈平安确实不该提及宁姚和斩龙台，牵扯到了男女之间的事儿，又扯到了家族，这就给了齐狩不按规矩行事的借口。齐狩此次交手，做得狠辣，大家族的那些老头子，兴许会不高兴，但是如果齐狩出剑软绵，更是不堪。是个人，都知道应该如何取舍。

晏琢揉搓着自己的下巴，道：“是这个理，是我那平安兄弟做得略有纰漏了。”

他们这些人当中，董黑炭是瞅着最笨的那个，可董黑炭却不是真傻，只不过一向懒得动脑子而已。当然了，董黑炭比起他晏琢，大概还差了一个陈三秋吧。

陈三秋想了想，还是笑道：“不去管这些乱七八糟的，反正陈平安敢这么讲，敢一口气点了齐狩和庞元济的名，我就认陈平安这个朋友。因为我就不敢。交朋友，图什么？还不是除了蹭吃蹭喝之外，朋友还能够做点自己做不成的痛快事？在身边笼络一大堆帮闲狗腿，这种事，我做不出来。如果齐狩敢坏规矩，我们又不是吃干饭的，一路杀过去。董黑炭你打到一半，再装个死，故意受伤，你姐姐肯定要出手帮咱们。她一出手，她那些朋友，为了义气，肯定也要出手，哪怕是做做样子，也够齐狩那些狐朋狗友吃一大壶胭脂酒了。”

宁姚却说道：“齐狩本来就比你们强不少，别说是你们几个，要是距离远了，我一样拦不住。所以我会盯着齐狩的战场选择，一旦齐狩故意引诱陈平安往叠嶂铺子那边靠，就意味着齐狩要下狠手。总之你们不用管，只管看戏。何况陈平安也不一定会给齐狩握剑在手的机会，他应该已经察觉到异样了。”宁姚瞥了眼齐狩背后的那把剑。

陈三秋哑口无言。

叠嶂忧心忡忡，她知道自己在这些事情上，最不擅长。有些时候，内心细腻敏感的叠嶂，不得不承认，陈三秋这些大姓子弟，若是人好，都还好说，若是聪明用错了地方，那是真坏。因为他们有更高的眼界，小小年纪，就可以用居高临下的眼光，看待那些只会让叠嶂觉得一团乱麻的复杂人事，并且还能够抽丝剥茧，找到那些最为关键的脉络，之后的诸多难题，便迎刃而解。阿良说过，这也是天地间的剑术之一。

阿良曾经也对叠嶂说过，与陈三秋他们做朋友，要多看多学，你约莫会有两个心坎要过，过去了，才能当长久朋友，过不去，总有一天，无须经历生离死别，双方就会自然而然从至交好友，再变成点头之交。这种称不上如何美好的结局，无关双方对错，真有那么一天，喝酒便是。好看的姑娘，经常喝酒，漂亮的脸蛋，苗条的身材，便能长长久久。

这时宁姚突然转头问道："你们觉得陈平安一定会输？"

陈三秋无奈道："说假话，我觉得陈平安一只手可以撂倒齐狩；说实话，如果齐狩没背着那把剑，那我觉得陈平安还有些胜算。"

宁姚不置可否，她转头望向一处，眉头紧蹙。

一处酒楼屋脊边缘，坐着一个身穿宽松黑袍的小女孩，梳着俏皮可爱的两根羊角辫，打了半天的哈欠。

她似乎有些不耐烦，终于忍不住开口道："庞元济，磨磨唧唧，拉根屎都要给你断出好几截的，丢不丢人？先干倒齐狩，再战那个谁谁谁，不就完事了？"

陈平安几乎与宁姚同时，望向屋脊那边——那是一个看着不着调却一拳下去能让飞升境大妖都皮开肉绽的强大存在。

董家剑修的脾气之差，在剑气长城，只能排第二，因为有她在。

陈平安曾经在城头之上，亲眼看到她"笔直摔下"城头后，跑去与一头靠近剑气长城的大妖"嬉戏打闹"。

那是一头货真价实的仙人境妖物，但是老大剑仙却说，没能打死对方，她就觉得自己已经输了。

大街之上，除了宁姚和几个故意对那"小姑娘"视而不见的剑仙，当然还有陈平安，几乎人人汗毛倒竖。没有谁自找没趣，开口献殷勤。

"隐官"并非她的姓名，而是一个不见于记载的远古官职，世代承袭，在剑气长城，负责督军、刑罚等事。历史上也有许多不堪大用而沦为傀儡的隐官大人，但是在她接手这个头衔之后，剑气长城对于隐官的轻视之心，荡然无存。她不但是杀了最多中五境妖物的人，而且在千年以来的南边战场上，被她一拳打得血肉横飞而当场毙命的己方怯战剑修，也多。

当年十三之争，剑气长城这边出战的第一人，正是这位在蛮荒天下一样大名鼎鼎的隐官大人。结果对方一头以肉搏厮杀著称一洲的大妖，见着了她，直接认输跑了，然后对峙双方，就看着一个小姑娘在战场上，轰天砸地了足足一刻钟。

庞元济点点头，道："听师父的。"

齐狩却抱拳低头，求道："恳请隐官大人，让我先出手。无论输赢，我都会与元济打上一架，愿分生死。"

隐官眼睛一亮，使劲挥手，道："这个可以有，那就麻溜儿的，赶紧干架干架，你们只管往死里打，我来帮着你们守住规矩便是。对于打架这种事情，我最公道。"

然后她望向庞元济先前喝酒的酒桌那边，皱着一张小脸，道："那个瞎了眼的可怜虫，丢壶酒水过来，敢不赏脸，我就锤你……"

骤然之间，整座酒肆都砰地炸开，屋顶瓦片乱溅，屋内满地狼藉，酒肆内的所有大小剑修，已经直接昏死过去。再一看，那个身为玉璞境剑仙的大髯汉子，已经被她一脚踹中头颅，直接撞破墙飞了出去，一身尘土，起身后也没敢返回酒肆。她站在唯一一张完整无损的酒桌上，轻轻一跺脚，把酒壶弹起，握在手中，嗅了嗅，苦着脸道："一股子尿臊味，可好歹也是酒啊，是酒啊！"

说到最后，这位高高在上的隐官大人，竟是有些咬牙切齿和悲苦神色。

在那位隐官大人离开屋脊的一瞬间，陈平安便向前踏出一步，但是却又立即收回脚步，然后望向齐狩，扯了扯嘴角。

庞元济身体后仰，掠回不成样子的酒肆，抬手接住一片坠落的瓦片，笑道："师父，老大剑仙说过，你不许喝酒的。"

隐官怒道："我就闻一闻，咋了，犯法啊？剑气长城谁管着刑罚，是他老不死陈清都吗？"

刹那之间，她便病恹恹坐在酒桌上，抛了那壶酒给庞元济，道："先帮我留着。"

陈平安一转头，一抹虹光从耳畔掠过，仅是剑气，便在陈平安脸上割裂出一条细微血槽。

他略微弯腰，脚尖一点，身形不见，地面瞬间裂出一张巨大蛛网，不但如此，如有阵阵闷雷在地底深处回荡。

一袭青衫在远离先前他所站原地的街上，身形突兀倾斜，又有速度更快的剑光一闪而逝，若是没有那招躲避，就要被剑光从后背心处一穿而过。

隐官坐在桌上，轻轻点头，算是对两位晚辈没这么快分出胜负的一点小小嘉奖了。她百无聊赖，便抬起双手，揪住自己的两根羊角辫，轻轻摇晃起来。

庞元济毕恭毕敬站在一旁，轻声笑道："浩然天下的金身境武夫，都可以跑得这么快吗？"

隐官想了想，给出一个她自己觉得极有见地的答案，道："大概也许可能比较少见吧。"

庞元济见怪不怪了。庞元济还真有个想不通的问题，以心声言语道："师父好像对陈平安印象不太好？"

隐官撇撇嘴，道："陈清都看顺眼的，我都看不顺眼。"

她屈指一弹，大街上一位不小心听见她言语的别洲元婴境剑修，额头如雷炸响，两眼一翻，倒地不起。没个十天半月，就别想从病床上起身了，躺着享福，还有人伺候，反客为主，多好。她觉得自己就是这么善解人意脾气好。

隐官突然说道："按照那谁谁谁当下展现出来的武夫境界，其实是躲不过两次飞剑的，他主要还是靠猜。"

庞元济笑道："齐狩也远远没有尽全力。"

隐官有些失望，撇嘴道："没劲。"

她站起身，反悔了，喊道："继续，我不管你们了啊。切记切记，不分生死的打架，从来不是好的打架。"

话音刚落，这位隐官大人瞬间不见，只留下一个苦笑不已的弟子。

庞元济收敛心神，望向大街。

齐狩纹丝不动，那一袭青衫却在拉近距离。

天底下的搏杀，练气士最怕剑修，同时剑修也最不怕被纯粹武夫近身，尤其是齐狩。

因为齐狩的本命飞剑不止一把，已经现世的那把，名为"飞鸢"。而速度更快的那把"心弦"，就在等一名金身境武夫不知死活的欺身而进。

晏琢看得心惊胆战，叠嶂几个，也都神色不太自然。

宁姚始终心如止水，最是局中人，反而最像局外人。这大概就是她与陈平安截然不同的地方，陈平安永远思虑重重，宁姚永远干脆利落。

齐狩在祭出第二把本命飞剑的时候，有些遗憾。

齐家剑修，历来擅长小范围厮杀，尤其精通对峙局面的速战速决。飞剑心弦，从来快且准。

双方相距只有十步之隔。哪怕那一袭青衫已经躲过致命刺杀，依旧逃不掉被穿透肩头的下场，身形难免微微凝滞，就这么一瞬间的工夫，本命剑飞鸢就在陈平安脖颈处擦过。

那一袭青衫，仿佛已经被两把飞剑的剑光流萤完全裹挟，置身牢笼之中。

就在许多看客觉得大局已定的时候，陈平安凭空消失。

齐狩始终岿然不动。第三把最为诡谲的本命飞剑"跳珠"，一分为二，二变四，四化八，以此类推，在齐狩四周如同编织出一张蛛网，蛛网每一处纵横交错的结点，都悬停着一把把寸余长短的跳珠飞剑。与先前那名金丹境剑修的飞剑只靠虚实转换大不相同，这把跳珠的变幻生发，千真万确，齐家老祖对此颇为满意，觉得这把飞剑，才是齐狩真正可以细心打磨千百年，最能够傍身立命的一把飞剑，毕竟一把能够达到真正意义上攻守兼备的本命飞剑，飞剑主人的境界越高，跳珠便越是繁多，越是接近一件仙兵。一旦齐狩能够支撑起数千把跳珠齐聚的格局，就可以验证早年道家圣人那句"坐拥星河，雨落人间"的大吉谶语。

出现在齐狩侧面五步之外的陈平安，似乎知难而退，再次使出了缩地成寸的仙家术法。

齐狩知道这家伙会在身后出现，于是几处关键窍穴微微蝉鸣，原本列阵身后而数量较少的跳珠，转瞬之间就好似撒豆成兵，数量暴涨。与此同时，天然能够追摄敌人魂魄的飞剑心弦，如影随形，紧跟那一袭青衫。至于飞鸢，则更加运转自如。

齐狩就是想站着不动，也要耍得这个家伙团团转。

金身境武夫？与我齐狩为敌，那就只能被我当狗来遛。

一方毫发无损，一方出拳不停，辗转腾挪大半天，到最后把自己累个半死，好玩吗？齐狩觉得很好玩。

晏琢喃喃道："这么下去，情况不妙啊。虽说飞鸢差不多就是这么个鸟样了，再变不出更多花样，可如果我没记错，齐狩最少可以支撑起五百多把跳珠，现在才不到三百把，而且越拖下去，那把心弦就越熟悉陈平安的魂魄，只会越来越快。这家伙心真黑，摆明是故意的。"

陈三秋苦笑道："飞剑多，配合得当，就是这么无解。"

说到这里，陈三秋忍不住看了眼宁姚的背影。远处战局一边倒，她依然无动于衷。

众人眼中极为狼狈的一袭青衫，骤然而停，满身拳意流淌之汹涌迅猛，简直就是一种几乎肉眼可见的凝聚气象，连一些下五境修士都看得真切。

背对陈平安的齐狩没有犹豫，没有刻意追求什么不动丝毫的大胜结果，一步踏出，直接向前掠出十数丈，结阵在方丈小天地之中的跳珠的数量再次增加，让剑阵更加紧密厚重。

一拳追至。

齐狩刚刚转身，心情顿时凝重几分，选择再退，只是落在众人眼中，仿佛齐狩依旧闲庭信步，惬意万分。

飞鸢与那心弦，被两抹剑光砸中。那两把莫名其妙出现的飞剑，简直就是中看不中用的绣花枕头，只是略微阻滞了飞鸢、心弦的攻势，就被弹飞。

只不过这就足够了。齐狩眼睁睁看着一袭青衫，一拳破开跳珠剑阵，对方的拳头瞬间血肉模糊，可见白骨。

也一样是阻滞些许，但足够让齐狩驾驭飞鸢、心弦两把本命飞剑御敌。速度更快的心弦，玄妙画弧，剑尖直指陈平安心口稍稍往下一寸。终究不是杀人，不然陈平安死也好，半死也罢，他齐狩都等于输了。一条贱命，靠着运气走到今天，走到这里，还不值得他齐狩被人说笑话。飞鸢刺向那一袭青衫的后背脊柱。

齐狩倒想要看看，两剑一前一后穿透这名金身境武夫的身躯后，那一拳到底剩下几斤几两。

需知剑修体魄，受到本命飞剑昼夜不息的淬炼，在千百种练气士当中，是几乎可以与兵家修士媲美的坚韧。拥有三把本命飞剑的齐狩，体魄强韧，超乎寻常，更是理所当然。

齐狩一瞬间，凭借本能，就运转所有关键气府的盎然灵气，人身小天地之中，一处水府，云蒸霞蔚，一座山岳，草木朦胧，其余拥有本命物的几大窍穴，各有异象迭起，以至于众多气机流泻人身小天地之外，使得齐狩整个人笼罩上一层灿烂绚丽的光彩，一双眼眸更是泛起阵阵金光涟漪。

但是那个陈平安不但拥有两把充作障眼法的狗屁飞剑，还拥有一把真真切切的本命物飞剑，幽绿剑光，速度极快，刚好以剑尖对剑尖，抵住了那把心弦。两把飞剑各自错开，好似主动为陈平安让道直行。

继续出拳！

至于一袭青衫背后的那把飞鸢，始终未能追上陈平安，未能成功刺透其脊柱。

裸露白骨的一拳过后，齐狩虽然嘴角渗出血丝，仍是心中稍稍安定。

还好，拳头不重。

陈平安以铁骑凿阵式开路，再加一拳神人擂鼓式。

齐狩眼前一花，哪怕他已经借助对方一拳的力道，顺势后退掠出又横移，可是竟然又有一拳不合常理地砸在他身上。不但连那飞鸢始终无法接近陈平安，就连与齐狩心意相通的那把心弦，好像都有些茫然，然后又被那道幽绿剑光追上。大街上空，两抹剑光纠缠不休，每一次磕碰撞击，都会激起一圈圈高低不一的气机涟漪，杀机重重，却又赏心悦目。

“我兄弟不是四境练气士吗？”

“这家伙为何有三把飞剑？”

晏琢和陈三秋面面相觑，各有疑惑。

风水轮流转，原本风光无限的齐狩，终于开始疲于奔命，从一个厮杀经验极其丰富的金丹境巅峰剑修，沦为以拳对拳的下场。

倒也不算毫无招架之力。被对方两拳砸在身上之后，齐狩的气府气象越发浓郁，加上自身体魄底子坚实牢固，与那个一拳至、拳拳至的陈平安，以拳头对拳头，硬碰硬撞了数次，后来干脆发狠与那个家伙互换一拳，其中一拳打得对方脑袋晃动幅度极大，可对方依旧神色冷漠，似乎对于伤痛，浑然不觉，每次一拳递出，都懒得挑地方落拳，好像只要打中齐狩就心满意足。

飞剑心弦速度足够，但是被那把剑光幽绿的飞剑处处针锋相对。飞鸢却总是慢上一线。

剑修厮杀，一线之隔，永远是天壤之别。

跳珠剑阵早已摇摇欲坠，对神出鬼没的那一袭青衫的威胁，也越来越被忽略不计。

大街两侧的看客们，总算是回过神咀嚼出味道来了，一片哗然。

十五拳过后。

齐狩不得已，又被一拳打得直接背脊贴地，倒滑出去十数丈远。在这个过程当中，身穿法袍的齐狩，从袖中又滑出一枚兵家甲丸，一身金甲刹那之间披挂在身，可当他刚一掌拍地，正要起身时，却被几乎身体前倾算是贴地奔走的一袭青衫，一拳砸在面门之上，打得他再次贴地。

这第十七拳，力道之大，打得齐狩整个人摔落在地，又弹起，紧接着又被那人抡起手臂，一拳落下，结结实实打得七窍流血。

庞元济叹了口气，他觉得齐狩差不多应该先退一步，然后真正拔剑出鞘了。

剑修除了本命飞剑之外，凡是身上佩有剑的，只要不是那种无聊的装饰，那就是同一人，两种剑修。

在所有人都疑惑不解，为何那一袭青衫突然停手的时候，又有一位"齐狩"出现在了离先前那个齐狩三十步之外——阴神出窍远游天地间。

齐狩显然用上了秘法，不然寻常修士的阴神出窍，对于最擅长捕捉气机端倪的众多剑修而言，丝毫动静，都能察觉。

那尊齐狩阴神面无表情，伸手一抓，长剑铿然出鞘，被他握在手中。这是剑气长城齐家的半仙兵之一，剑名"高烛"。

相传这把半仙兵的真身本元，曾是远古天庭一尊火部神灵的金身脊柱，尸骸遗落人间，被齐家老祖偶然所得，悉心炼化百余年。齐狩出生之时，就成为这把半仙兵的新主人。

齐狩阴神握住高烛之后，问道："还打吗？"

接下来一幕，别说是早已忘了喝酒的看客，就连叠嶂都有些眼皮子打战。

陈平安那只白骨右手掌，五指如钩，抓住地上那具齐狩真身的身躯，缓缓提起，然后随手一抛，丢向齐狩阴神。

陈平安站直身体，依旧是左手负后，右手握拳在前。整条血肉模糊的胳膊，鲜血顺着白骨手指，缓缓滴落地面。

齐狩阴神毫不犹豫就重归身躯，飘然落地。

陈平安抬起那条惨不忍睹的手臂，淡然道："来。"

一道金色光柱，从远处宁府冲霄而起，伴随着阵阵雷鸣声响，破空而至，被陈平安轻轻握住。那条起于宁府终于这条街道的金线，极其瞩目，由于剑气浓郁到了惊世骇俗的境地，哪怕长剑已经被青衫剑客握在手中，金线依旧凝聚不散。

还没来得及擦去满脸血污的齐狩，瞬间脸色铁青，惊道："谁借给你的仙兵？"

青衫剑客手中那把名为剑仙的仙兵，似乎在为久违的厮杀而雀跃，颤鸣不已，以至于不断散发出丝丝缕缕的金色光线。这使得一袭青衫剑客，如同手握一轮大日。

高烛？

烛火有多高？

大日悬空，何物敢与我争高？

青衫年轻人，意态闲适，微笑道："你要是不姓齐，这会儿还躺在地上睡觉，所以你是投胎投得好，才有一把半仙兵。我跟你不一样，是拿命挣来的这把剑仙。"

说到这里，陈平安收敛笑意，道："南边战场上的齐狩，对得起这个姓氏。但是，架还是得打，只要你敢出剑。"

就在此时，那个不知何时重返酒肆落座的大髯汉子，放下一只从地上捡起再倒满了酒的大白碗，对齐狩说道："输了就得认，你们齐家嫡传子弟，没有死在城头以北的先例。"

齐狩抬手收剑入鞘在背后，向前走去，与那一袭青衫擦肩而过的时候，问道："敢不敢约个时间，再战一场？"

他是有机会成为剑气长城同龄人当中，第一个跻身元婴境的剑修，甚至要比宁姚更快。因为宁姚需要做的事情太多，太大。炼气对于宁姚而言，根本就不是事，而是她需要炼物，这一直拖慢了她的破境速度。

他齐狩只要跻身元婴境，再与陈平安厮杀一场，就不用谈什么胜算不胜算了。

陈平安反问道："地点你定，时间我定，如何？"

齐狩喉结微动，差点没能忍住那一口鲜血。

齐狩不再说话，没有御风离去，就这样一直缓缓走到街道尽头，消失在拐角处。他身后默默跟上了一群脸色比齐狩还难看的朋友。

陈平安看了眼宁姚，笑眯起眼。宁姚瞪了他一眼。

陈平安环顾四周。剑气长城，很奇怪，是他陈平安这辈子除了家乡祖宅和之后的落魄山竹楼之外，让他觉得最无所顾忌的一个地方，所以也就是"贪生怕死"的泥瓶巷陈平安，最敢酣畅出拳出剑的地方。

剑气长城这边也会有善恶喜怒，但很纯粹，远远不如浩然天下那么复杂，弯弯绕绕，如千山万水。

剑气长城的城头之上，那位曾经与他亲口讲过"应该如何不讲理"的老大剑仙也亲自出手，演示了一番，随手为之，便有一道剑气，从天而降，瞬杀一位大家族的上五境剑修。

在这里，老大剑仙陈清都，就是最大的道理所在。

陈平安既然由衷认可那位岁月悠久的老神仙，那么他在此出拳与出剑，便能够破天荒达到那种梦寐以求的境地——后顾无忧，百无禁忌！

何况这里是阿良待过很多年的地方，一个让阿良留下不走，在漫长岁月里喝了那么多酒水的地方，如果陈平安出拳不够重，出剑不够快，就对不起这个地方。

陈平安深呼吸一口气，有些痛快，但是还不够。

那个青衫剑客与先前如出一辙，转过身，笑望向正打算离去的庞元济。

庞元济笑问道:“不觉得自己吃亏?”

一场苦战过后,对方赢得并不轻松。

陈平安随后的动作,让几个并不坐在一块的剑仙,都纷纷不约而同地笑而饮酒。只见青衫剑客将手中那件好像名为“剑仙”的仙兵长剑的剑尖钉入地面,然后松开剑柄,右掌向前伸出,示意对方只管出手。

他淡然说道:“我怕你觉得吃亏。”

庞元济神采飞扬,露出笑容,大步走出酒肆,站在街道中央,抱拳朗声道:“剑气长城,庞元济!”

陈平安想了想,抱拳还礼,一板一眼答道:“宁姚喜欢之人,陈平安。”

庞元济双指并拢在身前,微笑道:“我飞剑不多,就一把,好在够快,希望不会让你失望。”

大街之上,剑气丛生,然后如有一条条溪涧潺潺而来,歪歪扭扭,毫无章法,最终各自铺散开来,聚拢成一条剑气江河。

剑意无处不在,两边酒肆内的酒客,都清清楚楚感觉到了一股冰凉寒意,从大街上缓缓涌入。

庞元济之所以被隐官大人选中为弟子,显然不是什么狗屎运,而是人人心知肚明,庞元济确实是剑气长城百年以来,最有希望继承隐官大人衣钵的那个人。

妖族最多处,即我出剑处。哪个剑修,对此境界,不心向往之?

一名剑修,尤其是有先天剑坯美誉的那种天之骄子,自身本命飞剑的品秩好坏,确实会决定他们最终成就的高低。

在庞元济那句话说出口后,大小酒肆酒楼,便有连绵不绝的喝倒彩声,调侃意味十足。

庞元济的本命飞剑,名为“光阴”,光阴似水,故而流水不定剑无形。如果说齐狩最根本的那把本命剑跳珠,还有个数量上的直观展露,那么庞元济这把本命剑,就真不讲道理了。最不讲道理的,不只是本命飞剑的威势之大,而是有了那把光阴飞剑之后,庞元济“剑通万法”,飞剑不但可以淬炼体魄,还可以反哺三魂七魄,修行术法,事半功倍,加上庞元济自幼就表现出惊才绝艳的修道资质,触类旁通,一身所学杂且精,所以他又有“庞百家”的外号。

庞元济没有一件法袍,也没有齐狩那种跟着姓氏带来的半仙兵,更没有什么多余的兵家甲丸。

陈平安轻轻向前走去,一身拳罡如瀑流泻,走在街上,如逆水行舟。

行走之时,纯粹武夫的拳意,与至精至纯的剑气,便要冲撞在一起,使得境界不够的那拨观战之人,都已经看不清那一袭青衫剑客的面容身形,就如那碗中酒,人往酒中丢入了一枚铜钱,饮酒之人,晃动白碗,便让人看不真切那枚碗底的铜钱。

始终站在原地的宁姚,轻声说道:“那场架,陈平安怎么赢的,齐狩为何会输,回头我跟你们说些细节。”

晏琢两眼放光,呆呆望向那个背影,很是唏嘘道:“我兄弟只要愿意出手,保管打谁都能赢。”

然后他转头笑嘻嘻对陈三秋道:“对吧,三秋?是谁说来着,‘说假话,一只手就能撂倒齐狩’?”

陈三秋一脸茫然说道:“应该是董黑炭说的吧。”

董画符怒道:“扯你娘的蛋!”

叠嶂有些无奈,董黑炭其实是所有人当中,与阿良相处最久的一个,估计也是剑气长城唯一一个在阿良身上撒过尿的“绝顶强者”了,所以董黑炭要么闷葫芦不说话,只要一开口骂人,全是从阿良那边学来的脏话,听者真要介意了,就会被笑死也会被气死。

一位悄然来到破败酒肆的中年剑仙,坐在那独眼的大髯汉子旁边,抹了抹桌上灰尘,笑着点头道:“拳罡精纯,拳意通玄。无法想象,早年那个曹慈,竟然能够连赢此人三场。”

先前挨了隐官大人一脚的大髯汉子,没有半点不自在,依旧喝酒,沙哑开口道:“你来得晚了,要是亲眼见过曹慈在城头练拳的样子,就不会这么奇怪了。曹慈成就多高,破境多快,我都觉得理所当然。”

说到这里,大髯汉子看了眼那个不急不缓地悠然前行于剑气洪流当中的陈平安,道:“当然,这个年轻人,确实很不错,当年我也见过他在墙头上的往返练拳。那会儿,我想不到他能有今天的武学境界。就算当时老大剑仙这么说,我都未必信。”

那位刚刚从南婆娑洲来到这边没多久的中年剑仙,笑道:“听说他来自宝瓶洲的骊珠洞天,不知道与那个大骊藩王宋长镜,有没有点关系?”

大髯汉子摇头道:“不太清楚。分明年纪不大,一看却是个厮杀惯了的老鸟。你们浩然天下的纯粹武夫,有那么多架可以打吗?就算有高人喂拳传法,不真正置身于生死之地多次,打不出这种意思来。”

“瞧着是不像外乡人,反而像是最地道的剑气长城年轻人。”

那位南婆娑洲的剑仙男子举起酒碗,与对方轻轻磕碰了一下,抿了口酒后,感叹道:“天大地大,如我这般不爱喝酒的,唯独到了这边,也在肚子里养出了酒瘾虫子。”

大髯汉子扯了扯嘴角,这位沉默寡言的玉璞境剑修,难得流露出几分怨气神色,冷笑道:“全是那个王八蛋带出来的风气,光棍不喝酒,光棍万万年。剑仙不喝酒,元婴境走一走。”

三场架打完了,马上就是第四场架。

真是过瘾得很啊。

那个有些婴儿肥的小姑娘，使劲用手拍打窗台，满脸涨红，激动万分，嚷嚷道："瞧见没，瞧见没，我眼光好不好？你们别害羞，大声说出来！"

没人理睬她。

这让小姑娘有些懊恼，突然发现身边的董姐姐有些反常。她好奇道："董姐姐，是不是突然发现宁姐姐挑了这么个好男人，再一看，自己岁数老大不小了，挑来挑去，也没个合适的，所以你心里特别难受啊？那就学学我，高兴要开口，难受也要说出来，我陪你喝喝酒。我把自己的高兴，借你一些！"

董不得趴在窗台上，双手狠狠搓脸，唉声叹气，点头道："是真难受，这么多年，什么都比不过宁丫头。"

小姑娘安慰道："董姐姐你岁数大啊，在这件事上，宁姐姐怎么都比不过你的，稳操胜券！"

董不得转过头，伸手握住小姑娘的脖子，轻轻提起，微笑道："大声点说，刚才我没听清楚。"

小姑娘双脚离地，恼火万分，气呼呼道："董姐姐，你从今天起，对我放尊重一些啊，一个不小心，我就是那个陈平安的小媳妇了，到时候你要吃不了兜着走。他见我给你欺负惯了，气不过，就要打你，就像打齐狩那样，到时候我可拦不住，有心无力，只能眼睁睁看着董姐姐你在地上弹来弹去。"

董不得将手中少女往地上一戳，笑道："什么乱七八糟的，这种话去宁丫头跟前说。"

小姑娘站定，抖了抖肩膀，撇嘴道："我又不傻，难道真看不出他和宁姐姐的眉来眼去啊，就是随便说说的。我娘亲经常念叨，得不到的男人，才是天底下最好的男人！我知道，我娘那是故意说给我爹听呢，我爹每次都跟吃了屎一般的可怜模样。骂吧，不太敢，打吧，打不过，真要生气吧，好像又没必要。"

董不得按住小姑娘的脑袋，让后者一通"磕头"，笑骂道："小小年纪不学好，嘴巴没个把门的，真不怕你爹娘打得你屁股开花？"

在董不得收手后，小姑娘双手胡乱抹了抹红肿的额头，也不看董不得，双拳紧握，重重一敲窗台，恨声道："烦！我决定了，等他打赢了庞元济，我就跟他学拳去，他不教，我就跪在宁姐姐家门口，跪个一炷香半炷香的，诚意十足！等我学了拳，呵呵，到时候董姐姐你晚上走路，小心些！"

就连董不得都拿小姑娘有些没办法——脑子有了坑，道理填不满。

董不得突然感叹道："观战剑仙有点多。"

小姑娘刚要说话，就被董不得用胳膊环住她的脖子，往自己身边一拽，小姑娘脑袋一歪，两眼一翻，吐出舌头，装了个死。

大街之上，青衫白玉簪的年轻武夫，做了一件怪事——没有凭借武夫坚韧体魄和矫健身形，没有追求以最快速度“蹚水”来靠近那个庞元济，而是手臂轻轻一震，双手拈住四五十张品秩寻常的各色符箓，抛撒出去。

几乎所有符箓都被剑气瞬间搅碎，但是陈平安继续如此，行走不快，丢掷符箓的速度，却让人眼花缭乱。

庞元济笑了笑，双指掐诀，脚下踏罡，于是在陈平安身后远处，涟漪阵阵，又出现了一个庞元济，而且大街两侧的屋顶上，又多出十二个庞元济。

高处的每一个“庞元济”或掐道法诀，或施佛家印，各自脚下，都出现了一座符阵，庞元济与庞元济之间，符阵与符阵之间，一条条不同色泽的纤细丝线，如龙蛇游走，相互接引契合，最终结出一座囊括整条大街的符阵。

不但如此，站在陈平安身前身后的两个庞元济，也开始缓缓前行，一边走，一边随意敲敲点点，随手画符，那些千奇百怪的古老篆文云纹，悬停空中，那些虚符的符胆灵光绽放出一粒粒极其明亮的光亮，有些符箓，灵气水光荡漾，有些雷电交织，有些火龙缠绕，不一而足。

陈平安最后一次，一鼓作气丢出百余张符箓后，瞬间一个站定，拳架再起，原本在身上汹涌流转的浑厚拳意，如剑归鞘，以一个收敛拳架，递出迅猛拳。

拳出如虹，如雷震动，生发于地。

整条大街上的剑气长河，都随之震荡不已。

那条江河剑气，大半剑意，在一袭青衫四周聚拢，如重兵围城。街上两个庞元济依旧脚步不停也不快，继续巩固那座符阵。

庞元济没有白看三场架。

这个陈平安，手段太多，层出不穷，关键是还在隐藏实力。例如那只尚未真正倾力出拳的左手。

还有陈平安的身形速度，到底有多快，庞元济仍是捉摸不出。

与齐狩一战，陈平安精心设置的障眼法其实有很多。

剑仙之下，除了宁姚和他庞元济，以及那些元婴境剑修，兴许就只能看个热闹了。

庞元济其实内心深处，有些无奈。你陈平安一个纯粹武夫，下五境练气士，拥有大炼之后的一把本命物飞剑也就罢了，另外那两把很能吓唬人的仿剑，算怎么回事？天晓得这家伙还会不会偷藏了一把。

庞元济觉得那家伙做得出来这种缺德事。

除此之外，庞元济心中也明白，那些符箓，事实上是陈平安在精准勘验剑气河流的种种细微处。所以庞元济毫不犹豫，就收拢了剑气，绝对不给他更多探查的机会。

宁府的演武场上，纳兰夜行这个宁家老仆，已经勤勤恳恳护了宁府三代主人，此刻正蹲着地上，伸出五指，轻轻摩挲着地面。

那个早年陪着自家小姐一起来到宁府的姚家老妪白炼霜站在一旁，恼火道："老狗，你为何不去盯着那边，出了纰漏，如何是好？你这条狗命，赔得起吗？"

纳兰夜行淡然道："再凶险，能有南边的战场凶险吗？"

白炼霜越发火大，骂道："人心险恶，何曾比战场厮杀差了一点半点？纳兰老狗！你是真不懂，还是装不懂？"

纳兰夜行收手抬头，沉默不言。

白炼霜叹了口气，语气放缓，道："有没有想过，像陈公子这般出息的年轻人，换成剑气长城其他任何一大姓的嫡女，都无须如此耗费心神，早给小心翼翼供起来，当那舒心舒意的乘龙快婿了。到了咱们这边，宁府就你我两个老不死的，姚家那边，依旧选择观望。既然连姚家都没表态，这就意味着，是没人帮着咱们小姐和姑爷撑腰的，出了事情，就晚了。"

纳兰夜行说道："姚老儿，心里憋着口气呢。"

白炼霜犹豫一番，试探性问道："不如将咱们姑爷的聘礼，泄露些风声给姚家？"

纳兰夜行难得在老妪这边硬气说话，转头沉声道："别糟践陈平安，也别侮辱姚家。"

白炼霜点点头，破天荒没有还以颜色。

纳兰夜行解释道："既然你都说了，陈平安选中了我们小姐，能够说服我们，那也应该可以说服别人。无法说服的，那就打服！"

白炼霜埋怨道："我又不是让你掺和其中，帮着陈平安拉偏架，只是让你盯着些，以免意外。你唧唧歪歪个半天，根本就没说到点子上。"

纳兰夜行无奈道："行吧，那我就违背约定，跟你说句实话。我这趟不出门，只能窝在这边挠心挠肺，是陈平安的意思，不然我早去那边挑个角落喝酒了。"

白炼霜疑惑道："是他早就与你打过招呼了？"

纳兰夜行点头道："借我胆子，我也不敢在这种事情上糊弄你吧？就是陈平安自己的意思。"

老人站起身，笑道："理由很简单，宁府没长辈去那边，齐家就没这脸皮去。这样就算跟齐狩那场架陈平安输了，也会输得不难看，绝对不会让齐狩觉得自己真的赢了。如果齐狩敢不守规矩，不单要分胜负，还要在某个时机突然以分生死的姿态出手，那他陈平安就能够逼着齐狩背后的老祖宗出来收拾烂摊子。到时候齐家能够从地上捡回去多少面子、里子，就看当时的观战之人，答不答应了。"

白炼霜陷入沉思，细细思量这番言语。

纳兰夜行又说道："你与小姐可能还不清楚，陈平安私底下找了我两次，一次是详细询问齐狩、庞元济和高野侯三人的底细，从三名剑修的飞剑名称和各自的性情，到每个人的厮杀习惯，再到他们的传道人，还有厮杀中的战场搏命与捉对厮杀，陈平安都一一问过了。第二次是让我帮着模仿三人飞剑，他来各自对敌，宗旨只有一点，我的出剑，必须要比三人的本命飞剑快上一分。我当然不会拒绝，就在陈平安那间很难辗转腾挪的屋子里切磋，当然无须伤人，只是点到为止。陈平安笑言，一旦真正放手，倾力出拳，他至少也会让这些天之骄子与他陈平安分胜负，但这不是想做到就能做到的，打到最后，估摸着就要由不得他们不分生死了。"

白炼霜脸色古怪。

纳兰夜行笑容更古怪，随手指了指叠嶂店铺的方向，问道："你还担心陈平安吗？难道不是应该齐狩、庞元济他们头疼陈平安才对吗？摊上这么个对手，一旦双方境界不悬殊，估计要被陈平安活活恶心死吧。陈平安多扛揍，你白炼霜出过拳，会不清楚？"

纳兰夜行缓缓踱步，心情舒畅，接着道："你觉得这小子好说话吧，懂礼数吧，可在我跟前就不一样了。那天我帮他喂剑过后，一起喝了点小酒，那小子便难得多说了些，你是没看到，喝过了酒的陈平安，脱了靴子，大大方方学我盘腿而坐，他那会儿眼睛里的神采，加上他所说言语，是怎么个光景。"

纳兰夜行流露出几分缅怀神色。宁府，确实得有个男主人了，不然太闷了些。

白炼霜瞪眼道："见了面，喊他陈公子！在我跟前，可以喊姑爷。你这一口一个陈平安，像话吗，谁借你的狗胆？"

纳兰夜行憋屈得不行，好不容易在陈平安那边挣来点面子，在这老婆姨跟前，又半点不剩都给还回去了。

老妪自言自语道："老狗，你说陈公子可不可能，连赢三场。"

纳兰夜行早有腹稿，马上道："我当然想啊，不过若是第三场架，是庞元济、齐狩和高野侯，这三个里面的某个跳出来，还是有些难赢。只说可能性最大的齐狩，只要这个小崽子不托大，陈平安跟他，就有得打，很有得打。"

果不其然。

两个老人都清晰感知到了一把古剑的沛然气息，缭绕在叠嶂店铺那边的大街上。然后那把被陈平安搁放在小宅厢房的仙剑，自行离开了宁府。

老妪一脚踹在纳兰夜行的膝盖上，催促道："还不滚去看看情况！乌鸦嘴，分明是齐狩将那高烛出鞘了。"

纳兰夜行虽然脸色如常，其实心中也有些着急，寻常切磋，不分生死，哪里需要一把半仙兵和仙兵对峙上？

纳兰夜行也顾不得什么约定不约定了，正要起身前往，没想到事到临头，白炼霜反而一下子沉住了气，虽然神色凝重，她摇头道："算了，咱们得相信姑爷对此早有准备。"

纳兰夜行试探性问道："真不用我去？"言下之意，自然是万一那边出了问题，纳兰夜行事后该如何做，白炼霜可以随便使唤，但绝对不能怪罪他失职。

白炼霜点点头道："我说的！"

纳兰夜行瞥了她一眼。

老妪怒道："老狗，管好狗眼！"

纳兰夜行知道她当下心情不太好，就忍了。反正不与她计较，也不是一年两年的事情了。

不久之后，有一个金丹境剑修急匆匆御风而来，落在演武场上，对两位前辈行礼后，道："陈平安已经赢下三场，三人分别是任毅，溥瑜，齐狩。"

这个年近百岁却还是年轻容貌的金丹境剑修，名叫崔嵬，算是纳兰夜行的不记名弟子，纳兰夜行不当真，崔嵬却一直恪守师徒之礼。虽然这十多年来，被宁府那场天大灾殃牵连，日子过得极不顺心，但崔嵬依旧不改初衷。

老妪听了大声叫好。

纳兰夜行问道："陈平安伤得很重？那你怎么不护着点，就为了跑来率先邀功？"

崔嵬笑道："看样子，还要再打一场，我回来报告消息后，还要赶紧回去观战。"

纳兰夜行一把抓住崔嵬的肩头，道："将那三场架的过程，细细说来！"

崔嵬苦笑道："师父，第四场架，陈平安是跟庞元济打，而且还是陈平安主动邀战，不看太可惜了。我赶来宁府的时候，就发现又有两位北俱芦洲的剑仙前辈临时赶去观战了。"

纳兰夜行问道："那高烛？"

崔嵬会心一笑，道："剑仙高魁一锤定音，道破天机，故而齐狩只是握剑，却未出剑，已经收剑远去。"

老妪却来不及欣喜，脸色微变，惊问道："什么？姑爷还要跟庞元济再打一场？"

纳兰夜行却笑了，道："我很放心。"

老妪伸手一指，命令道："去盯着！"

纳兰夜行摇头道："不用去，赢过了齐狩，本身就已经证明陈平安不但心中有数，出拳更有谱。"

在不记名弟子崔嵬这边，还是要讲一讲前辈风采的，不过纳兰夜行脚下悄悄挪步。

老妪挥挥手，吩咐道："崔嵬，麻烦你再去看着点，见机不妙，就祭出飞剑传信宁府。"

崔嵬赶紧御剑离去。

剑气长城这边的切磋，两位剑仙之间的那种天翻地覆，双方剑气遮天蔽日，当然不可错过，但是崔嵬也并不觉得陈平安与齐狩、庞元济之争，便不精彩。

事实上，很精彩。不然包括高魁在内的四名上五境剑仙，就不会在那边喝酒。

再加上后来陆陆续续赶去，要亲眼目睹最后一场晚辈切磋的剑仙，崔嵬甚至猜测最后会有双手之数的剑仙，齐聚那条大街！

当年中土神洲的曹慈现身剑气长城，起了冲突，愿意露面的剑仙才几人？虽说这与曹慈当时武道境界还不高，大有关系。可撇开一切原因不提，只说剑仙观战人数，那个刚到剑气长城没几天的陈平安，已经不知不觉直追当年某人，不过后者那是一场鸡飞狗跳的大乱战，与豪杰气概，剑仙风流，半点不沾边。

老妪喃喃道："若是老爷夫人还在，该有多好。"

纳兰夜行无言以对，唯有叹息。

老妪揉了揉眼睛，笑道："现在也很好了。"

剑气长城的城头之上，有大小两座茅屋相邻近。

一个面如冠玉的年轻男子，走出那座小茅屋，来到附近的北面城头，眺望北方那座城池，微笑道："左前辈，隐官大人都跑过去凑热闹了，你真不看几眼？"

城头上，一个盘腿而坐的男子，横剑在膝，闭目养神，四周有纵横交错、凝虚为实的凌厉剑气，骤然间生灭不定，也亏得旁边所立男子，是风雪庙剑仙魏晋。

魏晋是宝瓶洲李抟景之后、马苦玄之前的一洲不世出天才。这三人中，那个死前止步于元婴境巅峰剑修的李抟景，资质其实不逊于魏晋，只可惜为情所困，白白失去了成为宝瓶洲历史上第一个仙人境剑修的可能性，故而总体而言，还是不如魏晋。而真武山兵家修士马苦玄，宝瓶洲山上都认为其资质应该稍逊于李抟景、魏晋两位前辈，只不过大道机缘太好，未来最终成就兴许比那魏晋还要更高，至于风雷园上任园主李抟景，既然已经兵解离世，万事皆休。

左右始终没有睁眼，神色淡漠道："没什么好看的，一时争胜，毫无意义。"

魏晋知道这位左前辈的脾气，所以言语不太忌讳，笑道："这真不像是一位大师兄对小师弟该有的态度。"

左右摇头道："我从来没有承认过这件事。何况按照道统文脉的规矩，没挂祖师像，没敬过香磕过头，他就不算我的小师弟。"

魏晋就不再多说什么。左前辈，本就是个不爱说话的，好像让他说一句话，比出剑对敌，还要吃力。

左右和魏晋，两名剑仙，一个来自中土神洲，一个来自宝瓶洲，而且左右已经远离人间视野，如同孤魂野鬼在广袤的大海之上漂泊不定，足足百余年光阴，两人原本八竿子打不着，除了都认识阿良，以及陈平安。

左右对魏晋的剑术和品性，都看得比较顺眼。这个曾经受过阿良不少恩惠的年轻人魏晋，算是剑气长城众多剑修当中所剩不多的左右愿意多说几句话的存在。

不过魏晋只是跻身玉璞境没多久的剑仙，对百年之前便已经享誉天下的左右称呼一声左前辈，很实在。

魏晋有些感慨。

每一名剑修，心目中都会有一个最仰慕的剑仙。

例如风雪庙神仙台，他那个修为不高却会让他敬重一辈子的师父，就一直很仰慕以一人之力压制正阳山的李抟景。师父生前的最大愿望，就是有机会向李抟景询问剑道，哪怕李抟景只说一个字，就算此生无憾。可惜师父脸皮薄，修为低，始终无法达成心愿，等到魏晋浪荡江湖，偶遇那个头戴斗笠的"刀客"，闭关破境，再想要以剑仙之姿，以师父之弟子身份，问剑风雷园，李抟景却已经逝世。

对于魏晋来说，自己的人生，总是如此，不求的，兴许会满满当当来，苦求的，稍纵即逝，愈行愈远。

所幸到了剑气长城，魏晋心境，为之一阔。

这里有已在剑气长城独居万年的老大剑仙，有那些来自北俱芦洲慷慨赴死的同道中人，当然也有已至剑术巅峰、仿佛高出浩然天下剑修一大截的前辈左右。

先前那场战事，左右一人仗剑，深入妖族大军腹地，以一身剑气随意开道，根本无须出剑，法宝近身，自行化为齑粉。直到遇到那头被他一眼挑中的大妖，左右才正儿八经开打。

那场神仙打架，殃及池鱼无数，反正方圆百里之内都是妖族。

丰采绝伦。

只此一战，便让左右成为最受剑气长城本土剑修欢迎的外乡人。

大战落幕后，左右独自坐在城头上饮酒，老大剑仙陈清都露面后，说了一句话："剑术高，还不够。"

哪怕是面对这位被阿良敬称为老大剑仙的定海神针，左右也只回答了一句话："那就是剑术还不够高。"

当时陈清都双手负后，转身而走，摇头笑道："那个最知变通的老秀才，怎么教出你这么个学生。"

左右懒得说话，原因很简单，打不过这个老人，不然他就要用剑说话了，好让这位辈分最高的万年刑徒，在提及自己先生时，一定要客气些。

魏晋低头凝视着摊开的手掌，笑道："第一场，陈平安赢了，很轻松，对手是一个龙门境剑修。"

左右沉默片刻，依旧没有睁眼，只是皱眉道："龙门境剑修？"

魏晋以为左前辈是嫌弃陈平安的对手境界太低，说道："第二场，就是个年轻金丹了。”

不料左右越发皱眉,问道:“才十年?十年有了吗?就可以打龙门境剑修了?”

魏晋的心情,有些复杂。左前辈是不是对自己的那位小师弟,太没有信心了?

魏晋很快记起一事,左前辈好像在文圣门下求学之时,境界确实不高,而且也非先天剑坯。

左右淡然道:“你不用跟我说那战况了。”

魏晋便只是自己掌观山河。

左右继续以整座剑气长城的盎然剑意,砥砺自身剑意。

年轻时候,不用心读书,分心在习武练剑这些事上,不是什么好事。经历事情多了,再转头去读书,便很难吃进一些朴素的道理了。

当时的左右满脑子都想着如何与这个世道融洽相处,挑三拣四,为我所用之学问,能解燃眉之急之学问,才被认为是好学问。这样的学问,知道再多,对于寻常人,自然还是不小的裨益,毕竟是个人,都得有那吾心安处,可对于自己先生之学生,尤其还是那关门弟子……就意义不大了。

魏晋沉默许久,看过了第二场架后,察觉到身边左右的细微异样,忍不住问道:“左前辈既然还有牵挂,为何都不肯见他一面?”

左右皱眉道:“我说了,我不认为他是我的小师弟。”

那个年轻人,可以是自己先生的弟子,可以是齐静春的师弟,即便如此,也不意味着就是他左右心中的小师弟。

不然他左右,为何自称大师兄,视公认的文圣首徒崔瀺如无物?

退一万步说,天底下有那光顾着与小媳妇卿卿我我,将大师兄晾在一边的小师弟?

我不把你当小师弟,是你小子就敢不把我当大师兄的理由吗?

魏晋安安静静远观战事。左右突然睁开眼睛,眯起眼,举目远眺城池那条大街。魏晋忍住笑,不说话。

这一刻,刚好是那名齐家子弟拔剑出鞘。

左右很快就闭上眼睛。魏晋会心一笑。

文圣一脉,最讲道理。

剑气长城别处,隐官大人御风落在城头之下,一个蹦跳,踩在墙体上,向上而走。脚步看似不快,但是瞬间就到了城头上,驻守附近地带的一名北俱芦洲年迈剑仙,抱拳行礼。

隐官大人点点头,站在北边城头上,跨出一大步,就来到了靠近南边的城头,伸手抓住自己的两根羊角辫,往上提了提,摇摇晃晃,缓缓升空。然后她一个皱眉,不情不愿，一个转身御风，头顶整座厚重云海都被轰然驱散，如箭矢激射向脚下的某处城头，刹那之间，就出现在一座茅屋旁边，撇着嘴道：“干吗？我又没喝酒！”

一个老人双手负后，微笑道：“跟你商量点事。”

隐官说道：“没喝酒，最近没力气打架，我不去南边。”

老人笑道：“这么顽劣调皮，以后真不打算嫁人了？”

身穿一袭宽松黑袍的隐官大人，此刻就像一只炸毛的小黑猫。大袖飘荡，黑云缭绕小姑娘。

老人在言语之际，已经站在了她身边，弯腰伸手，按住她的那颗小脑袋，那件飘荡不已的黑袍，瞬间松垮下去，她低头挪步，沉声道：“有事说事！”

老人挥挥手，道：“自个儿玩去，没事了。”

她怒道：“陈清都！逗我玩呢！”

陈清都笑道：“听咱们隐官大人的口气，有些不服气？”

她脸色阴沉。

下一刻，先是茅屋附近，突兀出现一座小天地。然后几乎所有城头剑修都感觉到了整座城头的一阵震动。

那座小天地之中，老大剑仙一只手按住隐官大人的头颅，后者双脚悬空，背靠城墙，她一身杀气腾腾，却挣脱不开。

陈清都淡然道：“我不是管不动你们，不过是我心有愧疚，才懒得管你们。你年纪小，不懂事，我才对你格外宽容。记住了没有？”

隐官沉默许久，点了点头。

陈清都松开手，隐官滑落在地。

老人说道：“玩去。”

隐官“哦”了一声，转过身，大摇大摆走了，两只袖子甩得飞起。

老人驻足远眺南方的那座蛮荒天下。笑了笑。

人间如酒，醉倒花前，醉倒月下，醉我万年。

陈清都回望北边一眼。

境界相差不大的情况下，与那小子为敌，心眼不多可不行。

符箓没有了用武之地。

陈平安还有十五、松针、咳雷三把飞剑，可以为自己确定庞元济那把本命飞剑的诸多虚实。

街上的两个庞元济也应对轻松，一人停步，分出心神，驾驭三缕剑气，纠缠陈平安的三把飞剑。另外一人驾驭那条剑气长河，消耗出拳不停的陈平安那一口武夫真气和一身凝练拳意。

至于屋顶之上的十二个庞元济，又开始打造一座新的符阵。

庞元济选择了一个最笨的法子，循序渐进，将整条大街都变成自己的小天地，如圣人坐镇书院，神灵坐镇山岳，修为更高一境！最终以元婴境剑修出剑，便可瞬间分出胜负。

对方显然也意识到庞元济的想法，可惜似乎力有未逮，哪怕出拳气势已经让看客们心惊胆战，一次次拳罡剑气相撞，导致整条街道地面都已经碎裂不堪。

不过对阵双方，都有默契，不管怎么个天翻地覆，庞元济的剑气不入酒肆丝毫，陈平安的拳罡亦是如此。

就在庞元济即将大功告成之际，那个年轻武夫，终于不再有任何留力，一眨眼工夫，就以拳开江河，来到前方那个庞元济身前。

不但如此，又有一把雪白虹光的飞剑突兀现世，毫无征兆，掠向身后的那个驾驭剑气应对三把既有飞剑的庞元济。

这都不算什么。

一袭白衣，拔地而起，阴神远游云霄中，出拳处，那个庞元济被一拳打烂。飞剑初一，搅碎第二个庞元济。而陈平安的阴神骤然悬停，居高临下，以颠倒而用的云蒸大泽式，拳罡如暴雨，遍布处处屋脊、个个庞元济。

与此同时，街上收拳的陈平安真身，双膝微蹲，好似垮塌收拢的拳架，爆发出一股从未在陈平安身上展露的拳意，如春雷炸响，蛟龙动脊，脚下一条大街，竟是几乎从头到尾，全部塌陷下沉。陈平安身在高处，已经越过自己阴神头顶，向某处递出生平拳意最巅峰的一拳。

城池上空，先是那道拳意笔直而去，如同刀割白纸。随后所有人头顶，轰隆隆作响。

空中凭空浮现的庞元济，面对那道直直而来的拳罡，一瞬间收拢飞剑，一尊身高数丈的金身法相，双臂交错，格挡在庞元济身前。那法相并不巍峨壮观，但是金光凝稠如水。

庞元济与金身法相一同被打退到更高处。等到庞元济稳住身形，那尊金身法相蓦然芥子化天地，变得高达数十丈，屹立于庞元济身后，一手持法印，一手持巨剑。

陈平安面对这等恢宏异象，不退反进，脚踩初一和十五，以极快速度登高。

窗口处，酒肆外，看客们一个个伸长脖子，看得瞠目结舌。

这两个家伙，打得有些无法无天了。

晏琢轻声道："宁姚，不劝劝他？真没必要折腾到这个份上。换成齐狩，我巴不得陈平安一拳下去，把齐狩的脑浆子都打出来。但是庞元济人不坏，陈平安他更是好人，这么打下去，真要分生死了。"

宁姚没好气道："劝不动。"

董画符有些如坠云雾，天底下还有宁姐姐都劝不动的人？

阿良也好，老大剑仙也罢，对宁姐姐可都是很刮目相看的，从来没把宁姐姐当孩子看待。宁姐姐懂事早，是他们当中最早一个，至今也是唯一一个能够与阿良、老大剑仙说大事的人。这一点，连董画符的姐姐，都承认自己远远不如宁姚。

宁姚又补充道："不想劝。"

董画符很快释然，这才是宁姐姐会说的话。

此时庞元济高高举起一手，重重压下。身后那高大如山峰的金身法相，手持雷电交织的玄妙法印，随之一拍而下。

只见那年轻武夫，一拳破开法印，犹有余力，拳找庞元济！

庞元济不为所动，双指一横抹，法相持剑横扫而出，巨剑狠狠砸在那青衫年轻人的腰部。

陈平安双脚扎根，并没有被一拍而飞，坠落大地，就只是被剑刃横扫出去十数丈，等到法相手中巨剑劲道稍减，他便继续倾斜登高，左手再出一拳。

这一幕，看得所有地仙之下的剑修，头皮发麻，背脊生寒。

法印再次凝聚，巨剑再次高举而落。

陈平安两次身形凭空消失，来到庞元济与金身法相之间的稍高处，对着庞元济真身的脑袋，一拳落下。

砰的一声，庞元济从空中笔直被砸入大街地底下，尘土飞扬，不见人影，久久没有露面。

一袭青衫脚踩两把飞剑，缓缓落在大街上，一条左臂颓然下垂，至于右手更无须多说。刚好身边就是那把剑仙。

他站在大坑边缘，浑身鲜血，缓缓转头，望向远处心爱的姑娘。

那个青衫白玉簪的年轻剑客，以裸露白骨的手心，轻轻抵住那把剑仙的剑柄，朝她眨了眨眼睛，笑容灿烂。

庞元济缓缓走出，身上除了些没有刻意掸落的尘土，看不出太多异样。

陈平安与他对视一眼，庞元济点点头，与陈平安擦肩而过，走向先前酒肆。庞元济记起一事，大声道："押我赢的，对不住了，今天在座各位的酒水钱……"庞元济笑道："跟我没半枚铜钱的关系，该付账付账，能赊账赊账，各凭本事。"

说到这里，庞元济捂住嘴巴，摊开手后，甩了甩，皆是鲜血。

到了酒肆那边，本土剑仙高魁已经递过去一只酒碗，南婆娑洲剑仙元青蜀笑着没说话。

庞元济无奈道："让两位剑仙见笑了。"

高魁说道："输了而已，没死就行。"

元青蜀点头道："比齐狩好多了。"

庞元济转头望去，那一行人已经远去。

晏琢祭出了一枚核雕，蓦然变出一驾豪奢马车，带着朋友一起离开大街。

宽敞车厢内，陈平安盘腿而坐，宁姚坐在一旁。那把剑仙与陈平安心意相通，已经自行破空而去，返回宁府。

晏琢占地大，与陈三秋、董黑炭和叠嶂相对而坐。

气氛有些沉默。

陈平安开口问道："宁府有那帮着白骨生肉的灵丹妙药吧？"

宁姚点点头。

晏胖子瞥了眼陈平安的那条胳膊，问道："半点不疼吗？"

对于伤势，车厢内所有剑修，都不陌生，只说叠嶂，便曾经被妖族砍掉一条胳膊。但是如陈平安这般，从头到尾，眉头都不皱一下的，不常见。

陈平安笑道："还好。就是解决掉庞元济那把光阴飞剑，和齐狩跳珠飞剑的残余剑气，有些麻烦。"

宁姚说道："少说话。"

陈平安便开始闭目养神。

到了宁府，白嬷嬷和纳兰夜行早已等在门口。瞧见了陈平安这副模样，哪怕是白炼霜这种熟稔打熬体魄之苦的山巅武夫，也有些于心不忍。纳兰夜行只说了一句话，那两人飞剑残余剑气剑意，他就不帮着剥离出去了，留给陈公子自己抽丝剥茧，也算一桩不小的裨益。陈平安笑着点头，说有此打算。

老妪领着陈平安去宁府药库，抓药疗伤。

宁姚和四个朋友坐在斩龙崖的凉亭内。

晏胖子四人，除了董黑炭依旧没心没肺，坐在原地发呆，其余三人，大眼瞪小眼，千言万语，到了嘴边，却开不了口。

宁姚缓缓说道："只分胜负，如果齐狩不托大，不想着赢得好看，一开始就选择全力祭出三飞剑，尤其是更用心驾驭跳珠剑阵，不给陈平安近身的机会，加上那把能够盯紧对手魂魄的心弦，陈平安会输。武夫和剑修，相互比拼一口纯粹真气的绵长，气府灵气的积蓄多寡，肯定是齐狩占优。"

宁姚随后补充道："若分生死，陈平安和庞元济都会死。可最后还是由陈平安赢下这两场苦战，不是陈平安运气好，是他脑子比齐狩和庞元济更好，对于战场的天时地利人和，想得更多。想周全了，那么陈平安只要出拳出剑，够快，就能赢。不过这里还有个大前提，陈平安接得住两人的飞剑，你们几个，却都不行。你们的剑修底子，比起庞元济和齐狩，差得有点远，所以你们跟这两人对战，不是厮杀，只是挣扎。说句难听的，你们敢在南边战场赴死，对杀妖一事，并无半点怯懦，死则死矣，故而十分修为往往能有十二分的剑意，出剑不凝滞，这很好。可是如果让你们当中一人，去与庞元济、齐狩捉对厮杀，你们就要犯怵，为何？纯粹武夫有武胆一说，按照这个说法，就是你们的武胆太差。”

宁姚继续道：“对阵齐狩，战场形势发生改变的关键时刻，是齐狩刚刚祭出心弦的那一瞬间，陈平安当时给了齐狩一种错觉，那就是仓促对上心弦，陈平安的身形速度，止步于此，所以齐狩挨拳后，尤其是飞鸢始终离着一线，无法伤及陈平安，他就明白了，即便飞鸢能够再快上一线，其实一样无用，谁遛谁，一眼可见。只不过齐狩是在表面上，看似对敌潇洒，实则在一点一滴挥霍优势，而陈平安相比之下更加隐蔽，环环相扣，就为了以第一拳开道后的第二拳，拳名神人擂鼓式，是一种以伤换命的拳法，也是陈平安最擅长的拳招。”

宁姚说话的时候，晏琢他们甚至都不会询问什么，就只是安静聆听。

宁姚正色道：“现在你们应该清楚了，与齐狩一战，从最早的时候，就是陈平安在为跟庞元济厮杀做铺垫。晏琢，你见过陈平安的方寸符，但是你有没有想过，在大街上两场厮杀，陈平安总计四次使用方寸符，为何对峙两人，方寸符的术法威势，有云泥之别？很简单，天底下的同一种符箓，会有品秩不同的符纸材质和不同神意的符胆灵光，这是一件谁都知道的事情。庞元济傻吗？半点不傻。庞元济到底有多聪明，整座剑气长城都明白，不然就不会有‘庞百家’的绰号。可为何仍是被陈平安算计，让他凭借方寸符扭转形势，奠定胜局？因为陈平安与齐狩一战，那两张普通材质的缩地符，对胜负形势，用处不大，是故意用给庞元济看的。况且陈平安还有更多的障眼法，有意让庞元济看到了他陈平安似乎不愿意给人看的两件事情，例如庞元济注意到陈平安的左手，始终未曾真正出拳，例如陈平安会不会藏着第四把飞剑，相较于方寸符，那才是大事。”

晏琢和陈三秋相视苦笑。

叠嶂听得脑袋都有些疼，尤其是当她试图静心凝气，去仔细复盘大街战事的所有细节后，才发现，原来那两场厮杀，陈平安花费了那么多心思，设置了那么多个陷阱，他的每一次出拳都各有所求。叠嶂突然意识到一件事，一开始他们四个听说陈平安要待到下一场城头大战，其实顾虑重重，会担心极有默契的队伍当中，多出一个陈平安，非但不会增加战力，反而会害得所有人都束手束脚，现在看来，是他们把陈平安想得太简单了。

董画符还好，因为想得不多，这会儿正忧愁回了董家，自己该如何对付姐姐和娘亲。

宁姚沉默片刻，望向四个朋友，笑道：“其实陈平安一开始就知道黑炭和叠嶂切磋，还有你晏胖子的挑衅，是为了什么。他知道你们都是为他考虑，只不过当时你们都不相信他能够打赢三场，他就不好多说什么。但是我知道，他心里会领情，他从来就是这样的人。"

宁姚笑问道："是不是放心之余，内心深处，会觉得陈平安其实很可怕？一个城府这么深的同龄人，好像只会被他戏耍得团团转？会不会给他骗了还帮着数钱？"

陈三秋点头道："确实有点。"

宁姚摇摇头："不用担心，陈平安与谁相处，都有一条底线，那就是尊重。你是值得敬佩的剑仙，是强者，陈平安便诚心敬仰；你是修为不行、身世不好的弱者，陈平安也会与你心平气和打交道。在陈平安眼中，白嬷嬷和纳兰爷爷两位长辈最重要的身份，不是什么曾经的十境武夫，也不是昔年的仙人境剑修，而是我宁姚的家里长辈，是护着我长大的亲人，这就是陈平安最在意的先后顺序，不能错。就算白嬷嬷和纳兰爷爷只是寻常的年迈老人，他陈平安一样会十分敬重和感恩。至于你们，就是我宁姚的生死战友，是最要好的朋友，然后，晏琢才是晏家独苗，陈三秋才是陈家嫡长房出身，叠嶂才是开铺子会自己挣钱的好姑娘，董画符是不会说废话的董黑炭。"

宁姚不再说话，远处走来一个陈平安。

陈平安换上了一身清爽青衫，是白嬷嬷翻出来的一件宁府旧藏法袍，双手缩在袖子里，走上了斩龙崖，脸色微白，但是没有半点萎靡神色。他坐在宁姚身边，笑问道："不会是聊我吧？"

董画符点头，正要说话，宁姚已经说道："刚说了你不会讲废话。"董画符便识趣闭嘴。

陈平安抬起左手，拈出两张缩地符，一张黄符材质，一张金色材质。

晏琢瞪大眼睛，却不是因为那符箓的关系，而是陈平安左臂抬起得自然而然，哪里有先前大街上颓然下垂的惨淡样子。

陈平安收起两张符箓，坦诚笑道："最后一拳，我没有尽全力，所以左手受伤不重。庞元济也有意思，是故意在大街坑底多待了一会儿，才走出来。我们双方，是都在做戏给人看。我不想真的跟庞元济打生打死，因为我敢确定，庞元济一样有压箱底的手段，没有拿出来，所以是我得了便宜。庞元济这都愿意认输，是个很厚道的人。两场架，不是我真能仅凭修为，就可以胜过齐狩和庞元济的，而是靠你们剑气长城的规矩，以及对他们心性的大致猜测，林林总总，加在一起，才侥幸赢了他们。远远近近观战的那些剑仙，都心里有数，看得出我们三人的真正斤两，所以齐狩和庞元济，输当然还是输了，但又不至于赔上齐家和隐官大人的名声，这就是我的退路。"

出拳要快，落拳要准，收拳要稳。若是出剑，亦是如此。

陈三秋笑道："有些事情，你不用跟我们泄露天机的。"

陈平安摇摇头，道："没什么不能说的，出门打架之前，我说得再多，你们多半会觉得我大言不惭，不知轻重。我自己还好，不太看重这些，不过你们难免要对宁姚的眼光产生怀疑，我就干脆闭嘴了。至于为什么愿意多讲些本该藏藏掖掖的东西，道理很简单，因为你们都是宁姚的朋友。我相信宁姚，所以相信你们。这话可能不中听，但是我的实话。”

晏胖子道：“中听，怎么就不中听了？陈兄弟你这话说得我这会儿啊，心里暖洋洋的，跟天寒地冻的大冬天，喝了酒似的。”

陈平安微笑道：“最近我是真喝不了酒，受伤真不轻，估摸着至少十天半个月，都得好好养伤。”

宁姚斜眼说道：“看你现在这样子，活蹦乱跳，还话多，是想要再打一个高野侯？”

陈平安笑道：“不是我吹牛，要是当时我在街上不走，只要高野侯肯抛头露面，我还真能对付，因为他是三人当中，最好对付的一个，打他高野侯，分胜负，分生死，都没问题。事实上，齐狩，庞元济，高野侯，这个顺序，就是最好的先后，不管面子里子什么的，反正可以让我连赢三场。不过我也就是想想，高野侯不会这么善解人意。”

晏胖子膝盖都有点软。陈三秋哭笑不得。董画符觉得这样的男人，才配得上宁姐姐。叠嶂也替宁姚感到高兴。

宁姚一只脚踩在陈平安脚背上，脚尖一拧。

陈平安微笑道：“我认输，我错了，我闭嘴。”

晏胖子觉得这位好兄弟，是高手啊。

陈三秋笑道：“行了行了，让陈平安好好养伤。对了，陈平安，有空记得去我家坐坐。”

董画符一根筋，直接说道：“我家别去，真去了，我姐我娘，她们能烦死你，我保证比你应付庞元济还不省心。”

陈平安站起身，笑着点头。

四人刚要离开山顶凉亭，白嬷嬷站在下面，笑道：“绿端那个小丫头方才在大门外，说要与陈公子拜师学艺，要学走陈公子的一身绝世拳法才罢休，不然她就跪在门口，一直等到陈公子点头答应为止。看架势，是挺有诚意的，来的路上，买了好几袋子糕点。好在给董姑娘拖走了，不过估计就绿端丫头那颗小脑瓜子，以后咱们宁府是不得清净了。”

晏琢和陈三秋都有些幸灾乐祸，那丫头他们都熟悉，是出了名的难缠鬼。

宁姚说道：“拖进来打一顿就老实了。”

陈平安不说话。

陈三秋几个出了宁家大门后，没有各自打道回府，而是去了一座熟悉的酒肆喝酒。

凉亭只剩下陈平安和宁姚。

陈平安轻声道：“我没事，你也可以放心。”

宁姚冷哼一声。

陈平安背靠栏杆,仰起头,道:“我真的很喜欢这里。”

宁姚伸出双指,轻轻拈起陈平安右手袖子,看了一眼,轻声道:“以后别逞强了,人有万算,天只一算,万一呢?”

宁姚轻轻松开他的袖子,问道:“真不去见一见城头上的左右?”

陈平安想了想,道:“见过了老大剑仙再说吧,何况左前辈愿不愿意见我,还两说。”

宁姚突然说道:“这次跟陈爷爷见面,才是一场最最凶险的问剑,很容易画蛇添足,这是你真正需要小心再小心的事情。”

陈平安点了点头。

宁姚问道:“什么时候动身去剑气长城?”

陈平安笑道:“不着急,去早了,庞元济和齐狩,尤其是他们背后的长辈,会很没面子。”

宁姚皱眉道:“想那么多做什么,你自己都说了,这里是剑气长城,没有那么多弯弯绕绕。没面子,都是他们自找的,有面子,是你靠本事挣来的。”

陈平安说道:“习惯了,你要是觉得不好,我以后改一改。除了某件事,没什么是我不能改的。不会改的那件事情,以及什么都能改的这个习惯,就是我能一步步走到这里的原因。”

宁姚看了眼坐在自己左边的陈平安,陈平安便立即起身,坐在宁姚右手边。

宁姚没有说话,陈平安轻轻握住她的手,闭上眼睛,也没有说话。

三天后。

陈平安在夜幕中,独自去往剑气长城,见到了熟悉的大小两座茅屋,陈平安收起符舟入袖,笑道:“晚辈拜见老大剑仙。”

陈清都就站在城头这边,点点头,似乎有些欣慰,道:“不与天地贪图小便宜,便是修道之人登高愈远的大前提。宁丫头没一起来,那就是要跟我谈正事了?”

陈平安在犹豫,两件大事先说哪一件。

陈清都笑道:“边走边聊,有话直说。”

陈平安犹豫片刻,轻声说道:“老前辈,是不是看到那个结局了?”

陈清都“嗯”了一声,道:“在算时间。”

陈平安又问道:“老前辈,从来就没有想过,带着所有剑修,重返浩然天下?”

陈清都笑道:“当然想过。”

陈平安脸色惨白。

陈清都缓缓而行,缓缓言语,道:“万年悠悠岁月,我见过一些很有意思的外乡年轻人。最近的，是剑术很好的左右；前几年是那少年曹慈；再往前些，是阿良；再往前，是南婆娑洲的醇儒陈淳安；再往前，是一个中土神洲的读书人，当时还很意气风发，半点不落魄；再往前，还有一些。加在一起，约莫得有十个了吧。每次见到他们，我对浩然天下便没那么失望。可是只靠这些早已算是外乡人的年轻人，怎么成？让人失望的人和事，实在太多了。”

陈清都抬起双手，摊开手掌，如一杆秤的两端，自顾自说道：“浩然天下，术家的开山鼻祖，曾经来找过我，算是以道问剑吧。年轻人嘛，都志向高远，愿意说些豪言壮语。”

陈清都笑了笑，接着道：“有些他觉得是最大的道理，可以成为不被世道世风推移摇晃的根本大木，在我看来，其实稚气。可是有些无心之言，还是不错的，随着世道推移，分量会越来越重，在人间扎根越深，只不过他当时，自己都还没有意识到。也好，这才有了后面开枝散叶的余地。”

陈清都指了指南边的蛮荒天下，道：“那边曾经有妖族大祖，提出一个建议，让我考虑。陈平安，你猜猜看。”

陈平安说道：“蛮荒天下，归剑气长城，浩然天下，归他们妖族。”

陈清都好像半点不奇怪被这个年轻人猜中答案，又问道：“那你觉得为何我会拒绝？要知道，对方承诺，剑气长城所有剑修只需要让出道路，到了浩然天下，我们根本无须帮他们出剑。”

陈平安答道：“这是对方用心最为险恶的地方，在让路和开道的过程当中，剑气长城，就会分崩离析，人心涣散，此时此刻，剑气长城有几个对浩然天下心怀敌意的剑修，在那条道路上，就会有更多的剑修，对剑气长城失去信心，选择离开，或是干脆就愤然出剑，与剑气长城站在对立面。兴许剑气长城最终确实可以占据蛮荒天下，但是绝对守不住这么大一块广袤天地。千百年过后，这座天下遗留下来的不起眼的妖族，最终会崛起，再无慷慨赴死大理由的剑修，也会逐渐在安逸人生当中，一点点消磨剑意。那时候的蛮荒天下，终究还是妖族的天下，除非前辈愿意死死盯着天下，每出现一头上五境妖族，就出剑斩杀一个。我若是那妖族大祖，甚至都不会签订什么盟约，就让前辈你出剑，只管出剑，百年千年，总有一天，前辈自己就会心神不济，疲惫不堪，气力犹在，出剑却越来越慢，甚至终有一天，彻底不愿意出剑。”

陈清都点头道：“说得很好。”

陈平安缓缓斟酌，慢慢思量，继续说道：“但这只是老大剑仙你不点头的原因，可是老大剑仙之外，人人皆有私心。我所谓的私心，无关善恶，是人，便有那人之常情。坐镇此地的三教圣人，会有；每个皆有剑仙战死的大姓之中的存世之人，也有；与倒悬山和浩然天下一直打交道的人，更会有。”

陈平安环顾四周，道：“如果不是北俱芦洲的剑修，不是那么多主动从浩然天下来此杀敌的外乡人，老大剑仙也守不住这座城头的人心。”

陈清都点头道：“说得不差。”

陈平安说道：“晚辈只是想了些事情，说了些想法，老大剑仙却是做了一件实实在在的壮举，而且一做就是万年！”

陈清都笑了笑：“比阿良还要会说话啊。”

陈平安无言以对。

陈清都说道：“媒人提亲一事，我亲自出马。”

陈平安赧颜道：“老大剑仙，晚辈这还没有开口请求……”

陈清都转头笑问道：“难为情？”

陈平安使劲摇头道：“半点不难为情，这有什么好难为情的！”

陈清都点点头，道：“不愧是那个酸秀才的关门弟子，尽得真传。”

陈清都挥挥手，又道：“宁丫头偷偷跟过来了，不耽误你俩花前月下。”

陈平安沉默片刻，伸出那只包裹严实的右手，郑重其事抱拳弯腰行礼，道：“浩然天下陈平安一人，斗胆为整座浩然天下说一句，长者赐不敢辞，更不能忘！”

陈清都笑道：“怕了你了。”

老人一挥手，城池那边宁府，那把已是仙兵品秩的剑仙，依旧被迫出鞘，转瞬之间破开天地禁制，无声无息出现在城头之上。老人一手持剑，一手双指并拢，缓缓抹过剑刃，微笑道：“浩然气和道法总这么打架，窝里横，也不是个事儿，我就倚老卖老，帮你解决个小麻烦。”

老人抵住剑尖片刻，收手后，持剑之手轻轻一晃，那把剑仙便被丢入宁府桌上的剑鞘当中。

陈平安目瞪口呆。

陈清都已经转身，双手负后，说道：“忙你的去，胆子大些。”

寂寥的城头之上，宁姚与陈平安并肩而行。

宁姚高高举起那枚玉牌，月色下，玉牌熠熠生辉，正面篆刻有“平安”二字，所以这算是一块天底下最名副其实的平安无事牌了。她轻轻翻转玉牌，背面刻着四个字：我思无邪。

她高举玉牌，仰起头，一边走一边随口问道：“聊了些什么？”

陈平安走在她身边，说道：“老大剑仙，最后要我胆子大些，我也不明白是什么意思。”

宁姚停下脚步，用玉牌轻轻敲着陈平安的额头，教训道：“当年某人的老实本分，跑哪里去了？”

陈平安突然蹲下身，转过头，拍了拍自己后背。当年骊珠洞天神仙坟，宁姚背过陈平安。

宁姚满脸不屑,却耳根通红。

陈平安没有起身,笑道:“原来宁姚也有不敢的事情啊?”

之后城头之上,陈平安背着宁姚,脚步缓慢。夜幕中,陈平安背着心爱的女子,就像背着天下所有的动人明月光。

走着走着,宁姚突然满脸通红,一把扯住陈平安的耳朵,使劲一拧,喝道:“陈平安!”

陈平安“哎哟”一声,赶紧侧过脑袋。

宁姚一记栗暴砸在这个家伙的后脑勺上,羞怒道:“你再这样,我真生气了啊!”

陈平安委屈道:“好好好。”

城头之上,突然出现一个板着脸的老人,厉声道:“你给我把宁丫头放下来!”

陈平安愣了一下,没好气道:“你管我?”

宁姚轻轻说道:“他是我外公。”

陈平安就要悻悻然放下宁姚。

“背着!”不承想远处有人开口,前一句话是对陈平安说的,接下来一句则是对老人说的,“你管得着吗?”

果然是文圣一脉的师兄弟。

第九章
最讲道理的来了

那个外乡剑仙开口之后，身为姚家家主的姚冲道，便陷入左右为难之地。

不愧是左右，说话做事，很容易让人左右为难，百年之前，浩然天下那些个剑心崩坏的先天剑坯，想必最能够对姚冲道当下的处境，感同身受。例如当初出剑之时，半点不为难的，那个剑心气象曾如莲花满池塘的南婆娑洲天才曹峻，下场就极为凄凉，只剩下一湖的残败枯荷，跌落神坛，沦为整个南婆娑洲笑柄，最终只能悄然远走宝瓶洲，在这期间，虚耗光阴百年，至今无法破境跻身玉璞境。要知道当年曹峻可是公认南婆娑洲百年一遇的剑道大材。

已经有别处剑仙察觉到此地异样，个个泛起笑意，打算看戏了，喜欢喝酒的，已经打开酒壶。

到底不是大街那边的看客剑修，驻守在城头上的，都是身经百战的剑仙，自然不会吆喝，或者吹口哨。当然也是怕左右一个不高兴，就要喊上他们一起打群架。

左右的剑术太高，剑气太盛，比较不讲道理，最不怕一人单挑一群。

姚冲道脸色很难看。身为姚氏家主，心里的窝火不痛快，已经积攒很多年了。

就在姚冲道打算喊左右去城头南边打一场的时候，陈平安硬着头皮当起了捣糨糊的和事佬。他轻轻放下宁姚，喊了一声姚老先生，然后让宁姚陪着外公说说话，他自己去见一见左前辈。

宁姚拉着自己外公散步。

陈平安身如箭矢，一闪而逝，去找左右。

没了那个毛手毛脚不规不距的年轻人，身边只剩下自己外孙女，姚冲道的脸色便好看了许多。

对于女儿女婿，老人兴许心情复杂，伤心、遗憾、埋怨、恼怒、怅然……很难真正说清楚，但是对于隔了一辈人的宁姚，老人心中只有自豪与愧疚。

在对面城头，陈平安走向一个背对自己的中年剑仙，于十步外停步，无法近身。寻常剑修与其他三教百家练气士，几个搁置本命物的关键窍穴，能够蓄满灵气，然后稍稍开疆拓土，就已算不易，而陈平安人身小天地的几乎全部窍穴，皆已剑气满溢，好似时时刻刻，都在与身外一座大天地为敌。

见到了左右，陈平安抱拳道："晚辈见过左前辈。"

左右无动于衷。

陈平安便稍稍绕路，跃上城头，转过身，面朝左右，盘腿而坐。

无数剑气纵横交错，割裂虚空，这意味着每一缕剑气蕴藉剑意，都到了传说中至精至纯的境界，可以肆意破开小天地。也就是说，到了类似骸骨滩和鬼域谷的接壤处，左右根本不用出剑，甚至都不用驾驭剑气，完全能够如入无人之境，小天地大门自开。

陈平安见左右不愿说话，可自己总不能就此离去，那也太不懂礼数了，于是干脆就静下心来，凝视着那些剑气的流转，希望找出一些"规矩"来。

约莫半炷香后，两眼泛酸的陈平安心神微动，只是心境很快就趋于止水。

方才见到一缕剑气似乎将出未出，就要脱离左右的约束，那种刹那之间的惊悚感觉，就像仙人手持一座山岳，就要砸向陈平安的心湖，让陈平安提心吊胆。

左右依旧没有睁开眼睛，但总算开口道："找我有事？"

陈平安问道："文圣老先生，如今身在何方？以后我如果有机会去往中土神洲，该如何寻找？"

左右脸色稍缓，淡然道："先生已经离开穗山，去开辟一座儒家历代圣贤久久无法开山破关隘的远古之地。有一位中土神洲的前辈，持仙剑开道，先生则负责巩固道路，缺一不可。"

陈平安点头道："感谢左前辈为晚辈解惑。"

左右问道："求学如何？"

陈平安答道："读书一事，不曾懈怠，问心不停。"

左右说道："效果不如何。"

陈平安说道："读书是长远事，快而多，晚辈资质不行，难免浮浅，不如慢且对，求个深厚。"

左右默不作声。

对面墙头上，姚冲道有些吃醋，无奈道："那边没什么好看的，隔着那么多个境界，双方打不起来。”

宁姚欲言又止。

陈平安跟左右之间的脉络关系，剑气长城这里的人知之甚少，宁姚哪怕在白嬷嬷和纳兰爷爷跟前，都没有提及半句。这就是最有意思的地方，若是陈平安跟左右没有瓜葛，以左右的脾气，兴许都懒得睁眼，更不会为陈平安开口说话。

所以姚冲道这会儿其实也一头雾水，不明白左右这种剑外无事的古怪剑修，先前为何为了一个陈平安，会跟自己较真。姚、宁两家的家务事，你左右是不是管得太宽了些？若非那个姓陈的小子多此一举，从中斡旋，他姚冲道这会儿，已经在城头以南的广袤战场，亲身领教左右的剑术是不是真有那么高了。

至于输赢，不重要——反正都是输。

姚冲道虽然是一位仙人境大剑仙，但已是迟暮之年，早就破境无望。数百年来战事不断，积弊日深，他自己也承认，他这个大剑仙，越来越名不副实了。每次看到那些年纪轻轻的身为地仙的各姓孩子，一个个朝气勃勃的玉璞境晚辈，姚冲道很多时候，是既欣慰，又感伤。只有远远看一眼自己的外孙女——那一众年轻天才中当之无愧的领衔之人，被阿良取了个“苦瓜脸”绰号的老人，才会有些笑脸。

曾经有人喝酒喝高了，说自己一看到姚老儿那张好像刻着“欠债还钱”四个大字的苦瓜脸，便要良心发现，记起那些赊欠多年的酒水钱。

在那之后，姚家名下的所有酒楼酒肆，就再没卖过那个家伙半壶酒，欠下的酒水钱，也不用他还。

此时姚冲道随口问道：“看样子，他们两个以前认识？”

宁姚只能说一件事，道：“陈平安第一次来剑气长城，跨洲渡船路过蛟龙沟受阻，是左右出剑开道。”

这件事，剑气长城有所耳闻，只不过大多消息不全，一来倒悬山那边对此讳莫如深，因为蛟龙沟变故之后，左右与倒悬山那位身为道老二嫡传弟子的大天君，在海上痛痛快快打了一架；再者，左右此人出剑，好像从来不需要理由。

老人与宁姚，其实见面不多，聊天更少，所以比那左右和陈平安，好不到哪里去。

陈平安说道：“左前辈于蛟龙齐聚处斩蛟龙，救命之恩，晚辈这些年，始终铭记于心。”

左右淡然道：“追本溯源，与你无关。”

陈平安笑道：“我知道，自己其实并不被左前辈视为晚辈。”

左右说道：“不用为此多想，入我眼者，天下人事风景，屈指可数。”

陈平安又说道：“我也没觉得一定要认左前辈为大师兄。”

左右笑了笑，睁开眼，却是眺望远方，道了一声：“哦？”

陈平安神色平静，挪了挪，面朝远方盘腿而坐，道：“并非当年年少无知，如今年轻气盛，就只是心里话。”

左右依旧没有动怒，反而说了一句离题万里的言语：“人生在世，除了确定世界到底是天高地阔，还是小如芥子，首重之事，就是证明本我之真实。”

陈平安缓缓道：“那我就多说几句真心话，可能毫无道理可言，但是不说，不行。左前辈一生，求学练剑两不误，最终厚积薄发，跌宕起伏，精彩万分，先让无数先天剑坯低头俯首，后又出海访仙，一人仗剑，问剑北俱芦洲，最后还问剑桐叶洲，力斩杜懋，阻他飞升。做了这么多事情，为何独独不去宝瓶洲看一眼？齐先生如何想，那是齐先生的事情；大师兄应当如何做，那是一位大师兄该做的事情。”

左右沉默无言。

陈平安站起身，道：“这就是我此次到了剑气长城，听说左前辈也在此地后，唯一想要说的话。”

陈平安就要告辞离去，左右却说道：“与前辈说话，别站那么高。”

陈平安只得将道别言语，咽回肚子，乖乖坐回原地。说实话，陈平安城头此行，已经做好了讨一顿打的心理准备，大不了在宁府宅子那边躺个把月。

两两无言。

陈平安问道：“左前辈有话要说？”

左右摇头道：“懒得讲道理，这不是我擅长之事，所以在犹豫出剑的力道，你境界太低，反而是麻烦事。”

陈平安可不觉得左右是在开玩笑，于是说道：“文圣老先生，爱喝酒，也喜欢游历四方，就没有来过剑气长城？这边的酒水，其实不差的。”

左右似乎破天荒有些憋屈，喝道：“滚蛋！”

前辈发话，晚辈照做，陈平安立即起身，招呼宁姚一声，祭出符舟，在城头之外悬停。姚冲道对宁姚点点头，宁姚御风来到符舟中，与那个故作镇静的陈平安，一起返回远处那座夜幕中依旧灯火辉煌的城池。

左右瞥了眼符舟之上的青衫年轻人，尤其是那根极为熟悉的白玉簪子，然后重新闭上眼睛，继续砥砺剑意。

与先生告刁状，一告一个准，还能占着理，这种事情，当年所有人都还年少时，同门师兄弟当中，谁最擅长？

姚冲道来到左右附近，眺望那艘小符舟与大城池，问道：“左右，你很看重这个年轻人？”

左右淡然道：“我对姚家印象很一般，所以不要仗着年纪大，就与我说废话。”

姚冲道气得火冒三丈，真当自己是没脾气的泥菩萨了？

打就打，谁怕谁。你左右还真能打死我不成？

这时那位老大剑仙笑着走出茅屋，站在门口，仰头望去，轻声道："稀客。"

陈清都很快就走回茅屋，既然来者是客不是敌，那就不用担心了。陈清都只是一跺脚，立即施展禁制，整座剑气长城的城头，都被隔绝出一座小天地，以免招来更多没有必要的窥探。

除了陈清都率先察觉到那点蛛丝马迹，几位坐镇圣人和那位隐官大人，也都意识到事情的不对劲。

没有人能够如此悄无声息地不走倒悬山大门，直接穿过两座大天地的天幕禁制，来到剑气长城。不但镇守倒悬山的那位道家大天君做不到，恐怕就连浩然天下那些负责看守一洲版图的文庙陪祀圣贤，手握玉牌，也一样做不到。

城头之上许多驻守剑仙，尚且没有意识到有人潜入城头，剑气长城之外，对此更是毫无察觉。等到城头出现异象，再想一探究竟，那就是登天之难。何况谁也不敢妄动，诸多剑仙便继续潜心修行。

左右愣了一下，然后就要站起身，结果就被一巴掌拍在脑袋上，有人质问道："就这样与前辈说话？规矩呢？"

左右犹豫了一下，还是要起身，先生驾临，总要起身行礼。结果又被一巴掌砸在脑袋上，来人又道："还不听了是吧？想顶嘴是吧？三天不打上房揭瓦是吧？"

左右只好站也不算站、坐也不算坐地停在那边，与姚冲道说道："是晚辈失礼了，与姚老前辈道歉。"

然后姚冲道就看到一个穷酸老儒士模样的老头儿，一边伸手扶起了有些局促的左右，一边正朝自己咧嘴灿烂笑着，嘴里忙不迭道："姚家主，姚大剑仙是吧，久仰久仰，生了个好女儿，帮着找了个好女婿啊，好女儿好女婿又生了个顶好的外孙女，结果好外孙女，又找了个最好的外孙女婿。姚大剑仙，真是好大的福气，我是羡慕都羡慕不来啊，也就教出几个弟子，还凑合。"

左右总算可以站着说话了，后退一步，作揖行礼，道："先生！"左右四周那些惊世骇俗的剑气，对于那位身形缥缈不定的青衫老儒士，毫无影响。

姚冲道一脸匪夷所思，试探性问道："文圣先生？"

老秀才一脸难为情，摆手道："什么文圣不文圣的，早没了，只是运气好，才有那么一丁点大小的往昔峥嵘，如今不提也罢。我不如姚家主岁数大，可当不起先生的称呼，喊我一声老弟就成。"

姚冲道有些犯愣，不知道该如何跟这位大名鼎鼎的儒家文圣打交道。浩然天下的儒家那些繁文缛节，恰好是剑气长城的剑修最嗤之以鼻的。

老秀才举目四望，火急火燎道："我来得匆忙，得赶紧走，不能久留，那位老大剑仙，咱们聊聊？"

陈清都坐在茅屋内，笑着点头，道："那就聊聊。"

一位坐镇剑气长城的儒家圣人主动现身，作揖行礼，道："拜见文圣。"

坐镇此地的三教圣人，也会轮换，光阴长短，并无定数。这位儒家圣人，曾经是享誉一座天下的大佛子，到了剑气长城之后，身兼两教，学问神通，术法极高，是隐官大人都不太愿意招惹的存在。

老秀才感慨道："吵架输了而已，是你自己所学尚未精深，又不是你们佛家学问不好，当时我就劝你别这样，干吗非要投奔我们儒家门下，现在好了，遭罪了吧？真以为一个人吃得下两教根本学问？如果真有那么简单的好事，那还争个什么争，可不就是道祖和佛祖的劝架本事，都没高到这份上的缘故吗？再说了，你只是吵架不行，但是打架很行啊，可惜了，真是太可惜了。"

这种言语，落在文庙学宫的儒家门生耳中，可能就是大逆不道，离经叛道，最少也是胳膊肘往外拐。

那位辩论输后便更换门庭的儒家圣人微笑道："无量时，便是自由处。"轻轻一句言语，竟是惹来剑气长城的天地变色，只是很快被城头剑气打散异象。

老秀才摇头晃脑，唉声叹气，一闪而逝，来到茅屋那边，陈清都伸手示意，笑道："文圣请坐。"

老秀才收敛神色："文庙需要与你借三个人。"

陈清都问道："为何是你来？不是更加名正言顺的礼圣、亚圣，也不是中土文庙副教主？"

老秀才笑呵呵道："我脸皮厚啊。他们来了，也只有灰头土脸的份。"

陈清都摇头道："不借。"

老秀才喃喃道："这就不太善喽。"

左右来到茅屋之外。

没过多久，老秀才便一脸惆怅走出屋子，嘴里叨叨："难聊，可再难聊也得聊啊。"

左右问道："先生什么时候离开这里？"

老秀才挠挠头，道："总得再试试看，真要没得商量，也没辙，该走还是要走。没法子，这辈子就是劳碌命，背锅命。"

左右说道："不见见陈平安？"

老秀才怒道："你管我？"

左右不再言语。

不愧是文圣一脉的开山鼻祖。

老秀才似乎有些心虚，拍了拍左右的肩膀，道："左右啊，先生与你比较敬重的那个读书人，总算一起开出了一条路子，那可是相当于第五座天下的辽阔版图，什么都多，就是人不多，以后一时半会儿，也多不到哪里去，不正合你意吗？不去那边瞧瞧？”

左右摇头道：“先生，这边人也不多，而且比那座崭新的天下更好，因为此处，越往后人越少，不会蜂拥而入，越来越多。”

老秀才哀怨道：“我这个先生，当得委屈啊，一个个学生弟子都不听话。”

左右轻声道：“不是还有个陈平安？”

老秀才语重心长道：“左右啊，你再这么戳先生的心窝子，就不像话了。”

左右疑惑道：“先生为何不与陈平安见面？”

老秀才又笑又皱眉，神色古怪，道：“听说你那小师弟，刚刚在家乡山头建立了祖师堂，挂了我的神像，居中，最高，其实挺不合适的，偷偷挂书房就可以了嘛，我又不是讲究这种小事的人。你看当年文庙把我撵出去，先生我在意过吗？根本不在意的，世间虚名虚利太无端，如那佐酒的盐水花生，一口一个。”

左右说道：“劳烦先生把脸上笑意收一收。”

老秀才“哦”了一声，发现那个姚老儿已经不在城头上，便揉了揉脸，跳起来，反手就是一巴掌，打在左右脑袋上，骂道：“还好意思说别人废话，你自己不也废话一箩筐？弟子当中，就数你最不开窍。”

左右有些无奈，垂头道：“到底是宁姚的家中长辈，弟子难免束手束脚。”

老秀才疑惑道：“我也没说你束手束脚不对啊，可你剑气那么多，有些时候一个不小心，管不住一丝半点的，往姚老儿那边跑过去，姚老儿又嚷嚷几句，然后你俩顺势切磋一二，相互裨益剑道。等到打赢了姚老儿，你再扯开嗓子奉承人家几句，美事啊。这也想不明白？”

左右点头道：“弟子鲁钝，先生有理。”

老秀才转身跑向茅屋，丢下一句话：“想到些道理，再去砍砍价。”

左右走到城头旁边。片刻之后，老秀才很快就又长吁短叹，来到左右身边。

左右问道：“先生，你说我们是不是站在一粒尘埃之上，走到另外一粒尘埃上，就已经是修道之人的极限？”

老秀才笑道：“一棵树与一棵树，会在风中打招呼；一座山与一座山，会千百年哑然无声；一条河与一条河，长大后会撞在一起。万物静观皆自得。”

左右沉思片刻，垂头道：“恳请先生说得浅些。”

老秀才说道：“你那问题，先生又不知道答案，只好随便糊弄你了。”

左右没话说了。

老秀才感慨道：“仙家坐在山之巅，人间道路自涂潦。”

左右说道：“先生是在责备学生。”

老秀才摇摇头，沉声道："我是在苛求圣贤与豪杰。"

随后左右便陪着自家先生，看了一夜的风景，再无言语。

天亮后，老秀才转身走向那座茅屋，说道："这次要是再无法说服陈清都，我可就要撒泼打滚了。"

左右一直安安静静等待结果，晌午时分，老秀才离开茅屋，捻须而走，沉吟不语。

左右低声道："陈平安要与宁家提亲，老大剑仙答应当那个媒人。"

老秀才愕然，随即捶胸顿足道："陈清都这老东西，臭不要脸！有他什么事，当我这个先生死了吗？好吧，就算我是半死不活……"

砰的一声，老秀才本就缥缈不定的身影化作一团虚影，消失不见，无影无踪，就像突兀消失于这座天下。

左右眯起眼，握住剑柄，面朝茅屋那边。不过瞬间，又有细微涟漪震颤，老秀才飘然站定，显得有些风尘仆仆，疲惫不堪，伸出一手，拍了拍左右握剑的胳膊。左右仍然没有松开剑柄。

老秀才笑道："行了，多大点事。"

陈清都出现在茅屋门口，笑问道："你就打算这么赖着不走了？"

老秀才叹了口气，道："我就算想久留，也没法子办到啊，喝过了酒，我立即卷铺盖滚蛋。"

这就是天地厌胜。当初陆沉从青冥天下去往浩然天下，再去骊珠洞天，也不轻松，会处处受到大道压制。

陈清都笑着提醒道："咱们这边，可没有文圣先生的铺盖。顺手牵羊的勾当，劝你别做。"

老秀才恍然道："也对，也行。"

不打仗的剑气长城，其实也很安详，也会有高门府第外的车水马龙，和小街陋巷里的鸡鸣犬吠。只不过这里没有文武庙、城隍阁，没有张贴门神、春联的习惯，也没有上坟祭祖的风俗。

那条稀烂不堪的大街，正在翻修填补，匠人们忙忙碌碌，而那个罪魁祸首，就坐在一间杂货铺门口的板凳上，晒着日头。

宁姚在和叠嶂闲聊，生意冷清，很一般。陈平安见叠嶂好像半点不着急，他都有些着急。

只是双方到底才见过几次面而已，陈平安不好轻易开口。对心爱女子身边的女子，尤其要注意分寸。

一个屁大点的孩子摸摸索索凑近，握拳擦了一下鼻子，壮起胆子问道："你叫陈平安对不对？”

陈平安笑问道：“干吗，找我打架？”

孩子吓得后退了几步，仍是不愿意离开，问道：“你教不教拳法？我可以给你钱。”

陈平安摇头道：“不教。”

孩子坚持道：“你要是嫌钱少，我可以欠账，以后学了拳杀了妖挣了钱，一次次补上。反正你本事高，拳头那么大，我不敢欠钱不还。”

陈平安双手笼袖，肩背松垮，懒洋洋问道：“学拳做什么，不该是练剑吗？”

孩子懊恼道：“我不是先天剑坯，练剑没出息，也没人愿意教我，叠嶂姐姐都嫌弃我资质不好，非要我去当个砖瓦匠，白给她看了几个月的铺子了。”

陈平安笑道：“习武学拳一事，跟练剑差不多，都很耗钱，也讲资质，你还是当个砖瓦匠吧。”

孩子蹲在原地，兴许是早就猜到有这么个结果，打量着那个听说来自浩然天下的青衫年轻人，心想，你说话这么难听可就别怪我不客气了啊，于是说道：“你长得也不咋地，宁姐姐干吗要喜欢你？”

陈平安有些乐呵，问道：“喜欢人，只看长相啊？”

孩子反问道：“不然咧？”

陈平安笑道：“我长得也不难看啊。”

孩子蹲在那儿，摇摇头，叹了口气。

陈平安便有些受伤，自己相貌比那陈三秋、庞元济是有些不如，可怎么也与“难看”不沾边吧。他抬起手掌，用手心摸索着下巴的胡碴子，应该是没刮胡子的关系。

浩然天下是杨柳依依的春季，剑气长城这边就会是秋风肃杀时分。一门之隔，就是不同的天下、不同的时节，更有着截然不同的风俗。

在剑气长城，活下去不难，哪怕是再孱弱的孩子，都可以。但是想要在这里活得好，就会变得极其艰难。所以有本事经常喝酒，哪怕是赊账喝酒的，都绝对不是寻常人。

当然，大姓子弟过着不输王侯锦衣玉食的生活，理由也很简单。实打实的祖上积德，都是一个个剑仙、剑修先人拿命换来的富贵日子，何况上阵厮杀，能够从城头上活着走下来，享福是应该的。

有这个胆大孩子牵头，加上可能是觉得那个陈平安比较好说话，四周就闹哄哄多出了一大帮同龄人，也有些少年，以及更远处的少女。

很快，陈平安的小板凳旁边，就围了一大堆人，叽叽喳喳，热热闹闹。看着那个一口气打了四场架的外乡人，一双双大大小小的眼睛里，装满了好奇。

能够从倒悬山进入城池的外乡人，往往都待在大姓大族豪门扎堆的那边，不爱来这边。

陈平安第一次来到剑气长城，也跟宁姚聊过城池里的许多人事风物，知道这边土生土长的年轻人，对于那座咫尺之隔的浩然天下，有着各种各样的态度。有人扬言一定要去那边吃一碗最地道的阳春面；有人听说浩然天下有很多好看的姑娘，柔柔弱弱，柳条腰肢，东晃西晃，反正就是没有一缕剑气在身上；有人则想知道那边的读书人，到底过着怎样的神仙日子。

这会儿围在陈平安身边的人，也是七嘴八舌，问题杂而多。陈平安对有些问题回答，对有些问题则装作听不到。

有个这辈子还没去过城头南边的孩子问，你家乡那边，是不是真有那数不清的青山，特别青翠，尤其是下了雨后，深呼吸一口气，都能闻见花草的香气？

有个稍大的少年，询问陈平安，山神水仙们娶亲嫁女，城隍爷夜间断案，还有山魈水鬼，到底都是怎么个光景？

还有人赶紧掏出一本本皱巴巴却被奉作珍宝的小人书，问：书上画的写的，都是真的吗？问：那鸳鸯是不是躲在荷花下避雨？那边的大屋子是不是真要张网拦着在檐下做窝的鸟雀拉屎？还有那四水归堂的天井，大冬天时分，下雨下雪什么的，真不会让人冻着吗？还有那边的酒水，就跟路边的石子似的，真的不用花钱就能喝着吗？还有那莺莺燕燕的青楼勾栏，到底是个什么地方？花酒又是什么酒？那边的耕田插秧，是怎么回事？为什么那边的人死了后，都一定要有个住的地方？难道就不怕活人都没地方落脚吗？浩然天下真有那么大吗？

最后一个少年埋怨道："你晓得不多嘛，问三个答一个，亏你还是浩然天下的人呢。"

陈平安手腕悄然拧转，取出养剑葫芦，喝了口酒，挥手道："散了散了，别耽误你们叠嶂姐姐做生意。"

最先开口与陈平安掰扯的那个屁大孩子，蹲在小板凳旁边道："铺子又没啥生意，再聊聊呗。"

陈平安笑道："跟你们瞎聊了半天，我也没挣着一枚铜钱啊。"

怨声四起，鸟兽散。

那屁大点的孩子跑出去很远，然后转身喊道："宁姐姐，这家伙太抠门小气，喜欢他做什么嘛！"

陈平安作势起身，那孩子脚底抹油，拐入街巷拐角处，又探出脑袋，扯开更大的嗓门，喊道："宁姐姐，真不骗你啊，方才陈平安偷偷跟我说，他觉得叠嶂姐姐长得不错，这种花心大萝卜，千万别喜欢。"

宁姚在铺子里边，斜靠柜台，跟叠嶂相视一笑。

陈平安又作势要追去，小屁孩一溜烟跑没影了。

闹哄哄过后，日头和煦，安安静静，陈平安喝着酒，还有些不适应。

突然，陈平安站起身，原来身边不知何时，站了一位老秀才。

老秀才伸手拍了拍年轻人的肩膀，道："长大了，辛苦了。"

叠嶂往铺子外面看了眼，有些奇怪。剑气长城这边的读书人，真不多，这里没有学塾，也就没有了教书先生，如她叠嶂这般出身的陋巷孩子们的识文断字，都靠些大大小小、歪歪斜斜的石碑，这些石碑随随便便矗立在大街小巷的犄角旮旯。每天认几个字，真要用心学，日子久了，也能翻书看书，至于更多的学问，也不会有就是了。

宁姚虽然没有见过文圣，但是依稀猜出了老先生的身份，当下感触不深，唯一的感觉，就是与自己游历浩然天下之时，看到的一些尚未彻底禁绝书籍上的文圣画像真是不像。那些书籍大同小异，无论是半身像，还是立像，都把文圣给画得气宇轩昂，现在看来，其实就是一个瘦老头。

见叠嶂有些疑惑，宁姚说道："我们聊我们的，不去管他们。"

铺子外面，是一场不期而至的久别重逢。陈平安除了笑容，也没什么言语。

老秀才转头望向铺子里的两个小姑娘，轻声问道："哪个？"

陈平安小声道："好看些的那个。"

老秀才欣慰得不行，握拳在胸前，伸出大拇指。

陈平安让老先生稍等，去里面与叠嶂招呼一声，搬了椅凳出去。听叠嶂说铺子里没有佐酒菜，陈平安便问宁姚能不能去帮忙买些过来。宁姚点点头，很快就去附近酒肆直接拎了食盒过来，除了几样佐酒菜，杯碗都有。陈平安跟老先生已经坐在小板凳上，将那椅子当作酒桌，显得有些滑稽。陈平安起身，想要接过食盒，被宁姚瞪了一眼，他赶紧缩回手。宁姚摆好菜碟，放好酒碗，将食盒搁在一旁，然后对老秀才说了句"请文圣老先生慢慢喝酒"。老秀才早已起身，与陈平安一起站着，这会儿越发笑得合不拢嘴，所谓的乐开了花，不过如此。

宁姚喊了叠嶂离开铺子，一起散步去了。

老秀才哧溜一声，狠狠抿了口酒，打了个寒战似的，深呼吸一口气，畅快道："累死累活，总算做回神仙了。"

陈平安缓缓喝酒，笑望向这位好像没有什么变化的老先生。

老秀才夹起一筷子佐酒菜，见陈平安没动静，提了提手中筷子，含糊不清道："动筷子动筷子，光喝酒可不成，不吃下酒菜，就闷了。我当年那会儿是穷，只能靠圣贤书当佐酒菜，崔瀺那小王八蛋，一开始误以为一边喝酒一边看书，真是什么文雅事，就有样学样了，哪里晓得若是我兜里有钱，早在酒桌上摆满菜碟了，去他娘的圣贤书。"

骂自己最凶的人，才能骂出最有理的话。

陈平安夹了一筷子菜，细嚼慢咽，抿了口酒，十分娴熟。不是无话可说，而是根本不知道如何开口，不知可以讲什么，不可以讲什么。

老秀才下筷如飞，喝酒不停，也亏得宁姚买得够多。老秀才的酒碗空了，陈平安就弯腰伸手帮着倒酒。

吃完了菜，喝过了酒，陈平安将酒碗菜碟都放回食盒，老秀才用袖子擦拭椅子上的酒渍汤汁。

这时左右瞬间飘落在店铺门口。

老秀才问道："怎么来了？"

左右答道："学生想要多看几眼先生。"

老秀才指了指空着的椅子，气笑道："你剑术最高，那你坐这儿？"

左右瞥了眼陈平安，陈平安只得让出自己的那条小板凳，绕过椅子，走到老秀才身边。老秀才坐在椅子上，陈平安这才落座。

老秀才问道："你们俩认了师兄弟没有？"

左右说道："没觉得是。"

陈平安说道："同理。"

坐在椅子上的老秀才，当然是偏袒自己的关门弟子，所以一巴掌就拍在矮一截的左右脑袋上，责备道："你怎么当的师兄，不过是早些拜师求学而已，你瞎了不起个啥，这都打光棍多少年了？别的不说，只说在这件大事上，咱们文圣一脉，如今就靠你小师弟撑场面了！带着一把剑，跑东跑西，是能帮你暖被窝啊，还是能帮你端茶递水啊？"

陈平安说道："左前辈先前在城头上，打算教晚辈剑术来着，但是左前辈担心晚辈境界太低，所以比较为难。"

毫无悬念，左右又挨了一巴掌，他黑着脸，想着等先生离开剑气长城，我左右就半点不为难了。

陈平安又说道："不过左前辈在刚见到姚老先生的时候，还是给晚辈撑过腰的。"

老秀才"哦"了一声，转过头，轻描淡写道："那方才一巴掌，是先生打错了。左右啊，你咋个也不解释呢？打小就这样，以后改改啊。打错了你，不会记恨先生吧？要是心里委屈，记得要说出来，知错能改，改过不吝，善莫大焉，我当年可是就凭这句话，硬生生掰扯出了一箩筐的高深道理，听得佛子道子们一愣一愣的，对吧？"

先生自然是都对的，所以左右闷不吭声，不过他决定要教那小子两场剑术，一场是肯定不够的。

陈平安突然说道："山崖书院的副山长，一直很挂念……先生。"

这还是陈平安第一次称呼文圣老先生，为简简单单的"先生"。

老秀才硬生生打了个酒嗝，竖起耳朵，故作疑惑道："谁，什么？再说一遍。"

左右翻了个白眼。

陈平安笑道："茅师兄很挂念先生。"

老秀才转过身，趴在椅把手上，望向陈平安，笑呵呵道：“小冬啊，最愿意用最笨的法子去教书育人，耐心极好，最像我。就是跟左右差不多，犟起来就死脑筋，转不过弯来，我当年都舍了一张老脸不要，私底下帮他打点好关系了，偏不去，我当先生的，只差没绑着茅小冬，往麻袋里一塞，再往礼记学宫一丢。唉，都没法子。”

左右突然问陈平安道：“为何当年不愿承认先生是先生，如今境界高了，反而认了先生？”

陈平安答道：“当年我都没读过书，凭什么认先生，就凭先生是文圣吗？那是不是至圣先师、礼圣、亚圣出现在我身前，他们愿意收，我就认？先生愿意收取弟子，弟子入门之前，也要挑一挑先生！读过三教百家书，就像那货比三家，最终认定先生果真学问最好，我才认，哪怕先生反悔不认了，我自己都会孜孜不倦拜师求学，如此才算真心诚意。”

左右愣了半天。见过不要脸的，没见过这么不要脸的。陈平安你小子家里是开道理铺子的啊？

三场！

老秀才踹了左右一脚，催促道：“杵着干吗，拿酒来啊。”

左右无奈道：“先生，我又不喜欢喝酒，何况陈平安身上多的是。”

“左右啊，你是光棍啊，欠钱什么的，都不用怕的。”老秀才用语重心长的口气以理服人，循循善诱道，“你小师弟不一样，有了自家山头，马上又要娶媳妇了，这开销得多大？当年是你帮先生管着钱，会不清楚养家糊口的辛苦？拿出一点师兄的风范气度来，别给人看轻了咱们这一脉。不拿酒孝敬先生，也成，去，去城头那边嚎一嗓子，就说自个儿是陈平安的师兄，免得先生不在这边，你小师弟给人欺负。”

左右装聋作哑。在曾经的求学生涯当中，这就是左右对自家先生最大的抗议了。

陈平安从咫尺物当中拿出了两壶酒，递给老秀才。都是龙泉家乡的糯米酒酿，其他所有的仙家酒水，都送给了倒悬山看门的那个抱剑汉子。

老秀才递给左右一壶。左右也没拒绝。陈平安自己又取出一壶。

老秀才笑眯眯地问道：“左右，滋味如何？”

左右只得说一句尽量少昧些良心的言语，道：“还行。”

老秀才摇摇头，啧啧道：“这就是不懂喝酒的人，才会说出来的话了。”

老秀才转头望向陈平安。

陈平安果然没有让老秀才失望，笑道：“白喝的酒水，滋味最佳。”

老秀才哈哈大笑。

笑了半天，发现陈平安看着自己，老秀才便咳嗽几声，道：“放心，以后让你大师兄请喝酒。在剑气长城这边，只要是喝酒，甭管是自己，还是呼朋唤友，都记账在左右这个的头上。左右啊……”

左右叹了口气，说声“知道了”。

老秀才又喊了声“左右啊”。

左右立刻接上道：“不委屈。”

老秀才这才心满意足。

陈平安喝着酒，总觉得越是如此，自己接下来的日子，越是难熬。

不料老秀才已经善解人意道：“你师兄左右，剑术还是拿得出手的，不过你要是不乐意学，就不用学，想学了，觉得该怎么教，与师兄说一声便是，师兄不会太过分的。”

左右说道：“可以学起来了。”

陈平安立即说道：“不着急。”

左右身体前倾，盯着陈平安。陈平安看向老秀才。老秀才心领神会，立即伸手按住左右脑袋，往后一推，教训道：“让着点小师弟。”

左右开始大口饮酒。

很奇怪，文圣对待门中几个嫡传弟子，好像对左右最不客气，但是这个弟子，却始终是最不离先生左右的那一个。就连茅小冬这样的记名弟子，都对此百思不得其解。

只不过左右师兄脾气太孤僻，茅小冬、马瞻他们，其实都不太敢主动跟左右说话。

那会儿尚未欺师灭祖的崔瀺，是光彩夺目的文圣首徒，学问高，修为高，棋术更是高到绝顶，让中土神洲所有学宫书院、君子贤人们都要黯然失色，但一样经常被左右骂得还不了嘴。至于崔瀺当时是不愿，还是不敢，茅小冬他们是注定已经没机会去知道答案了。

至于左右的学问如何，作为文圣一脉的嫡传，就足够说明一切，只可惜被他的剑术掩盖过去了。

故而世人每每提及大器晚成的剑仙左右，只说他剑术很高、极高或是人间最高，却忘记了他的文圣弟子身份。

一人力压世间所有的先天剑坯，这就是左右。

但是今天坐在小铺子门口小板凳上的这个左右，在老秀才眼中，就只是当年那个眼神清澈的高大少年，登门后，说他没钱，但是想要看圣贤书，学些道理，认了先生后，欠了的钱以后会还，可若是读了书，考中状元什么的，帮着先生招徕更多的弟子，那他就不还钱了。

少年当时说这番话，很认真。

那会儿年纪还不算太大的穷秀才，还没有成为老秀才，更没有成为文圣，只是刚刚出版了书籍，手头有些宽裕，不至于囊中羞涩到吃不起酒，便答应了。他想着崔瀺身边没个师弟，不像话，何况穷秀才当时觉得自己这辈子最大的愿望，就是桃李满天下，有了大弟子，再来个二弟子，是好事，‘不积跬步，无以至千里’嘛，到底是自己琢磨出来的好句子。那会儿，只有个秀才功名的穷秀才，是真没想太多，也没想太远，甚至会觉得什么桃李满天下，就只是个遥不可及的念想，就像身处陋巷时候，喝着一两斤家中的浊酒，想着那些大酒楼里卖的一壶壶美酒，过去许多年，还能够依稀记得，有座酒楼掌柜的小女儿，好像美极了。远远见之，如饮醇酒，不能多看，会醉人。

所以后世有位儒家大圣人训诂老秀才的某部书籍，将老秀才写得道貌岸然，太过古板，将本意篡改许多，让老秀才气得不行。男女情动，天经地义。人非草木孰能无情，更何况草木尚且能够化作精魅。人非圣贤孰能无过，何况圣贤也会有过错。更不该奢求凡俗夫子处处做圣贤，这般学问若成唯一，不是将读书人拉近圣贤，而是渐渐推远。老秀才于是跑去文庙与他好好讲道理，对方也硬气，反正就是你说什么我听着，偏偏不与老秀才吵架，绝对不开口说半个字。

可恰恰是这样一位大有不近人情嫌疑的圣人，却以自身修为消磨殆尽作为代价，硬生生为浩然天下撑起了那道关隘的入口，直到老秀才和那个手持仙剑的读书人联袂出现在他眼前，对方才终于放下担子，对老秀才会心一笑，悄然陨落，溘然长逝，彻底魂飞魄散，再无来世可言。

人生忽然而已。相视而笑，莫逆于心。

老秀才喝完了一壶酒，没有着急起身离开椅子，他双手抱住酒壶，晒着别家天下的太阳。

左右轻声道：“先生，可以离开了，不然这座天下的飞升境大妖，可能会一起出手拦截先生离去。”

陈平安刚要起身说话，老秀才抬起手，轻轻按下，道：“不用说什么，先生都知道。先生许多言语，暂时不与你多说。”

老秀才背靠椅子，意态闲适，喃喃自语道：“再稍稍多坐一会儿。先生已经很多年，身边没有同时坐着两个学生了。”

一左一右两学生，先生居中坐。

先生身边，终于不独独只有左右了。

当宁姚和叠嶂返回铺子这边，叠嶂蓦然停步，不敢再往前走。因为叠嶂对那个突然出现在自己店铺门口的男人，很敬畏。

对方可是出了名生人勿近的大剑仙左右。

寻常别洲剑修，在家乡的脾气再不好，到了剑气长城，都得收一收脾气，左右前辈不一样。刚到剑气长城，就有一个驻守城头的本土仙人境剑仙，试图问剑被视为浩然天下剑术最高之人的左右，结果左右前辈就只回了一句话：“我的剑术，你学不会，但是有件事，可以学我，打不过的架，就干脆别打。”

当时一旁的隐官大人也跟了句：“好像是哦。”

于是那场万众瞩目的城头切磋，就没打起来。

这会儿震撼过后，叠嶂又充满了好奇，为何对方会如此收敛剑气？

举城皆知，剑仙左右，从来剑气萦绕全身。大战之中，以剑气开路，深入妖族大军腹地是如此，在城头上独自砥砺剑意，也是如此。

但是今天的浩然天下剑术最高者，一身剑气收敛，破天荒没有流露半点。

宁姚是得知文圣老先生已经离开，这才返回，不承想左右还没走，便带着叠嶂又逛街去了。

老先生临走之时，还专程与她打了声招呼，道了声谢，宁姚其实挺犯迷糊，不知道自己有什么事情，是需要被一位文圣老前辈道谢的。

鉴于陈平安跟左右之间的微妙关系，宁姚不难理解两人各自的所思所想，所以也没在陈平安跟前说左右什么。她说什么都不合适，何况陈平安在人生大事上，自有主见，根本不用她宁姚指手画脚，出谋划策都不用。

叠嶂实在忍不住心中好奇，走远了后，以心湖涟漪询问宁姚：“陈平安认识左大剑仙？”

宁姚点头道：“早就认识了。”

陈平安那本山水游记上，都记着，而且篇幅还不小。

叠嶂笑道：“能不能多讲讲？”

宁姚摇头道：“不能。”

叠嶂扯着宁姚的袖子，轻轻晃荡起来，明摆着是要撒娇了，可怜兮兮道：“宁姐姐，你随便讲讲，总有能讲的东西。”

宁姚想了想，道：“你还是回头自己去问陈平安，他打算跟你合伙开铺子，先别答应，可以拿这个作为交换条件。”

叠嶂很快琢磨出宁姚言语之中的意思，分明是给自己挖了个陷阱，叠嶂气笑道：“我就没打算答应跟他合伙做买卖啊。宁姚，你给我适可而止啊。”

宁姚笑道：“真不是我胳膊肘往外拐，实在是陈平安说得对，你做生意，不够灵光，换成他来，保证细水长流，财源广进。”

叠嶂皱了皱眉头，欲言又止。

宁姚瞥了她一眼，便知道了她心中所想，解释道：“陈平安身上带着一件方寸物、两件咫尺物，除了家乡寻常酒水和一堆竹叶，便空荡荡了。要真的只是为了在这剑气长城，学那跨洲渡船的众多商贾，靠卖些乱七八糟的玩意儿，从我们剑修手上挣神仙钱，他陈平安就不会如此暴殄天物，早就塞得满满当当了。陈平安与你合伙做买卖，只挣良心钱。这是习惯使然，陈平安从小就喜欢挣钱，不纯粹是喜欢有钱，这一点，我必须为他打抱不平。”

叠嶂如释重负，重新有了笑脸，道：“这就好。不然我可要当面骂他猪油蒙心了，这个刚认的朋友不当也罢。”

老秀才刚走，左右就将手中酒壶轻轻放在椅子上。

喝酒本就不是他喜欢的，况且压制一身剑气也麻烦。

天底下嫌弃自身剑气太多的，左右是独一个。

陈平安还在小口喝着酒，瞧着还挺优哉游哉。

左右冷笑道：“没了先生偏袒，假装镇定从容，辛苦不辛苦？”

陈平安坚决不说话。

左右问道：“之前不知道先生会来剑气长城，你请陈清都出山，没有问题，如今先生来了，你为何不主动开口？答应与否，是先生的事情，问与不问，是你这个学生的礼数。”

陈平安将酒壶放在椅子上，双手笼袖，身体前倾，望着那条正在翻修的街道，轻声道：“先生如今怎么个情况，我又不是不清楚，开这个口，让先生为难吗？先生不为难，学生心里不会良心不安吗？哪怕我心里过意得去，给整座剑气长城惹来麻烦，牵一发而动全身，直接导致双方大战开幕，先生离去之时，岂会真的不为难？”

左右点点头，算是认可这个答案。

先生多愁思，弟子当分忧。

左右想起那个身材高大的茅小冬，记忆有些模糊了，只记得是个一年到头都一本正经的求学年轻人，在众多记名弟子当中，不算最聪明的那一撮，治学慢。最喜欢与人询问疑难，开窍也慢，崔瀺便经常笑话茅小冬是不开窍的榆木疙瘩，所以只给他答案，却从来不愿与他细说。只有小齐会耐着性子，与茅小冬多说些。

左右缓缓道：“早年茅小冬不愿去礼记学宫避难，非要与文圣一脉捆绑在一起，还要陪着小齐去东宝瓶洲创建山崖书院。当时先生其实说了很重的话，说茅小冬不该有如此私心，只图自己良心安放，为何不能将志向拔高一筹？不应该有此门户之见，若是可以用更大的学问裨益世道，在不在文圣一脉，并不重要。然后那个我一辈子都不怎么瞧得起的茅小冬，说了一句让我很佩服的言语——茅小冬当时扯开嗓子，直接与先生大喊大叫，说弟子茅小冬生性愚钝，只知先尊师，方可重道，两者顺序不能错。先生听了后，高兴也伤心，只是不再强求茅小冬转投礼圣一脉了。”

陈平安重新拿起酒壶，喝了口酒，道：“我两次去往大隋书院，茅师兄都十分关照我，生怕我走上歧路。茅师兄讲理之时，很有儒家圣人与夫子风范。”

左右笑了笑，道：“那你是没见到他被我勒紧脖子说不出话来的模样，与自家先生说话，道理再好，也不能喷先生一脸口水。你说呢？小师弟！”

陈平安悄悄将酒壶放回椅子上，只敢“嗯”了一声，依旧打死不多说一个字。

左右站起身，一手抓起椅子上的酒壶，然后看了眼脚边的食盒。

陈平安站起身，说道："我自己掏钱。"

左右又看了眼陈平安。

陈平安只得继续道："以后也是如此。"

左右这才准备离去。

陈平安突然说道："希望没有让师兄失望。"

左右沉默片刻，缓缓道："还好。"

陈平安松了口气，笑道："那就好。"

左右犹豫了一下，还是说道："从今日起，若有人与你说些阴阳怪气的言语，说你只是因为出身文圣一脉，得了无数庇护，才有今日成就，你不用与他们废话，直接飞剑传信城头，我会教他们做人。"

陈平安无言以对，实在是有些不太适应。

左右停顿片刻，补充道："连他们爹娘长辈一起教。"

陈平安见到左右好像有些不耐烦，瞅着是要先教自己剑术了，想起野修当中广为流传的那句"死道友不死贫道"，只好赶紧点头道："记下了。"

左右不再辛苦压制自身剑气，化虹远去城头。从城池到城头，左右剑气所至，充沛天地间的远古剑意，都让出一条稍纵即逝的道路来。

到了城头，左右握酒壶的那只手，轻轻提了提袖子。袖子里面装着一部装订成册的书籍，是先前陈平安交给老秀才，老秀才又不知为何却要偷偷留给左右，连他最疼爱的关门弟子陈平安都隐瞒了。

左右以剑气隔绝出一座小天地，将那本书放在身前城头上，心意一动，剑气便替他翻书。于是他一边喝酒，一边看书。

左右不知不觉喝完了壶中酒，转头望向天幕，先生离别处。

先生自从成为人间最落魄的儒家圣贤后，始终笑容依旧，左右却知道，那不是真开怀，是弟子流散，漂泊不定，先生在愧疚。唯有见到那个架子比天大、如今才愿意认他作先生的小师弟后，先生哪怕笑容不多，言语不多，哪怕已经分别，此刻注定正在笑开颜。

那个陈平安可能不清楚，若是他到了剑气长城，听说自己身在城头之后，便要匆匆忙忙赶来自己跟前，称呼自己为大师兄，自己才会失望。

小齐怎么会选中这么一个小师弟？

左右觉得，若是陈平安悄悄在家乡建造了祖师堂，悬挂了先生画像，便要主动与自己邀功一番，自己会更失望。

先生为何要选中这么一个关门弟子？

若是陈平安觉得左右此人剑术不低，便要学剑，左右就会最失望。

自己为何要承认这么一个师弟？

但是都没有，那就证明陈平安是左右心中期待百年的那个小师弟了。

甚至比自己最早只存在于想象中的小师弟形象，还要更好些。

当年蛟龙沟一别，他左右曾有言语未说出口，是希望陈平安能够去做一件事。不承想，陈平安不但做了，而且做得很好。

走过三洲，看遍山河。

此时左右看过了书上内容，才明白先生为何故意将此书留给自己。所以此时此刻，左右觉得早先在那店铺门口，自己那句别别扭扭的“还好”，会不会让小师弟感到伤心？

若是当时先生在场，估计又要打人了吧？

左右久久没有收回视线。

天地之道，博厚也，高且明也，悠且久也。

惜哉我心之忧，日月逾迈，若弗云来。

在左右没出剑就离开后，陈平安松了口气，说不紧张那是自欺欺人，赶忙收拾了椅凳放回铺子，自己就坐在门槛上，等着宁姚和叠嶂返回。

左右来时，悄无声息，去时却没有刻意掩饰剑气踪迹，所以剑气长城那边的大半剑仙，应该都清楚左右这趟离开城头的城池之行了。何况之前左右正大光明地坐在店铺门口，本身就是一种无声的宣示。

老秀才在弟子左右现身之前，其实施展了神通，遮蔽天地，只让店铺那边知晓。左右到了之后，老秀才便撤掉了术法。

文圣一脉，从来多虑，多虑之后行事，历来果决，故而看似最不讲理。

宁姚跟叠嶂返回铺子，陈平安起身笑道：“我在此待客，麻烦叠嶂姑娘了。”

叠嶂笑问道：“老先生的身份，我不问，但是左大剑仙，为何要主动来此与你饮酒，我得问问看，免得以后自己的铺子所有家当，莫名其妙没了，都不知道找谁诉苦。”

陈平安说道：“左右，是我的大师兄。先前居中而坐的，是我们两人的先生，浩然天下儒家文圣。”

在剑气长城，反正靠山什么的，意义不大，该打的架，一场不会少，该去的战场，怎么都要去。更何况学生崔东山说得对，靠自己本事挣来的先生、师兄，没必要故意藏藏掖掖。

叠嶂默默走入铺子，没法子聊天了。

宁姚与陈平安一起坐在门槛上，轻声道：“所幸如今老大剑仙亲自盯着城头，不许任何人以任何理由去往南边，不然下一场大战，你会很危险。妖族那边，算计不少。”

陈平安笑道：“先生与左师兄，都心里有数。”

宁姚点点头，问道：“接下来做什么？”

陈平安说道：“一是勤快修行，多炼气，争取早点跻身洞府境，同时磨砺金身境，一旦跻身远游境，厮杀起来，会便利许多；二是将初一和十五彻底大炼为本命物。不过这两件事，暂时都很难达成。其中只说凑足五行之属本命物，就是难如登天。金、火两件本命物，可遇而不可求，实在不行，就不去刻意追求太高的品秩，总要先搭建成长生桥，应对下一场大战。宁姚，这件事，你不用劝我，我很仔细地权衡过利弊，不谈修行路上其他事宜，只说本命物，当下三件本命物的品秩，其实已经足够支撑我走到地仙境，甚至是玉璞境。此事不能太过苛求圆满，修行路上，确实不能太慢，不然迟迟无法跻身中五境，难免灵气涣散。如果在这种情形下，武学境界却到了七境，一口纯粹真气运转起来，或多或少要与灵气相冲，其实会拖累战力。在这期间……”

说到这里，陈平安愁眉不展，叹了口气，道：“还要跟师兄学剑啊。”

宁姚说道：“也挺好，左前辈本就是最适合、最有资格教你剑术的人。别忘了，你师兄自己就不是什么先天剑坯。”

陈平安无奈道：“总不能隔三岔五在宁府躺着喝药吧。”

宁姚笑道：“没事啊，当年我在骊珠洞天，跟你学会了煮药，一直没机会派上用场。”

陈平安忍了又忍，还是没忍住，笑道：“我又不是没见过你亲手煮药，你敢煮，我也不敢喝啊。”

宁姚啧啧道：“认了师兄，说话就硬气了。”

陈平安立即苦兮兮说道：“我喝，当酒喝。”

叠嶂看着门口那俩，摇摇头，酸死她了。

陈平安想起一事，转头笑道：“叠嶂姑娘，如果我能帮铺子挣钱，咱们四六分账如何？”

叠嶂笑道：“你会不会少了点？”

陈平安说道：“那就只好三七了？叠嶂姑娘，你做生意，真的有些剑走偏锋了，难怪生意这么……好。”

叠嶂给气得说不出话来。宁姚有些幸灾乐祸。

陈平安笑道：“这杂货铺子，神仙也难挣额外钱。我知道自己这次要在剑气长城久留，便多带了些家乡寻常的酒水，不如咱们合伙开个小酒肆，在铺子外面只需要多搁些桌椅凳子，不怕客人多了没座位。不过只要酒好，蹲地上喝，也是好滋味。”

叠嶂好奇道：“你自己都说了是普通的市井酒酿，咱们这边酒鬼多，就算酒卖得出去，也有卖完的时候。再说价格卖高了，容易坏人品，我可没那脸皮坑人。”

陈平安拈出一枚绿竹叶子，灵气盎然，苍翠欲滴，道：“把这个往酒壶里一丢，价格就嗖嗖嗖往上涨了。不过这是咱们铺子贩卖的第一等酒水。次一等的，买那大酒缸，稍稍多放几片竹叶，我还有这个。”

陈平安摊开手心，是一只跟魏檗借来的酒虫。酒虫此物，哪怕是在浩然天下，都算是可遇不可求的珍稀之物，魏檗也是开了三场神灵夜游宴，再加上暗示，将某位山水神祇能够缺席第四场夜游宴，作为补偿，这位山水神祇才忍痛割爱，舍得上贡一只酒虫。

陈平安胸有成竹道：“我试过了，光有酒虫，依旧算不得多好的醇酿，比那价格死贵的仙家酒水，确实还是逊色很多，但是若再加竹叶，酒水味道便有了云泥之别。所以咱们铺子在开张之前，要尽量多收些价格低廉的寻常酒水，越多越好，先囤起来，数量凑够了，我们再开门迎客。我们自己买酒，估计压不下价，买多了，还要惹人怀疑，所以可以给晏琢和陈三秋一些分红，意思意思就成了，不用给他们太多，让他们去买酒。他们有钱，咱俩才是兜里没钱的人。”

宁姚斜靠铺子大门，看着那个聊起生意经便格外神采奕奕的家伙。

叠嶂有些犹豫，不是犹豫要不要卖酒，对卖酒这件事，她已经觉得不用怀疑了，肯定能挣钱，挣多挣少而已，而且还是挣有钱剑仙、剑修的钱，她叠嶂没有半点良心不安，喝谁家的酒水不是喝？真正让叠嶂有些犹豫不决的，是这件事要与晏胖子和陈三秋攀扯上关系，按照叠嶂的初衷，她宁肯少赚钱，成本更高，也不让朋友帮忙。若非陈平安提了一嘴，可以分红给他们，叠嶂肯定会直接拒绝这个提议。

陈平安也不着急，把酒虫收入袖中，又将竹叶收入咫尺物。咫尺物中竹叶竹枝一大堆，都带来剑气长城了。他微笑道：“叠嶂姑娘，我冒昧说一句啊，你做买卖的脾气，真得改改。在商言商的事情，若是自己觉得是那盈亏不定的买卖，最好不要拉上朋友，这是对的，可这种稳赚不赔的买卖，还不拉上朋友，就是咱们不厚道了。不过没关系，叠嶂姑娘要是觉得真不合适，咱们就把酒肆开得小些，无非是成本稍高，前边少囤些酒，少赚银子，等到大把的银子落袋为安，我们再来商量此事，完全不需要有顾虑。”

叠嶂似乎陷入了一个新的纠结境地，担心自己拒绝了对方实打实的好意，陈平安心中会有芥蒂。

陈平安笑问道：“那就当谈妥了，三七分账？”

叠嶂笑道：“五五分账。酒水与铺子，缺一不可。”

陈平安却说道：“我扛着桌椅板凳随便在街上空地一摆，不也是一个酒肆？”

叠嶂道：“我就不信宁姚丢得起这个脸。就算宁姚不在乎，你陈平安真舍得啊？”

陈平安有些无言以对。

宁姚正要说话。

叠嶂急匆匆道：“宁姚！我们这么多年的交情了，可不能有了男人就忘了朋友！”

宁姚原本想说我连帮着吆喝卖酒都无所谓，还在乎这个？只是叠嶂都这么讲了，宁姚便有些于心不忍。

于是最后砍价砍到了四六分账。

理由是陈平安说自己连胜四场，使得这条大街声名远播，他来卖酒，那就是一块不花钱的金字招牌，更能招徕酒客。

叠嶂是真有些佩服这个家伙挣钱的手腕和脸皮了。不过叠嶂最后还是问道："陈平安，你真的不介意自己卖酒，挣这些琐碎钱，会有损宁府、姚家长辈的脸面？"

陈平安笑着反问道："叠嶂姑娘，你忘记我的出身了？不偷不抢，不坑不骗，挣来一枚铜钱，都是本事。"

宁姚忍着笑。估计这个掉钱眼里的家伙，一旦铺子开张却没有销路，他都能卖酒卖到老大剑仙那边去。

叠嶂沉默许久，小声道："我觉得咱们这酒铺，挺坑人啊。"

陈平安挥挥手，大言不惭道："价格就在那儿写着，爱买不买。到时候，销路不愁，卖不卖都要看咱俩的心情！"

叠嶂这才稍稍安心。挣大钱买宅子，一直是叠嶂的愿望，只不过叠嶂自己也清楚，挣钱，自己是真不在行。

叠嶂本以为谈妥了，陈平安就要与宁姚返回宁府那边，不承想陈平安已经站在柜台那边，拿过了算盘。叠嶂疑惑道："不就是买酒囤起来吗？很简单的事情，我还是做得来的。"

陈平安一脸震惊，这次真不是假装了，气笑道："天底下有这么容易做成的买卖吗？叠嶂姑娘，我都后悔与你搭伙了！你想啊，与谁买散酒，总得挑选一些个生意冷清的酒楼酒肆吧？到时候怎么杀价，咱们买多了如何降价，怎么见人说人话见鬼说鬼话，不得先琢磨些？要先定死了契约，省得见我们铺子生意好了，对方反悔不卖酒了。就算不卖，如何按契约赔偿咱们铺子，零零散散，多了去了。我估计你一个人，肯定谈不成，没法子，我回头覆张面皮，你就在旁边看着，我先给你演示一番。何况这些还只是与人买酒一事的粗略，再说那铺子开张，先请哪些瞧着挺像是过路客的酒客来壮声势，私底下许诺给他们几壶千金难买的上等竹叶酒水；什么境界的剑修，让哪个剑仙来负责瞎喊着要包下整个铺子的酒水，才比较合适，不露痕迹，不像是那托儿，不得计较计较啊；挣钱之后，与晏胖子、陈三秋这些个酒鬼朋友，如何亲兄弟明算账，咱们可是小本买卖，绝对不能记账，但总得早早有个章程吧……"

叠嶂气势全无，越来越心虚，听着陈平安在柜台对面滔滔不绝，念叨不休，她都开始觉得自己是不是真不适合做买卖了。怎么突然觉得比练剑难多了啊？

宁姚站在柜台旁边，面带微笑，嗑着瓜子。

叠嶂怯生生道："陈平安，咱们还是三七分吧，你七我三就行。"

陈平安刚要点头答应，结果立即挨了宁姚一手肘，陈平安笑道："不用不用，五五分账，说好了的，做生意还是要讲一讲诚信的。"

陈平安侧过身，丢了个眼色给叠嶂。我讲诚信，叠嶂姑娘你总得讲一讲诚意吧，不如各退一步，四六分账。

叠嶂点点头，然后对宁姚一脸无辜道："宁姚，陈平安偷偷对我挤眉弄眼，不知道啥个意思。"

陈平安又挨了一手肘，龇牙咧嘴对叠嶂伸出大拇指，赞道："叠嶂姑娘做生意，还是有悟性的。"

两人又聊了诸多细节，叠嶂一一用心记下。

陈平安和宁姚两人离开小小的杂货铺子，走在那条大街的边缘，一路经过那些酒楼酒肆，陈平安笑道："以后就都是同行仇家了。"

宁姚轻声道："谢了。"

陈平安笑道："应该的。"

宁姚犹豫了一下，说道："叠嶂喜欢一位中土神洲的学宫君子，你开解开解？"

陈平安苦笑道："有些忙可以帮，这种事情，真帮不得。"

宁姚双手负后，悠悠然称赞道："你不是很懂儿女情长吗？"

陈平安斩钉截铁道："天地良心，我懂个屁！"

叠嶂藏在陋巷当中的小宅子，囤满了一只只大酒缸。她本钱不够，陈平安其实还有十枚谷雨钱的家当私房钱，但是不能这么傻乎乎掏出一枚谷雨钱买东西，容易给人往死里抬价，就跟宁姚要了一堆零散的雪花钱。能买来便宜劣酒的酒楼铺子，都给陈平安和叠嶂走了一遍。这些酒水在剑气长城的城池街巷，销量不会太好，这就是剑气长城这边的古怪之处，买得起酒水的剑修，不乐意喝这些，除非是赊欠太多又暂时还不起酒债的酒鬼剑修，才捏着鼻子喝这些。而大小酒楼实打实的仙家酒酿，价格那是真如飞剑，远远高出一门之隔的倒悬山，剑仙都要倍觉肉疼。如今倒悬山和剑气长城之间出入管得严，酒客们的日子越发难熬。

陈平安弯腰揭开一只酒缸，那只酒虫子就在里面泡着，优哉游哉如一尾小游鱼，醉醺醺的，很会享受。

每一缸酒，得浸泡酒虫子三天才算醇酒，里面都搁放了几片竹叶和一根竹枝。没取名为叠嶂最先提议的竹叶青，或是宁姚建议的竹枝酒，而是陈平安一锤定音的竹海洞天酒，别名青神山酒。愣是把一个习惯了挣良心钱的叠嶂，给震惊得目瞪口呆。

陈平安当时便语重心长言语了一番，说自己这些竹叶竹枝，真是竹海洞天出产，至于是不是出自青神山，他回头有机会可以问问看。如果万一不是，那么卖酒的时候，那个“别名”就不提了。

除了准备开酒铺卖酒挣钱，陈平安每天在宁府，还是雷打不动的六个时辰炼气，偶尔会长达七八个时辰。

宁姚让出了斩龙崖凉亭，更多的是在芥子小天地的演武场上练剑。

陈平安在休憩时分，就拿着那把剑仙蹲在小山脚，专心磨砺剑锋。

偶尔晏胖子和董黑炭他们也会来这边坐会儿，晏胖子逮住机会，就一定要让陈平安观摩他那套疯魔拳法，询问自己是不是被练剑耽搁了的练武奇才。陈平安当然点头说是，每次说出来的理由，还都不带重样的。陈三秋都觉得陈平安比晏胖子的拳法更让人扛不住。有一次连董黑炭都实在是遭不住了，看着那个在演武场上恶心人的晏胖子，便问陈平安：“你说的是真心话吗？难道晏琢真是习武天才？”陈平安笑着说“当然不是”，董黑炭这才心里边舒服点。陈三秋听过后，长叹一声，捂住额头，躺倒在长椅上。

在这期间，几乎每天都有个袖子装满糕点的小姑娘，来宁府门口嚷嚷着要拜师学艺。一次她被宁姚拖进宅子大门，痛打了一顿，好不容易才消停了一天，不承想隔天小姑娘就又来了，只不过这次学聪明了，喊了就跑，一天能飞快跑来跑去好几趟，反正她也没事情做。最后被宁姚堵住去路，拽着耳朵进了宅子，让小姑娘欣赏那个演武场上正在打拳的晏胖子，说这就是陈平安传授的拳法，还学不学了？

小姑娘眼眶含泪，嘴唇颤抖，说哪怕如此，拳还是要学啊。小姑娘默默擦拭眼泪，哽咽着说原来这就是娘亲说的那个道理，吃得苦中苦，方为人上人。

宁姚没辙，就让陈平安亲自出马赶人。当时陈平安在和白嬷嬷、纳兰爷爷商量一件头等大事，宁姚也没说事情，陈平安只好一头雾水跟着宁姚走到演武场，结果就看到了那个一见到他便纳头就拜的小姑娘。

倒也不陌生，大街上的四场架，小姑娘是最咋咋呼呼的一个，他想不注意都难。

陈平安也不好去随便搀扶一个小姑娘，赶紧挪步躲开，无奈道：“先别磕头，你叫甚名字？”

小姑娘赶紧起身，朗声道：“郭竹酒！”

陈平安点点头，抬起左手，掐指一算，喟然长叹道：“不巧，名字不合，暂时无法收你为徒，以后再说。”

郭竹酒一脸诚挚说道：“师父，那我回去让爹娘帮我改个名字？我也觉得这个名字不咋地，忍了好多年。”

陈平安摇头道：“不成，我收徒看缘分。第一次，先看名字，不成，就得再过三年了。第二次，不看名字看时辰。你到时候还有机会。”

郭竹酒十分懊恼，重重跺脚，跑了，嚷嚷着要去翻黄历，给自己挑选三年后的黄道吉日。

晏琢和陈三秋呆立一旁,看得两人差点眼珠子瞪出来。

郭竹酒是个小怪人,从小就脑子拎不清,说笨,肯定不算,是个极好的先天剑坯,被郭家誉为未来顶梁柱;说聪明,更不算,小姑娘闹出来的笑话茫茫多,简直就是陈三秋他们那条街上的开心果。她小时候最喜欢披着一张被单瞎跑,走门串户,从来不走大门,就在屋脊墙头上晃荡。如果不是被董不得打得多了,好不容易长了点记性,不然估计这会儿还是如此。还有传闻,隐官大人其实挑中了两个人选,除了庞元济,就是郭竹酒。

陈平安显然也有些不敢置信,问道:"这也成?"

陈三秋苦笑道:"成不成,估计还得看郭竹酒明天来不来。"

陈平安望向宁姚。宁姚说道:"难说。"

陈平安也没多想,继续去与两位前辈议事。

关于老大剑仙去姚家登门提亲当媒人一事,陈平安当然不会去催促。

在陈平安厢房屋子里,白嬷嬷笑问道:"刚才什么事?"

陈平安笑道:"还是那个小姑娘郭竹酒,要拜师学艺,给我糊弄过去了。"

纳兰夜行打趣道:"白白多出个记名弟子,其实也不错。"

陈平安摇头苦笑道:"这么大的事情,不能儿戏。"

白嬷嬷说道:"郭家与我们宁府,是世交,一直就没断过。"

陈平安愣了一下,望向白嬷嬷的眼神,有些问询意味。

白嬷嬷点头道:"算是唯一一个了,老爷去世后,郭家举家前来宁府祭奠。后来关于斩龙崖一事,郭家家主直接与齐家剑仙当面顶过。不然换成别的小姑娘这么瞎胡闹,咱们小姐都不会两次拖进家里。不过收徒一事,确实不用太较真。"

陈平安沉声道:"那郭竹酒这件事,我要认真想一想。"

纳兰夜行笑道:"这些事不着急,我们还是聊陈公子的第四件本命物一事。长生桥一起,陈公子才会真正理解,何谓修道。之后,即使不是先天剑坯,亦可勉强成为剑修。别小看了'勉强'二字,身为练气士,是不是剑修,才是最大的天壤之别。其中缘由,陈公子大可以私底下去问老大剑仙。"

一天清晨时分,剑气长城新开张了一家寒酸的酒铺子,掌柜是那年纪轻轻的独臂女子剑修,叠嶂。

身边还站着那个身穿青衫的年轻人,亲手放了一大串吵人至极的爆竹后,笑容灿烂,朝着四面八方抱拳。

叠嶂没有回头路可走,因为已经砸下了所有本钱。她其实也很想去铺子里躲着,就当这座酒铺跟自己没半枚铜钱的关系了。

两人身前摆满了一张张桌凳。

宁姚和晏琢几个躲在摆满了大小酒坛、酒壶的铺子里，饶是晏胖子这种脸皮厚的，董黑炭这种根本不知脸皮为何物的，这会儿一个个是真没脸走出去。

大街之上，街道路面刚刚翻修平整，大小酒肆酒楼的掌柜伙计们，一个个站在各自门口，骂骂咧咧。

因为那小破烂铺子门外，竟然挂了副楹联，据说是那个年轻武夫提笔亲撰的：

剑仙三尺剑，举目四望意茫然，敌手何在，豪杰寂寞；

杯中二两酒，与尔同销万古愁，一醉方休，钱算什么？

好你个纯粹武夫陈平安，求你这个外乡人要点脸皮行不行！

这还不算什么，听说那小小铺子，卖的还是什么与竹海洞天青神山沾边的酒水！

钱算什么？要是真不算什么，你他娘的开什么铺子挣什么钱？

大街两边，口哨声四起。

叠嶂到底是脸皮薄，额头都已经渗出汗水，脸色紧绷，尽量不让自己露怯，忍不住轻声问道："陈平安，咱们真能实打实卖出半坛酒吗？"

陈平安微笑道："就算没人真正捧场，按照我那既定章程走，依旧万事无忧，挣钱不愁。在这之前，若有人来买酒，当然更好。大清早的，客人少些，也很正常。"

一炷香后，依旧没个客人登门，叠嶂越发忧虑。

陈平安扯开嗓子喊道："开门酒一坛，五折！仅此一坛，先到先得。"

然后还真来了一个人。

叠嶂疑惑道："他也是你请来的人？"

陈平安也有些意外，摇头道："当然不是。"

来者是那庞元济。他坐在一张长凳上，笑眯眯道："来一坛最便宜的，记得别忘了再打五折。"

陈平安转头看了眼呆呆的叠嶂，轻声笑道："愣着干吗？大掌柜亲自端酒上桌啊。"

叠嶂赶紧拿了一坛"竹海洞天酒"和一只大白碗，放在庞元济身前的桌上，帮着揭了没几天的酒坛泥封，倒了一碗酒给庞元济。委实是觉得良心难安，她挤出笑脸，声如蚊蚋道："客官慢饮。"

然后陈平安自己多拿了一只酒碗，坐在庞元济桌边，自顾自拎起酒坛倒了一碗酒，笑道："元济兄，多谢捧场，我必须敬你一碗。就凭元济兄这宰相肚量，剑仙跑不了，我先喝为敬！"

叠嶂看得恨不得挖个地洞钻下去，哪有卖酒的蹭自家客人的酒喝？

庞元济等陈平安喝过了酒，竟是又给陈平安倒了一碗酒，不过没倒满，就一小坛酒，能喝几碗？幸亏这店铺精心挑选的白碗不大，才显得酒水分量足够。

庞元济都有些后悔来这里坐着了，以后生意冷清还好说，若是喝酒之人多了，自己还不得被骂死？他手持酒碗，低头嗅了嗅，还真有那么点仙家酒酿的意思，比想象中的要好些，可这一坛酒才卖一枚雪花钱，是不是价格太低了？这般滋味，在剑气长城别处酒楼，怎么都该是几枚雪花钱起步了。庞元济只知道一件事，莫说是自家剑气长城，天底下就没有亏钱的卖酒人。

陈平安与庞元济碰了一下酒碗，各自一饮而尽。然后陈平安又去拎了一坛酒出来，放在桌上，笑道："半价嘛，两坛酒，就只收元济兄一枚雪花钱。"

庞元济觉得喝过的酒水滋味还凑合，也就忍了。

庞元济喝过了一坛酒，拎起那坛差点就要被陈平安"帮忙"打开泥封的酒，拍下一枚雪花钱，起身走了，说下次再来。

叠嶂抹了一把额头，笑容灿烂地从陈平安手中接过那枚雪花钱。

然后又隔了约莫小半个时辰，在叠嶂又开始忧心店铺"钱程"的时候，看到了一个御风而来飘然落地的客人，她便忍不住转头望向陈平安。

她发现陈平安说了句"还是个意外"后，竟然有些紧张？

来者是与陈平安同样来自宝瓶洲的风雪庙剑仙魏晋。

魏晋要了一壶最贵的酒水，五枚雪花钱一小壶，酒壶里放着一枚竹叶。

魏晋没有着急喝酒，笑问道："她还好吧？"

陈平安如坐针毡，又不能装傻扮痴，毕竟对方是魏晋，只得苦笑道："她应该算是很好吧，如今都成了一宗之主，可我差点被她害死在鬼域谷。"

你魏晋这是砸场子来了吧？

关于最早的神诰宗女冠、后来的清凉宗宗主贺小凉，陈平安对宁姚没有任何隐瞒，一五一十说过了前因后果。

好在宁姚对此倒是没有流露出任何生气的神色，只说贺小凉有些过分了，以后有机会，要会一会她。

但是魏晋今天偏偏哪壶不开提哪壶，陈平安还是有些背脊发凉，总觉得铺子里，透出森森剑气。

魏晋喝过了一碗酒，又问道："她是不是真的喜欢你？"

陈平安摇头道："不清楚。"

魏晋点点头，又倒了一碗酒，一饮而尽后，笑道："掌柜自己先忙，不用招呼客人了。"

之后魏晋独自坐在那边，喝酒慢了些，却也没停。

世间痴情男子，大多喜欢喝那断肠酒，真正持刀割断肠的人，永远是那不在酒碗边上的心上人。

陈平安蹲在门口那边，背对着铺子，难得挣钱也无法笑开颜，反而愁得不行，因为魏晋喝第三碗酒的时候，拍下一枚小暑钱，说以后来喝酒，都从这枚小暑钱里扣去。

晏胖子和陈三秋很识趣，没多说半个字。可是那个直愣愣的董黑炭，傻了吧唧来了一句"我觉得这里面有故事"。

陈平安总算明白为何晏胖子和陈三秋有些时候，那么害怕董黑炭开口说话了，一字一飞剑，真会戳死人的。

魏晋尚未起身滚蛋，陈平安就如获大赦，赶紧起身了——原来是小姑娘郭竹酒拽着几个同龄人，闹哄哄过来捧场了。

郭竹酒开门见山，毕恭毕敬称呼陈平安一声"三年后师父"，继续说道："我和朋友们，都是刚知道这边开了酒铺，来买些酒水，回去孝敬爹娘长辈！三年后师父，真不是我非要拉着她们来啊！"

然后郭竹酒丢了眼色给同伴们。那些昨天大半夜就被郭竹酒专程敲门提醒别忘了此事的小姑娘们，一个个无精打采，给了钱买了酒，乖乖捧着，然后等待郭竹酒发号施令。

她们是真不稀罕从郭竹酒这边挣那三枚雪花钱啊。

这都给郭竹酒烦了好多天了。有人恨不得直接给郭竹酒六枚雪花钱，可是她也不收啊，非说要凑人头。

最后郭竹酒自己也掏了三枚雪花钱，买了壶酒，又解释道："三年后师父，她们都是自己掏的腰包！"

陈平安一本正经道："我掐指一算，三年减半，一年半后，就可以看看是否适合收徒了。"

郭竹酒一手持壶，一手握拳，使劲挥动，兴高采烈道："今天果然是个买酒的良辰吉日！那部老黄历果然没白白给我背下来！"

有了庞元济和魏晋，还有这些小姑娘们陆续捧场，酒铺子便有了生意。

看架势，保本不难。这已经足够让叠嶂喜出望外了。

叠嶂逐渐忙碌起来。

卖酒一事，事先说好了，得叠嶂自己多出力，陈平安不可能每天盯着铺子。

一直在思考着某些故事的董黑炭，已经被陈三秋和晏胖子牵走了。

宁姚斜靠在铺子柜台边上，嗑着瓜子，望向陈平安。

陈平安试探性问道："没生气吧？"

宁姚说道："怎么可能。"

陈平安哭丧着脸道："到底是怎么可能没生气，还是怎么可能不生气？"

宁姚眨了眨眼睛，狡黠道："你猜。"

陈平安哀叹一声，道："我自己开壶酒去，记账上。"

宁姚突然笑道："贺小凉算什么，值得我生气？"

陈平安站在她身前，轻声问道："知道我为什么输给曹慈三场之后，半点不郁闷吗？"

宁姚问道："为何？"

陈平安笑道："因为宁姚都懒得记住曹慈是谁。"

然后陈平安也斜靠柜台，望向外面的酒桌酒客，轻声道："见到你后，泥瓶巷长大的那个穷孩子，就再没有缺过钱。"

宁姚看着他越来越藏不住的笑脸，停下嗑瓜子，问道："这会儿是不是在笑话我缺心眼？"

陈平安立即收起笑脸，然后立即醒悟自己不比小姑娘聪明半点，一样是此地无银三百两。

宁姚递过手里的瓜子，陈平安抓起些也开始嗑。

宁姚嗑着瓜子，说道："这样那样的女子喜欢你，我不生气。"

停顿片刻，宁姚又道："但是如果你哪天喜欢我之外的女子，我会很伤心。如果真有那么一天，你不用与我说什么对不起，更不用来亲口告诉我这种事情，我不想听。"

陈平安伸手按住宁姚的脑袋，轻轻晃了晃，道："不许胡思乱想。我这辈子可能很难成为修为多高的人，一山总有一山高，只能努力再努力，去一步步完成约定，但是陈平安肯定是天底下最喜欢宁姚的人，这件事，早就不需要努力了。"

酒铺子生意越来越好，陈平安反而当起了甩手掌柜。

每次他到铺子这边，竟然更多的还是跟那帮小屁孩聊天，或者坐在小板凳上，与孩子们借那小人书翻阅。

偶尔，陈平安也会教他们识字。

再后来，那个年纪轻轻的青衫客，吃饱了撑的放着钱不挣，搁着一座宁府斩龙台不去抓住机会淬炼灵气，偏要跑去大街小巷拓碑，收集了一大摞纸。有孩子询问其中不认得的文字，年轻人便拿出一根竹枝，在地上写写画画，只是粗浅地说文解字，再不说其余事，哪怕孩子们询问更多，年轻人也只是笑着摇头。教过了字，便说些家乡浩然天下的千奇百怪、山水见闻。

有一天，头别玉簪的青衫年轻人，晒着异乡的和煦阳光，教了些字，说过了些故事，将竹枝横放在膝，轻声念诵道："羔裘如膏，日出有曜。"

见陈平安停了下来，便有孩子好奇询问道："然后呢？还有吗？"

陈平安便双手放膝，目视前方，缓缓道："春三月，此谓发陈，天地俱生，万物以荣。夜卧早起，广步于庭，被发缓行，以使志生……"

围绕在那条板凳和那个人身边的孩子们，没人听得懂在说些什么，但是愿意安安静静听他轻声背诵下去。

于剑气长城偏远街巷处，就像多出一座也无真正夫子、也无真正蒙童的小学塾。

秋去冬来，光阴悠悠。

如果不是一抬头就能远远看到南边剑气长城的轮廓，陈平安都要误以为自己身在白纸福地，或是喝过了黄粱福地的忘忧酒。

哪怕陈平安修行勤勉，每天都没有懈怠，甚至可以说是很忙碌，可他依旧觉得这不成事，于是请了白嬷嬷帮着喂拳。不承想白嬷嬷如何都不愿出死力，至多是传授未来姑爷一些拳架招式。陈平安只好在意犹未尽的练拳之外，喊了纳兰爷爷去那芥子小天地的演武场，除了借此熟悉一位玉璞境剑修的飞剑杀力外，同时跟这位从仙人境跌落的“刺客”，粗略学习隐匿潜行之法。但许多涉及修行根本的精妙手段，如“白昼近身如夜行”，必须是剑修才能习得，这让陈平安有些遗憾。

除了修行之外，一得闲，陈平安还是尽量每天都去酒铺那边看看，每次都要待上个把时辰，也不怎么帮忙卖酒，就是跟一帮屁大孩子厮混在一起，继续当他的说书先生，最多就是再当当那教字先生和背书夫子，不涉及任何学问传授。

虽说陈平安当了甩手掌柜，但是大掌柜叠嶂也没怨言，因为铺子真正的生财手段，都是陈二掌柜提纲挈领，叠嶂说到底不过是掏了些本钱，出了些死气力而已。何况酒铺顺顺利利开业大吉后，花样还是多，比如挂了那副楹联之后，又多出了崭新的横批：“饮我酒者可破境。”

大街之上的酒楼酒肆掌柜们，都快崩溃了，被抢走不少生意不说，关键是自家明摆着已经输了气势啊，这就导致剑气长城的卖酒之地，几乎处处开始挂楹联和悬横批。

只是看来看去，许多酒鬼剑修，最后总觉得还是叠嶂铺子的韵味最佳，或者说最不要脸。

在几乎所有酒铺都开始依葫芦画瓢之后，这间铺子又开始用新手段。

店铺里挂满了一堆平安无事牌样式的小木牌，上面都是让叠嶂恳请前来喝酒的剑修，以剑气刻名字，留下的墨宝，说是讨个好兆头。

不按照境界高低，不会有高下之分，谁先写就先挂谁的木牌，正面一律写酒铺客人的名字，若是愿意，木牌背面还可以写，爱写什么就写什么，文字写多写少，酒铺都不管。

如今已经在酒铺墙上挂了无事牌的酒客，光是上五境剑仙就有四位，有宝瓶洲风雪庙魏晋，剑气长城本土剑仙高魁，南婆娑洲剑仙元青蜀，还有在深夜独自前来喝酒的剑气长城玉璞境剑修陶文。原本四位剑仙都只是写了名字，后来是陈平安找机会逮住他们，非要他们在无事牌背面也写了字，不写总有法子让他们写，看得一旁扭扭捏捏的叠嶂大开眼界，原来生意可以如此做。

于是，魏晋刻下了“为情所困，剑不得出”；独眼大髯、瞧着很粗犷的汉子高魁，写了“花好月圆人长寿”；风流潇洒的元青蜀写了“此处天下当知我元青蜀是剑仙”；剑仙陶文最上道，听说可以白喝一坛竹海洞天酒后，二话不说，便写了句“此地酒水价廉物美，绝佳，若能赊账更好”。

最年轻一辈的天才剑修当中，就有包括庞元济、晏琢、陈三秋、董画符在内十数人写了字，挂了牌。当然还有那个小姑娘郭竹酒，写了大名郭竹酒和小名绿端之外，还在背后偷偷写了“师父卖酒，徒弟买酒，师徒之谊，感人肺腑，天长地久”。

还有不少的地仙剑修，不过多是暂时抹不开面子只留名不写其他。何况陈平安也没怎么照顾生意，叠嶂自己实在是不知如何开口，后来陈平安觉得这样不行，便给了叠嶂几张字条，说是见着了顺眼的元婴境剑修，尤其是那些其实愿意留下墨宝、只是不知该写些什么的，就可以在结账的时候，递过去其中一张。

于是一位性格粗犷、不通文墨的元婴境老剑修，原本还在与掌柜叠嶂推托，摆一摆架子，不承想在瞧见其中一张字条后立即变脸，让叠嶂速速取来无事木牌，以对敌大妖的认真姿态，偷偷照搬字条上的字句写下了那诗句，走的时候，还多买了一壶最贵的青神山酒，故意压了剑气，一边酣畅饮酒，一边踉跄离去，嘴里翻来覆去吟咏的就是“才思涌现，亲笔撰写”的那篇诗词：“昔年风流不足夸，百战往返几春秋。痛饮过后醉枕剑，曾梦青神来倒酒。”

一夜过后，在剑气长城的酒鬼赌棍当中，这名莫名其妙就会写诗了的元婴境剑修，名声大噪。不过据说这名剑修最后挨了一记不知从何而至的剑仙飞剑，在病榻上躺了好几天。

还有个还算年轻的北俱芦洲元婴境剑修，也自称月下饮酒，偶有所得，在无事牌上写下了一句“人间一半剑仙是我友，天下哪个娘子不娇羞。我以醇酒洗我剑，谁人不说我风流”。

酒铺的竹海洞天酒分三等，一枚雪花钱一坛的，滋味最淡。更好一些的，一壶酒五枚雪花钱。不过酒铺对外宣称，铺子每一百壶酒当中，就会藏有一枚竹海洞天价值连城的竹叶。剑仙魏晋与小姑娘郭竹酒，都可以证明此话不假。

头等青神山酒，得花费十枚雪花钱，还不一定能喝到，因为酒铺每天只卖一壶，卖了后，想喝的只能明儿再来。

一时间小酒铺人满为患，只不过热闹劲过后，就不再有那众多剑修一起蹲地上喝酒和抢着买酒的光景，不过六张桌子还是能坐满人。

叠嶂虽说已经很满意店铺的收入，但是难免有些小小的失落。果然如陈平安所料，铺子名气大了后，买酒就成了天大的难事，许多酒楼酒肆宁肯违约赔钱给叠嶂，也不愿意卖出原浆酒，明摆着是要让她的店铺断了源头。一旦有几次无酒卖，生意就会一直走下坡路，昙花一现的喧嚣，生意难以长远。

叠嶂都看得到的近忧，那个甩手二掌柜当然只会更加清楚，但是陈平安却一直没有说什么，到了酒铺，要么与一些熟客聊几句，蹭点酒水喝，要么就是在街巷拐角处当说书先生，跟孩子们厮混在一起。叠嶂不愿事事麻烦陈平安，就只能自己寻思破局之法。

这天深夜，陈平安与宁姚一起来到即将打烊的铺子，铺子里已经没有饮酒的客人。

叠嶂取来账簿，陈平安坐在一旁，掏出一枚雪花钱，要了一壶最便宜的酒水。掌柜喝酒，也得掏钱，这是规矩。

陈平安一边喝酒，一边仔细对账。

晏琢几个也早早约好了，过来一起喝酒，因为陈平安难得愿意请客。

陈平安跟宁姚坐一张长凳上。晏琢一人独霸一张长凳，董画符和陈三秋坐一起。

晏琢看着坐在那边仔细翻看账本的陈平安，再看了眼一旁坐着的叠嶂，忍不住问道："叠嶂，你不会觉得陈平安信不过你？"

陈平安会心一笑，也没抬头言语，只是举起酒碗，抿了口酒，就当是承认自己不地道，所以自罚一口。

叠嶂没好气道："什么乱七八糟的，做买卖，不就得这么规规矩矩吗？本来就是朋友，才合伙做的买卖，难不成明算账，就不是朋友了？谁还没个纰漏，到时候算谁的错？有了错说句没事没事，就好啊！就这么你没错我没错，稀里糊涂的，生意黄了，就全错了。"

晏琢委屈道："叠嶂，你也太偏心了，凭啥跟陈平安就是朋友合伙做生意，我当年挨的打，不是白挨了？"

叠嶂笑道："我不是与你说过对不起了？"

晏琢有些幽怨，撇嘴道："当年听你说对不起，还挺高兴来着，这会儿总觉得你诚意不够。"

陈平安翻过一页账本，打趣道："朋友有了新朋友，总是这么糟心。"

晏琢摆摆手，道："根本不是这么回事。"

陈平安递过酒碗，与晏琢的碰了一下，笑道："我是见你晏家大少爷膀大腰圆，处处都装着钱，结果次次抠抠搜搜买那最便宜的酒水，豪气比一个绿端小姑娘都不如，就随口念叨念叨你。"

叠嶂似乎有些犹豫，最后还是鼓起勇气问道："晏琢，三秋，能不能与你们商量个事？"

晏琢有些疑惑，陈三秋似乎已经猜到，笑着点头："可以商量的。"

晏琢眼睛一亮，道："是想拉我们俩入伙？我就说嘛，你宅子那些酒缸，我瞥过一眼，再掂量着这一天天的客人往来，就晓得这会儿卖得剩不下几坛了。如今大小酒楼个个眼红，所以酒水来源成了天大难题，对吧？这种事情好说，简单啊，都不用找三秋，他是个十指不沾阳春水的公子哥，躺着享福的主，完全不懂这些，我不一样，家里好些生意我都有帮衬着，帮你拉些成本较低的原浆酒水又有何难？放心，叠嶂，就照你说的，咱俩按规矩走，我也不亏了自家生意太多，争取小赚一笔，帮你多挣些。”

叠嶂神色复杂。

陈平安有些无奈，合起账本，笑道：“叠嶂掌柜挣钱，有两种开心：一种是一枚枚神仙钱落袋为安，每天铺子打烊，打算盘结账算收成；一种是喜欢那种挣钱不容易又偏偏能挣钱的感觉。晏胖子，你自己说说看，是不是这个理？你这么扛着一麻袋银子往店铺搬的架势，估计叠嶂都不愿意打算盘了，晏胖子你直接报个数不就完事了？”

晏琢恍然大悟，一拍大腿道：“早说啊，叠嶂。你早这么直截了当，我不就明白了？”

叠嶂怒道：“怪我？”

晏琢喝着酒，求饶道：“怪我怪我。”

陈平安开始转移话题，与叠嶂说了些盈亏缘由和注意事项。

其实晏琢不是不懂这个道理，应该早就想明白了。有些好朋友之间的隔阂，看似可大可小，可有可无，一些伤过人的无心之语，不太愿意解释，一解释会觉得太过刻意，也可能是觉得没面子，于是就拖着。运气好，有那做些更好更对的大事弥补，便不算什么；运气不好，朋友不再是朋友，那时说与不说，也就更加无所谓。

在座所有同龄人，包括宁姚，都有自己的心关要过，不独独是先前所有朋友当中唯一一个陋巷出身的叠嶂。

陈平安不过是借助机会，言语婉转，以旁人身份，帮着两人看破也说破。早了，不行，里外不是人；若是晚一些，比如晏琢与叠嶂两人，各自都觉得与他陈平安是最要好的朋友，就又变得不太妥当了。这些思虑，不可说，说了就会酒水少一字，只剩下寡淡之水，所以只能陈平安自己思量。

每一份善意，都需要以更大的善意去呵护。“好人有好报”这句话，陈平安是信的，而且是那种诚心诚意的笃信，但是不能只奢望老天爷回报。人生在世，处处与人打交道，其实人人是老天爷，无须一味向外求，往高处求。

不管我如何思虑重重看待人间事，看起来好像不够以诚待人，可若是循规蹈矩，最终所作所为，无害他人，甚至或大或小裨益世道，再来扪心自问，缓缓在“良知”二字上砥砺，就是修心。这就是自家先生文圣所谓的不妨多想想，哪怕事后发现不过是兜兜转转，走了一圈绕回原地，也是头等功夫，我不与天地索取丝毫，天地之间却能白白多出一个求善之人，既可自全，也能益人，岂不美哉？岂非善哉？

天地那个一，万古不变，唯有人心可增减。

三教学问，诸子百家，归根结底，都是在此事上下功夫。

聊过之后，就只是朋友们一起喝酒。

陈三秋说了个小道消息，最近还会有一名北俱芦洲剑仙，赶赴剑气长城，好像这会儿已经到了倒悬山，只不过这边也有剑仙要返乡了。

北俱芦洲剑修，往往如此，一般都是一场大战过后，就返程。

只是十年之内接连两场大战，让人措手不及，绝大多数北俱芦洲剑修都主动滞留于此，再打过一场再说。

不过还是会有一些剑仙和地仙剑修，不得不离开剑气长城，毕竟还有宗门需要顾虑。对此，剑气长城从无任何废话，不但不会有怨言，而且还有一条不成文的规矩，每当一名外乡剑仙准备动身离去时，与之相熟的几个本土剑仙，都要请此人喝上一顿酒，为其送行，算是剑气长城的回礼。

陈平安和宁姚几乎同时转头望向大街。

那边走来六人，皆是剑仙！

其中一名女子剑仙，陈平安不但认识，还挺熟悉，正是北俱芦洲浮萍剑湖宗主郦采。她曾经说过，问剑太徽剑宗新晋剑仙刘景龙之后，就要来剑气长城出剑，除了完成与太霞峰好友李妤的约定之外，还要为已经破关失败、兵解离世的后者，多杀一头大妖。

其余五人，陈平安只认识其中一人，走在最前面的须发雪白的高大老者是董氏老家主。这位老者脾气那是真不好，当年陈平安在城头上，亲眼所见，亲耳所闻，他对老大剑仙直呼名讳，大声质问陈清都为何打杀董观瀑，还差点直接与老大剑仙打了起来，撂了一句“别人都怕你陈清都，我不怕”。所以陈平安对这位老人，印象极为深刻，对那位被老大剑仙随手一剑斩杀的董观瀑，也有些好奇，因为按照宁姚的说法，这位“小董爷爷”，其实人很好。

只能说这就是所谓的家家有本难念的经了。一座剑气长城，惊才绝艳的剑仙太多，纷扰更多。

陈平安多看了眼其余四位剑仙，猜出了其中两人的身份——太徽剑宗宗主韩槐子与祖师堂掌律老祖黄童。

董三更与刚到剑气长城的郦采一行人，好像就是奔着这间小酒铺来的。

陈平安他们都已经站起身。

董画符朝那董三更喊了声“老祖宗”后，便说了句公道话：“铺子不记账。”

董三更瞪眼道：“你身上就没带钱？”

董画符摇头道：“我喝酒从来不花钱。”

董三更爽朗笑道：“不愧是我董家子孙，这种没脸没皮的事情，整个剑气长城，也就咱们董家儿郎做得出来，而且都显得格外有理。”

叠嶂难免有些战战兢兢。

这个老人可是董家家主董三更，在城头上边刻下了那个“董”字的老剑仙！

阿良当年最烦的一件事，就是与董三更切磋剑术，所以他能躲就躲，躲不掉，就让董三更给钱，不给钱，他阿良就乖乖站在城头那座茅屋旁边挨打。不去城头打搅老大剑仙休息，也成，那他就在董家祠堂屋顶那边趴着。

董三更大手一挥，挑了两张桌子拼在一起，对那些晚辈说道："谁都别凑上来废话，只管端酒上桌。"

陈平安主动与郦采点头致意，郦采笑了笑，也点了点头。

不承想太徽剑宗老祖师黄童，反而主动朝陈平安露出笑脸，陈平安只好抱拳行礼，也未言语。

董三更落座后，瞥了眼店铺门口那边的楹联，啧啧道："真敢写啊，好在字写得还不错，反正比阿良那蚯蚓爬爬强多了。"

叠嶂的额头，已经不由自主地渗出了细密汗珠子。陈三秋和晏琢也有些局促。

没办法，他们在董三更跟前，挨句骂都够不着，他们家族大部分剑仙长辈，倒是都结结实实挨过董三更的揍。

这群晚辈中还算镇定自若的，大概也就剩下宁姚和陈平安了。

董三更喝了一壶酒便起身离去，其余两位剑气长城本土剑仙，一同告辞离开。同样是来自北俱芦洲的韩槐子、黄童和郦采，则留了下来。

陈平安让叠嶂从店铺多拿了一坛好酒，自己一人拎着走过去放在他们的酒桌上，施礼道："晚辈陈平安，见过韩宗主、郦宗主、黄剑仙。"

郦采笑眯眯道："黄童，听听，我排在你前面，这就是不当宗主的下场了。"

陈平安有些无奈，这就是你郦采剑仙半点不讲江湖道义了。

不承想黄童笑眯眯道："我在郦宗主后面，很好啊，上面下面，也都可以的。"

刚落座的陈平安差点一个没坐稳，顾不得礼数了，赶紧自顾自喝了口酒压压惊。

先前游历北俱芦洲，没听说过太徽剑宗这位剑仙，是如此性情中人啊。

刘景龙为何没提过半句？为尊者讳？

看来黄童剑术一定不低，不然在那北俱芦洲，哪里能够混到上五境。

郦采冷笑道："预祝你这趟乘坐跨洲渡船，淹死在半路上喂了鱼。"

黄童哈哈大笑，半点不恼，反而快意。

韩槐子却是极为稳重、极有剑仙风采的一位长辈，对陈平安微笑道："不用理睬他们的胡说八道。"

黄童收敛了笑意，再无半点为老不尊的神色，道："如今倒悬山那边的飞剑传信，每一把的往来根脚、内容，都被死死盯着，甚至许多还被擅自封锁起来，都没办法说理去。好在我们家刘景龙的书信写得聪明，没被拦下封存。既然陈平安与我们刘景龙是至交好友，郦采你更是家乡剑修，那么在座四人，就都算是自家人了。首先，我感谢你郦采率先问剑，帮着刘景龙开了个好头，与书院交好的那位，紧随其后，逼着白裳那个老东西不得不顾及颜面，才有了刘景龙不但以剑仙身份在北俱芦洲站稳脚跟，还连得三场剑道裨益的天大好事，这件事，我们太徽剑宗是欠了你郦采一个天大人情的。”

说到这里，黄童微微一笑，又道：“所以郦宗主想要前面后面，随便挑，我黄童说一个不字，皱一下眉头，就算我不够爷们！”

郦采扯了扯嘴角，道：“告诉你一个好消息，姜尚真已经是仙人境了。”

黄童立即说道：“我黄童堂堂剑仙，就已足够，不是爷们又咋了嘛。”

狗日的姜尚真，就是北俱芦洲男女修士的共同噩梦，当年他那金丹境就能当元婴境用，之后也是出了名的玉璞境能当仙人境用，现在仙人境了？不谈这家伙的修为，一个简直就像扛着粪坑乱窜的家伙，谁乐意牵扯上关系？朝那姜尚真一拳下去，一剑递出，真会换来屎尿屁的。关键是此人还记仇，跑路功夫又好，所以就连黄童都不愿意招惹。历史上北俱芦洲曾经有个元婴境老修士，不信邪，不惜耗费二十年光阴，铁了心就为了打死那个人人喊打、偏偏打不死的祸害，结果便宜没挣多少，师门下场那叫一个惨不忍睹。整座师门的爱恨纠缠，被姜尚真胡乱杜撰一通，写了好几大本的鸳鸯戏水神仙书，还是有图的那种，而且姜尚真喜欢见人就白送。

此时韩槐子笑道：“师兄，这里还有晚辈在，你就算不顾及自己身份，也好歹帮着景龙攒点好印象。”

黄童咳嗽一声，喝了口酒，继续道：“郦采，说正事，剑气长城这边的风俗与北俱芦洲看似相近，实则大不相同。城头南边的战场厮杀，更是与我们熟悉的捉对厮杀有着天壤之别，许多别洲修士，往往就死在前几天的接触战当中。别仗着玉璞境剑修就如何，妖族里，也有阴险至极的存在。战场之上，厮杀起来，相互算计，一着不慎，就是陨落的结局。”

黄童手腕一拧，从咫尺物当中取出三本书，两旧一新，推给坐在对面的郦采，道：“两本书，剑气长城版刻而成，一本介绍妖族，一本类似兵书，最后一本，是我自己经历了两场大战后所写的心得。我劝你一句话，不将三本书翻阅得烂熟于心，就去战场，那我这会儿就先敬你一杯酒，以后到了北俱芦洲太徽剑宗，我不会遥祭郦采战死，因为你郦采自己求死，根本不配我黄童为你祭剑！”

郦采收起三本书，点头道：“生死大事，我岂敢自负托大。”

黄童叹了口气，转头望向师弟，也就是太徽剑宗的一宗之主，道：“郦姑娘那是宗门没高人了，所以只能她亲自出马，咱们太徽剑宗，不还有我黄童撑场面？师弟，我不擅长处理庶务，你清楚，我传授弟子更没耐心，你也清楚。你回去北俱芦洲，再帮着景龙登高护送一程，不是很好吗？剑气长城，又不是没有太徽剑宗的剑仙，有我啊。”

韩槐子摇头道：“此事你我早已说定，不用劝我回心转意。”

黄童怒道:“说定个屁的说定,那是老子打不过你,只能滚回北俱芦洲。”

韩槐子淡然道:“回了太徽剑宗,好好练剑便是。”

黄童忧愁不已,喝了一大碗酒,继续道:“可你终究是一宗之主。你走,留下一个黄童,我太徽剑宗,足够问心无愧。”

韩槐子说道:“我有愧。太徽剑宗自从成立宗门以来,尚未有任何一位宗主战死剑气长城,也未有任何一位飞升境剑仙。后者,有刘景龙在,就有希望,所以我可以放心去做前者。”

黄童黯然离去。

不过在去往倒悬山之前,黄童在酒铺的木牌上以剑气写了自己的名字,在木牌背后写了一句话。

老人离去之时,意态萧索,没有半点剑仙意气。

郦采听说了酒铺有刻木牌的规矩后,也兴致勃勃,但只刻了自己的名字,却没有在无事牌背后写什么言语,只说等她斩杀了两头上五境妖物,再来写。

韩槐子却是名字也写,言语也写:“太徽剑宗第四代宗主,韩槐子。”“此生无甚大遗憾”。

其间,陈平安一直安安静静喝酒。

等到郦采与韩槐子两位北俱芦洲宗主并肩离去,走在夜深人静的寂寥大街上,陈平安站起身,喊道:“两位宗主!”

韩槐子轻声笑道:“别回头。”

不承想郦采已经转头问道:“有事?”

陈平安笑道:“酒水钱。”

郦采询问韩槐子,疑惑道:“在剑气长城,喝酒还要花钱?”

韩槐子神色自若道:“不知道啊。”

郦采皱了皱眉头,对陈平安道:“只管记在姜尚真头上,一枚雪花钱你就记账一枚小暑钱!”

陈平安笑着点头。

两位剑仙缓缓前行。郦采觉得有些奇怪,照理说,就陈平安的脾气,不该如此才对,转头望去。

年轻人双手笼袖,正望向他们两个,见到郦采转头后,才坐回酒桌。

也好,今晚酒水,都一股脑儿算在他这个二掌柜头上好了。与宁姚,与朋友,加上老剑仙董三更与两位本土剑仙,再加上韩槐子、郦采与黄童。

直到这一刻,陈平安终于有些明白,为何剑气长城那么多的大小酒肆,都愿意喝酒之人欠钱赊账了。所以店铺不许欠钱的规矩,还是不改了吧。

毕竟自家酒铺的酒水，便宜，不过真要有人喝了酒不给钱……也行，就当欠着。

大可以求个有欠有还，晚些无妨。

韩槐子以言语心声笑道："这个年轻人，是在没话找话，大概觉得多聊一两句都是好的。"

郦采无奈道："这都什么跟什么啊？"

韩槐子想了想，竟然还真给出了一个答案："剑修与剑修。"

宁府相较以往，其实也就是多出一个陈平安，并没有热闹太多。

宁府沉寂的缘由，太过沉重。

原本宁府在宁姚出生后，有机会成为董、齐、陈三姓这样的顶尖家族，虽然如今皆已成过眼云烟，却又有阴霾挥之不去。

倒是叠嶂的铺子那边，因为太徽剑宗剑仙黄童的返乡酒，老剑仙董三更亲自出马，总计六位剑仙拼桌喝酒，又有三位剑仙在无事牌上刻字，使得小酒铺刚要走下坡路的生意，一夜过后便生意兴隆得不像话，蹲着喝酒的剑修一抓一大把。与此同时，酒铺推出了晏记铺子独有酱菜，买一壶酒，就白送一碟，配合略嫌寡淡的竹海洞天酒，哧溜一口酒，嘎嘣脆一口酱菜，滋味绝佳。

陈平安在宁府的衣食住行，极有规律。

撇开每天待在斩龙崖凉亭六个时辰的炼气，往往在清晨时分，与白嬷嬷一起洒扫庭院半个时辰，在此期间，详细询问练拳事宜。虽然在狮子峰李二帮忙喂拳时说得足够详细，但是不同的巅峰宗师，各自阐述的拳理往往根本相通、道路迥异，风光大不一样。而且老妪经常说到细微处，便亲自演练拳招，陈平安得以有样学样。白炼霜的拳法，与绝大多数世间拳意，反其道行之，最重收拳，神意内敛，打熬到一个仿佛圆满无漏的境地，出神入化，再谈向敌递拳。老妪其实尤为欣慰，因为陈平安在街上一战当中，就已经早早用上了她的拳架。

每天午时，与纳兰夜行在芥子小天地演武场上，熟悉一位玉璞境剑修的飞剑，约莫消耗半个时辰。子时时分，还有一场演练。这都是纳兰夜行的要求，想要学习到他截然不同的两种剑意精髓，这两个时辰，就是最佳时分。

与纳兰夜行学剑，不比与白嬷嬷学拳，经常要负伤，即使纳兰夜行出剑已经极有分寸，陈平安还是伤痕累累，皮开肉绽。虽然都是小伤，可白嬷嬷却次次心疼。有一次陈平安稍稍受伤重了些许，结果白嬷嬷按照老规矩，对子时练剑过后与陈平安正喝两盅的纳兰夜行就是一通骂，骂了个狗血淋头。纳兰夜行只是伸手捂住酒杯，不敢还嘴。其实练剑一事，陈平安说过，宁姚也帮着说过，都希望白嬷嬷不用担心，可不知为何，可谓知书达理的老妪，唯独在这件事上，拧不过弯，不太讲理，苦的就只能是纳兰夜行了。

后来听说陈平安剑气十八停瓶颈松动，有了破关迹象，老妪这才忍着心疼，勉强算是放过没有功劳只有苦劳的纳兰夜行。

关于阿良修改过的十八停，陈平安私底下询问过宁姚，为何只教了这么些人。

宁姚神色凝重，说阿良不是不想多教几人，而是不敢。

陈平安当时坐在凉亭内，悚然惊醒，竟是破天荒直接吓出了一身冷汗——教得多了，整个蛮荒天下年轻一辈的妖族剑修，都可以齐齐拔高剑道一筹！

宁姚望向陈平安，陈平安说道："我至今为止，只教了裴钱一人。"

宁姚点头道："那就没事。"

在那之后，陈平安就询问城池这边除了两本版刻书籍，还有没有一些流散市井的剑仙笔札，无论是本土或是外乡剑修著作，不管是写剑气长城的厮杀见闻，还是游历蛮荒天下的山水游记，都可以。宁姚说这类闲杂书籍，宁府自身收藏不多，藏书楼多是诸子百家圣贤书，不过可以去城池北方的那座海市蜃楼，碰碰运气。

陈平安却犹豫起来。

那座集市，很古怪，其根脚，是名副其实的海市蜃楼，却长久凝聚不散，成为实质，琼楼玉宇，气派恢宏，宛如仙家府邸，将近四十余座各色建筑，能够容纳数千人。城池本身戒备森严，对于外乡人而言，出入不易，浩然天下与剑气长城有长久贸易的巨商大贾，都在那边做买卖，奇巧物件、古董珍玩、法宝重器，应有尽有。那座海市蜃楼每百年会虚化，在那边居住的修士，就需要撤出一次，人物皆出，等到海市蜃楼重新自行凝聚为实，再搬入其中。

宁姚曾经就在那边遭遇一场刺杀，白嬷嬷也是在那场刺杀中从十境武夫跌为山巅境。纯粹武夫跌境并不像练气士那么常见，由此可见，当年那场偷袭，何等险峻且惨烈。

陈平安没有答应宁姚一起去往那边，只是打算让人帮着搜集书籍，花钱而已，不然辛苦挣钱图什么。

如果不说手段尽出的搏杀，只谈修行快慢，陈平安哪怕不跟宁姚比较，只与叠嶂、陈三秋他们几个做比较，还是会由衷地自愧不如。有一次晏琢在演武场上，说要"代师传艺"，传授给小姑娘郭竹酒那套绝世拳法。陈平安蹲在一旁，不理睬一大一小的瞎胡闹，只是抬头瞥了眼陈三秋与董画符在凉亭内的炼气气象，以长生桥作为大小两座天地的桥梁，灵气流转之快，让他目不暇接。他便有些揪心，总觉得自己每天在那边呼吸吐纳，都对不住斩龙崖这块风水宝地。

宁姚站在一旁，安慰道："你长生桥尚未完全搭建，他们两个又是金丹境修士，你才会觉得差距极大。如今你的三件本命物，水字印、宝瓶洲五岳土壤和木胎神像，品秩够好，已经有了小天地大格局的雏形。等你凑足五件本命物，五行相依相辅，也可以跟他们一样。要知道哪怕是在剑气长城，绝大多数地仙境剑修，都没有这么复杂的丹室。"

陈平安笑道:“剑修,有一把足够好的本命剑,就行了,又不需要这么多本命物支撑。”

宁姚说道:“我这不是与你说些宽慰言语吗?”

陈平安笑道:“心领了。”

陈平安记起一事,问道:“叠嶂每天忙着铺子生意,当真不会耽搁她修行?”

宁姚摇头道:“不会,除了下五境跻身洞府境,以及跻身金丹境,是在宁府,叠嶂其余破境,全靠自己。每经历过一场战场上的磨砺,叠嶂就能极快破境,她是一个天生适合大规模厮杀的天才。上次她与董画符切磋,你其实没有看到全部,等真正上了战场,与叠嶂并肩作战,你就会明白,叠嶂为何会被陈三秋他们当作生死之交。除我之外,陈三秋每次大战落幕,都要询问晏胖子和董黑炭,看清叠嶂的后脑勺了没有,到底美不美?”

宁姚说道:“故而董、陈两家长辈,对于出身不太好的叠嶂,其实一直都刮目相看,尤其是陈家那边,还有意让一名年轻俊彦娶叠嶂。陈三秋的那个兄长都点头答应了,只是叠嶂自己没答应。董爷爷愿意为太徽剑宗剑仙黄童送行,选在叠嶂的铺子,与你无关,只与叠嶂救过董黑炭的性命有关。叠嶂曾经说过一句话:‘若我必死,无须救我。’董爷爷特别欣赏。”

宁姚笑道:“这些事情,我没有跟叠嶂多说,她心思细腻,总会多想,我怕她分心,她对于那些战功彪炳的前辈剑仙,太过仰慕,过犹不及。先前在店铺,你应该也察觉到了,不管是左右,还是董爷爷,或是韩槐子、郦采他们,叠嶂见到了,都会很紧张。”

陈平安点点头,道:“确实发现了,你要是答应,回头我可以与她聊聊。关于此事,我比较有心得。”

宁姚盯住陈平安,问道:“这有什么不答应的,还是说,你觉得我很不近人情?”

陈平安伸出双手,捏住宁姚的脸颊,笑道:“怎么可能呢?”

一直眼观六路耳听八方的晏胖子一个不慎,被学了他拳脚武艺的小姑娘一腿砸在面门上,还浑然不觉,给郭竹酒使眼色。小姑娘转头一瞧,倒抽冷气,师父恁大胆,果然是艺高人胆大!自己更是聪明绝顶运气好,此次拜师学艺,稳赚不赔!

宁姚站着不动,任由那家伙双指捏住两边脸颊,道:“本事这么大,去芥子小天地,陪你练练手?”

陈平安赶紧收手,然后一手负后,一手摊开手掌伸向演武场,微笑道:“请。”

宁姚一挑眉,掠入演武场靠近南边的那处芥子天地,飘然站定,轻轻拧转手腕。

陈平安跑了个没影。

宁姚也没追他,只是祭出飞剑,在芥子天地中闲庭信步,连练剑都算不上,只是久未让自身飞剑见天日罢了。

修行一事,对于宁姚而已,实在不值一提。

郭竹酒怔怔道："审时度势，能伸能屈，吾师真乃大丈夫也。"

晏琢问道："绿端，我教你拳法，你教我这马屁功夫，如何？"

小姑娘学那青衫剑客师父当初在大街一役，对敌之前，摆出一手握拳在前，一手负后的潇洒姿势，摇头道："你心不诚，资质更差。"

晏琢有点蒙。

宁姚招手道："绿端，过来挨打。"

郭竹酒嚷了一句"好嘞"，然后就开始跑路，好歹是个中五境剑修，御风逃遁不难，就是不如未来师父那般行云流水罢了。

弟子不如师，无须羞愧。只可惜被宁姚伸手一抓，以火候刚好的一阵细密剑气，裹挟郭竹酒，将其随随便便拽到自己身边。

郭竹酒一个踉跄站定，轻喝一声，双手合掌，然后十指交缠掐诀，喃喃道："天灵灵地灵灵，宁姐姐瞧不见，打了也不疼！"

晏琢双手捂住脸，狠狠揉搓起来，自言自语道："要我收绿端这种弟子，我宁肯拜她为师。"

郭竹酒若是以为自己这样就可以逃过一劫，那也太小觑宁姚了。

最后，小姑娘鼻青脸肿、蹦蹦跳跳地离开宁府。出门的时候，她还问宁姐姐要不要吃糕点，并且拍胸脯保证，自己就是走路不长眼睛，摔跤摔的，结果莫名其妙又被宁姐姐抓住小脑袋，往大门上一顿撞。

有些晕乎乎的郭竹酒，独自一人离开那座学拳圣地，可怜兮兮地走在大街上。她摸了摸脸，满手心的鼻血，然后随便抹在身上。小姑娘高高仰起脑袋，慢慢向前走，心想，练拳真是挺不容易的，可这是好事哇，天底下哪有随便就能学会的绝世拳法？等自己学到了七八成功力，宁姐姐就算了，师娘为大，师父未必愿意偏袒自己，那就忍她一忍，可是董不得那个嫁不出去的老姑娘，以后走夜路，就得悠着点喽。

腰间悬挂一枚明晃晃碧绿抄手砚的小姑娘，一直仰头看着万里无云的蔚蓝天空，轻轻点头，今儿是个好日子。

这天陈平安与宁姚一起散步去往叠嶂的酒铺。

以往两人炼气，各有休歇时辰，不一定凑得到一起，往往是陈平安独自去往叠嶂酒铺。今天宁姚明明是中断了修行，有意与陈平安同行。

陈平安也没多想。

路过那些生意远远不如自己铺子兴隆的大街酒肆，陈平安看着那些大大小小的楹联横批，与宁姚轻声说道："字写得都不如我，意思更差远了，对吧？"

宁姚说道："有家大酒楼，请了儒家圣人的一个记名弟子，是个书院君子，亲笔手书了楹联横批。”

陈平安笑道：“这只是学去一点皮毛的拙劣生意经罢了，不成事的。我敢打赌，酒楼生意不变差，那边掌柜就要烧高香了，休想酒客领情。在这边大大小小的酒家七十余家，人人卖酒，浩然天下出产的仙家酒酿百余种，想喝什么酒水都不难，可归根结底，卖的是什么？”

宁姚问道：“是什么？”

陈平安笑着不说话，继续打量四周那些好似羞羞赧赧小娘子的楹联内容。

宁姚说道：“不说拉倒。”

陈平安赶紧说道：“当然是要那些买酒之人，饮我酒者，不是剑仙胜似剑仙，是剑仙更胜剑仙。小铺子，粗陋酒桌板凳无拘束，小小酒杯大天地，所以叠嶂说挣了钱，就要更换酒桌椅凳，学那大酒楼折腾得崭新鲜亮，这就万万不成。晏胖子提议用他自己的私房钱入伙，拿出记在他名下一间生意不济的大绸缎铺子，也被我直接拒绝了。一来会坏了风水，白白折损了如今酒铺的独有风采；再者，咱们这座城池不算小了，数万人，算它半数是女子，会卖不出绫罗绸缎？所以我打算与晏胖子说道说道，别继续添钱入伙我们店铺，我们反而要出钱入伙他的绸缎铺子。在这里，真正愿意掏钱的，除了喜欢饮酒的剑修，就是最喜欢为悦己者容的女子了。绸缎铺子的新楹联，我都打好腹稿了……”

宁姚缓缓道：“阿良说过，男子练剑，可以仅凭天赋，就成为剑仙，可想要成为他这样善解人意的好男人，不受过女子言语如飞剑戳心的情伤，不挨过女子远去不回头的情苦，不喝过千百斤的魂牵梦萦酒，万万别想。”

陈平安转头望向宁姚，眨了眨眼睛，道：“说得对啊，过去十年，心心念念人，隔在远远乡，仙人飞剑也难及，唯有练拳饮酒解忧。”

下一刻，陈平安蓦然惊慌失措起来，宁姚的脸色，有些没有任何掩饰的黯然。

那一双眼眸，欲语还休。她不善言辞，便从来不说，因为她从来不知如何说情话。

以前那个练拳一百万才走到倒悬山的草鞋少年，也如她一般言辞笨拙，所以她不会觉得有什么，好像就该那样，你不言我不语，便知道了。

陈平安伸出一根大拇指，轻轻抹过宁姚的眉毛，轻声道：“不要不开心，要愁眉舒展。”

宁姚说道：“我就是不开心。”

陈平安一个弯腰，抱起宁姚开始奔跑。宁姚不知所措。

陈平安抱着她，一路跑到了叠嶂酒铺，坐在酒桌边上和蹲在一旁的大大小小剑修几十人，一个个目瞪口呆。

其中还有不少妙龄女子，多是慕名而来的大家闺女，见此场景，一个个眼神熠熠生辉，更有胆大的女子，豪饮一口酒水，吹口哨那叫一个娴熟。

陈平安将宁姚放下，大手一挥，笑道："还没结账的酒水，一律打九折！"

然后陈平安又补充道："二掌柜说话未必管用，以叠嶂大掌柜的意思为准。"

酒客们齐刷刷望向叠嶂，叠嶂笑着点头，道："那就九折。"

顿时响起喝彩声。

他娘的能够从这个二掌柜这边省下点酒水钱，真是不容易。

陈平安拎了张小板凳，又要去街巷拐角处那边当说书先生了，他望向宁姚，宁姚点点头。

叠嶂来到宁姚身边，轻声问道："今儿怎么了？陈平安以前也不这样啊。我看他这架势，再过几天，就要去街上敲锣打鼓了。"

宁姚斜瞥了眼远处一桌叽叽喳喳的莺莺燕燕，笑了笑，没说话。

叠嶂忍住笑，在宁姚跟前，她偷偷提过一嘴，铺子这边如今经常会有女子来喝酒，醉翁之意不在酒，自然是奔着那个声名在外的二掌柜来的。有两个没羞没臊的，不但买了酒，还在酒铺墙壁的无事牌上刻了名字，写了话语在背后。叠嶂如果不是铺子掌柜，都要忍不住将无事牌摘下。宁姚先前翻开了那两块无事牌，看过一眼，便又默默翻回去。

陈平安坐在小板凳上，很快就围了一大群孩子，依旧是说上次没说完的山水神怪故事。断在关键处，笑眯眯撂了一句"且听下回分解"。

身边全是抱怨声。

那个比郭竹酒还更早想要跟陈平安学拳的屁大孩子，就蹲在陈平安脚边，从陶罐里摸出一枚铜钱，道："陈平安，你接着说，有赏钱。不够的话，我可以加钱。"

陈平安伸手推开孩子的脑袋，笑道："一边凉快去。"

然后陈平安从怀中取出一张拓碑而来的纸张，轻轻抖开，问道："这上面，有没有不认识的字？有没有想学的？"

有个少年闷闷道："不认识的字，多了去了，学这些有什么用，特没劲。不想听这些，你继续说那个故事，不然我就走了。"

对于识文断字，陋巷长大的孩子，确实并不太感兴趣，新鲜劲儿一过去，很难长久。

识字一事，在剑气长城，不是没有用，对于那些可以成为剑修的幸运儿，当然有用。可是在这边大街小巷的贫寒人家，也就是个解闷的事儿。如果不是为了想要知道一本本小人书上那些画像人物到底说了些什么，其实所有人都觉得跟那些歪歪斜斜的石碑文字，从小到大再到老到死，双方一直你不认识我，我不认识你，没什么关系。

陈平安笑道："不急。我今天只与你们解一字，说完之后，便继续说故事。"

陈平安拿起膝盖上的竹枝，在泥地上写出一个字：稳。

陈平安笑问道:“谁认识?”

有人说出。

然后陈平安扬起手中那根青翠欲滴、隐约有灵气萦绕的竹枝,说道:“今天谁能帮我解字,我就送给他这根竹枝。当然,必须解得好,比如至少要告诉我,为何这个‘稳’字,明明是不快的意思,偏偏带个着急的‘急’字,难道不是相互矛盾吗?莫不是当初圣人造字,打瞌睡了,才迷迷糊糊,为咱们瞎编出这么个字?”

一大帮孩子,大眼瞪小眼,干瞪眼。能够认出它是“稳”字,就已经很了不起了,谁还晓得这个嘛。

一个鬼鬼祟祟藏在众人当中的小姑娘,轻声道:“未来师父,我晓得意思。”

陈平安摇头笑道:“不行,你从小读书,你来解字,对其他人不公平。”

郭竹酒有些眼馋师父手里的那根竹枝,这要是被她得了,回到自家大街那边,那还不威风死她?小姑娘有些懊恼,恨恨道:“早知道就不读书了。”

众人发现郭竹酒后,有意无意,挪了脚步,疏远了她。不单单是畏惧和羡慕,还有自卑,以及与自卑往往相邻而居的自尊。

孤零零蹲在原地的小姑娘,毫无感觉,对自己腰间悬挂的那枚抄手小砚台触碰泥地也无所谓。

一个眉清目秀却衣衫打着补丁的贫苦少年,鼓起勇气,微微涨红了脸,指着陈平安身前地上的那个字,言语颤抖,轻声道:“禾急为稳,禾苗其实长得快,却长得缓慢。我家灵犀巷,有块小石碑,上面有‘稻秕稃相聚,富埒帝王侯’的说法,我问过叠嶂姐姐,她说知道意思,但是也没见过什么稻秕稃。我觉得这个‘稳’字,有那以禾为本、急为表的意思,就像你和叠嶂姐姐新开的酒铺子,挣钱快,但是花钱慢,就有了家底,叠嶂姐姐就可以买更大的宅子。”

陈平安对这个少年早就看在眼里,是听故事、说文解字最认真最上心的一个。少年也是当初翻修街面的匠人学徒之一。

但是陈平安却发现少年体魄孱弱,不但已经失去了练拳的最佳时机,而且确实先天不适合习武,这还与赵树下不太一样,不是说不可以学拳,但是很难有所成就,至少三境之苦,就熬不过。

陈平安还不死心,与宁姚问过之后,宁姚远远看了眼少年,摇头道,少年没有练剑的资质,第一步都跨不过去,此事不成,万事皆休,强求不来。陈平安这才作罢。

兴许不是少年真正多爱识字,只是从小孤苦,家无余物,无所事事,总要做点什么,若是不花钱,就能让自己变得稍稍与同龄人不一样些,寒酸少年就会格外用心。

陈平安笑着点头,道:“张嘉贞,你解‘稳’字,对了大半,所以竹枝送你了。”

陈平安递过竹枝,没想到陈平安竟然知道自己姓名的少年,彻底涨红了脸,慌慌张张，使劲摇头道："我不要这个。"

陈平安收回了竹枝，笑问道："怎么，想学拳？"

张嘉贞还是摇头，道："会耽误长工。"

陈平安笑道："有真正的一技之长，才是最紧要的立身之本，不然很难过上好日子，到时候怨天尤人，就会处处有理，觉得人好都是个错，这就要糟心了。"

少年似懂非懂，哪怕在附近街巷的同龄人当中，数他识文断字最多，可是真正学问，岂会知道？但陈平安这些言语，到底不是圣贤道理，就只是些粗浅的家长里短，张嘉贞到底还是可以听出一些，比如陈平安会认可他打长工挣钱，养活自己，这让少年心安许多。

能够被人认可，哪怕是一点点，对于张嘉贞这样的少年来说，可能就不是什么小事了。

那个捧着陶罐的小屁孩，嚷嚷道："我可不要当砖瓦匠！没出息，讨到了媳妇，也不会好看！"

陈平安伸手按住身边孩子的脑袋，轻轻晃动起来，笑道："就你志向高远，行了吧？你回家的时候，问问你爹，你娘亲长得好不好看？你要是敢问，有这英雄气魄，我单独给你说个神怪故事，这笔买卖，做不做？"

"我皮痒不是？故事你常说，又跑不掉。但是我娘亲一发火，我爹只会让我顶上去挨揍。"那孩子举起陶罐，气呼呼道，"陈平安，到底要不要教我拳法？有钱不挣，你是傻子吗？"

陈平安笑道："今天说完了后半段故事，我教你们一套粗浅拳法，人人可学。不过话说在前边，这拳法，很没意思，学了，也肯定没出息，至多就是冬天下雪，稍稍觉得不冷些。"

孩子"哦"了一声，觉得也行，不学白不学，于是抱紧陶罐。

陈平安对那孩子笑呵呵道："钱罐子还不拿来？"

孩子问道："骗孩子钱，陈平安你好意思？你这样的高手，真够丢人的。我也就是不跟你学拳，不然以后成了高手，绝不像你这样。"

小板凳四周，笑声四起。

哪怕是张嘉贞这些岁数较大的少年，也羡慕那个孩子的胆大包天，敢这么跟陈平安说话。

陈平安继续说完那个既有鬼怪作祟也有修道之人降妖除魔的山水故事，然后站起身，将竹枝放在小板凳上，孩子们也纷纷让出空地，看着那个青衫男子，缓缓六步走桩。

陈平安站定，笑道："学会了吗？"

郭竹酒目不转睛，绝顶拳法，宗师风范！

那个捧着钱罐子的孩子愣愣道:“完啦?”

陈平安点头道:“不然?”

孩子轻轻放下陶罐,站起身,就是一通张牙舞爪的出招,气喘吁吁收拳后,孩子怒道:“这才是你先前打赢那么多小剑仙的拳法,陈平安!你糊弄谁呢?一步步走路,还慢死个人,我都替你着急!”

陈平安指了指地上那个字,笑道:“忘了?”

陈平安再走了一遍六步走桩,依旧缓慢,悠悠出拳,边走边说:“一切拳法功夫,都从稳中求来。有朝一日,拳法大成,这一拳再递出……”

走桩最后一拳,陈平安停步,倾斜向上,拳朝天幕,孩子们一个个瞪大眼睛,望向天空。

陈平安已经悄悄收了拳,拎起竹枝和板凳,准备打道回府了。

那孩子呆呆问道:“这一拳打出去,也没个雷声?”

其余人也都纷纷点头,觉得半点不过瘾。

陈平安笑道:“我又没真正出拳。”

气氛便有些尴尬了。

郭竹酒气沉丹田,大声喊道:“轰隆隆!”

陈平安伸手捂额,是有些丢人现眼,不过不能伤了小姑娘的心,便昧着良心挤出笑脸,朝那小姑娘伸出大拇指。

其余大小孩子们,都面面相觑。散了散了,没劲,还是等下一回的故事吧。

陈平安喊了声“张嘉贞”,少年一头雾水,来到陈平安身边,惴惴不安。对于少年而言,这个名叫陈平安的男人,是一位……天上人。

陈平安缓缓而行,手腕拧转,偷偷取出一枚竹叶,塞给张嘉贞,轻声道:“送你的,平常可以佩戴在身,与那拳桩一样,都无用处,不是我故意考校你什么,事实就是如此,但是只要你愿意学拳,每天多走几遍,再有这小小竹叶,能帮你略微抵御风寒。马上就要下雪了,酷寒时节,有这两样,做长工做得轻松些。”

张嘉贞攥紧竹叶,沉默片刻,问道:“我是不是真的不适合习武和练剑?”

陈平安点头道:“是的。”

少年眼眶泛红,低头不言语。

陈平安望向前方,道:“小小年纪,就能够对自己负责,是一件很了不起的事情。张嘉贞,你不要看轻自己。”

少年抬起头。

陈平安笑道:“嘉贞这个名字,是你自己在看的那么多碑文中撷取的二字?”

少年点点头,道:“爹娘走得早,爷爷不识字,前些年,就一直只有小名。”

陈平安转头说道："嘉为美好，贞为坚定，是一个很好的名字。剑气长城的日子，不太好，这是你完全没办法的事情，那就只能认命，但是怎么过日子，是你自己可以决定的。以后会不会变得更好，不好说，可能会更难熬，可能你以后手艺娴熟了，会多挣些钱，成了街坊邻居都敬重的匠人。"

说到这里，陈平安转头笑道："但是至少，我以后与其他人说山水故事的时候，可能会跟人提起，剑气长城灵犀巷，有一个名叫张嘉贞的匠人，手艺之外，兴许别无长处了，但是打小就喜欢看碑文，识文断字，不输读书人。"

从头到尾，郭竹酒都没说话，就是在张嘉贞走后，她抬起头，看着一年半后就是自己师父的男人，瞪大眼睛，充满了期待。

只见陈平安掐指一算，然后说道："收徒一事，还是需要一年半。"

郭竹酒重重叹了口气。

陈平安继续向前走去，熙熙攘攘的酒铺，钱财如流水，尽收我囊中，远远瞧着就很喜庆。

心情不错的陈平安便随口问道："你有没有听过一个说法，说是天下百凶，才可以养出一个文章传千古的诗人。"

郭竹酒摇头道："未来师父的学问大，未来弟子学问小，不曾听说过。"

陈平安就奇了怪了，自家落魄山的风水，已经蔓延到剑气长城这边了吗？没道理啊，罪魁祸首的开山大弟子和朱敛这些人，离这边很远啊。

郭竹酒好奇问道："后面还有话吧？"

陈平安点点头，道："脍炙人口的千古文章，不算什么，你们所有人，祖祖辈辈，在此万年，足可羞杀世间所有诗篇。"

郭竹酒问道："师父，需不需要我帮你将这番话，大街小巷嚷嚷个遍？弟子一边走桩练拳一边喊，不累人的。"

陈平安无奈道："别。"

郭竹酒偷着乐。方才这句话，可藏着话呢，自称弟子，喊了师父，今儿赚大发了。

到了酒铺，小姑娘屁颠屁颠跑到宁姚身前，笑道："宁姐姐，你今儿特别好看。"

宁姚看了眼陈平安。

陈平安苦笑道："我可不教这些。"

郭竹酒见宁姐姐难得不揍自己，见好就收，回家喽。

小时候，会觉得有好多大事真忧愁。长大后，就会忘了那些忧愁是什么。

宁姚与陈平安一起返回宁府。

宁姚问道："真打算收徒？"

陈平安点头道："暂时是不记名的那种。郭家待人厚道，我难得能为宁府做点什么。”

不知何时在铺子里喝酒的魏晋，好像记起一件事，转头望向陈平安的背影，以心声笑言：“先前几次光顾着喝酒，忘了告诉你，左前辈许久之前，便让我捎话问你，何时练剑？”

陈平安转头对叠嶂喊道：“大掌柜，以后魏大剑仙在此饮酒，一律打十一折！”

魏晋取出一枚谷雨钱，放在桌上，道：“好说。”

宁姚问道：“怎么了？”

陈平安苦笑道：“我得马上去剑气长城一趟，让白嬷嬷准备好药缸子，若是太晚不见我，你就去背我回来。”

剑气长城。

左右面朝南方，盘腿而坐，闭目养神。

许多事情，左右不理解，有些就算能理解，但是也不愿接受，于是最终孑然一身，选择远离人间是非，向大海御剑而去。

这并不是一件如何剑仙风流的事情，事实上半点都不惬意。

不过当下，左右不理解的，多出了一件事——

先生不在身边，那个小师弟，胆子敢如此之大。

图书在版编目(CIP)数据

剑来19：剑修如云处 / 烽火戏诸侯著．—杭州：浙江文艺出版社，2021.1（2024.4重印）

ISBN 978-7-5339-6350-7

Ⅰ．①剑… Ⅱ．①烽… Ⅲ．①长篇小说—中国—当代 Ⅳ．①I247.5

中国版本图书馆CIP数据核字（2020）第256488号

选题策划 柳明晔
责任编辑 周海鸣
营销编辑 俞姝辰 宋佳音
封面绘图 温十澈
责任印制 张丽敏

剑来19：剑修如云处
烽火戏诸侯 著

出版 浙江文艺出版社
地址 杭州市体育场路347号
邮编 310006
电话 0571-85176953（总编办）
0571-85152727（市场部）
制版 浙江新华图文制作有限公司
印刷 杭州杭新印务有限公司
开本 710毫米×1000毫米 1/16
字数 337千字
印张 17.75
插页 2
版次 2021年1月第1版
印次 2024年4月第11次印刷
书号 ISBN 978-7-5339-6350-7
定价 44.00元